KB188012

젊은 베르터의 고뇌

옮긴이_ 홍성광

부산 태생으로 서울대학교 독문과 및 대학원 졸업, 토마스 만의 장편소설《마의 산》으로 박사 학위를 받았다. 현재 전문 번역가로 활동하고 있다. 옮긴 책으로 뷔히너《보이체크. 당통의 죽음》《빌헬름 텔. 간계와 사랑》, 헤르만 헤세《수레바퀴 밑에》《데미안》《싯다르타》, 토마스 만의《마의 산》《부덴브로크 가의 사람들》, 중단편 소설집《베네치아에서의 죽음》, 쇼펜하우어《쇼펜하우어의 행복론과 인생론》《의지와 표상으로서의 세계》, 니체《차라투스트라는 이렇게 말했다》《도덕의 계보학》, 카프카의《성》《소송》, 중단편 소설집《변신》, 페터 한트케의《어느 작가의 오후》, 하인리히 뵐《그리고 아무 말도 없었다》, 하이네《독일. 겨울동화》, 괴테《젊은 베르터의 고뇌》등 다수가 있다.

Die Leiden des jungen Werther

Copyright © 1919 by Johann Wolfgang von Goethe
Illustration © 2014 by Windsor Joe Innis

DIE LEIDEN DES JUNGEN WERTHER

GOETHE

젊은 베르터의 고뇌

요한 볼프강 폰 괴테 지음 | 홍성광 옮김 | 원저 조 이니스 그림

한글판 + 독문판

PenguinCafe

| 차례 |

● **한글판**

제1부 009
제2부 097

● **독문판**

Kapitel 1 213
Kapitel 2 301

작품 해설 407
원저 조 이니스 작품 420
그린이 소개 430

불쌍한 베르터의 이야기 중 내가 찾아낼 수 있었던
것을 열심히 모아, 여기 독자 여러분 앞에 내놓습니다.
여러분은 나의 이런 노력을 고맙게 생각하겠지요.
여러분은 베르터의 정신과 성품에 경탄과 애정을,
그의 운명에는 눈물을 금치 못할 것입니다.

베르터와 같은 충동을 느끼는 그대 선한 영혼이여,
그의 고뇌에서 위안을 얻으십시오.
그리고 그대가 운명 때문이나 또는
자신의 잘못으로 좀 더 가까운 벗을 찾을 수 없다면
이 조그만 책을 그대의 벗으로 삼기 바랍니다.

제1부

1771년 5월 4일

이렇게 떠나와서 얼마나 기쁜지 모르겠네! 이보게, 사람의 마음이란 참 알다가도 모르겠네! 자네를 정말 좋아해서 도저히 못 떨어질 줄 알았는데, 이렇게 떠나와선 기뻐하다니! 그래도 날 용서해줄 것으로 믿네. 내가 누군가와 교분을 맺으면 으레 운명이 장난을 쳐서 내 마음을 아프게 하지 않았던가? 불쌍한 레오노레! 그렇지만 내 잘못은 아니었어. 내 가슴은 그녀 여동생의 독특한 매력에 마냥 뛰었지. 그런데 불쌍한 레오노레의 가슴에 불길이 댕겨졌으니 나더러 어쩌란 말인가? 그런데 내 잘못이 전혀 없다고 말할 수 있을까? 내가 그녀의 감정을 키운 것은 아닐까? 그녀가 아주 진솔하게 마음을 표현하면 나 자신도 흥겨워하지 않았던가? 그럴 때면 우리는 그다지 우습지 않은 말에도 걸핏하면 웃음을 터뜨리곤 했지. 그리고 내가 ─ 자신을 책망하다니, 인간이란 왜 이런지 알다가도 모르겠네! 이보게, 자네에게 약속하는데, 나 자신을 고쳐나갈 생각이야. 지금까지는 달리 운명이 우리 앞에 펼쳐놓은 사소한 불행을 더 이상 곱씹지 않겠어. 나는 현재를 즐길 생각이야. 과거는 지나간 일로 생각해야지. 확실히 자네 말이 옳아. 인간들은 열심히 상상력을 발휘해서 지나간 과거의 불행을 되살리는 데 열심이지. 인간이 왜 이 모양 이 꼴인지 누가 알겠나. 그럴 게 아니라 아무렇지 않은 심정으로 현재를 감내해가면 그들의 고통은 훨씬 줄어들 텐데.

어머니께 말씀드려주려면 고맙겠네. 맡기신 일은 잘 처리하고 있고, 조만간 소식을 전해드리겠다고 말이야. 숙모하고도 얘기를 해보았는데, 그분은 우리가 들은 것과는 달리 그리 나쁜 분이 아니었어. 지극히 선량한 마음씨를 지닌 쾌활하고 괄괄한 여자더군. 숙모가 유산에 대한 지분을 내놓지 않아 어머니가 힘들어하신다고 내가 말씀드렸지. 그러자 숙모는 그러는 이유와 원인을 말해주었고, 어떤 조건이면 자신이 모든 걸 내놓을 용의가 있는지 말하더군. 자기는 우리가 요구하는 이상으로 내줄 수 있다는 거야. 요컨대 지금 나는 그 문제에 관해 이러쿵저러쿵 말하고 싶지 않아. 모든 일이 잘될 거라고 어머니에게 말씀드려주게. 이보게, 이 사소한 일에서도 알게 된 것이 있어. 그것은 간계와 악의보다는 오해와 태만이 세상에 더 많은 혼란을 일으킨다는 사실이라네. 그렇지만 적어도 간계와 악의가 더 드문 것은 분명하네.

그건 그렇고 난 여기서 잘 지내고 있네. 고독은 낙원 같은 이 고장에서 내 마음에 값진 진정제가 되고 있어. 그리고 청춘의 이 계절은 자꾸만 움츠러드는 내 마음을 온갖 풍요로움으로 따뜻하게 해준다네. 나무 한 그루, 울타리 하나하나가 활짝 핀 꽃다발 같아. 그러니 풍뎅이가 되어, 향기의 바닷속을 떠다니며 온갖 양분을 얻고 싶은 심정이라네.

도시 자체는 그다지 호감이 가지 않아. 반면에 주변 자연은 말할 수 없이 아름답다네. 고인이 된 M 백작은 이런 경치에 마음이 끌려 여러 언덕들 중 하나에 정원을 꾸몄지. 언덕들은 다양한 모습으로 더없이 아름답게 포개져서 무척 사랑스러운 골짜기를 이루고 있다네. 백작의 정원은 소박해. 정원으로 들어서면 전문 정원사가 아니라 가슴으로 느낄 줄 아는 자가 정원을 설계했음을 금방 알 수 있지. 자신이 스스로 즐기려고 한 사람이 말이야. 쓰러져가는 정자에서 나는 벌써 몇 번이나 고인을 생각하며 눈물지었다네. 고인이 즐겨 찾았던 정자를 나 역시 좋아한다네. 곧 내가 이 정원의 주인이 될 거네. 여기 온 지 며칠밖에 안 되었지만 정원사는 내게 호의를 보이고 있어. 그는 내가 주인이 된다고 해서 언짢게 생각하지 않을 거야.

5월 10일

내 마음은 놀랄 정도로 명랑한 기분에 사로잡혀 있네. 벅찬 심정으로 즐기는 달콤한 봄날 아침 같아. 나는 혼자 이 지역에서 나의 삶을 즐기고 있어. 이곳은 나 같은 사람을 위해 만들어진 지역이야. 이보게, 난 아주 행복하다네. 조용한 생활 감정에 흠뻑 빠져 있어서 그림을 그릴 엄두가 나지 않아. 한 획도 그릴 수 없을 것 같아. 그렇지만 내가 이 순간만큼이나 위대한 화가인 적은 없었어. 나를 둘러싼 정겨운 골짜기에 안개가 피어오르고, 드높은 태양은 숲의 어둠을 뚫지 못하고 숲 바깥쪽에 머물러 있어. 몇 줄기 햇살만이 숲 속의 성소에 비쳐질지. 이럴 때 나는 흘러내리는 개울 옆의 무성한 풀밭에 누워서 땅에 보다 가까이 얼굴을 갖다 댄다네. 그러면 수천의 다양한 작은 풀들에서 색다른 느낌을 받는다네. 풀줄기 사이에서는 우글거리는 작은 세계, 조그만 벌레와 하루살이들의 불가사의한 수많은 형태가 보다 가까이 가슴에 느껴지지. 그리고 우리를 자신의 형상대로 창조하신 전능하신 분의 숨결과, 영원한 기쁨을 누리며 살아가도록 우리를 지켜주시는 대자대비하신 분의 입김이 느껴져. 이보게! 마침내 어둠이 내려앉고, 주위의 세계와 하늘마저 사랑하는 여인의 모습처럼 내 영혼에 온전히 깃들 때면, 나는 곧잘 그리움에 잠겨서 이런 생각을 하곤하지. 아, 내 마음속에 이렇게 충만하고 뜨겁게 살아 있는 것을 다시 표현할 수 없을까! 그런 내 마음을 입김처럼 화폭에 불어넣어, 화폭이 내 영혼의 거울이 되고, 내 영혼이 무한한 신의 거울이 될 수 있다면! 이보게, 하지만 이런 생각을 하다 파멸할 것 같고, 이런 현상의 장엄한 힘에 쓰러질 것만 같네.

나는 이 근방에 사람의 눈을 속이는 정령이 살고 있는지, 아니면 주변의 모든 것을 낙원처럼 만드는 따뜻한 천상의 상상력이 내 마음속에 있는지는 모르겠네. 그곳 바로 앞에는 우물이 하나 있어. 나는 멜루지네*와 그 자매들처럼 이 우물의 매력

---

* 고대 프랑스 전설에 나오는 물의 요정으로, 금요일마다 인어가 되어 옛 자매와 만났다고 함.

에 사로잡혀 있다네. 나지막한 언덕을 내려가면 아치형 문이 나오는데, 거기서 스무 계단쯤 내려가면 아래쪽의 대리석 바위 틈에서 맑디맑은 물이 솟아나와. 위쪽에 우물 주위를 둘러싸고 있는 작은 담장, 이곳을 빙 둘러 가려주는 높은 나무들, 이곳의 서늘함, 이 모든 것이 매력적인 동시에 뭔가 전율을 불러일으킨다네. 나는 날마다 이곳에 들러 한 시간씩 앉아 있곤 하지. 시내에 사는 소녀들이 그곳에 와서 물을 길어가네. 그건 옛날 공주들도 했던 더없이 순박하고도 꼭 필요한 일이라네. 거기에 앉아 있노라면 족장 시대*로 돌아간 듯한 느낌이 생생하게 살아나지. 당시에는 인류의 조상들이 다들 우물가에서 사귀고 구혼하며, 고마운 정령들이 우물과 샘 주위를 떠다니곤 했지. 아, 내 말에 공감하지 못하는 자는 여름날 힘든 방랑을 마친 뒤 시원한 샘물로 원기를 회복해본 적이 없는 것이 분명하네.

5월 13일

내 책들을 이곳으로 보내주겠다고 묻는 건가? 제발 부탁인데 그런 소리는 하지도 말게! 더 이상 책에 의해 지도받거나 자극받고 고무되긴 싫어. 내 가슴은 저 혼자서도 충분히 끓어오르니까. 내게 필요한 것은 그걸 잠재우는 자장가야. 호메로스의 책에서 그런 노래를 충분히 발견했지. 그런 노

---

* 구약성경에 나오는 아브라함과 이삭의 시대임.

래로 얼마나 자주 나의 들끓는 피를 잠재웠는지 몰라. 자네는 내 마음처럼 변덕스럽고 동요하기 쉬운 것은 보지 못했을 거야. 이보게! 자네에게 이런 말까지 할 필요가 있을까? 자네는 내 모습을 지켜보며 걸핏하면 마음의 부담을 짊어져야 했지 않은가? 나는 걱정에 잠겼다가 무절제한 상태에 빠져들고, 달콤한 멜랑콜리에 젖었다가 파괴적인 열정으로 넘어가기도 했지. 내가 보기에도 나의 어린 마음은 병에 걸린 아이 같아. 아픈 아이는 무슨 행동을 해도 다들 너그러이 봐주거든. 이런 얘기를 다른 사람에게는 퍼뜨리지 말게. 나의 이런 모습을 고깝게 생각하는 사람들도 있을 테니까.

5월 15일

이 고장의 신분이 낮은 사람들은 벌써 나와 친해졌는데, 특히 아이들이 그러하네. 그런데 한 가지 슬픈 일을 겪기도 했어. 처음에 그들과 어울리며 이것저것 다정하게 물어보기도 했어. 그러자 몇몇은 내가 자기들을 놀린다고 생각해서 나에게 사뭇 거칠게 대하기도 했지. 그렇다고 나는 이를 언짢게 여기지는 않았어. 다만 이미 종종 느껴오던 것을 아주 생생하게 느꼈을 뿐이야. 어느 정도 지체 높은 사람들은 하층민을 대할 때 항상 차갑게 거리를 두려고 하지. 마치 그들을 가까이 대하면 손해라도 보는 것처럼 말이야. 또한 자신을 낮추는 척하면서 불쌍한 사람들이 자신의 오만함을 더욱 민감하게 느끼도록 하는 경박한 자나 고약한 허풍쟁이들도 있어.

나는 우리가 평등하지 않으며, 평등할 수도 없다는 것을 잘 알고 있어. 하지만 이른바 천민과 거리를 두어야 존경을 받을 수 있다고 생각하는 자는 패배할까 두려워서 적으로부터 몸을 숨기는 겁쟁이처럼 비난받아 마땅하네.

얼마 전 우물가에 갔다가 젊은 하녀와 만났어. 그녀는 물동이를 맨 아래 계단에 놓아둔 채 머리에 얹는 것을 도와줄 동료가 오지 않는지 주위를 둘러보더군. 나는 계단 아래로 내려가 그녀를 쳐다보며 "도와드릴까요, 아가씨?" 하고 물어보았어. 그녀는 얼굴이 점점 빨개지며 말했어. "아, 아니에요, 도련님!" 나는 "사양하지 말아요"라고 말했어. 그녀는 머리 위의 똬리를 바로잡았고, 나는 그녀를 도와주었어. 그녀는 고맙다고 말하고 계단을 올라갔어.

5월 17일

나는 온갖 부류의 사람들을 알게 되었지만, 어울릴 만한 사람은 아직 찾지 못했네. 사람들이 나의 어떤 점에 매력을 느끼는지 모르겠어. 그런데 아주 많은 사람들이 나를 좋아하고, 내게 호의를 보이며 달라붙어. 우리가 길을 조금밖에 함께 걸을 수 없을 때면 내 마음이 아프다네. 이곳 사람들이 어떠냐고 묻는다면 다른 어느 곳과도 마찬가지라고 말할 수밖에 없어. 인간이란 어디서나 똑같은 존재이기 때문이지. 대다

수의 사람들은 살기 위해 대부분의 시간을 소모하고, 조금이라도 여가 시간이 생기면 불안해하지. 그래서 자유로운 시간으로부터 벗어나기 위해 온갖 수단을 강구하는 것이네. 아, 인간의 숙명이란!

하지만 꽤 좋은 부류의 사람도 있기 마련이야! 나는 이따금 나 자신을 망각하고 그런 사람들과 함께 아직 우리에게 허용된 기쁨을 누리곤 하지. 깔끔하게 차려진 식탁에서 솔직히 마음을 터놓고 즐거운 농담을 나누기도 하고, 때맞춰 마차 산책을 가거나 무도회를 열기도 하지. 이와 같은 일은 내게 무척 좋은 작용을 하네. 다만 내 안에 많은 다른 힘들이 들어 있다는 것은 떠올리지 말아야 하지. 사용하지 않고 썩어가고, 내가 면밀하게 숨겨야 하는 온갖 힘 말이야. 아, 그런 생각을 하면 가슴이 답답해지네. 그렇지만! 오해받는 것이야말로 우리 인간의 운명이 아닌가.

아, 내 젊은 시절의 여자 친구가 세상을 떠나다니! 아, 일찍이 내가 그녀와 사귀었다니! 나는 이렇게 말해야 할 것 같아. 너는 참 바보로구나! 이 지상에서 발견할 수 없는 것을 찾고 있다니! 하지만 나는 그녀를 차지했고, 그녀의 마음, 즉 위대한 영혼을 느꼈지. 그녀와 함께할 때면 내가 실제 모습 이상인 것 같았지. 내가 뭐든지 될 수 있었으니까. 아아! 그때 이용하지 않은 영혼의 힘이 조금이라도 남아 있었던가? 그녀 앞에서는 내 가슴이 자연을 얼싸안을 때와 같은 아주 놀라운 감정이 생겨나지 않았던가? 우리의 교제는 극히 섬세한 느낌과 대단히 예리한 기지의 영원한 결합이 아니었던가? 그러한 결합이 변형되어, 급기야는 무례하게도 모든 것에 천재의 낙인이 찍힐 정도까지 되지 않았던가? 그런데, 아, 나보다 나이가 많았던 그녀는 먼저 저세상으로 떠나고 말았어. 나는 결코 그녀를 잊지 않을 거야. 그녀의 굳건한 마음과 숭고한 인내심을 결코 잊지 않을 거야.

며칠 전에 V라는 젊은이를 만났어. 꽤나 잘생긴 용모에 솔직한 젊은이였어. 대학을 갓 졸업한 그는 자신이 똑똑하다고 자부하지는 않았지만, 그래도 남보다 아는 것이 많다고 생각하고 있었어. 이모저모 살펴본 바로는 그는 부지런하기도 했고, 요컨대 상당한 지식을 지니고 있더군. 그 친구는 내가 그림을 즐겨 그리고 그리스어를 할 줄 안다는 소문을 듣고(이 고장에서 그 두 가지는 혜성과 같은 주목을 받는 일이지) 나한테 조언을 청하면서 자신이 지식이 많다는 것을 과시했어. 바퇴*에서 우드**에 이르기까지, 드 필레***에서 빙켈만****에 이르기까지, 그리고 그는 줄처*****의 미학 이론서 제1권을 완전히 독파했고, 하이

---

* 샤를 바퇴(Chales Batteux, 1713~1780). 프랑스의 철학자로 라믈러에 의해 그의 작품이 소개됨.

** 로버트 우드(Robert Wood, 1716~1771). 영국의 고고학자 겸 정치가로, 1768년 호메로스에 관한 그의 에세이가 독일에 소개됨.

*** 드 필레(Roger de Piles, 1635~1709). 프랑스의 화가 겸 미술 이론가임.

**** 빙켈만(Johann Joachim Winckelmann, 1717~1768). 독일의 미술사가로 《고대 미술사》를 남김.

***** 줄처(Johann Georg Sulzer, 1720~1779). 독일의 미학 이론가임.

네*의 고대 연구서 필사본도 가지고 있다고 큰소리쳤어. 나는 그의 말을 잠자코 들어주었지.

나는 또 괜찮은 사람을 한 명 알게 되었어. 공국(公國)의 주무관으로 솔직하고 진솔한 사람이었지. 그는 자녀를 아홉이나 두었어. 사람들은 그가 자녀들 사이에 있는 것을 보면 마음이 흐뭇해진다고 하더군. 특히 그의 장녀에 대해서는 칭찬이 자자했지. 그가 자기 집을 방문해달라고 해서 조만간 찾아가 볼 생각이야. 그는 여기에서 한 시간 반쯤 떨어진 공작의 사냥 별장에 살고 있어. 그는 그의 부인이 사망한 후에 그곳에서 살아도 좋다는 허락을 받았지. 여기 시내의 관사에서 사는 게 너무 힘들었기 때문이야.

그 외에 몇몇 괴팍한 별종을 만나기도 했어. 다들 견디기 힘든 종내기들이었지. 그들이 친구인 척 다정한 모습을 보이는 것은 정말 참기 어렵네.

그럼 잘 있게! 이 편지는 자네 마음에 들 거야. 겪은 일을 그대로 전하는 것이니까.

5월 22일

오래전부터 많은 사람들은 인생이란 한바탕 꿈에 불과하다고 생각했었지. 나 역시 그런 느낌이 가시질 않아.

---

* 하이네(Christian Gottlob Heyne, 1729~1812). 독일의 고전 어문학자임.

인간의 활동력과 탐구력이 좁은 한계에 갇혀 있으니 그런 느낌을 지울 수 없어. 또한 인간의 모든 활동이 욕구의 충족만을 목표로 하는 것을 볼 때도 그러하지. 그런 욕구는 우리의 한심한 생존을 연장시키는 것 외에는 아무런 목표도 없어. 어느 정도 탐구가 이루어졌을 때 느끼게 되는 온갖 위안마저 꿈을 꾼 듯한 체념에 불과하다는 것을 알게 될 때도 인생이란 한바탕 꿈과 같다는 느낌이 들어. 인간은 사방 벽에 갇혀 있으면서도 벽에 알록달록한 형상과 밝은 전망을 그려놓기 때문이지. 빌헬름, 이 모든 것을 생각하면 말문이 막힌다네. 그러면 나 자신의 내면으로 돌아가서 하나의 세계를 발견한다네! 묘사나 생생한 힘을 통해서가 아니라 또다시 예감과 막연한 욕구 속에서 말이야. 그럴 때 모든 것이 나의 감각 앞에 어른거리고, 그러면 나는 꿈꾸듯이 내면세계를 향해 마냥 미소 짓는 거지.

어린아이들은 무엇을 원하면서도 그 이유를 모른다고들 하는데, 그 점에 대해선 학식 높은 교사나 가정교사의 견해가 모두 일치하네. 하지만 어른들도 어린아이처럼 이 땅에서 비트적거리며 살아가고, 어디서 와서 어디로 가는지 모르며, 참된 목적에 따라 행동하지 않고 비스킷이나 케이크, 자작나무 회초리에 지배당하기는 마찬가지야. 아무도 이런 사실을 믿고 싶지 않겠지만, 그건 정말로 명백한 사실이야.

자네에게 기꺼이 고백하겠네. 자네가 이 점에 대해 내게 뭐라고 말하고 싶어 할지 알기 때문이지. 사실 어린아이처럼 아무 생각 없이 그냥 되는대로 살아가는 사람들이 가장 행복한 셈이지. 어린이들은 인형을 이리저리 끌고 다니고, 인형에 옷을 입었다 벗었다 하고, 엄마가 쿠키를 넣고 잠가둔 서랍 주위를 큰 관심을 가지고 살금살금 돌아다니며, 그러다가 마침내 원하던 것을 낚아채면 한 입 가득 욱여넣고도 "더 줘!" 하고 소리치지. 이들이야말로 행복한 피조물들이야. 자신이 하는 하찮은 일이나 열정을 바치는 일에 거창한 이름을 달면서, 인류의 행복과 복지를 위한 막중한 사업이라고 뻐기는 자들도 행복하게 살아간다고 할 수 있어. 그렇게 할 수 있는 자에게 복이 있기를! 하지만 그 모든 일이 어떻게 끝날지 겸허한 마음으로 깨닫고 있는 사람, 자신의 조그만 정원을 낙원처럼 꾸밀 줄 아는 것에 만족해하는 시민이면 누구든 얼마나 행복한지 아는 사람, 또한 불행한 자도 무거운 짐을 지고 헐떡이며 자신의 길을 가면서도 아무런 불평이 없다는 것을 아는 사람, 그리고 햇빛을 일 분이라도 더 보는 것에 누구든 똑같이 관심이 있다는 것을 아는 사람 ─ 그래, 그런 사람은 자신의 내면세계를 조용히 만들어가지. 그 역시 한 사람의 인간이므로, 그런 자도 행복하지. 그런 사람은 아무리 제한된 환경에서 살아간다 해도 마음속에 언제나 자유라는 달콤한 감정을 지니고 있어. 그래서 원할 때는 언제라도 이 감옥 같은 곳을 떠나버릴 수 있는 것이야.

5월 26일

자네는 예전부터 마음을 붙이고 살아가는 나의 방식을 알고 있어. 어딘가 친밀한 곳에 조그만 오두막을 짓고 그곳에 틀어박혀 절제하며 살아가는 방식 말이야. 여기서도 마음을 끄는 호젓한 장소를 발견했어.

시내에서 한 시간 정도 떨어진 곳에 발하임*이라 불리는 곳이 있어. 언덕에 자리하고 있는데 아주 흥미로운 곳이지. 오솔길을 따라 마을로 올라가다 보면 갑자기 골짜기 전체가 한눈에 들어온다네. 마음씨 좋은 여주인이 포도주나 맥주, 커피를 날라 오지. 나이는 들었어도 호감이 가는 명랑한 여자야. 그런데 무엇보다 마음을 끄는 것은 두 그루 보리수야. 교회 앞 조그만 광장을 넓게 뻗은 가지로 뒤덮고 있어. 광장은 농가와 헛간, 안뜰로 둘러싸여 있어. 이렇게 친밀하고 고향 같은 장소를 찾기란 쉬운 일이 아니야. 나는 여관에서 작은 탁자와 의자를 광장으로 내달라고 해서, 커피를 마시거나 호메로스를 읽기도 하네. 어느 화창한 날 오후에 어쩌다가 처음으로 그 보리수 아래로 가보니 그곳이 너무나 쓸쓸해 보였어. 다들 들에 일하러 나가고 아무도 없었지. 네 살쯤 되어 보이는 사내아이 한 명만 땅바닥에 앉아 있더군. 생후 여섯 달쯤 되어 보이는 아이를 두 발 사이에 앉히고 양팔로 가슴에 끌어안고 있었어. 소년은 그런 식으로 아이에게 안락의자 구실을 해주고 있었어. 소년은 검은 눈동자로 주위를 명랑한 표정으로 두리번거리면서도 무척 차분히 앉아 있었지. 그 광경을 보자 마음이 흐뭇해졌어. 맞은편

---

* 여기서 언급한 지명을 찾으려고 애쓰지 않기를 바람. 베르터가 남긴 편지 원문에 있던 지명을 필요에 따라 바꾼 것임. ─ 원주 / 발하임(Wahlheim)에는 베르터가 임의로 '선택한 고향'이라는 뜻이 담겨 있음. ─ 옮긴이.

에 놓인 쟁기에 앉아 무척 즐거운 마음으로 형제의 모습을 그렸지. 그러고 나선 바로 옆의 울타리와 헛간 문, 마차의 부서진 바퀴 몇 개도 그려 넣었지. 이렇게 주위에 있는 것을 하나하나씩 그려 넣었어. 한 시간쯤 지나서 보니 짜임새 있고, 매우 흥미로운 그림 한 점이 완성됐더군. 나 자신의 주관은 조금도 보태지 않았는데도 말이야.

이런 경험으로 앞으론 오로지 자연에만 충실해야겠다는 결심이 더욱 굳어졌어. 자연만이 무한히 풍요롭고, 자연만이 위대한 예술가를 만드는 법이지. 사람들은 규칙이 지닌 장점에 관해 많은 말을 할 수 있겠지. 하지만 그것은 시민사회를 칭찬하는 것과 대략 비슷한 의미를 지닐 뿐이야. 규칙에 따라 자신을 형성해가는 사람은 몰취미한 것이나 조악한 것은 결코 만들어내지 않겠지. 그러나 그것은 법과 예의범절에 따라 살아가는 사람이 견디기 힘든 이웃이나 별종의 불한당이 결코 될 수 없는 것과 마찬가지의 이치에 불과해. 그런 반면에 규칙은 뭐든지 간에 진정한 자연 감정과 자연의 진정한 표현을 파괴해 버릴 거야! 자네라면 "너무 심한 말이군! 규칙은 제한할 뿐이고, 웃자란 덩굴을 쳐내는 것이야"라는 식으로 말을 하겠지.

이보게, 비유를 하나 들어볼까? 그건 사랑과 같은 거야. 한 젊은이가 어느 아가씨에게 완전히 빠져서 온종일 그녀 곁에서 시간을 보내고, 자신의 모든 것을 그녀에게 완전히 바치고 있음을 매 순간 표현하기 위해 자신의 모든 힘과 재산을 쏟아붓는다고 하세. 그런데 공직에 몸담고 있는 어느 속물이 나타나 젊은이에게 이렇게 말한다고 가정하게.

"이보게, 젊은이! 사랑도 인간이 하는 일이니, 인간답게 사랑을 해야 하는 걸세! 시간을 잘 쪼개서, 한쪽은 일하는 데 쓰고, 휴식 시간을 아가씨에게 바치도록 하게. 자네의 재산을 따져보고 꼭 필요한 액수를 제하고 남는 돈으로 선물하는 것은 굳이 말리지 않겠네. 하지만 선물도 너무 자주 해서는 안 되고, 가령 아가씨 생일이나 수호성인의 날 등에나 해야지."

만약 이런 충고를 따른다면 그는 쓸모 있는 젊은이라고 할 수 있네. 나는 어떤 영주에게라도 그를 관직에 앉히라고 추천할 생각이야. 하지만 그의 사랑은 그것으로 끝장이지. 그가 예술가라면 그의 예술도 끝장이야. 아, 나의 벗들이여! 천재의 물줄기는 왜 그토록 드물게 터져 나온단 말인가? 그것이 높은 밀물처럼 콸콸 넘쳐흘러 그대들의 놀라워하는 영혼에 충격을 주는 일이 왜 그토록 드물단 말인가? 사랑하는 벗들이여, 강의 양쪽 기슭에는 의젓한 신사들이 살고 있어. 그들은 정자나 튤립 화단, 채소밭이 물에 떠내려갈까 봐 제때 둑을 쌓고 물길을 돌려 앞으로 닥쳐올 위험에 대비할 줄 아는 사람들이야.

5월 27일

그러고 보니 내가 흥분한 나머지 비유와 열변을 늘어놓느라 깜빡 잊고 말았군. 앞서 얘기한 아이들이 그 뒤에 어떻게 되었는지 자네에게 끝까지 얘기하는 것을 말이야. 어제 자네에게 보낸 편지에서 극히 단편적으로 설명한 대로,

마치 화가가 된 느낌에 푹 빠져 족히 두 시간은 쟁기 위에 앉아 있었지. 저녁 무렵이 되자 젊은 부인이 아이들을 향해 달려오더군. 그래도 아이들은 꼼짝 않고 앉아 있었어. 팔에 조그만 광주리를 든 부인은 멀리서부터 소리쳤어. "필립스야, 참 착하기도 하지." 부인은 내게 인사를 했고, 나는 그녀에게 감사를 표하며 자리에서 일어났어. 그녀에게 좀 더 가까이 다가가 아이들의 어머니인지 물어보았지. 그녀는 그렇다고 하더군. 큰아이에게 긴 타원형 빵을 반 조각 주면서 작은 아이를 받아 안고는 어머니의 넘치는 사랑으로 입맞춤을 하더군. 부인은 이렇게 말했어. "필립스한테 작은아이를 맡기고는 맏이와 함께 시내에 나갔다 오는 길이에요. 흰 빵과 설탕이랑, 죽 끓일 질그릇을 사려고요." 그 모든 물건이 광주리에 담겨 있었어. 광주리는 덮개가 떨어져나갔더군. "한스(그것이 막내의 이름이었다)에게 저녁으로 수프를 끓여주려고요. 어제 개구쟁이 큰 녀석이 눌어붙은 죽을 놓고 필립스와 다투다가 냄비를 깨버렸지 뭐예요." 나는 맏이는 어디 갔는지 물어보았어. 맏이는 풀밭에서 거위 몇 마리를 몰고 있다고 그녀가 대답하기 무섭게 녀석이 달려와서 둘째에게 개암나무 가지를 건네더군.

나는 부인과 계속 얘기를 나누었어. 그녀는 학교 선생님의 딸이라고 그러더군. 남편은 사촌의 유산을 물려받기 위해 스위스로 여행을 떠났다고 했어. "그들은 남편을 속이려 했어요. 남편의 편지에 답장도 하지 않았어요. 그래서 남편이 직접 그곳으로 간 거예요. 부디 아무 일이 없으면 좋겠는데, 아무 소식도 받지 못하고 있어요." 부인 곁을 떠나기가 못내 마음이 무거워져서, 나는 아이들에게 일 크로이처 동전을 한 개씩 쥐여주었어. 그리고 막내 몫으로도 부인에게 일 크로이처를 주면서, 시내에 갈 일이 있으면 수프에 곁들일 흰 빵을 사주라고 했어. 우리는 이렇게 헤어졌다네.

이보게, 자네에게 하는 말이지만 마음을 다잡을 수 없을 때 이런 사람을 보면 온갖 혼란스러운 마음이 가라앉는다네. 좁은 생활 반경 안에서 행복하고 의연히 살아가는 사람 말이야. 이들은 하루하루를 그럭저럭 헤쳐가면서, 낙엽 떨어지는 것을 보고는 겨울이 다가온다는 것 외에는 아무것도 생각하지 않는 사람들이야.

그때부터 나는 자주 그곳을 찾아갔지. 아이들은 나와 완전히 친해졌어. 내가 커피를 마실 때 그들은 설탕을 얻기도 하고, 저녁에는 버터 빵과 요구르트를 함께 나누어 먹기도 하지. 나는 일요일이면 어김없이 아이들에게 일 크로이처씩을 주고 있어. 혹시 내가 예배 시간에 참석하지 못할 때면 여관 여주인에게 나누어주라고 부탁하곤 하지.

아이들은 나와 친해져서 내게 별의별 이야기를 다 들려줘. 마을의 아이들이 더 많이 모일 때면 두 아이는 신이 나서 속에 담은 말을 마구 털어놓는데, 그런 모습을 보면 특히 마음이 흐뭇해져.

아이들이 나를 성가시게 한다고 걔들의 어머니가 걱정하는 바람에 나는 그렇지 않다고 무던히도 애를 써야 했어.

5월 30일

최근에 그림에 대해 자네에게 했던 말은 당연히 문학에도 적용이 되네. 탁월한 것을 알아채고 과감히 표현하는 것만 다를 뿐이야. 물론 이 표현에는 얼마 안 되는 말로 많은 의미가 담겨 있어. 나는 오늘 어떤 장면을 목격했어. 그런 장면은 있는 그대로 묘사하면 세상에서 가장 아름다운 목가적인 장면이 될 거야. 그렇지만 문학이니 장면이니 목가니 하는 것은 뭐란 말인가? 우리가 자연 현상에 관여해야 할 때마다 항상 공들여 세공할 필요가 있을까?

내가 이렇게 서두를 꺼내니 뭔가 고귀하고 고상한 것을 기대할지도 모르겠어. 그렇다면 자네는 또다시 보기 좋게 속은 셈이야. 이처럼 생생한 관심을 갖도록 내 마음을 사로잡은 것은 다름 아닌 어느 머슴이니까 말이야. 언제나 그렇듯이 내 이야기 솜씨가 형편없을 거야. 그러면 자네는 언제나 그렇듯이 내가 과장을 한다고 여기겠지. 이것 역시 발하임에서 일어난 얘기야. 이런 진기한 일이 벌어지는 곳은 언제나 발하임이지.

보리수 아래서 한 무리의 사람들이 커피를 마시고 있었어. 그들이 나와 잘 맞지 않아 나는 어떤 핑계를 대며 뒷전에 머물러 있었지.

머슴이 인근의 집에서 나오더니 내가 전에 그린 적이 있었던 쟁기를 열심히 손을 보더군. 나는 그의 모습이 마음에 들어 그에게 말을 걸며 이것저것 그의 형편을 물어보았어. 우리는 금방 친해졌어. 이런 부류의 사람들과 어울리면 으레 그렇듯 금세 친밀해졌지. 그는 어느 과부의 집에서 일을 하는데, 그녀에게서 좋은 대우를 받고 있다고 말해주었어. 그녀 이야기를 많이 하며 그녀를 칭찬하더군. 그래서 그가 몸과 마음으로 그녀를 좋아하고 있다는 것을 금세 눈치챌 수 있었어. 그의 말로는 여주인은 그다지 젊지 않고, 첫 남편한테 학대를 당해 다시는 결혼할 생각이 없다고 했어. 그의 이야기를 듣고 있노라니 그녀가 그에게 얼마나 아름답고 매력적인 존재인지 분명히 알수 있었어. 또한 그녀가 자기를 남편으로 맞아들여 첫 남편이 잘못한 기억을 깨끗이 지우기를 얼마나 간절히 그가 바라는지도 분명히 드러났어. 이 총각의 순수한 애착과 사랑, 그리고 충심을 생생히 전달하려면 그의 말 하나하나를 그대로 되풀이해야 할 것 같아.

　그래, 그의 외모에서 풍기는 분위기, 목소리의 조화로움, 눈빛에 담긴 은밀한 열정을 생생히 묘사하려면 가장 위대한 시인의 재능을 지녀야 할 것 같아. 아니, 그의 존재 전체와 표정에서 풍기는 사랑스러운 분위기는 어떤 말로도 표현할 수 없어. 그러니 내가 다시 글로 옮길 수 있는 것은 모두 어설프기 짝이 없어. 그는 여주인과의 관계를 내가 짝이 맞지 않는다고 생각하지 않을까, 또 그녀의 행실을 나쁘게 보지나 않을까 우려했는데, 특히 그 모습에 내 마음이 움직였어. 그는 그녀의 자태와 몸매에 대해 말했어. 젊은 매력은 없지만 그 몸매가 자기를 강하게 끌어당기고 사로잡는다고 했어. 그렇게 말하는 그의 모습이 얼마나 매력적인지는 내 영혼의 깊디깊은 곳에서만 재현할 수 있을 따름이야. 나는 지금까지 살아오면서 이처럼 절실한 욕망과 뜨겁고 간절한 갈망이 이토록 순수하게 표현되는 것을 본 것은 처음이야. 아니, 어쩌면 이처럼 순수하게 표현되리라고는 생각해본 적도, 꿈을 꿔본 적도 없다고 말할 수 있어. 이러한 순진무구함과 진실함을 기억에 떠올리자니 내 영혼의 깊디깊은 곳까지 뜨겁게 달아오르고, 어디를 가든 이 충실하고 애정 어린 모습이 뇌리에서 떠나지 않아. 나 자신에게도 그 불길이 옮겨붙은 듯 애간장이 타며 못 견딜 것 같아. 이런 말을 한다고 나를 책망하지는 말게.

이제 되도록 빠른 시일 내에 그 여주인도 만나보고 싶어. 아니, 곰곰 생각해보면 오히려 그러지 않는 편이 나을지도 모르겠어. 그녀를 사랑하는 이의 눈을 통해 보는 것이 더 낫겠어. 직접 그녀를 보게 되면 지금 내 눈앞에 떠오르는 모습과 혹시 다를지도 모르거든. 그러니 왜 이 아름다운 영상을 망쳐버려야겠어?

6월 16일

왜 자네에게 편지를 하지 않았느냐고? 글깨나 배운 사람이 그걸 질문이라고 하나? 짐작했겠지만 나는 잘 지내고 있다네. 더구나, 간단히 얘기해서 어떤 사람을 알게 되었는데, 퍽이나 마음이 끌리는 사람이야. 그런데 어떻게 될지는 잘 모르겠어.

나는 더없이 사랑스러운 사람을 사귀게 되었다네. 어쩌다 그럴 수 있었는지 조리 있게 들려주기는 어려울 것 같아. 나는 즐겁고 행복해. 그러니 훌륭한 역사가처럼 친절하게 설명해줄 수는 없네.

그녀는 천사 같은 존재야! 에이! 누구나 자기 연인한테 그런 말을 쓰지, 그렇지 않아? 완벽한 여성이야. 그녀가 얼마나 완벽하고, 왜 완벽한지는 자네에게 말해줄 수 없어. 내 마음을 송두리째 사로잡았다는 것으로 충분하니까.

그토록 분별 있으면서도 정말 소박하고, 그토록 심지가 굳으면서도 아주 친절해. 진정한 생명력과 활기를 지녔으면서도 너무나 차분하지.

그녀에 대해 이렇게 말해봤자 모두 쓸데없는 괜한 말이고, 그녀의 진면목을 조금도 보여주지 못하는 듣기 싫은 추상적 표현에 불과해. 그러니 그녀 이야기는 다음으로 미루겠네. 아니, 다음으로 미룰 것도 없이 지금 당장 들려주겠네. 지금 하지 않으면 영영 기회가 없을지도 몰라. 우리끼리 얘기지만, 이 편지를 쓰기 시작하면서부터 벌써 세 번이나 펜을 내려놓고 말에 안장을 얹어 달려나가려고 했거든. 하지만 오늘 아침 나는 나가지 않겠다고 맹세를 했다네. 그러면서도 번번이 창가로 다가가서 아직 해가 얼마나 높이 떠 있는지 살펴보곤 한다네…….

나는 도저히 참지 못하고 그녀에게 달려갈 수밖에 없었어. 이제야 다시 돌아왔어, 빌헬름. 지금 저녁으로 버터 빵을 먹고 자네에게 편지를 쓰려는 거야. 그녀가 사랑스럽고 쾌활한 아이들, 그러니까 여덟 명의 동생들과 함께 있는 것을 보면 내 마음이 얼마나 희열에 넘치는지!

이런 식으로 계속 이야기를 하면 자네는 내가 무슨 말을 하는지 도대체 알아차리기 어렵겠지. 그러니 좋든 싫든 자세히 이야기를 해볼 테니 잘 들어보게나.

얼마 전 자네에게 보낸 편지에게 주무관 S를 알게 되었다고 썼었지. 조만간 자기 은거지, 아니 자신의 조그만 왕국으로 찾아와 달라고 내게 부탁을 했다고 말이야. 나는 그 부탁을 대수롭지 않게 생각하고 있었어. 만약 이 고장에 숨겨져 있던 보물을 우연히 찾아내지 못했다면 어쩌면 그곳에 결코 가지 않았을지도 몰라.

이 지역의 젊은이들이 무도회를 연다고 하기에, 나도 기꺼이 참석하기로 했어. 나는 이 고장 아가씨에게 파트너가 되어달라고 부탁했지. 착하고 아름답지만 그것 말고는 대단찮은 아가씨였어. 그래서 마차를 한 대 빌려 나의 춤 파트너와 그녀의 사촌 언니와 함께 흥겨운 무도회가 열리는 곳으로 가기로 했어. 그리고 가다가 도중에 샤를로테 S라는 아가씨를 태우기로 했어. 일행이 벌목한 넓은 숲을 지나 사냥 별장을 향해 가고 있는데 내 춤 파트너가 이렇게 말하더군.

"아름다운 아가씨를 알게 될 거예요."

그러자 사촌 언니가 거들었어.

"사랑에 빠지지 않도록 조심하셔야 해요."

"어째서요?" 내가 말했지.

"이미 약혼한 몸이거든요. 매우 훌륭한 남자하고요. 지금은 여행을 떠나고 없어요. 그분 아버지가 돌아가셔서 뒷수습을 하고, 괜찮은 일자리도 알아보려고요."

나는 이런 이야기를 그냥 대수롭지 않게 흘려들었어.

우리가 별장 문 앞에 도착했을 때는 해가 서산으로 지기까지 아직 십오 분 정도 남아 있었지. 무척 무더운 날씨였어. 두 여성은 비바람이 치지나 않을까 걱정했어. 지평선 위 회백색의 뿌연 구름 주위로 뇌우가 몰려드는 것 같았지. 나는 어쭙잖은 기상학 지식으로 그들의 우려를 달래주려고 했어. 그렇지만 나 자신도 무도회의 흥이 깨질지도 모른다고 예감하기 시작했어.

마차에서 내리니 어느 하녀가 대문으로 나왔어. 로테 아가씨가 곧 나올 테니 잠시 기다려달라고 하더군. 나는 앞마당을 지나 잘 지어진 저택을 향해 걸어갔어. 앞쪽에 있는 계단을 올라가 문 안으로 들어갔지. 그때 지금까지 본 적이 없는 더없이 매혹적인 장면이 눈앞에 펼쳐지더군. 현관에 딸린 방에는 두 살부터 열한 살까지 여섯 명의 아이들이 한 아가씨 주위에 오글거리고 있었어. 보통 키에 아름다운 자태의 아가씨였어. 팔과 가슴에 분홍색 리본이 달린 수수한 흰옷을 입고 있더군. 그녀는 흑빵을 들고 주위에 빙 둘러선 동생들에게 나이와 먹성에 따라 한 조각씩 잘라주고 있었어. 무척 다정한 모습으로 말이야. 다들 고사리 같은 손을 높이 쳐들고 진심이 담긴 소리로 "고마워!" 하고 외치고 있었어. 아가씨가 미처 빵을 자르기도 전에 말이야. 그리고 어떤 아이는 저녁 식사용 빵을 들고 만족해서 바깥으로 뛰쳐나가기도 했고, 성격이 조용한 다른 아이들은 차분히 대문 밖으로 걸어가기도 했어. 낯선 사람들과 그들의 로테가 타고 갈 마차를 보려는 것이었지. 그녀가 말했어.

"이렇게 일부러 들어오시게 하고, 여자분들을 기다리게 해서 죄송해요. 옷을 갈아입고, 내가 없는 동안 챙겨야 할 온갖 집안 일을 하느라 동생들에게 저녁 빵을 주는 것을 깜빡 잊었지 뭐예요. 아이들이 내가 잘라주는 빵만 먹으려 하거든요."

나는 그녀에게 별 뜻이 없는 칭찬의 말을 했어. 내 마음은 온통 그녀의 자태와 목소리, 행동에 쏠려 있었지. 그녀가 장갑과 부채를 가지러 방 안으로 들어갔을 때에야 비로소 나는 놀라운 기쁨을 진정시킬 시간적 여유가 생겼다네. 아이들은 조금 떨어져서 나를 곁눈질하며 쳐다보더군. 나는 그중 가장 잘생긴 막내에게 다가갔어. 아이는 흠칫 뒤로 물러나더군. 바로 그때 로테가 문밖으로 나오면서 말했어.

"루이스, 사촌 형과 악수해야지."

그러자 꼬마는 무척이나 스스럼없이 그렇게 했어. 아이의 코에서 콧물이 흘렀지만 아이에게 진심으로 입맞춤하지 않을 수 없었어.

"사촌이라고요?" 그녀에게 손을 내밀며 물어보았네. "제가 당신의 친척이 되는 행운을 누릴 자격이 있다고 생각하세요?"

그녀는 가볍게 미소를 흘리며 말했어. "우리의 친척 범위는 무척 넓은 편이에요. 당신이 그중에서 가장 먼 친척이라면 제가 서운하지요."

그녀는 걸어가면서 소피에게 동생들을 잘 돌보고, 아빠가 승마 산책에서 돌아오시면 잘 말해달라고 부탁했어. 열한 살쯤 되어 보이는 소피는 딸들 중에서 로테 다음으로 나이가 많았어. 로테는 다른 동생들에게 소피를 자신으로 생각해 그녀 말을 잘 들어야 한다고 당부하더군. 그러자 몇몇 아이들은 꼭 그렇게 하겠노라고 약속하기도 했어. 그런데 여섯 살쯤 되어 보이는 금발의 똑소리 나는 아이가 이렇게 말했어.

"하지만 소피 언니는 로테 언니가 아니잖아. 로테 언니, 우리는 언니가 더 좋단 말이야."

그사이 제일 나이 많은 남동생 둘은 뒤쪽의 마차에 기어오르고 있었네. 내가 괜찮다고 하자 로테는 숲이 시작되는 곳까지만 함께 마차를 타고 가도 좋다고 허락해주었어. 아이들이 장난치지 않고 마차를 꼭 붙잡고 있겠다고 약속한다면 말이야.

우리가 자리에 앉자마자 여자들은 서로 반가이 인사를 나누고는 번갈아가며 웃으며, 특히 모자에 대해 의견을 나누었어. 무도회에 참석할 사람들에 대한 얘기도 적당히 한 바퀴 돌았지. 그럴 때쯤 로테는 마차를 세우게 하고 동생들을 내려주었어. 동생들은 다시 로테의 손에 입맞춤을 하려고 야단이었어. 가장 큰 아이는 열다섯 살이라는 나이에 걸맞게 대단히 깊은 애정을 보이며 입을 맞추었고, 다른 아이는 무척 격렬하면서도 경솔하게 입을 맞추었어. 로테는 동생들에게 다시 한 번 인사를 시켰고, 우리는 가던 길을 계속 갔어.

내 파트너의 사촌 언니는 로테에게 최근에 보내준 책을 다 읽었는지 물어보았어.

"아니요." 로테가 말했어. "마음에 들지 않아서요. 다시 돌려드릴게요. 먼젓번 책도 이것보다 더 낫지는 않았어요."

나는 무슨 책이냐고 물었고, 그녀의 대답을 듣고 깜짝 놀랐어.* 나는 그녀가 하는 모든 말에서 개성이 풍부하다고 생각했고, 그녀의 말 한 마디 한 마디에서 새로운 매력을 느꼈고, 그녀의 표정에서 정신의 새로운 광채가 분출하는 것을 보았어. 내가 자신의 말을 이해해준다고 느껴서인지 그녀의 표정에는 점점 만족해하는 기색이 역력해지는 것 같았어.

그녀가 말했어. "제가 좀 더 어렸을 때는 소설만큼 좋아한 것이 없었어요. 일요일이면 방구석에 앉아 미스 제니**라는 여자의 행복과 불운에 온통 마음을 뺏기곤 했을 때 내가 얼마나 행복했는지 누가 알겠어요. 아직 그런 부류의 소설에 어느 정도 끌린다는 것도 부정하지 않겠어요. 하지만 지금은 책을 잡을 겨를이 없어 제 취향에 딱 맞는 것만 읽으려고 해요. 그런데 저는 제 주위에 일어나는 것과 비슷한 세계를 보여주는 작가를 제일 좋아해요. 제 자신의 가정생활만큼이나 흥미롭고 진실한 이야기를 쓰는 작가 말이에요. 물론 저의 생활이 낙원 같지는 않지만, 그래도 대체로 볼 때 이루 말할 수 없는 행복의 원천이지요."

나는 이 말을 듣고 감동을 숨기느라 애썼어. 물론 언제까지나 숨길 순 없었지. 로테가 지나가는 말로 《웨이크필드의 시골

---

* 누구에게도 불평의 실마리를 제공하지 않기 위해 편지의 이 부분은 부득이 삭제하기로 함. 기본적으로는 어떤 작가도 한 소녀나 변하기 쉬운 어떤 젊은이의 평가를 그다지 중요하게 생각하지 않을 것임. ─ 원주

** 감상적인 소설의 주인공으로 일반화된 이름임.

목사)*라든가 XXX**라는 작품에 대해 진실한 감정으로 성의껏 말하는 것을 듣고 나는 완전히 제정신을 잃고 말았어. 그래서 해야 할 얘기를 그녀에게 다 하고 말았네. 그리고 얼마간 시간이 흐른 뒤 로테가 다른 두 아가씨에게 화제를 돌렸을 때에야, 비로소 나는 마치 그 자리에 없었다는 듯이, 이 두 여성이 눈을 동그랗게 뜨고 옆에 내내 앉아 있었다는 것을 깨달았어. 내 파트너의 사촌 언니는 조롱하듯 코를 찡그리며 몇 번이나 나를 쳐다보았지만, 나는 그것에는 전혀 아랑곳하지 않았어.

즐거운 춤 이야기로 화제가 넘어갔어. 로테가 말했어. "춤에 지나친 열정을 보이면 잘못된 일이겠지만, 솔직히 고백하자면 저는 춤보다 더 흥겨운 것을 알지 못하겠어요. 머리가 복잡할 때 음이 맞지 않는 피아노일망정 요란하게 대무곡(對舞曲)***이라도 치면 다시 기분이 좋아지거든요."

대화를 하는 동안 나는 그녀의 까만 눈동자를 보고 얼마나 큰 기쁨을 맛보았는지 모르겠어. 또 그녀의 생기 있는 입술과 싱그럽고 활기찬 뺨이 얼마나 내 마음을 사로잡았는지. 그리고 그녀가 하는 말의 근사한 의미에 푹 빠져 그녀의 말들을 번번

---

* 아일랜드 출신의 영국 소설가, 시인 겸 극작가 올리버 골드스미스(1728~1774)의 소설 제목임. 선량한 시골 목사 집안의 파란을 유머와 경쾌한 풍자를 곁들여 묘사한 소설 《웨이크필드의 시골 목사》《세계의 시민》, 시로는 「나그네」와 「한촌행(寒村行)」이 대표작임.

** 여기서도 몇몇 독일 작가의 이름을 삭제함. 로테의 칭찬에 공감하는 독자라면 이 대목을 읽을 때 마음으로 공감할 것임. 그렇지 않은 독자라면 삭제한 작가가 누구인지 알 필요가 없을 것임. - 원주

*** 남녀가 두 줄로 마주 서서 추는 춤곡을 말함

이 흘려듣기도 했어. 자네는 나를 잘 아니까 어떤 상황이었는지 상상이 갈 거야. 요컨대 우리가 별장 앞에 조용히 멈추었을 때 나는 꿈꾸는 사람처럼 마차에서 내렸어. 나는 주위가 어스름에 잠긴 세계에서 완전히 꿈속을 헤매고 있었어. 그래서 위층의 환하게 불이 켜진 홀에서 흘러나오는 음악 소리도 거의 귀에 들어오지 않았네.

사촌 언니와 로테의 춤 파트너인 아우드란 씨와 아무개 씨 — 누가 일일이 사람들 이름을 기억하겠어 — 라는 두 신사분이 마차의 문 옆에서 우리를 맞이하고는, 각자의 파트너를 데리고 갔어. 나도 내 파트너와 함께 위로 올라갔어.

우리는 서로의 몸을 휘감으며 미뉴에트를 췄어. 나는 여자들에게 파트너를 바꿔가며 춤을 추자고 했어. 그런데 하필이면 가장 마음에 안 드는 여자일수록 한번 남자의 손을 잡으면 춤을 끝낼 줄 모르더군. 로테와 그녀의 파트너는 영국식 춤을 추기 시작했어. 로테가 우리와 같은 열에서 춤을 추기 시작했을 때 내가 얼마나 행복한 기분이었는지 자네도 느낄 수 있을 거야. 그녀가 춤추는 모습을 꼭 봐야 하는데! 말하자면 그녀는 혼신의 힘을 다해 춤을 추더군. 몸 전체가 얼마나 조화로운지 몰라. 그녀는 근심걱정을 잊고 홀가분하게 춤을 추더군. 마치 춤추는 것이 전부인 양, 그 외에는 다른 어떤 것도 생각하지도 느끼지도 않는 듯했어. 그 순간 다른 모든 것은 분명 그녀 앞에서 사라져버리는 모양이야.

나는 로테에게 두 번째 대무(對舞)를 청했어. 그러자 그녀는 세 번째 대무 때 같이 춰주겠다고 했어. 독일식 춤을 정말 진심으로 좋아한다고 분명히 말하더군. 그 모습이 얼마나 사랑스럽고 솔직해 보이는지 모르겠어. 그러고는 말을 계속했어. "이곳에서는 독일식 춤을 출 때 한번 파트너가 되면 짝을 바꾸지 않는 게 관례랍니다. 그런데 제 파트너는 왈츠에 서툴러서 제가 그의 수고를 덜어주면 고마워할 거예요. 당신의 파트너도 그 춤을 잘 못 추고 또 좋아하지도 않아요. 영국식 춤을 출 때 보니까 당신은 왈츠를 잘 추시더군요. 독일식 춤을 출 때 제 상대가 되고 싶으시면 제 파트너에게 가서 허락을 받아오세요. 그럼 저는 당신의 파트너에게 양해를 구해볼게요." 난 그녀의 말에 동의했어. 그리고 우리가 춤추는 동안 그녀의 파트너가 내 파트너와 담소를 나누도록 해주었어.

이제 춤이 시작되었어. 우리는 갖가지 형태로 팔을 휘감으며 한동안 춤을 즐겼지. 그녀의 동작이 얼마나 매력적이고, 얼마나 날렵했는지 몰라! 그러다가 왈츠를 출 차례가 되어 마치 천구(天球)처럼 서로의 주위를 빙글빙글 돌았지. 왈츠를 제대로 출 수 있는 사람이 워낙 적었기에 물론 처음에는 서로 뒤엉키며 약간 혼란스러웠지. 우리는 이럴 줄 알았기에 그들이 멋대로 추도록 놔두었어. 가장 미숙한 이들까지 자리를 비워주었을 때 우리는 끼어들어 다른 한 쌍, 즉 아우드란 커플과 어울려 실컷 춤을 추었지. 지금까지 그토록 경쾌하게 춤을 춰본 적이 없었어. 나는 더 이상 이 세상 사람이 아니었어. 더없이 사랑스러운 여성을 껴안고 날듯이 빙빙 돌아다니다 보니 주위의 모든 것이 사라져버렸어. 그런데 빌헬름, 솔직히 말하자면 나는 이런 맹세를 했어. 내가 사랑하고 요구하는 여자가 나 이외의 다른 남자와는 왈츠를 춰서는 안 된다고 말이야. 그러다가 설령 내가 파멸하는 일이 있더라도 말이야. 자네는 내 심정을 이해하겠지!

우리는 가쁜 숨을 고르기 위해 홀 안을 몇 바퀴 걸었지. 그런 뒤 로테는 자리에 앉았어. 내가 챙겨둔 것으로 이제 유일한 먹을거리였던 오렌지가 톡톡히 효력을 발휘했지. 다만 로테가 옆자리의 뻔뻔스러운 여자에게 예의상 몇 조각을 나눠줄 때마다 내 가슴이 콕콕 찔리는 느낌이었어.

세 번째 영국식 춤을 출 때 로테와 나는 두 번째로 파트너가 되었어. 우리는 열을 누비며 춤을 추었지. 그러는 동안 그녀의 팔을 잡고 눈을 들여다보면서 내가 얼마나 큰 희열을 느꼈는지 아무도 모를 거야. 그녀의 눈은 매우 솔직하고 순수한 기쁨을 드러내는 더없이 진실한 표정으로 넘쳐 있었어. 그러다가 우리는 어떤 부인 곁으로 가게 되었어. 이제 아주 젊다고는 할 수 없지만 표정이 정말 사랑스러워서 금방 눈에 띄는 여자였어. 그녀는 미소를 지으면서 로테를 바라보더군. 그러고는 위협하듯 손가락을 치켜들고 휙 지나가면서 알베르트라는 이름을 두 번 말하더군. 대단히 의미심장하게 말이야.

"알베르트가 누구지요?" 나는 로테에게 물어보았어. "물어봐도 결례가 안 된다면 말입니다." 그녀가 막 대답하려는 순간 우리는 커다란 8자 대형을 만들기 위해 떨어져야 했어. 그리고 로테와 내가 서로의 앞을 교차해서 지나갈 때 보니 그녀는 뭔가 곰곰 생각에 잠긴 듯한 표정을 하고 있었어. 그녀는 회전 연결 동작을 하기 위해 내게 손을 내밀며 말했어. "당신께 뭘 감추겠어요. 알베르트는 저와 약혼한 사이나 마찬가지예요. 점잖은 분이에요." 그건 내게 새로운 사실은 아니었어(마차를 타고 이곳으로 오는 도중에 동행한 아가씨들이 이미 귀띔해주었거든). 그런데도 그 말이 아주 완전히 새롭게 다가왔어. 그 말을 이토록 짧은 순간 너무나도 소중하게 생각된 로테와 결부해서 생각하지 않았기 때문이야. 그건 그렇고 나는 혼란에 빠져 제정신을 잃고 엉뚱한 조에 끼어들고 말았어. 그래서 모든 게 뒤죽박죽이 되고 말았지만, 로테가 기민하게 대처해 혼란을 수습해준 덕분에 금방 다시 정상으로 돌아올 수 있었어.

벌써 한참 전부터 지평선에서 번개가 번쩍였으나 마른번개일 거라고 나는 둘러대었네. 그런데 아직 무도회가 끝나지도 않았는데, 번개가 훨씬 강해지기 시작했고 음악은 천둥소리에 묻혀버리고 말았어. 세 명의 여성이 대열에서 빠져나갔고, 그들의 파트너들도 뒤따라갔어. 장내는 어수선해졌고, 음악도 중단되었지. 흥겨운 분위기일 때 갑자기 불행이나 어떤 끔찍한 일이 닥치면 평소보다 강한 인상을 주기 마련이지. 한편으로는 흥겨움과 불행의 대조가 그만큼 생생하게 느껴지기 때문이고, 다른 한편으로는 우리의 감각이 일단 느낌을 쉽게 받아들이도록 열려 있어서 어떤 인상을 그만큼 빨리 받아들이기에 더욱 그러하지. 몇몇 여자들이 기묘하게 찡그린 표정을 지은 것도 그런 이유 때문이라고 봐. 그중 가장 현명한 여자는 구석에 앉아 창을 등진 채 귀를 막고 있더군. 다른 한 여자는 그 여자 앞에 무릎을 꿇고 앉아 그녀의 무릎 사이에 머리를 파묻었어. 세 번째 여자는 두 여자 사이에 비집고 들어가 그들을 친자매처

럼 부둥켜안고 하염없이 눈물을 흘리더군. 집으로 돌아가려는
여자들도 몇 명 있었어. 어쩔 줄 몰라 하던 다른 여자들은 거의
정신을 못 차리고 젊은이들의 뻔뻔스러운 행위에도 속수무책
으로 당할 수밖에 없었어. 이 친구들은 겁에 질려 하늘을 향해
기도를 올리는 아름다운 여자들의 입술을 훔치기에 바빴거든.
몇몇 남자들은 조용히 파이프 담배나 한 대 피우려고 아래층
으로 내려갔어. 나머지 일행은 여주인의 제안에 사양하지 않고
따라갔지. 그녀가 기지를 발휘해서 커튼과 덧문이 있는 방으로
가자고 했거든. 우리가 그 방에 들어서자마자 로테는 분주히
의자들을 둥그렇게 배열하더군. 일행이 그녀의 청에 따라 자리
에 앉자 그녀는 게임을 하자고 제안했어.

　　몇몇 친구들은 달콤한 벌칙을 기대하고 입술을 뾰족하게 내
밀며 사지를 쭉 뻗기도 하더군. 로테가 말을 꺼냈어. "우리 숫
자 세기 놀이를 해요. 자, 주목하세요! 제가 오른쪽에서 왼쪽으
로 돌 거예요. 그러면 여러분도 각자 돌아가며 자기 차례의 숫
자를 말하는 거예요. 도화선이 타들어가는 것처럼 빨리 해야
해요. 숫자를 대지 못하거나 틀린 사람은 뺨을 한 대 맞는 거예
요. 그런 식으로 천까지 가는 거예요."

　　그리하여 흥겨운 광경이 벌어졌어. 로테는 한쪽 팔을 쭉 뻗
고 원을 돌기 시작했어. 첫 번째 사람이 "하나" 하고 시작하자,
그 옆의 사람이 "둘", 또 다음 사람이 "셋" 하는 식으로 숫자놀
이가 이어졌어. 그런 다음 로테는 더 빨리, 점점 더 빨리 돌기
시작했어. 그러다가 한 사람이 실수를 하자 찰싹! 하고 뺨을 맞
았어. 그 모습을 보고 웃다가 다음 사람도 찰싹! 하고 뺨을 맞

았지. 숫자놀이는 점점 더 빨리 진행되었어. 나 자신도 두 대를 맞았어. 로테가 다른 사람들보다 나를 더 세게 때리는 것 같아 은근히 기분이 좋았어. 그렇게 모두 웃고 떠드는 중에 천까지 다 세기도 전에 놀이가 끝났어. 서로 친한 사람들끼리 짝을 이뤄 자리를 떴고, 뇌우도 지나갔어. 나는 로테를 따라 홀로 돌아왔어. 오는 도중에 그녀가 이렇게 말했어. "다들 따귀 맞는 것에 신경 쓰느라 날씨나 그 외의 모든 것을 잊어버리고 말았어요!" 나는 그녀의 말에 아무런 대답도 할 수 없었지. 그러자 그녀는 말을 계속 이어가더군. "실은 가장 겁먹은 사람 중의 하나가 바로 저였어요. 다른 사람들에게 용기를 북돋워주기 위해 용감한 척하다 보니 저도 대담해졌어요."

우리는 창가로 다가갔어. 멀리서 천둥소리가 들려왔지. 보슬비가 대지 위로 내렸어. 장관이더군. 더없이 상큼한 향내가 따스한 대기를 가득 채우며 우리가 있는 위층으로 올라왔어. 로테는 팔꿈치를 창틀에 괴고 바깥 풍경을 골똘히 응시하고 있었어. 하늘과 나를 번갈아 쳐다보더군. 눈에는 눈물이 그렁그렁했어. 그녀는 자기 손을 내 손 위에 얹으며 말했어. "클롭슈토크*!"

나는 그녀의 마음속에 든 장엄한 송가(頌歌)를 금방 떠올렸

---

* 클롭슈토크(Friedrich Gottlieb Klopstock, 1724~1803)는 독일의 희곡작가 겸 시인임. 그의 주관주의적 시각은 18세기 초 독일 문학을 지배했던 합리주의와의 결별을 예고함. 밀턴의 《실락원》의 영향을 받은 서사시 「구세주」와 서정시 「송가」가 유명함. 그의 송가는 애국적인 주제를 선택하고 게르만족 신화에서 파생된 주제들을 발굴함으로써 낭만주의를 예고함. 그의 희곡은 고대 게르만족의 영웅인 아르미니우스를 주로 다루고 있음.

어. 그리고 이 같은 암호로 내 가슴 속에 쏟아부은 감정의 물결에 빠져들었어. 나는 도저히 견딜 수 없어 허리를 굽히고 환희에 찬 눈물을 흘리며 그녀의 손등에 입을 맞추었어. 그리고 다시 그녀의 눈을 바라보았어. 고귀한 시인이여! 그대는 그대를 신처럼 숭배하는 그녀의 눈빛을 보았으면 좋았을 텐데. 그리고 이제 나는 누가 그대의 이름을 다시 들먹이는 것을 듣고 싶지 않습니다! 사람들은 심하게 자주 그대의 신성한 이름을 모독했지요!

6월 19일

지난번에 어디까지 이야기하다 말았는지 모르겠어. 새벽 두 시에 잠자리에 들었다는 것은 기억나네. 이렇게 편지를 쓰는 대신 자네 앞에서 떠들어댔다면 아마 날이 새도록 자네를 붙잡아 두었을지도 모르겠어.

무도회에서 집으로 돌아오는 길에 벌어진 일은 아직 들려주지 않았네만, 오늘도 그럴 시간이 없어.

해돋이 광경은 정말 장관이었어. 사방의 숲에서는 물방울이 떨어졌고, 들판은 생기를 되찾고 있었어! 같이 갔던 여자들은 꾸벅꾸벅 졸고 있었지. 로테는 나도 같이 잠을 자지 않겠느냐고 물었어. 그러면서 자기한테는 신경 쓰지 않아도 된다고 했어. 나는 그녀를 뚫어져라 바라보며 말했어. "당신이 그렇게 눈을 뜨고 있는 한 그럴 염려는 없습니다." 우리 둘은 그녀의 집 대문에 다다를 때까지 졸음을 견뎌냈어. 그러자 하녀가 조용히 문을 열어주었고, 로테가 묻는 말에 아버지와 아이들은 잘 있고 모두 아직 자고 있다고 말하더군. 나는 그녀와 헤어지면서 오늘 중으로 다시 만날 수 있으면 좋겠다고 했어. 그녀는 내 말에 동의해주었고, 나는 집으로 돌아왔어. 그 뒤로도 해와 달과 별들은 차분히 제 할 일을 하고 있겠지만, 나는 낮인지 밤인지 분간할 수 없었고, 내 주위의 세상이 온통 사라진 것 같았다네.

6월 21일

　　　　나는 하느님이 자신의 성자들에게 베풀어주신 것 같은 행복한 나날을 보내고 있어. 내 인생이 앞으로 어떻게 될지는 알 수 없지만 내가 기쁨을, 더없이 순수한 삶의 기쁨을 맛보지 않았다고는 말할 수 없을 거네. 자네는 발하임이란 곳을 잘 알고 있지. 난 이곳에서 완전히 자리를 잡았네. 여기서 단 삼십 분 거리에 로테가 있어. 이곳에서 나는 나 자신을 느끼고, 인간에게 주어진 온갖 행복을 누리고 있어.

　내가 발하임을 내 산책의 목적지로 골랐을 때만 해도 천국이 이처럼 가까이 있을 거라고 생각이라도 했겠는가! 멀리 산책을 할 때 나는 이제 내 모든 소망을 담고 있는 사냥 별장을 때론 산 위에서, 때론 평지에서 강 건너로 얼마나 자주 바라보았던가!

　빌헬름, 나는 자신을 확장하고 새로운 발견을 하며 세상 곳곳을 돌아다니고 싶어 하는 인간의 내부에 깃든 욕망에 대해 갖가지 생각을 해보았네. 그런가 하면 제한된 환경에 기꺼이 순응하고 정해진 관습을 따라가며 좌우 어느 쪽에도 신경 쓰지 않으려는 내적인 충동에 대해서도 생각해보았어.

이곳으로 와서 내가 언덕 위에서 아름다운 계곡을 내려다보다니, 주위 풍경이 내 마음을 끌다니 참으로 신기하다네. 저기 조그만 숲이 있어! 아, 자네가 저 숲 그늘 속에 섞일 수 있다면! 저기 산봉우리가 있어! 아, 자네가 거기서 광활한 지역을 굽어 볼 수 있다면! 사슬처럼 이어진 언덕들과 친밀한 골짜기들이여! 저 속에서 사라져버릴 수 있다면! 그곳으로 서둘러 갔다가 돌아오기도 했지. 그런데 기대하던 것을 발견하지는 못했어. 우리의 미래는 이처럼 먼 거리와 같은 거야! 우리의 영혼 앞에는 어스름한 큰 전체가 놓여 있고, 우리의 눈과 마찬가지로 우리의 감각은 그 전체를 보며 희미해지지. 아! 그러면서 우리는 우리의 존재 전체를 바쳐, 유일하고 위대하며 장엄한 감정이 담긴 온갖 희열로 우리 자신이 충만해지기를 갈망하지. 아! 그러다가 우리가 막상 그곳으로 가서, 저곳이 이곳이 되면, 모든 것이 전과 다를 바 없어. 우리는 여전히 제한된 환경에서 빈곤하게 살아가지. 그래서 우리의 영혼은 슬그머니 사라지고 만 청량제를 갈망하는 거지.

그래서 정처 없이 떠돌아다니는 나그네도 결국에는 다시 자기 조국을 그리워하게 되지. 자신의 오두막에서, 아내의 품에서, 자식들이 있는 데서, 처자식을 먹여 살리기 위해 일을 하는 것에서 희열을 발견하지. 넓은 세상에서 그토록 찾아 헤맸지만 얻지 못한 희열을.

나는 아침마다 해가 뜨면 발하임으로 가서 그곳 여관 정원
에 자라는 완두콩을 직접 딴다네. 그리고 자리에 앉아 콩 껍질
을 까면서, 그 사이에 호메로스를 읽기도 하지. 조그만 부엌에
서 냄비를 골라 버터를 잘라 넣고 완두콩을 넣고 불에 올린 뒤
뚜껑을 닫고 가끔 콩을 저어준다네. 그럴 때면 페넬로페를 차
지하려는 오만방자한 구혼자들이 황소와 돼지를 잡아 고기를
자르고 불에 굽는 장면이 정말 생생히 느껴져. 족장 시대의 생
활 방식만큼이나 조용하고 참된 느낌으로 내 가슴을 가득 채
워주는 것은 없어. 다행히도 나는 아무런 허세 없이 그런 삶을
나의 생활 방식과 연결시킬 수 있어.

직접 키운 배추를 식탁에 올리는 사람이 느끼는 단순하고
소박한 희열을 내가 느낄 수 있다니 얼마나 행복한지 모르겠
어. 그 희열은 배추에만 한정되지 않는다네. 모든 좋은 날들,
그러니까 배추를 심던 청명한 아침, 물을 주며 하루가 다르게
쑥쑥 자라던 것을 보고 기뻐했던 기분 좋은 저녁, 이 모든 희열
을 한순간에 다시 함께 느끼는 거라네.

6월 29일

그저께는 의사가 주무관을 만나러 시내에서 이
곳으로 왔어. 그는 내가 땅바닥에서 로테의 동생들 틈에 있는
것을 발견했지. 어떤 아이들은 내 몸에 매달려 버둥거렸고, 다

른 아이들은 나를 놀리기도 했어. 나도 아이들을 간질이며 그들과 야단법석을 떨었어. 그 의사는 앞뒤가 꽉 막힌 멍청이 같은 자였어. 그는 말을 나누면서도 소맷부리의 주름을 만지거나 주름 잡힌 옷깃을 쉴 새 없이 잡아당기더군. 내 행동이 분별 있는 사람의 체통에 맞지 않는다고 생각하는 모양이었어. 그 사람의 표정에서 알아챌 수 있었지. 하지만 나는 그런 것에 전혀 개의치 않았어. 그가 잘난 체하며 떠들어대는 것을 내버려 두고 아이들이 부숴버린 카드 집을 다시 지어주었어. 그런 뒤에도 그 의사는 시내를 돌아다니며, 안 그래도 주무관의 자식들이 버릇이 없는데 베르터라는 친구가 아이들을 완전히 망쳐놓고 있다고 험담을 늘어놓았어.

빌헬름, 정말이지 지상에서 내 마음에 가장 가까이 있는 것은 아이들이라네. 아이들을 지켜보며 조그만 존재 속에서 언젠가 꼭 필요하게 될 온갖 덕목과 능력의 싹을 발견하네. 아이들의 고집은 장차 꿋꿋하고 굳건한 성격으로 변하고, 아이들의 짓궂은 장난은 세상의 위험을 헤쳐나가게 해줄 기분 좋은 유머와 경쾌함으로 바뀔 것이네. 이 모든 것이 어린이에게는 손상되지 않고 온전히 보존되어 있는 것이야! 그런 모습을 볼 때마다 나는 인류의 스승*께서 말씀하신 금언을 되풀이하게 돼. "너희가 돌이켜 어린이들과 같이 되지 아니하면**!"

---

* 그리스도를 가리킴.

** 마태복음 18장 3절. "진실로 너희에게 이르노니 너희가 돌이켜 어린아이들과 같이 되지 아니하면 결단코 천국에 들어가지 못하리라!"

그런데 이보게, 아이들, 우리와 다를 바 없고, 우리가 모범으로 간주해야 할 아이들을 하인처럼 다루고 있어. 아이들은 자유의지를 가져서는 안 된다니! 그럼 우리에게도 자유의지가 없다는 말인가? 그렇다면 어른들의 특권은 어디서 나오는 것인가? 우리가 좀 더 나이가 많고 분별력이 있기 때문이라니! 하늘에 계신 하느님이 보시기엔, 나이 든 아이들과 어린 아이들이 있을 뿐 그 이상 다를 게 없네. 그런데 하느님이 누구에게서 더 큰 기쁨을 얻는지는 하느님의 아들이 벌써 오래전에 분명히 밝히셨지. 하지만 사람들은 예수의 존재를 믿으면서도 그분의 말은 듣지 않아. 옛날부터 그랬지! 그리고 어른인 자신을 모범 삼아 아이들을 키우지. 잘 있게, 빌헬름, 이런 허튼소리를 더 이상 지껄이고 싶지 않아.

7월 1일

　　　　　　로테가 아픈 사람에게 얼마나 소중한 존재인지 내 자신의 가슴으로 느끼고 있어. 내 마음은 병상에서 병고에 시달리는 누구보다도 더 심각한 상태거든. 로테는 시내의 어느 올곧은 부인 집에서 며칠간 머물 예정이야. 의사의 진술에 의하면 임종이 머지않은 이 부인은 마지막 순간에 로테를 곁에 두고 싶어 한다고 그래. 지난주에 나는 로테와 함께 성(聖) XXX라는 마을 목사를 찾아갔어. 한 시간쯤 떨어진 산기슭의 조그만 마을이었지. 우리는 네 시경에 그곳에 도착했어. 로테는 둘째 여동생을 데리고 왔더군. 목사관 앞뜰에는 키가 큰 두 그루 호두나무가 그늘을 드리우고 있었어. 우리가 그곳에 들어서 보니 선량한 노인이 대문 앞 벤치에 앉아 있더군. 노인은 로테를 보자 새로운 생기를 얻은 듯 지팡이도 잊고 벌떡 일어나 그녀를 맞으려 했어. 로테는 얼른 달려가 옆에 앉으면서 노인을 억지로 자리에 앉혔어. 그녀는 아버지의 간곡한 안부 인사를 전하고는 노인의 늦둥이인 꾀죄죄하고 지저분한 꼬마를 안아주었어. 로테가 노인을 대하는 태도를 자네가 봤어야 하는 건데! 그녀는 반쯤 귀먹은 노인네가 자기 말을 알아들을 수 있도록 목소리를 높였어. 건장한 젊은이도 뜻하지 않게 죽을 수 있다는 이야기며 카를스바트의 온천이 얼마나 효험이 뛰어난지도 들려주더군. 또 이번 여름에 카를스바트로 가기로 한 노인의 결심을 잘했다며 칭찬해주었어. 지난번에 뵈었을 때보다 훨씬 얼굴이 좋아 보이고 쾌활해 보인다고 말씀드리더군.

그사이 나는 목사 부인에게 정중히 인사를 했지. 노인은 무척 명랑해졌어. 나는 우리에게 그토록 사랑스럽게 그늘을 드리워주는 아름다운 호두나무에 대해 칭찬하는 말을 하지 않을 수 없었어. 그러자 노인은 약간 힘들어하긴 했지만 나무에 얽힌 이야기를 들려주기 시작했지. "두 그루 중 더 오래된 나무를 누가 심었는지 우린 모른다네. 어떤 사람들은 이 목사가 심었다고 하고, 다른 사람들은 저 목사가 심었다고 하지. 하지만 저 뒤쪽의 나무는 내 아내와 동갑이야. 시월이면 쉰 살이 되지. 장인어른이 아침에 저 나무를 심었는데, 아내가 그날 저녁에 태어났다더군. 장인은 내 전임 목사였는데, 이 나무를 얼마나 좋아하셨는지 이루 말할 수 없을 정도라네. 물론 나도 그분 못지 않게 좋아하지. 내가 이십칠 년 전에 가난한 대학생 신분으로 처음 이 뜰 안에 들어섰을 때 내 아내는 저기 발코니에 앉아 뜨개질을 하고 있었지."

　로테가 따님은 어디 있느냐고 물었어. 그러자 딸은 슈미트 씨와 함께 들판의 일꾼들한테 갔다더군. 그리고 노인은 하던 이야기를 계속 이어갔어. 전임 목사가 차츰 그를 좋아했고, 결국 그의 딸까지 자기를 좋아했다는 거야. 그는 처음에 그의 보좌 목사로 일하다가 그의 후계자가 되었다고 했어. 노인의 이야기는 끝날 줄 모르고 계속되었지. 한참 후에 목사의 딸이 조금 전에 말한 슈미트 씨와 함께 뜰을 가로질러 오더군. 그녀는 로테를 진심으로 따뜻하게 맞아주었어. 솔직히 말하자면 그녀의 인상이 나쁘지는 않았어. 생기발랄하고 튼튼해 보이는 갈색 머리 아가씨였지. 이런 시골에서 잠시나마 말동무가 되기에는 적격일 것 같았어. 그녀의 애인(슈미트 씨가 애인이라는 것은 금방 드러났어)은 세련되지만 조용한 사람이었어. 로테가 계속 말을 걸어보아도 우리의 대화에 끼려고 하지 않더군. 그러나 대단히 애처롭게도 그의 의사 전달을 방해하는 장애물은 분별력이 모자라서라기보다는 센 고집과 언짢은 기분 때문임을 그의 표정에서 알아차릴 수 있었어. 그 뒤에 유감스럽게도 이런 사실이 분명해졌어. 프리데리케가 산책을 하면서 로테와, 때로는 나와도 함께 걸었을 때 안 그래도 갈색을 띤 그의 얼굴빛이 눈에 띄게 어두워졌거든. 그러자 로테는 내 소매를 잡아당기며 프리데리케에게 너무 다정히 대하지 말라고 알아듣게끔 일러주었어. 사람들이 서로를 괴롭히는 것보다 나를 화나게 하는 일은 없어. 그중에서도 나를 가장 화나게 하는 것은, 가장 열린 마음으로 온갖 즐거움을 받아들여야 할 꽃다운 나이의 젊은이들이 얼굴을 찌푸린 채 얼마 안 되는 좋은 시절을 망쳐버리고는, 뒤늦게야 비로소 그렇게 허비한 시간을 보상받을 수 없다는 것을 깨닫는 일이야.

그런 사실에 나는 화가 났어. 저녁 무렵 우리가 목사관으로 돌아와 식탁에서 우유를 마시면서 세상의 기쁨과 고통에 대해 대화를 나누게 되었을 때, 나는 실마리를 잡아 꽤 솔직히 언짢은 기분에 대해 반대하는 이야기를 하지 않을 수 없었어. 나는 말문을 열었어. "우리 인간들은 걸핏하면 불평을 늘어놓습니다. 행복한 나날은 너무 짧고 불행한 날들은 너무 길다고 말입니다. 그런데 제 생각에 그런 불평은 대체로 부당한 것입니다. 우리가 항상 가슴을 활짝 열고, 하느님이 매일 우리에게 베풀어주시는 좋은 것을 즐긴다면 불행이 생기더라도 그것을 감당할 힘도 충분히 생길 겁니다." 그러자 프리데리케가 대꾸했어. "하지만 우리는 우리의 기분을 뜻대로 할 수 없잖아요. 얼마나 많이 몸에 좌우되는지 몰라요! 몸 상태가 좋지 않으면 어딜 가든 기분이 좋지 않거든요." 나는 그녀의 말에 동의하고는 계속 말했어. "그렇다면 언짢은 기분을 일종의 병으로 보고 그에 대한 처방이 없는지 찾아보는 게 어떨까요?" 그러자 로테가 말했어. "그럴듯한 말이네요. 적어도 제 생각엔 많은 문제가 우리 자신에게 달려 있어요. 제 경우를 봐도 그래요. 뭔가가 저를 약 올리고 화나게 하려고 하면 저는 자리에서 벌떡 일어나 정원을 이리저리 오가며 춤곡을 몇 곡 부른답니다. 그러면 금방 기분이 풀리거든요." 내가 그녀의 말을 받았어. "제가 말하려고 했던 게 바로 그겁니다. 언짢은 기분은 나태함과 같은 것이지요. 그 기분은 나태함의 일종이거든요. 나태해지기 쉬운 게 우리의 본성입니다. 그러나 일단 용기를 낼 만한 힘만 있으면 일이 쉽게 풀리지요. 우리는 그런 활동에서 진정한 기쁨을 발견하지요." 프리데리케는 무척 주의 깊게 듣고 있었어. 그런데 슈미트라는 젊은이는 인간은 자기 자신을 마음대로 할 수 없으며, 자신의 감정은 도저히 다스릴 수 없다고 내게 이의를 제기했어. 내가 대꾸했지. "지금 문제가 되고 있는 것은 누구나 어떻게든 떨쳐버리고 싶어 하는 불쾌한 감정입니다. 그리고 자신의 힘을 시험해보지 않고서는 그것이 어느 정도인지 아무도 알지 못합니다. 아픈 사람이라면 분명 백방으로 의사를 찾아다니고, 바라던 건강을 얻기 위해 어떠한 절제나 쓰디쓴 약도 마다하지 않을 겁니다." 나는 성실한 노목사가 우리의 토론에 참여하기 위해 귀를 바짝 기울이고 있다는 것을 알아챘어. 그래서 나는 노인네를 향해 말을 하면서 목소리를 높였지. "저는 수많은 악덕을 경고하는 설교는 많이 들어보았지만, 정작 언짢은 기분을 경고하는 설교는 여태껏 들어본 적이 없습니다.*" 그러자 노인이 말했어. "그런 설교는 도시의 목사가 해야겠지요. 농부는 기분이 언짢아질 일이 없으니까요. 하지만 그런 설교도

---

* 이 문제와 관련해 현재 라바터의 뛰어난 설교문이 있음. 특히 '요나서'에 관한 설교가 그러함. – 원주

때로는 나쁘지는 않겠어요. 적어도 농부의 아내나 주무관에게는 도움이 될 테니까요."

그러자 모두가 웃음을 터뜨렸고, 노인도 진심으로 따라 웃었어. 그러다가 그가 기침을 하는 바람에 우리의 토론은 잠시 중단되었어. 그런 뒤 슈미트가 다시 말을 꺼냈어. "언짢은 기분이 악덕이라 하셨는데, 제 생각으로는 지나친 말씀 같은데요." 그 말에 내가 대답했지. "결코 그렇지 않아요. 그런 기분으로 자기 자신과 바로 옆 사람에게 해를 끼치는 것에 악덕이라는 이름을 붙일 수 있다면 말입니다. 우리가 서로를 행복하게 해주기는커녕 각자 가끔이나마 누릴 수 있는 즐거움을 서로에게서 앗아가 버린다면 그게 바로 악덕 아닌가요? 기분이 언짢으면서도 그걸 숨기고 혼자 감내해서 주변 사람의 즐거움을 망치지 않을 만큼 행실 바른 사람이 있을까요? 그런 사람이 있으면 한번 대보십시오! 오히려 언짢은 기분은 우리 자신이 무가치하다는 것, 우리 자신이 마음에 들지 않는 것에 대한 마음속의 불만이 아닐까요? 우리 자신이 마음에 들지 않는 것은 어리석은 허영심에 의해 부추겨진 시샘과 항상 결부되어 있지요. 우리가 행복하게 해주지 않는데도 행복해하는 사람이 있는데, 그것이야말로 참기 어려운 일이지요." 로테는 내게 미소를 지어 보였어. 내가 말하면서 흥분한 모습을 보였기 때문이야. 프리데리케의 눈에 맺힌 눈물을 보고 힘을 얻은 나는 말을 이어갔어. "누군가에게서 싹터 나오는 소박한 기쁨을 앗아가기 위해, 그의 마음을 좌지우지할 수 있는 힘을 이용하는 자는 혼이 나야 해요. 세상의 어떤 선물이나 호의도 우리가 우리 자신에게서 얻는 즐거움을 단 한 순간도 대체하지 못합니다. 그런데 폭군 같은 자는 시기심에 불쾌한 기분을 이기지 못하고 우리의 기쁨을 망쳐놓는 거지요."

그 순간 내 가슴은 벅차올랐어. 지난날의 수많은 추억이 내 마음속에 밀려들어, 눈물이 흘러내렸어.

나는 소리쳤지. "날마다 자신에게 이렇게 말할 수 있는 자는 얼마나 좋을까요. '벗들의 기쁨을 방해하지 말고 행복을 함께 즐기면서 그들의 행복을 늘리는 것만이 벗들을 위하는 일이야. 벗들의 깊은 속마음이 불안한 열정에 고통스러워하고, 근심에 시달릴 때 그들에게 조금이라도 위안을 줄 수 있겠는가? 그리고 네가 꽃 피어나던 청춘 시절에 망쳐놓은 어떤 여성이 끔찍한 죽을병에 걸려, 매우 애처롭게도 쇠약한 몸으로 누워 감정 없는 눈은 허공을 향하고, 창백한 이마엔 사투를 벌일 때의 식은땀이 맺혀 있을 때, 저주받은 사람처럼 네가 침대 맡에 서 있는 경우를 생각해봐. 그런 상황에서 너는 너의 온갖 능력으로 아무것도 해줄 수 없음을 뼈저리게 느끼고 마음속 깊이 불안에 떨면서, 죽어가는 여성에게 한 방울의 기력이나 조금의 용기라도 불어넣을 수 있도록 혼신의 힘을 다하고 싶겠지.'"

이런 말을 하는 동안 나는 그런 광경을 직접 지켜보았던 기억에 걷잡을 수 없이 사로잡혔다. 나는 손수건을 눈에 갖다 대며 그 자리를 떠났어. 로테가 돌아갈 시간이 되었다고 외치는 소리에 나는 겨우 제정신으로 돌아왔어. 돌아오는 길에 로테는 내가 매사에 너무 열을 올린다며 나를 나무라더군. 그러다가 쓰러지고 말겠다는 거야! 나 자신을 아껴야 한다면서! 오, 천사여! 그대를 위해 살아가겠어!

7월 6일

로테는 죽어가는 여자 친구를 늘 보살피고 있어. 그리고 늘 한결같고, 늘 그 자리에 있는 사랑스러운 존재야. 어디를 가든 고통을 덜어주고 행복을 안겨주지. 어제저녁 그녀는 마리아네와 어린 말헨을 데리고 산책을 나갔어. 나는 그럴 줄 알았기에 그들을 만나 함께 산책을 했지. 우리는 한 시간 반쯤 걸은 뒤에 시내 쪽으로 돌아왔고, 내게 너무나 소중하게 된, 이제는 수천 배는 더 소중하게 된 그 우물가로 갔지. 그녀는 나지막한 담장 위로 가서 앉았고, 우리는 그녀 앞에 섰지. 나는 주위를 둘러보았어. 아, 그러자 내 마음이 아주 외로웠던 시절이 눈앞에 다시 되살아났어. 나는 이렇게 말했지. "사랑스러운 우물아, 서늘한 네 곁에서 쉰 지도 한참 되었구나. 서둘러 지나가느라 너를 쳐다보지 않은 적도 많았지." 아래를 내려다보니 말헨이 물을 한 잔 들고 바삐 올라오고 있었어. 나는 로테를 바라보았어. 내가 그녀에게 느꼈던 온갖 감정이 다시 되살아나더군. 그사이에 말헨이 유리잔을 들고 다가왔어. 마리아네가 잔을 받아 들려고 하자 말헨은 "안 돼!" 하고 정말 귀여운 표정으로 말했어. "안 돼, 로테 언니가 먼저 마셔야 해!" 나는 그렇게 외치는 아이의 진실하고 착한 마음에 완전히 매료되었어. 그래서 달리는 내 마음을 표현할 수 없어 아이를 번쩍 들어

올리고 마구 입맞춤을 하는 것으로 대신했어. 그러자 아이는 소리를 지르며 울기 시작했어. "그러시면 안 돼요." 로테가 말했어. 당혹스럽더군. "이리 오렴, 말헨." 로테는 말헨의 손을 잡고 계단을 내려가며 그렇게 말했어. "시원한 샘물로 가서 얼른 얼굴을 씻어야지. 그럼 괜찮을 거야." 나는 그 자리에 서서, 아이가 고사리 손으로 물을 적셔 열심히 뺨을 문지르는 것을 지켜보았어. 아이는 기적의 샘물로 더럽혀진 모든 것을 씻어내고 보기 흉한 수염으로 받은 수모를 지울 수 있다고 생각하는 것 같았어. 로테가 "그만하면 됐어!"라고 말해도 아이는 계속 열심히 씻더군. 마치 많은 것이 적은 것보다 낫다는 듯이 말이야. 빌헬름, 자네에게 말하는데, 일찍이 이보다 더 경건한 마음으로 세례식에 참석해본 일이 없는 것 같아. 로테가 올라왔을 때 그녀 앞에 무릎이라도 꿇고 싶은 심정이었어. 한 민족의 죄를 씻어준 어느 예언자 앞에 무릎을 꿇듯이 말이야.

그날 저녁 나는 기쁜 마음에 그날 있었던 일을 한 남자에게 들려주지 않을 수 없었어. 그는 분별력이 있는 사람이어서 나는 인간의 심성을 신뢰할 수 있었거든. 하지만 뜻밖의 대답이 돌아왔어! 그는 로테가 크게 잘못했다고 말했어. 아이들을 속여서는 안 된다는 거였어. 그런 식으로 속이면 무수한 오류와 미신의 빌미가 되므로, 일찍부터 아이들을 그런 것으로부터 보호해야 한다는 것이었어. 그런데 그 사람이 일주일 전에 세례를 받은 일이 생각났어. 그래서 그냥 슬쩍 넘어가면서 내 마음속으로만 이런 진실을 간직했네. 우리는 하느님이 우리를 대하듯 어린이를 대해야 하네. 하느님이 우리를 즐거운 망상 속에

허우적거리게 하실 때 우리를 가장 행복하게 해주시는 것이야.

7월 8일

　　인간이란 참으로 어린아이 같아! 눈길 한 번 마주치려고 얼마나 애타게 바라는지! 어쩌면 그렇게 어린아이 같을까! 우리는 발하임으로 갔어. 여자들은 마차를 타고 갔어. 산책하는 도중 로테의 까만 눈동자에서…… 바보 같은 나를 용서해주게! 자네도 그것을, 이 까만 눈을 봐야 해. 요점만 얘기하자면(나는 지금 졸려서 눈이 감기려 하거든), 이보게, 여자들이 마차에 올랐어. 마차 주위에는 젊은 W와 젤슈타트, 아우드란과 내가 서 있었어. 여자들은 마차 문 너머로 물론 가볍고 경박하기 짝이 없는 이 친구들과 잡담을 나누고 있었어. 나는 로테의 눈을 마주치려고 했어. 아, 그녀의 눈길은 이 사람 저 사람에게로 돌아다니더군. 하지만 혼자 체념하고 서 있었던 나, 나, 나에게는 눈길 한 번 주지 않았어! 나는 속으로 수천 번이나 그녀에게 작별을 고했어! 그런데 그녀는 나를 쳐다보지도 않더군! 마차는 내 곁을 지나갔고, 내 눈에는 한 방울 눈물이 고였어. 나는 그녀의 뒷모습을 바라보며 그녀를 떠나보냈어. 마침 로테가 머리 장식을 마차 문 쪽으로 기대는 모습이 보였어. 그러고는 돌아보려고 고개를 돌렸어! 아, 나를 보려는 것이었을까! 이보게! 확실히는 알 수 없지. 아마 나를 돌아보려고 그랬을지도 모른다고 위안 삼고 있어! 아마도! 잘 자게! 아아, 나는 어쩌면 이렇게 어린아이 같은지!

7월 10일

　　사람들이 모인 자리에서 그녀 이야기가 나오면 내가 얼마나 어리석어지는지 자네가 봐야 하는데! 그런데 그녀가 마음에 드느냐고 물을 때면? 마음에 들다니! 마음에 든다는 말이 나는 죽도록 싫어. 로테는 나의 모든 감각과 느낌을 가득 채우고 있는데 겨우 마음에 드느냐는 식으로 묻다니! 무슨 그런 인간이 다 있다는 말인가! 마음에 들다니! 얼마 전에 오시안*이 마음에 드는지 물어본 사람이 있었지!

7월 11일

　　M 부인의 상태가 매우 위중하네. 나는 그녀가 살아나기를 기도하고 있어. 내가 로테와 함께 힘든 상황을 견

---

* 오시안은 고대 아일랜드 켈트족의 전사 시인임. 그의 시는 핀과 핀의 전투 부대 피안나 에이레안(Fianna Éireann)의 영웅담인 페니언 전설을 다루고 있음. 오시안이라는 이름은 1762년 스코틀랜드의 시인 제임스 맥퍼슨이 오이신(Oisín)의 시들을 발견해 「핑갈」이라는 제목의 서사시로 출판하고 이듬해 「테모라」를 출판함으로써 유럽 전역에 알려지게 됨. 그러나 실제로는 그 시는 맥퍼슨이 독창적으로 지어낸 것이 대부분이며 호메로스와 밀턴의 작품 및 성서에서 따온 부분도 많음. 맥퍼슨이 오시안의 것이라고 한 시들은 널리 찬사를 받았으며 초기 낭만주의 운동에 결정적인 영향을 줌.

디고 있기 때문이지. 로테는 여자 친구 집에 그리 자주 가지 않는다네. 그런데 오늘은 놀라운 이야기를 들려주더군. M 부인의 늙은 남편은 인색하고 욕심 많은 구두쇠래. 평생 아내를 무던히도 괴롭히고 억압했다는 거야. 그렇지만 아내는 언제나 그럭저럭 버티며 살아왔다더군. 며칠 전에 의사가 이제 살날이 얼마 안 남았다고 그녀에게 얘기하자, 그녀는 남편을 불러오게 해서(로테도 그 방에 있었어) 이렇게 말했다네.

"당신에게 한 가지 고백할 게 있어요. 제가 죽은 뒤 혼란스럽고 언짢은 일이 생길까 봐서요. 저는 지금까지 될 수 있는 한 야무지게 또 절약하며 살림을 꾸려왔어요. 하지만 당신은 삼십 년 동안 결혼 생활을 하면서 제가 당신을 속여왔다는 것을 용서하셔야 해요. 당신은 결혼 초기에 식비와 다른 생활비를 너무 적게 잡았어요. 살림이 늘어나고 장사 규모가 커졌어도 당신은 상황에 맞춰 주당 생활비를 올려줄 생각을 하지 않았어요. 요컨대 당신도 알다시피, 우리의 살림이 가장 불어났을 때도 당신은 일주일에 7굴덴으로 꾸려나가라고 했어요. 저는 그 돈을 군말 없이 받았어요. 그리고 모자라는 돈은 매주 물건을 판 돈에서 가져다 썼어요. 주인의 아내가 금고의 돈을 훔치리라고는 아무도 예상하지 않을 테니까요. 저는 한 푼도 쓸데없이 허비하지 않았어요. 내 뒤를 이어 살림을 꾸려갈 여자가 자기 힘으로 일을 해나갈 줄 아는 여자라면 저는 이런 비밀을 고백하지 않고 마음 편히 저세상으로 갔을 거예요. 당신은 첫 번째 아내는 살림을 그럭저럭 꾸려왔다고 자꾸만 고집할 테니까요."

나는 로테와 얘기를 나눴어. 인간의 심성이란 믿기지 않을 만치 흐려질 수 있으니 사람을 함부로 나쁘게 봐서는 안 된다고 말이야. 생활비가 두 배는 더 든다는 것을 뻔히 알 텐데도 일주일에 7굴덴으로 충분하다고 여긴다면 이면에 다른 곡절이 있지 않았겠느냐는 것이네. 그러나 나는 선지자가 선물한 영원한 기름 단지를 집 안에 두고도 경탄할 줄 모르는 사람들을 직접 본 것이네.

7월 13일

아니야, 내 자신을 속이는 게 아니야! 나는 그녀의 까만 눈동자 속에서 나와 내 운명에 대한 진실한 관심을 읽어낼 수 있어. 그래, 나는 느끼고 있어. 그리고 이 점에 대해서는 내 마음을 믿을 수 있어. 그녀가 — 아, 천국을 이런 말로 표현해도 될까, 아니 표현할 수 있을까? — 나를 사랑한다는 것을 말이야!

나를 사랑하다니! 그녀가 나를 사랑하게 된 이래로 내가 나 자신에게 얼마나 소중한 존재가 되었는지! 또 내가 — 자네에겐 어쩌면 이런 말을 해도 되겠지, 자네는 이런 방면에 일가견이 있으니까 — 나 자신을 얼마나 숭배하게 되었는지 몰라!

내가 주제넘은 생각을 한 것이 아닐까? 아니면 우리의 진정한 관계를 제대로 느끼고 있는 것일까? 나는 로테의 마음속에 들어 있지 않을까 우려되는 그 사람을 알지 못해. 그렇지만 그

녀가 약혼자 얘기를 할 때면 정말 따뜻하고 사랑스러운 모습
으로 말해. 그럴 때면 나는 모든 명예와 품위를 잃고 단검마저
뺏긴 사람의 심정이 되고 말지.

7월 16일

아, 나도 모르게 내 손가락이 그녀의 손가락
에 닿거나 테이블 밑에서 우리의 발이 서로 마주치기라도 하
면 나는 온몸의 피가 들끓는 느낌이야! 그러면 나는 불에 덴
듯 몸을 움찔하지. 그러다가 알 수 없는 힘에 다시 앞으로 이
끌리는 거야. 이때 나의 온갖 감각은 아찔한 현기증을 느끼지.
아! 그런데 그녀의 순진무구함, 그녀의 구김 없는 영혼은 사소
한 친밀감의 표현에도 내가 얼마나 곤혹스러워하는지를 느끼
지 못해. 심지어 그녀가 대화 도중 자기 손을 내 손에 올려놓거
나, 상의를 할 요량으로 내게 좀 더 가까이 다가와 그녀의 입에
서 나오는 천상의 입김이 내 입술에 닿으면, 나는 벼락이라도
맞은 듯 푹 쓰러질 것만 같아.

그런데 빌헬름! 내가 이 천상의 존재를, 이 신뢰를 어찌 감
히……! 자네는 내 마음을 이해할 거야. 그래, 내 마음은 그렇
게 타락하지 않았어! 약한 거지! 너무 약한 것이지! 그런데 약
한 것은 타락해서 그런 게 아닐까?

그녀는 내게 성스러운 존재야. 그녀 앞에서는 온갖 욕망이
잠잠해진다네. 그녀가 곁에 있으면 나는 어찌할 줄 몰라. 온몸

의 신경 속에서 내 영혼이 마구 뒤집어지는 느낌이야. 그녀가 천사의 힘으로 피아노를 연주하는 멜로디가 하나 있어. 아주 소박하고도 재기발랄한 연주야! 그게 그녀의 애창곡이지. 첫 소절만 연주해도 나의 온갖 고통, 혼란과 변덕이 말끔히 사라져. 옛 음악이 마법의 힘을 지녔다는 말이 내겐 허튼소리가 아닌 것 같아. 저 소박한 노래가 얼마나 내 마음을 사로잡는지! 가끔 내 머리에 총이라도 쏘고 싶을 때 그녀가 그런 노래를 들려줄 줄 알다니! 그러면 내 영혼의 혼란과 어둠은 사라지고, 나는 다시 보다 홀가분하게 숨 쉴 수 있지.

7월 18일

빌헬름, 사랑이 없다면 세상이 얼마나 삭막할까! 불빛이 없다면 환등기가 무슨 소용이 있을까! 조그만 램프를 집어넣으면 알록달록한 영상이 네 마음의 하얀 벽에 비쳐! 그 영상이란 그저 스쳐 지나가는 환영에 불과해. 그럴지라도 우리가 호기심 많은 아이처럼 영상을 보며 불가사의한 현상에 황홀해한다면 그게 바로 우리의 행복이 아닐까. 오늘은 로테를 만나러 갈 수 없었어. 피치 못할 모임이 있어서 갈 수 없었지. 그럼 어떻게 했겠어? 하인을 그곳으로 보냈지. 오늘 그녀 가까이에 있었을 사람을 내 곁에 두기 위해서였어. 그를 얼마나 애타게 기다렸는지, 그를 다시 보고 얼마나 기뻤는지 모른다네! 창피한 생각만 들지 않았더라면 그의 머리를 잡고 입이라도 맞추었을 거네.

사람들 얘기로는 야광석은 낮에 햇빛을 받으면 빛을 흡수했다가 밤이 되면 한동안 빛을 낸다지. 내겐 로테의 집에서 돌아온 하인이 바로 그랬어. 녀석의 얼굴과 뺨, 상의 단추와 외투의 옷깃에 그녀의 눈길이 머물렀다고 생각하니 이 모든 것이 아주 신성하고 소중하게 보여! 그 순간 천 탈러를 준다 해도 녀석을 내주지 않았을 거야. 녀석이 곁에 있는 것만으로도 너무나 행복한 기분이었어. 그런다고 나를 비웃질 않길 바라. 빌헬름, 이렇게 행복한 기분이 환영(幻影)에 불과한 것일까?

7월 19일

"그녀를 만나야겠어!" 나는 아침마다 잠에서 깨어나 대단히 명랑한 마음으로 아름다운 태양을 바라보며 그렇게 외친다네. "그녀를 만나야겠어!" 그러면 하루 종일 더 이상 바랄 게 없어. 이런 소망이 다른 모든 것을 집어삼켜 버려.

7월 20일

자네는 내가 공사(公使)를 모시고 XXX로 갔으면 하는 모양인데, 나는 아직 그럴 생각이 없어. 나는 누구에게 예속되는 것을 그리 좋아하지 않아. 게다가 우리 모두가 알다시피 그자는 역겨운 인간이잖아. 자네는 어머니께서 내가 무슨 활동을 하길 바라신다고 하는데, 그 말을 들으니 웃음이 나오더군. 그럼 내가 지금 아무 활동도 하지 않는단 말인가? 내가 완두콩을 세든 강낭콩을 세든 기본적으로 매한가지가 아닌가? 세상만사는 결국 쓸데없는 것을 지향하고 있어. 자신의 열정이나 욕구는 없이 다른 사람들을 위해 돈이나 명예 또는 그 외의 다른 것을 위해 자신을 혹사하는 자는 언제나 바보라 할 수 있어.

7월 24일

그림 그리기를 소홀히 하지 말라고 자네가 그토록 당부하니, 여태껏 별로 그림을 그리지 못했다고 말하느니 이 문제는 차라리 그냥 넘어가고 싶네.

나는 지금껏 이렇게 행복해본 적이 없었어. 작은 돌멩이 하나 작은 풀포기 하나에 이르기까지 자연에서 느끼는 감정이 이렇게 충만하고 진지했던 적이 없었어. 그렇지만 이런 감정을 어떻게 표현해야 할지 모르겠네. 내 상상력이 너무 빈약해서 모든 것이 내 영혼에 어렴풋이 아물거리는 바람에 분명한 윤곽을 잡을 수 없어. 그러나 점토나 밀랍이 있다면 그 느낌을 잘 빚어낼 수 있으리라고 상상하네. 만약 이런 상태가 좀 더 오래 지속된다면 점토를 들고 반죽을 해볼지도 몰라. 그러다가 결국 케이크가 된다 해도 말이야!

로테의 초상화를 그리려고 세 번이나 시도해보았어. 그런데 세 번 모두 실패하고 말았어. 얼마 전에 로테를 만나서 정말 행복했기에 그런 만큼 더욱 화가 나. 그런 뒤 그녀의 실루엣을 그렸는데, 그것으로 그냥 만족해야겠어.

7월 26일

그래요, 그리운 로테, 무슨 일이든 처리할 테니 시켜만 주세요. 더 많은 일을 맡겨줘요. 더 자주요. 그런데 한 가지 부탁할 일이 있어요. 제게 보내는 편지에 모래*를 뿌리지는 말아줘요. 오늘 서둘러 편지를 입술에 갖다 대다가 그만 모래를 씹고 말았거든요.

7월 26일

벌써 여러 번 다짐했어. 그녀를 너무 자주 만나지 말아야겠다고. 하지만 누가 그런 결심을 지킬 수 있겠는가! 나는 날마다 유혹에 넘어가고 말아. 그러면서도 내일은 일단 찾아가지 않겠다고 성호를 그으며 약속하지. 그런데 아침이 찾아오면 다시 뿌리칠 수 없는 이유를 만들어내. 그래서 나도 모

---

* 당시 잉크가 번지지 않도록 편지에 모래를 뿌리곤 했음.

르는 새 그녀 곁에 가 있는 거야. 저녁이면 그녀는 "내일 오실 거죠?"라고 말하는데, 어떻게 찾아가지 않을 수 있겠는가? 또는 내게 어떤 부탁을 할 때도 있는데, 나는 직접 가서 대답하는 것이 좋다고 생각하는 거지. 또는 날씨가 아주 좋은 날 발하임으로 산책을 갔는데, 일단 그곳에 가면 그녀의 집까지는 겨우 반 시간밖에 안 걸리거든! 그녀와 아주 가까운 대기 속에 있게 되지. 그럼 눈 깜빡할 사이에 그녀 곁에 가 있는 거야. 할머니한테서 자석(磁石)으로 된 산 이야기를 들은 적이 있었어. 그 산에 너무 가까이 다가간 배들은 한꺼번에 모든 쇠붙이를 빼앗겼지. 쇠못도 산으로 딸려가 버렸어. 그러면 불쌍한 선원들은 마구 무너져 내린 널빤지들 사이에서 난파하고 말았지.

7월 30일

알베르트가 돌아왔어. 나는 떠나야겠어. 그는 아주 훌륭하고 고상한 사람이어서 어느 모로 보나 내가 그보다 못하다는 것은 인정할 용의가 있어. 그렇다 해도 그토록 수많은 완벽함을 소유한 그를 내 면전에서 지켜본다는 것은 견딜 수 없는 일이겠지. 소유라! 여하튼, 빌헬름, 약혼자가 돌아왔어! 누구나 호감을 가질 수밖에 없는 훌륭하고 사랑스러운 남자지. 다행히도 나는 그를 맞이하는 자리에 없었어! 만약 그 자리에 있었다면 가슴이 찢어졌을 거네. 그는 또한 정말 존경할 만한 사람이야. 내가 보는 데선 로테에게 한 번도 입맞춤을 하지 않았어. 하느님의 보답을 받을 거야! 그가 로테를 존중하는 마음으로 대하니 나는 그를 좋아하지 않을 수 없어. 그도 내게 호감을 보이더군. 그런데 그건 그 자신의 느낌이라기보다는 어쩐지 로테의 업적인 것 같아. 그런 점에서 여자들은 섬세하고, 올바른 판단을 하기 때문이지. 자신을 숭배하는 두 남자가 사이좋게 지낼 수 있다면 언제나 여자에게 득이 되는 거지. 물론 그런 관계가 유지되긴 어렵기는 하지.

그사이 나는 알베르트에게 경의를 표하지 않을 수 없어. 그의 침착한 표정은 불안한 내 성격과 뚜렷이 대조되거든. 난 그런 내 성격을 숨길 수 없어. 그는 감정이 풍부하고, 로테의 특별한 매력을 잘 알고 있어. 그는 기분이 언짢을 때가 별로 없는 것 같아. 자네도 알다시피 언짢은 기분은 죄악이야. 나는 그걸 인간의 어떤 죄악보다 더 싫어하네.

그는 나를 분별 있는 사람이라 생각해. 내가 로테에게 애착을 느끼고, 그녀의 행동 하나하나에 따스한 기쁨을 보이면 그의 승리감은 더욱 커지지. 그는 그럴수록 그녀를 더욱 사랑하게 돼. 그가 사소한 질투심으로 그녀를 괴롭히는지는 내가 관여할 일이 아니야. 하지만 적어도 내가 그의 입장이라면 이런 고약한 녀석에게 도저히 마음을 놓을 수 없을 거네.

알베르트의 사정이 어떠하든 이제 나는 로테 곁에서 기쁨을 느낄 수 없어. 그녀에게 집착하는 것을 두고 어리석다고 해야 할까? 아니면 눈이 멀었다고 해야 할까? 하긴 뭐라 부르든 무슨 상관인가! 사실 자체가 너무 뻔한데! 나는 알베르트가 오기 전에 이럴 줄 알았어. 로테에게 어떤 요구도 할 수 없다는 것을 알았고, 실제로 어떤 요구도 하지 않았어. 다시 말해 그토록 사랑스러운 존재를 눈앞에 두고 욕구를 단념하는 것이 가능한 한도에서 말이야. 그런데 다른 남자가 정말로 나타나서 그녀를 빼앗아가니까 나는 얼굴을 찡그리고 눈이 휘둥그레지는 거야.

나는 이를 꽉 다물고 나의 처량한 모습을 비웃고 있어. 하지만 이젠 다른 수가 없으니 나더러 체념하라고 말하는 이에게는 두 배 세 배로 비웃어줄 거야. 이런 허수아비 같은 작자들에게서 벗어나고 싶어! 나는 숲 속을 이리저리 헤매고 다녔어. 그러다가 로테에게 가봤더니 알베르트가 정자 밑 정원에서 그녀 곁에 앉아 있더군. 더 이상 어떻게 해볼 도리가 없었어. 그래서 바보같이 멋대로 굴기도 하고, 우스꽝스럽고 당황스러운 촌극을 벌이기도 했어. 오늘 로테가 내게 말하더군. "제발 어제저녁 같은 소동은 벌이지 마세요! 아주 우스꽝스러운 행동을 하니까 끔찍해 보였어요." 빌헬름, 우리끼리 얘기지만 알베르트가 할 일이 있는지 엿보다가 후다닥 달려간다네! 그리고 그녀가 혼자 있는 모습을 보면 언제나 기분이 행복해.

8월 8일

어떻게 그럴 수 있겠어, 빌헬름. 내가 불가피한 운명에 순응하라고 요구한 사람들을 견딜 수 없다고 비난했던 건 결코 자네를 두고 한 말이 아니었어. 자네도 그와 비슷한 견해를 가질 수 있으리라고는 정말 생각지 못했어. 하긴 자네 말이 옳아. 하지만 한 가지만 말하겠네, 빌헬름! 세상에는 '이것 아니면 저것'이라는 식이 거의 통하지 않아. 인간의 감정과 행동 방식은 사람마다 매우 다르거든. 매부리코와 납작코 사이에도 여러 가지 차이가 있듯이 말이야.

그러니 나를 나쁘게 생각하지 말게. 자네 논거를 전적으로 수긍하면서도 양자택일의 방식은 살짝 비켜가더라도 말이야.

자네 말은 로테를 차지할 희망이 있는지 또는 없든지 둘 중 하나라는 거지. 좋아, 전자의 경우엔 어떻게든 희망을 끝까지 밀고 나가 소망을 실현하라는 거지. 후자의 경우에는 기운을 차리고 온 힘을 갉아먹을 뿐인 비참한 감정에서 벗어나라는 거지. 이보게! 좋은 말이네. 그런데 말하기는 쉬운 법이지.

자네라면 천천히 진행되는 병에 걸려 지속해서 조금씩 죽어가는 불행한 사람에게, 단도를 사용해서 단번에 고통을 끝내라고 요구할 수 있겠어? 그리고 기력을 소진시키는 질환은 그 질환에서 벗어나려는 용기마저 앗아가 버리지 않는가?

사실 자네는 유사한 비유를 들어 내게 응수할 수 있겠지. 머뭇거리며 겁내다가 목숨을 위태롭게 하느니 차라리 아픈 팔을 잘라내는 게 낫지 않으냐고 말이야. 글쎄, 잘 모르겠어! 이런 비유를 들며 서로 이러쿵저러쿵 다투고 싶진 않네. 이제 그만 하지. 그래, 빌헬름, 나도 때론 모든 걸 훌훌 떨쳐버리고 싶은 용기가 솟아오를 때도 있어. 그럴 때 어디로 가야 할지 알기만 하면 훌쩍 떠나고 싶어진다네.

8월 8일 저녁

오늘은 한동안 소홀히 한 일기장을 다시 손에 집어 들었어. 사태가 이렇게 진행될 줄 뻔히 알면서도 이 모든 상황으로 한 걸음 한 걸음씩 발을 들여놓은 것에 놀라움을 금할 수 없었어! 내가 처한 상황을 언제나 분명히 알면서도 어린 아이처럼 행동했던 것이야. 지금도 분명히 알면서도 개선될 기미가 아직 보이지 않는다네.

8월 10일

내가 바보처럼 행동하지 않았다면 더없이 행복한 최고의 삶을 영위할 수 있을 텐데. 현재 내가 처해 있는 상황만큼 여러 사정이 멋지게 들어맞아 한 사람의 영혼을 즐겁게 해주기는 쉽지 않을 거야. 아, 우리 마음만이 우릴 행복하게 해주는 건 분명해. 사랑스러운 가정의 일원이 되고, 아들처럼 노인의 사랑을 받고 아버지처럼 자녀들의 사랑을 받으며, 그리고 로테의 사랑을 받을 수 있다면! 그리고 점잖은 알베르트, 그는 변덕스럽고 무례하게 내 행복을 방해하지는 않아. 진심 어린 우정으로 나를 포용해주고 있어. 그는 세상에서 로테 다음으로 나를 소중하게 여긴다네! 빌헬름, 우리가 산책하며 로테에 관해 담소를 나누는 것을 듣는다면 재미있을 거야. 세상에 이런 관계만큼 우스꽝스러운 것도 없을걸. 하지만 그런 관계를 생각하면 이따금 눈물이 나온다네.

　알베르트는 올곧은 로테 어머니 얘기를 해주었어. 로테 어머니는 임종 자리에서 살림과 아이들을 로테에게 맡겼고, 알베르트에게는 로테를 맡아달라고 했다는군. 그때부터 로테는 완전히 딴사람이 되었다는 거야. 살림을 돌볼 때나 중대사를 처리할 때 진짜 어머니처럼 처신했고, 매 순간 사랑을 베풀며 일을 손에서 놓지 않았다는군. 그러면서도 명랑한 표정이나 경쾌한 마음을 결코 잃지 않았다는 거야. 나는 알베르트와 나란히 걸으며 길가의 꽃을 꺾어서는 정성껏 꽃다발을 엮었어. 그걸 흘러가는 시냇물에 던지고는 꽃다발이 물결에 흔들리며 조용히 떠내려가는 것을 지켜보았네. 자네한테 얘기했는지 모르겠지만, 알베르트는 여기 머무르며 보수가 괜찮은 궁정 관직을 얻을 모양이야. 그는 궁정에서 크게 총애를 받고 있다네. 그처럼 일을 깔끔하게 열심히 하는 사람은 거의 보지 못했다네.

8월 12일

　　　알베르트가 하늘 아래 가장 훌륭한 사람인 것은 분명해. 어제 나는 그와 기묘한 말다툼을 벌였어. 나는 작별을 고하러 그를 찾아갔어. 불현듯 말을 타고 산속으로 들어가고 싶은 생각이 들어서였지. 지금 이 편지도 산속에서 쓰고 있어. 알베르트의 방 안을 서성이는데 그의 권총이 눈에 들어오더군. 내가 말했어. "권총 좀 빌릴까요? 여행 갈 때 쓰려고요."

그가 말하더군. "좋을 대로 하세요. 총알을 장전하는 수고를 할 생각이면요. 그냥 장식용으로 걸어놓은 겁니다." 나는 한 자루를 끄집어 내렸고, 그는 말을 계속했어. "이제 저 물건에 손대고 싶지 않아졌어요. 딴에는 조심한다고 하다가 엉뚱한 불상사가 생긴 이후부터요." 나는 무슨 얘기인지 그의 말이 궁금해졌어. 그가 이야기를 들려주었어. "시골에 있는 한 친구 집에 석 달쯤 머무른 적이 있었어요. 장전하지 않았지만 총이 몇 자루 있어서, 마음 편히 잠을 잤지요. 어느 비 오는 날 오후 할 일 없이 앉아 있을 때였어요. 어쩌다 그런 생각이 들었는지 모르지만, 우리가 습격을 받을 수도 있고, 그러면 권총이 필요하겠단 생각이 들더군요. 그게 어떤 기분인지 당신도 알겠지요. 그래서 하인에게 총을 주며 닦고 장전하라고 했지요. 그런데 그 녀석이 장난으로 하녀들을 놀래주려다가 어쩐 일인지 그만 총이 발사되고 말았어요. 그래서 아직 총구 안에 들어 있던 꽂을대가 튕겨나가 한 하녀의 오른손에 맞으면서 엄지를 박살 내고 말았어요. 그러자 하녀는 울고불고하며 큰 소동을 벌였고, 나는 치료비까지 물어줘야 했지요. 그런 일이 있고부터 어떤 총이든 장전하지 않게 되었어요. 그런데 베르터, 조심한들 무슨 소용이겠어요? 위험이란 아무리 대비해도 언제 닥칠지 알 수 없으니까요! 하긴……." 그런데 자네도 알다시피, 난 무척 좋아하는 사람이라도 '하긴'이라는 말은 질색이야. 모든 일반 명제에는 예외가 있다는 게 당연하지 않은가? 하지만 인간은 이처럼 빠져나갈 구멍을 마련해놓는 거야! 무언가 너무 성급한 것, 일반적인 것, 또는 반쯤 진실인 것을 말했다고 생각하면 계속

제한하고 수정하거나 빼고 덧붙여서 결국에는 본론과는 더 이상 상관없는 것으로 만들어버리지.

그런데 알베르트가 바로 이런 경우에 깊이 빠져든 셈이었어. 결국 나는 그의 이야기를 더 이상 귀 기울여 듣지 않고 엉뚱한 생각에 빠져들었어. 그러다가 돌연 격한 동작으로 권총의 총구를 오른쪽 눈 위의 이마에 갖다 댔어. "아니, 이게 무슨 짓이오?" 알베르트가 총을 끌어내리며 말했어. "장전이 안 돼 있어요." 내가 말했지. "그렇다 해도 뭐 하는 짓이오?" 알베르트는 초조해하며 대꾸했어. "인간이 어리석게도 자신을 쏠 생각을 하는지 알다가도 모르겠어요. 나는 그런 생각만 해도 혐오감이 든단 말이오."

나는 이렇게 소리쳤어. "사람들은 어떤 문제에 대한 얘기가 나오기만 하면 '그건 어리석어, 그건 현명해, 그건 좋아, 그건 나빠!'라고 말하지 않고는 못 배겨요. 하지만 그래봤자 무슨 소용인가요? 그런 행동을 하게 된 속사정을 알아보기나 했단 말인가요? 왜 그런 행동을 하게 되었는지, 또 해야만 했는지 그 원인을 분명히 밝힐 수 있단 말인가요? 만일 그랬다면 그렇게 성급한 판단을 내리진 않을 거요."

그러자 알베르트가 말했어. "동기야 어떻든 간에 악덕인 행동도 있다는 걸 당신도 인정할 거요."

나는 어깨를 으쓱하며 그의 말을 옳다고 인정했어. 그러면서 하던 말을 계속했어. "하지만 이봐요, 그런 경우도 몇 가지 예외가 있긴 해요. 도둑질이 악덕인 것은 사실이오. 하지만 당장 굶어 죽을 형편인 자신과 가족을 구하기 위해 도둑질을 한 사람은 동정받아야 할까요? 처벌받아야 할까요? 부정을 저지른 아내와 그녀를 유혹한 비열한 남자를 비분강개해서 죽인 남편에게 누가 제일 먼저 돌멩이를 던질 수 있겠어요? 환희의 순간에 말릴 수 없는 사랑의 즐거움에 빠진 처녀에게 누가 먼저 돌을 던질 수 있겠어요? 우리의 법률과 냉정한 현학자조차 마음이 움직여 처벌을 삼가겠지요."

"그건 전혀 별개의 문제지요." 알베르트가 대꾸했어. "열정에 사로잡혀 분별력을 잃은 사람은 술 취한 사람이나 정신 나간 사람으로 간주되기 때문이지요."

"아, 당신처럼 합리적인 사람들이란!" 나는 미소 지으며 소리쳤어. "열정! 도취! 광기! 당신 같은 사람들은 동정심이란 조금도 없이 그냥 태연히 지켜보기만 하지요. 당신 같은 윤리적인 사람들은 술꾼을 나무라고, 정신 나간 자들을 혐오하지요. 사제처럼 그런 사람들 곁을 지나치며, 바리새인처럼 하느님께 감사드리지요. 자기를 그런 부류의 인간으로 만들지 않았다고 말입니다. 나도 가끔은 술에 취한 적도 있어요. 그럴 때 나의 열정이 광기에 가까웠던 적도 있어요. 그렇지만 열정과 광기를 후회하진 않아요. 왜냐하면 나는 뭔가 위대한 일, 뭔가 불가능해 보이는 일을 해낸 비범한 사람들은 하나같이 예로부터 술 취한 자나 미친 사람으로 불려왔다는 것을 나름대로 깨달은 바가 있기 때문이지요. 하지만 평범한 생활을 하면서도 어느 정도 거침없고 고상하며 예기치 않은 행동을 하면 거의 예외 없이 '저 사람은 취했어, 바보같이 구는군!'이라는 뒷소릴 듣게 되지요. 그건 견디기 어려운 일입니다. 당신처럼 정신이 말짱

한 사람은 부끄러운 줄 알아야 해요! 당신처럼 현명한 자들은 부끄러운 줄 알아야 해요!"

알베르트가 말했어. "또 엉뚱한 생각을 하는군요. 당신은 매사를 극단으로 몰고 가요. 적어도 이 문제에 관해선 당신 생각이 옳지 않아요. 지금 우리가 얘기하는 자살을 그런 위대한 행위와 비교하다니요. 자살은 단지 나약함에 지나지 않아요. 하기야 고통스러운 삶을 의연히 견디는 것보단 차라리 죽는 게 더 쉽겠지만요."

나는 대화를 그만할 참이었어. 나는 혼신의 힘을 다해 말하는데 상대방이 하찮은 평범한 말을 논거랍시고 들이대는 것보다 사람을 성질나게 하는 경우는 없기 때문이야. 그렇지만 나는 마음을 다잡았어. 그런 소리는 벌써 종종 들어왔고, 그에 대해 자주 화를 냈기 때문이지. 나는 다소 격한 어조로 대꾸했어. "그걸 나약함이라 부르다니요? 부탁하건대 겉모습만 보고 잘못 판단하지 않길 바랍니다. 폭군의 견디기 힘든 압제에 신음하던 백성이 마침내 격앙해서 쇠사슬을 끊고 일어선다면 그걸 나약하다고 할 텐가요? 집에 불이 났지만 두려움을 떨치고 평소에는 거의 움직이지도 못하던 무거운 짐을 혼신의 힘을 다해 가뿐히 옮기는 사람, 모욕당한 것에 격분해서 여섯 명과 맞붙어 제압한 사람을 나약하다고 할 텐가요? 이보시오, 전력을 다하는 게 강함의 표시인데 극단으로 치닫는 게 어찌 나약함이라는 거요?"

알베르트는 나를 쳐다보며 말했어. "내 말을 나쁘게 생각하지 말아요. 당신이 든 예들은 우리의 화제와는 전혀 맞지 않는 것 같아요."

나는 말했어. "그럴지도 모르지요. 문제를 종합해서 판단하는 나의 방식이 허튼소리에 가깝다는 비난을 자주 들어왔으니까요. 그럼 평소에는 삶의 짐을 묵묵히 견디다가 이제 내려놓기로 한 사람의 기분이 과연 어떨지 다른 방식으로 상상할 수 있는지 생각해보자고요. 그런 사람의 입장에서 공감할 수 있을 때만 우리에게 그런 문제를 거론할 자격이 있는 거요."

나는 말을 계속 이어갔어. "인간의 본성에는 한계가 있는 거요. 인간의 본성은 기쁨과 고통, 괴로움을 어느 정도까진 참을 수 있지만, 한계를 넘어서는 즉시 파멸하고 말지요. 그러니까 이런 경우는 나약한지 강한지의 문제가 아니라, 도덕적으로든 신체적으로든 어느 정도까지 고통을 감내할 수 있는지의 문제인 거요. 그러니 자살하는 사람을 비겁하다고 말하는 것은 뭔가 사리에 안 맞는다는 거요. 이는 고약한 열병에 걸려 죽는 사람을 겁쟁이라고 부르는 게 적절치 않은 것과 마찬가지인 거요."

"궤변이오! 터무니없는 궤변이란 말이오!" 알베르트는 크게 소리쳤어. "당신이 생각하는 것만큼은 그렇지 않아요."

내가 응수했지. "다음과 같은 경우를 우리가 죽음에 이르는 병이라고 일컫는 것에 당신도 인정하겠지요. 그 병으로 인해 본성이 심하게 타격받아 한편으론 기력이 소진되고, 다른 한편으론 제대로 기능을 발휘하지 못해 다시 기력을 회복할 수 없거나 어떤 획기적인 방법으로도 생명의 정상적인 순환 현상을 복구할 수 없을 때 말이오. 그럼 알베르트, 이런 경우를 인간의 정신에 적용해봅시다. 제한된 환경에서 살아가는 사람을 한번 보도록 하지요. 그들은 외부의 인상에 영향을 받고 특정한 생각에 고착되어, 급기야는 열정이 점점 커져 차분한 분별력을 잃고 파멸로 치닫는 거지요. 침착하고 합리적인 사람이 불행에 빠진 사람의 상태를 파악한들 아무 소용이 없어요! 그런 사람에게 뭐라고 설득한들 아무런 소용이 없단 말이오! 이는 환자의 병상을 지키는 건강한 사람이 자신의 기력을 환자에게 조금도 불어넣을 수 없는 것과 마찬가지 이치란 말이오!"

알베르트는 이런 말을 너무 일반적인 말로 받아들이는 것 같았어. 그래서 나는 얼마 전에 물에 빠져 죽은 채 발견된 어느 소녀를 상기시키고, 그녀 이야기를 다시 들려주었어.

"착한 소녀였어요. 가사를 돌보고 매주 정해진 일을 하며 협소한 반경에서 자랐어요. 낙이라고 해봤자 일요일이면 조금씩 사 모은 옷이나 장신구로 치장하고 또래의 여자 친구들과 교외로 산책 가거나, 큰 축제가 있을 때마다 빠짐없이 춤추러 가거나, 게다가 말다툼이 벌어지거나 남의 흉을 볼 일이라도 생기면 이웃집 여자와 몇 시간이나 정신없이 수다 떠는 것이 전부였어요. 그런데 그녀의 정열적인 본성은 결국 보다 내밀한 욕망을 느꼈어요. 남자들이 아첨의 말을 하자 그 욕망은 자꾸 부풀어 올랐어요. 그래서 이전에 누렸던 즐거움은 점차 시들해졌어요. 그러다가 마침내 한 남자를 알게 되면서, 여태까지 알지 못하던 감정에 휩쓸려 걷잡을 수 없이 그 남자에게 빠져들지요. 이제 그녀는 그 남자에게 온 희망을 걸었어요. 주변의 세계는 잊어버리고 그 남자 이외에는 아무것도 듣거나 보거나 느끼지도 못하게 되었어요. 세상에 하나뿐인 그 남자만 그리워했어요. 변덕스러운 허영심에서 비롯되는 공허한 즐거움에 물들지 않은 그녀의 욕망은 곧장 목표를 노리지요. 그의 아내가 되겠다는 목표 말이지요. 영원한 결합에 의해 지금까지 그녀가 맛보지 못한 온갖 행복을 얻고, 그녀가 그리워한 온갖 기쁨을 한꺼번에 맛보려고 했지요. 그는 이 모든 희망을 확실히 보증해주겠다고 거듭 약속했고, 대담한 애무로 그녀의 욕구를 키웠어요. 그녀의 영혼은 이런 약속과 애무에 완전히 사로잡혀버렸어요. 그녀는 온갖 기쁨을 예감하며 몽롱한 의식으로 두둥실 떠다니는 느낌이었어요. 그녀는 잔뜩 기대에 부푼 상태에서 결국 두 팔을 활짝 벌립니다. 온갖 소망을 껴안기 위해서요. 그런데 그녀의 애인은 그녀를 버리고 말았어요.

이제 그녀는 마치 온몸이 마비된 듯 의식을 잃고 심연 앞에 서게 됩니다. 그녀 주위에는 모든 게 암흑뿐입니다. 어떤 전망이나 위안도 없었고, 어찌해야 할지 알 수 없었어요! 애인에게 버림받았기 때문이지요. 그녀는 애인에 의해서만 자신의 존재를 느꼈거든요. 자기 앞에 놓인 넓은 세계가 보이지 않았어요. 이런 상실을 보상해줄 많은 사람들도 보이지 않았어요. 그녀는 온 세상으로부터 버림받아 혼자라고 느꼈어요. 끔찍한 심적 고통으로 막다른 궁지에 몰린 그녀는 앞뒤를 재지 않고 심연으로 몸을 던졌어요. 주위를 에워싸는 죽음으로 온갖 고통을 끝내기 위해서였지요. 알베르트, 이것이 바로 적지 않은 사람들의 이야기지요! 말하자면 이것이 병의 경우가 아닌가요? 본성이 이처럼 혼란스럽고 모순되는 힘들의 미로에 갇혀 출구를 찾지 못하면, 인간은 죽을 수밖에 없는 거요. 그런데도 이런 여성을 지켜보며 이런 말을 하는 자는 혼이 나야 해요. '어리석은 여자로군! 좀 기다리면 시간이 해결해줄 텐데. 그러면 절망감도 진정되고 다른 남자를 만나 위로를 받을 수 있을 텐데.' 그건 다음 말과 다르지 않아요. '바보 같으니, 열병으로 죽다니. 좀 기다리면 결국 기력이 회복되고 활력이 생겨, 들끓던 피가 가라앉을 텐데. 그러면 모든 게 순조롭게 진행되어 오늘날까지 살아 있을 텐데!'"

이런 비유를 얼른 납득하지 못한 알베르트는 몇 마디 이의를 제기했어. 특히 내가 들려준 이야기는 아둔한 소녀 이야기일 뿐이라는 거야. 그 소녀처럼 시야가 협소하지 않고 더 많은 사정을 내다볼 수 있는 분별 있는 사람이라면 그런 변명이 통할지 자못 의심스럽다는 거였어. 그러자 내가 큰 소리로 외쳤어.

"알베르트, 인간은 다 똑같아요. 조금 더 분별 있는 사람이 있을 수 있겠지만, 열정이 끓어올라 인간의 한계를 넘어서면 분별 있다 해도 별로 소용없거나 아예 소용없어요. 차라리…… 그 이야기는 다음 기회에 하기로 해요." 나는 그렇게 말하고 모자를 집어 들었어. 아, 가슴이 터질 것 같았어. 우리는 서로를 이해하지 못하고 헤어졌어. 이 세상에서 타인을 쉽게 이해할 수 있겠는가.

8월 15일

　　세상에서 사랑만큼 인간에게 꼭 필요한 것은
없을 걸세. 로테는 나를 잃고 싶지 않은 눈치야. 그리고 동생들
도 내가 늘 아침마다 와줄 것으로 굳게 믿고 있어. 오늘 로테의
피아노를 조율해주러 그곳으로 갔어. 하지만 그럴 수 없었어.
아이들이 동화를 들려달라고 졸랐기 때문이야. 로테도 아이들
의 청을 들어주라고 했어. 나는 아이들에게 저녁 빵을 잘라주
었어. 아이들은 이제 로테가 나누어줄 때와 거의 다름없이 내
가 나누어주는 빵도 잘 받는다네. 그런 뒤 나는 여러 손들의 시
중을 받는 공주 이야기*의 골자를 들려주었어. 그러면서 나는
많이 배운다네. 그건 자신 있게 말할 수 있어. 그리고 아이들이
그 동화에 얼마나 큰 감명을 받는지 놀라울 정도라네. 같은 이
야기를 두 번 들려줄 때도 있어. 그럴 때면 지엽적인 내용은 가
끔 까먹기도 해서 내 스스로 지어낼 경우도 있는데, 그러면 아
이들은 먼젓번 내용과 다르다고 곧 지적을 하거든. 그래서 이
제는 틀리지 않고 이야기를 들려주기 위해서 노래하듯 가락
을 넣어 유창하게 암송하는 연습을 하고 있어. 이런 경험으로
깨달은 게 있어. 작가가 원래 이야기를 고친 개정판을 내게 되
면 비록 문학적으로 더 나아졌다 해도 결국은 작품을 훼손하
기 마련이라고 말이야. 우리는 첫인상을 순순히 받아들이거든.

---

* 마리 카트린(Marie Catherine)의 《흰 고양이》에 나오는 동화임. 공주가 갇혀서 굶주
릴 때 천장에서 많은 손이 내려와 먹을 것을 주었다는 내용임.

인간은 아무리 기상천외한 것이라도 자꾸 설득하면 믿게 되어 있어. 하지만 또한 믿는 것은 곧장 단단히 붙어버리지. 그러니 그것을 다시 긁어내거나 지워버리려고 하다간 혼이 나게 마련이지!

8월 18일

인간에게 행복을 안겨주는 것이 다시 불행의 원천이 되어야 한단 말인가?

생기 있는 자연에서 가슴으로 느끼는 충만하고 따뜻한 감정은 나를 커다란 희열에 넘치게 했고, 주위의 세상을 낙원으로 만들어주었어. 그런데 그 감정은 이제 내게 참을 수 없는 고통을 안겨주고, 가는 곳마다 따라다니며 나를 괴롭히는 유령이 되어 있어. 전에는 바위 위에서 강물 너머 언덕들에 이르기까지 비옥한 계곡을 내려다보고, 내 주위의 모든 것이 싹을 틔우고 솟아오르는 것을 보았지. 기슭에서 봉우리까지 산들은 키 큰 나무들로 빽빽이 덮여 있고, 이리저리 굽이치는 계곡들은 더없이 사랑스러운 숲으로 그늘져 있는 것을 보았지. 그리고 강물은 살랑거리는 갈대밭 사이로 미끄러지듯 고요히 흘러가고, 부드러운 저녁 바람에 실려와 하늘에 걸려 있는 정겨운 구름을 비춰주었지. 그런 뒤 숲을 활기 있게 해주는 새소리가 주위에서 들려왔지. 그리고 무수한 모기떼가 붉게 물든 저녁노을 속에서 어지러이 춤을 추었고, 마지막 햇빛이 번쩍일 때면 풀숲에 있던 딱정벌레가 붕붕거리며 날아올랐지. 주위에서 벌레들이 윙윙거리며 움직이는 소리에 나는 땅바닥에 주의를 기울였어. 내가 서 있는 단단한 바위에서 자양분을 흡수하는 이끼와 메마른 모래언덕 밑에서 자라는 관목은 자연의 내부에서 이글거리는 성스러운 생명력을 보여주었지. 이 모든 것을 나는 따뜻한 가슴으로 받아들였어. 그때 넘쳐흐르는 충만함으로 마치 신이라도 된 기분이었어. 그리고 그 무한한 세계의 장엄한 형상들이 내 영혼 속에서 매우 활발하게 살아 움직였어. 엄청나게 큰 산들이 나를 에워쌌고, 심연들이 내 앞에 놓여 있었어. 불어난 계곡물이 콸콸 쏟아져 내렸고, 저 아래엔 강물이 흘러갔으며, 숲과 산에서는 그 소리의 메아리가 울려왔어. 그리고 나는 수수께끼 같은 온갖 힘들이 대지 깊은 곳에서 서로 어울려 작용하며 이 모든 걸 만들어내는 모습을 보았어. 그리고 땅 위와 하늘 아래서는 다양한 피조물들이 우글거리고 있어. 온갖 생명체가 수많은 형태로 살아가고 있지. 그런데 인간들은 조그만 집에 함께 안전을 확보하고 보금자리를 만들며, 자기들이 넓은 세상을 지배하고 있다고 생각하는 거야. 가련한 바보인 거지! 인간이 모든 것을 하찮게 여기는 것은 자신이 너무 미미한 존재이기 때문이지. 그런데 영원히 창조하는 정신은 접근할 수 없는 산으로부터 발을 들여놓을 수 없는 황무지를 거쳐, 급기야는 미지의 대양 끝까지 바람에 날리듯 옮겨 다니며, 살아서 자신의 말에 귀 기울이는 티끌 하나에까지도 기뻐하는 것이지. 아, 그 당시에 나는 얼마나 자주 내 머리 위로 날아가는 두루미의 날개를 빌려 망망대해가 시작되는 해안까지 날아가고 싶었던가. 그리하여 영원한 분의 거품 이는 잔에 든 용솟음치는 생명의 환희를 마시고, 모든 것을 제 안에서 스스로 만들어내는 존재의 축복 한 방울을 단 한 순간이나마 내 가슴의 협소한 힘으로 느껴보기를 얼마나 바랐던가.

벗이여, 이젠 그 순간의 추억만이 나를 행복하게 해주네. 저 형언할 수 없는 느낌을 되살려 다시 말로 표현하려고 애를 쓰기만 해도 내 영혼은 한껏 고양되네. 그러고는 나를 지금 둘러싸는 상황이 곱절로 두려워진다네.

내 영혼 앞에 드리워졌던 장막이 걷힌 것 같아. 그리고 무한한 생의 무대가 내 앞에서 영원히 아가리를 벌리고 있는 무덤의 심연으로 바뀌고 있어. 이처럼 모든 것이 휙 스쳐 지나가는데 '이것은 존재한다'고 자넨 말할 수 있을까? 모든 것이 번개처럼 순식간에 지나가버리고, 존재의 힘이 온전히 지속되기는 무척 어려워. 아, 모든 것은 물결에 휩쓸려 가라앉았다가 바위에 부딪혀 산산이 부서져버리지 않는가? 자네와 자네 주위의 가족을 갉아먹지 않는 순간은 없어. 자네가 파괴자가 아닌 순간, 파괴자가 될 필요가 없는 순간은 없어. 아무런 악의 없이 산책할 때도 수천 마리의 아주 조그만 불쌍한 벌레들이 목숨을 잃지. 한 발짝 걸으면서 개미들이 애써 지은 건물을 망가뜨리고, 어느 조그만 세계를 짓밟아 치욕스러운 무덤으로 만들어버려. 아, 세상의 드문 큰 재난이나 마을을 휩쓸어 버리는 홍수, 도시를 집어삼키는 지진이 내 마음을 뒤흔드는 게 아니야. 내 마음을 무너뜨리는 것은 자연의 모든 것에 숨겨져 있는 파괴적인 힘이야. 그 힘은 이웃과 자기 자신마저 예외 없이 파괴

해버리지. 그리하여 나는 이렇게 불안에 떨며 비틀거리고 있어. 하늘과 땅, 내 주위에서 작용하는 힘이 두렵다네. 내 눈에 보이는 것이라곤 영원히 집어삼키고, 영원히 되새김질하는 괴물뿐이라네.

8월 21일

아침에 악몽에서 어렴풋이 깨어나면 그녀를 향해 헛되이 팔을 벌리네. 꿈속에서 나는 풀밭에서 그녀 곁에 앉아 그녀에게 수천 번이나 입맞춤한다네. 밤에 그런 순진무구하고 행복한 꿈에 빠지면 나는 침대에서 헛되이 그녀를 찾아보네. 아, 그러고서 아직 잠이 덜 깬 몽롱한 상태에서 그녀를 찾아 더듬다가 잠이 깨면 답답한 가슴에서 하염없이 눈물이 터져 나오지. 그러면 나는 암울한 미래를 생각하며 절망적인 심정으로 눈물짓는다네.

8월 22일

참으로 비통한 일이네, 빌헬름. 언짢게도 나의 활동력은 불안한 무기력 상태로 바뀌고 말았네. 한가히 있을 수도 없고 그렇다고 무슨 일을 할 수도 없어. 상상력도 없어졌고, 자연에서 아무런 감흥도 느끼지 못하며, 책을 보면 구역질이 나네. 우리가 우리 자신을 잃으면 세상 모든 것을 잃는 거야. 맹세하건대 나는 가끔 일용직 노동자가 되었으면 하고 바랄 때가 있어. 그러면 아침에 깨어나면서 그날에 대한 기대며 어떤 욕구나 희망이라도 가져볼 수 있을 테니까. 가끔 알베르트가 부러울 때가 있어. 서류 더미에 파묻혀 지내는 그를 보면 말이야. 그럴 때면 내가 그의 자리에 있으면 얼마나 좋을까 상상하곤 하지. 나는 벌써 몇 번이나 자네와 장관에게 편지를 쓰고 싶었네. 공사관에 자리를 알아봐 달라고 말일세. 자네도 자신 있게 말했듯이, 그 자리 정도라면 나를 거절하지 않겠지. 나 자신도 그렇게 생각하네. 장관은 오래전부터 나를 총애하셨고, 어떤 일이든 해야 한다고 다그치셨거든. 그래서 한때 그런 일을 해볼까 생각해보기도 했어. 하지만 잠시 뒤 다시 생각해보았는데, 불현듯 말에 대한 우화가 떠오르더군. 자유를 견디지 못한 말이 안장과 마구(馬具)를 얹고 녹초가 되도록 달리다가 결국 죽고 말았다는 이야기야. 어찌해야 할지 나도 모르겠어. 그런데 이보게! 마음속에서 상태의 변화를 절실히 바라는 것은 어쩌면 어디를 가든 나를 따라다닐 내면의 언짢은 초조감 때문이 아닐까?

8월 28일

만약 내 병을 고칠 수 있다면 고쳐줄 사람은 분명 이 사람들일 거야. 오늘은 내 생일이야. 아침 일찍 알베르트가 보낸 소포를 받았어. 열어보니 분홍색 리본이 곧 눈에 들어왔어. 로테를 처음 만났을 때 그녀가 달고 있던 리본이었어. 그이후로 몇 번이나 달라고 졸랐던 거였지. 사륙판 크기의 책도두 권 들어 있더군. 베트슈타인*출판사에서 펴낸 호메로스 책이었어. 산책할 때 에르네스티 판본을 갖고 다니기가 불편해서정말 갖고 싶었던 거였어. 이것 봐! 두 사람은 이처럼 나의 소망을 미리 들어주고, 우정의 표시로 이런 온갖 자잘한 호의를베풀지 않은가. 이런 호의는 주는 사람의 허영심으로 우리에게굴욕감을 안겨주는 눈부신 선물보다 수천 배나 소중하네. 나는이 리본에 수없이 입맞춤했어. 그리고 숨을 쉴 때마다 더없는행복의 추억도 함께 들이마시네. 짧지만 행복했던, 이젠 돌이킬 수 없는 며칠 동안 내 가슴을 가득 채워주었던 추억 말이야.빌헬름, 내 처지가 이렇다네. 그렇다고 불평하지는 않아. 인생의 꽃피는 한창때란 단지 현상에 불과하니까! 흔적도 남기지못하고 스러져가는 꽃들은 얼마나 많고, 열매를 맺는 꽃은 얼마나 적은가! 그리고 열매가 제대로 무르익는 꽃은 얼마나 적은가! 하지만 그것만으로도 충분하지 않은가. 아, 친구여! 그렇지만 우리가 잘 익은 열매를 소홀히 하고 업신여기며, 맛도 보지 않고 썩힐 수 있단 말인가? 잘 있게! 화창한 여름날이네. 나는 가끔 로테의 과수원에서 과일나무 위에 앉아 과일 따는 장대를 들고 꼭대기에 달린 배를 따곤 하네. 로테는 나무 아래 서서 내가 내려주는 배를 받는다네.

---

* 암스테르담 출신의 출판인.

8월 30일

불행한 이여! 넌 바보가 아닌가? 너 자신을 속이는 게 아닌가? 왜 이렇게 끝없이 미쳐 날뛰는 열정에 사로잡힌단 말인가? 나는 오직 그녀만을 위해 기도하지. 머릿속에는 오직 그녀의 모습만이 떠올라. 그리고 내 주위의 세상 모든 것을 오로지 그녀와의 관계 속에서만 바라본다네. 그러면 얼마 동안 행복하게 지낼 수 있어. 그러다가 결국 다시 그녀로부터 벗어나야 한다네! 아, 빌헬름! 때로 내 가슴이 왜 이다지도 나를 몰아붙이는지! 두세 시간 그녀 곁에 앉아 그녀의 자태와 몸가짐, 천사 같은 말투에 취해 있노라면, 차츰 모든 감각이 팽팽히 긴장되어 눈앞이 아득해지고 귀도 거의 들리지 않아. 그리고 암살자가 내 목이라도 조르는 듯 숨이 막히면 내 가슴은 사납게 고동치며 답답해하는 감각에 숨통을 틔우려 하지. 하지만 그럴수록 더욱 혼란스럽기만 하네. 빌헬름, 나는 내가 과연 이 세상에 살고 있는지 알 수 없을 때가 가끔 있어! 그리고 때로는 슬픔에 사로잡혀 로테의 손을 잡고 실컷 울어서라도 답답한 심정을 달래보려 하는데, 그녀가 이런 한심한 위안도 허락해주지 않으면 나는 바깥으로 뛰쳐나갈 수밖에 없어. 그리고 저 멀리 들판을 이리저리 헤매고 다닌다네. 그럴 때면 가파른 산을 기어오르고, 몸에 상처를 내는 산울타리와 내 몸을 찌르는 가시덤불을 헤치며, 길 없는 숲 속에 길을 내며 뚫고 나아가는 것을 나의 즐거움으로 삼는다네! 그러면 기분이 조금 나아지네! 조금일 뿐이야! 그러다가 지치고 목이 마를 때면 가끔 도중에 드러눕기도 하지. 때로는 보름달이 휘영청 밝은 한밤중에 고적한 숲 속에서 구부정하게 자란 나뭇가지에 걸터앉아 발바닥의 상처를 조금 매만져주기도 하지. 그러고는 지친 몸으로 쉬다가 어스름한 달빛 아래 스르르 잠들기도 하지! 아, 빌헬름! 내 영혼이 목말라하는 청량제가 뭔지 아는가? 수도사의 외로운 독방, 거친 털로 만든 수도복, 가시 달린 허리띠라네. 잘 있게! 이런 비참한 상태는 무덤에 들어가야 끝날 것 같네.

9월 3일

난 떠나야만 하네! 빌헬름, 흔들리는 내 결심을 다잡아줘서 고마워. 그녀 곁을 떠나야겠다는 생각을 벌써 보름째나 하고 있어. 난 떠나야만 해. 그녀는 다시 시내의 여자 친구 집에 가 있어. 그리고 알베르트는 ― 그리고 ― 난 떠나야만 하네!

9월 10일

힘든 밤이었네! 빌헬름! 이제 모든 어려움을 견뎌냈어. 그녀를 다시는 보지 않을 거야! 아, 친구여, 자네 목을 와락 끌어안고 복받치는 격정에 하염없이 눈물 흘리며 내 가슴에 밀려드는 느낌을 표현하고 싶네. 하지만 난 여기 앉아

가쁜 숨을 몰아쉬며 가슴을 진정시키려 하면서 아침이 밝아오기만을 기다리고 있어. 해가 뜨면 마차가 오기로 되어 있어.

아, 그녀는 고요히 잠들어 있고, 다시는 나를 보지 못할 것이라곤 생각조차 못 하고 있어. 나는 뿌리치고 나왔어. 나는 두 시간 동안 대화를 나누면서도 내 의향을 발설하지 않을 정도로 의연한 모습을 보였어. 그런데 대관절 얼마나 어이없는 대화였던가!

알베르트는 저녁 식사를 마치는 즉시 로테와 함께 정원에 나와 있겠다고 약속했어. 나는 높다란 밤나무 아래 테라스에 서서 사랑스러운 골짜기 너머, 잔잔한 강물 위로 이제 마지막으로 저물어가는 해를 바라보고 있었어. 나는 얼마나 자주 그녀와 함께 여기에 서서 장엄한 광경을 지켜보았던가. 그런데 이제는 — 나는 무척 정겨웠던 가로수 길을 이리저리 거닐었어. 로테를 알기 전에도 왠지 마음이 끌려 이곳에서 자주 발길을 멈추곤 했지. 그런데 우리가 처음 서로를 알게 된 무렵 둘 다 이곳을 좋아한다는 사실을 알고 얼마나 기뻐했던가. 정말이지 이곳은 예술 작품에서 그대로 가져온 듯한 가장 낭만적인 장소 중의 하나야.

우선 밤나무 사이로 전망이 탁 트여 있어. 아, 내 기억에 여기서 보이는 광경에 대해 벌써 여러 번이나 편지에서 얘기한 것 같아. 키 큰 너도밤나무들이 벽처럼 주위를 에워싸고 있고, 그것에 연이은 덤불숲에 의해 가로수 길이 점점 어두워지다가, 결국 길이 끝나는 곳엔 사방이 막힌 조그만 공터가 나오지. 공터에는 소름 끼치는 적막감이 감돈다네. 대낮에 그곳에 발을 들여놓기는 처음이었어. 얼마나 무시무시한 기분이 들었는지 지금도 기억이 생생해. 이곳이 장차 더없는 행복과 고통이 벌어질 무대가 될 것임을 아주 어렴풋이 예감했던 것이지.

나는 약 반 시간 동안 이별과 재회라는 애잔하면서도 달콤한 상념에 젖어 있었어. 그때 두 사람이 테라스를 올라오는 소리가 들렸어. 나는 그들 쪽으로 걸어가서, 떨리는 심정으로 그녀의 손을 잡고 입을 맞추었지. 테라스 위에 막 오르자 관목이 우거진 언덕 뒤로 달이 떠오르고 있었어. 우리는 이런저런 이야기를 나누는 중에 어느새 어둠침침한 정자에 다다랐어. 로테가 안으로 들어가 자리에 앉자 알베르트가 그녀 옆에 앉았고, 나도 그 옆에 앉았어. 하지만 나는 마음이 불안해 오랫동안 앉아 있을 수 없었어. 나는 자리에서 일어나 그녀 앞쪽으로 가서 이리저리 거닐다가 다시 자리에 앉았어. 안절부절못하는 상황이었지. 로테는 달빛이 멋진 효과를 내고 있다고 우리에게 주의를 환기시켰어. 달빛은 벽처럼 늘어선 너도밤나무들의 끝자락에서 우리 앞의 테라스 전체를 환히 비추어주고 있었어. 정말 멋진 광경이었어. 우리 주위가 짙은 어둠에 싸여 있어서 더욱 확연한 대비를 이루고 있었어. 우리는 조용히 침묵을 지키고 있었어. 그런데 얼마 후 그녀가 말문을 열었어.

"달빛 아래서 산책하다 보면 언제나 돌아가신 분들이 생각나요. 꼭 죽음이며 내세에 대한 느낌에 휩싸여요. 우리도 언젠가는 저세상으로 가겠지요!" 그녀는 더없이 장엄한 감정이 담긴 목소리로 말을 이었어. "하지만, 베르터, 우리가 저세상에서도 다시 만나게 될까요? 다시 서로를 알아볼까요? 어떻게 생각하세요? 뭐라고 말씀 좀 하세요!"

나는 그녀에게 손을 내밀며 눈물이 그렁그렁한 눈으로 말했어. "로테, 다시 만날 겁니다! 이 세상에서도 저세상에서도 다시 만날 겁니다!" 나는 더 이상 말을 이을 수 없었어. 빌헬름, 그녀가 하필 이런 질문을 해야만 하다니! 내가 이처럼 불안한 이별을 마음속에 품고 있는 마당에!

그녀가 말을 이었어. "그런데 돌아가신 분들은 우리에 대해 알고 있을까요? 우리가 잘 지내는지, 우리가 따스한 사랑으로 그분들을 기억하는 것을 느낄까요? 아, 고요한 밤이면 언제나 어머니 모습이 눈앞에 아른거려요. 내가 어머니의 자식들, 나의 아이들 틈에 앉아 있고, 그들이 그녀 주위에 모여 있을 때처럼 내 주위에 모여 있을 때면 말이에요. 그럴 때면 그리움의 눈물을 흘리고 하늘을 바라보며, 내가 임종의 자리에서 어머니에게 한 약속을 지키고 있다는 걸 잠시라도 내려다보실 수 있기를 바라요. 그때 난 어머니의 자식들의 어머니가 되겠다고 약속했지요. 나는 감정이 복받쳐 이렇게 소리친답니다. '어머니, 제가 어머니가 하시던 것만큼 아이들에게 잘 해주지 못하고 있다면 절 용서해주세요. 아! 하지만 저는 할 수 있는 일은 뭐든지 하고 있어요. 옷 입혀주고, 먹여주고, 아, 이 모든 것보다 더 중요한 일인 보살핌과 사랑을 주고 있어요. 자애로운 어머니, 우리가 화목하게 지내는 모습을 보실 수 있겠지요! 그러니 어머니는 더없이 뜨겁게 감사하는 마음으로 하느님께 영광을 돌리실 거예요. 어머니는 더없이 쓰라린 최후의 눈물을 흘리시며 아이들이 잘 지내게 해달라고 하느님께 기도하셨잖아요.'"

로테는 이렇게 말했어! 아, 빌헬름, 그녀가 했던 말을 누가 그대로 옮길 수 있겠는가! 차갑게 죽은 문자가 어떻게 이처럼 천상에 핀 정신의 꽃을 묘사할 수 있겠는가! 알베르트가 부드럽게 그녀의 말에 끼어들었어. "너무 감정이 격해졌어요, 로테! 이런 생각에 심하게 빠져드는 심정은 알겠지만, 그러면 안 돼요." 그러자 로테가 말했어. "오, 알베르트, 아버지가 여행을 떠나시면 아이들을 재운 뒤에, 작고 둥근 탁자에 우리 둘이 함께 앉아 있던 저녁 시간들을 잊지 않으셨겠지요. 당신에겐 가끔 좋은 책이 있었지만 그걸 읽는 경우는 드물었어요. 이 멋진 영혼과의 만남이 무엇보다 소중하지 않았나요? 아름답고 온화하고 명랑하며 늘 활동적인 우리 어머니 말이에요! 하느님은 제가 흘리는 눈물의 의미를 아실 거예요. 저는 종종 눈물을 흘리며 저의 침대에서 하느님 앞에 무릎을 꿇고 기도를 드리거든요. 제가 어머니를 닮게 해달라고요."

"로테!" 나는 이렇게 소리치며 그녀 앞에 무릎을 꿇고 그녀 손을 잡고는 하염없이 흐르는 눈물로 그 손을 적셨어. "로테! 당신은 하느님의 축복을 받을 거고 어머니의 혼령도 당신을 지켜줄 것입니다." 그러자 그녀는 내 손을 꼭 쥐며 말했어. "당신이 어머니를 아셨더라면 좋았을 거예요. 어머니는 당신이 알고 지내도 될 만큼 훌륭한 분이었어요!" 나는 정신이 아득해지는 것 같았어. 나를 이보다 더 위대하고 자랑스럽게 생각하는 말을 들어본 적이 없었거든. 그녀는 말을 이어갔어. "어머니는 꽃다운 나이에 돌아가셨어요. 막내아들이 채 여섯 달밖에 되지 않았거든요! 그다지 오래 앓지도 않았어요. 어머니는 차분히 모든 걸 운명에 맡기셨어요. 다만 아이들이 마음에 걸렸어요. 특히 막내 때문에요. 임종이 다가오자 '아이들을 데려와 다오!' 라고 말씀하셨어요. 저는 아이들을 데리고 들어갔어요. 어린 아이들은 무슨 영문인지 몰랐고, 큰 아이들은 분별력이 없었지요. 아이들은 침대 주위에 빙 둘러섰어요. 어머니는 두 손을 들어 올리고 아이들을 위해 기도했어요. 어머니는 한 명씩 입을 맞춘 뒤 밖으로 내보내고는 저에게 '아이들의 어머니가 되어 다오!'라고 말씀하셨어요. 저는 어머니의 손을 잡고 그러겠노라고 말했어요. '얘야, 너는 어려운 약속을 한 것이다. 어머니의 마음과 어머니의 눈을 가져야 하니까. 너는 가끔 감사의 눈물을 흘리더구나. 어머니가 된다는 것이 무슨 의미인지 잘 안다는 게지. 동생들을 위해 그 마음을 잘 간직하고, 아버지를 위해서는 아내처럼 충실하고 순종하여라. 아버지를 잘 위로해드려야지.' 그러고 나서 아버지를 찾으셨어요. 아버지는 견딜 수 없는 슬픔을 우리에게 숨기기 위해 밖에 나가 계셨어요. 아버지는 말할 수 없이 상심하셨어요.

알베르트, 당신도 그때 방에 있었지요. 어머니는 발소리를 듣고 누구냐고 묻더니 당신을 부르셨어요. 어머니는 우리가 행복할 거라고, 함께 행복하게 살 거라고 안심한 표정으로 당신과 나를 차분히 바라보셨지요." 알베르트는 로테의 목을 껴안고 입을 맞춘 뒤 소리쳤어. "우리는 행복해요! 앞으로도 행복할 거요!" 차분하던 알베르트도 완전히 제정신이 아니었고, 나 역시 어찌해야 할지 갈피를 잡을 수 없었어.

로테가 말을 계속했어. "베르터 씨, 이런 어머니가 돌아가시

다니요! 어째 이런 일이! 인생에서 가장 사랑하는 사람을 잃는
다는 것이 어떤 의미인지 가끔 생각해보면 아이들이 가장 예
민하게 느끼는 것 같아요. 검은 옷을 입은 남자들이 엄마를 데
려갔다고 아이들이 두고두고 불평하지 뭐예요!"

로테는 자리에서 일어섰어. 제정신이 돌아온 나는 깊은 감
동을 받아 그대로 앉은 채 그녀의 손을 잡고 있었어. 그녀가 말
했어. "그만 가봐야겠어요. 시간이 늦었어요." 그녀는 손을 빼
려고 했지만 나는 더욱 꼭 잡으면서 외쳤어. "우리는 다시 만날
겁니다. 우리는 서로를 발견할 겁니다. 아무리 많은 사람들 틈
에서도 서로를 알아볼 겁니다. 이제 가겠어요." 나는 말을 계속
했어. "기꺼이 가겠어요. 하지만 영원한 이별이라면 견디기 힘
들 겁니다. 잘 지내요, 로테! 잘 지내요, 알베르트! 우리는 다시
만날 겁니다."

그러자 로테가 농담처럼 대꾸했어. "내일 보자는 말이겠지
요." 나는 그 내일이라는 의미가 무엇인지 느끼고 있었어. 아,
그녀는 내 손에서 자기 손을 빼내면서 아무것도 몰랐어. 두 사
람은 가로수 길을 걸어 나갔어. 나는 멍하니 서서 달빛 아래 걸
어가는 두 사람의 뒷모습을 물끄러미 바라보았어. 그러고는 땅
바닥에 털썩 주저앉아 꺼이꺼이 울었어. 그러고는 벌떡 일어나
테라스 위로 달려갔지. 저 아래 키 큰 보리수나무 그늘에서 로
테의 하얀 옷이 정원 문 쪽으로 어렴풋이 비치고 있었어. 나는
두 팔을 뻗었지만 그녀 모습은 사라지고 없었어.

제2부

1771년 10월 20일

우리는 어제 이곳에 도착했어. 공사는 몸이 좋지 않아 며칠간 집에 틀어박혀 있을 거래. 그분은 성미만 그리 고약하지 않으면 모든 일이 순탄할 텐데. 보아하니 운명이 내게 가혹한 시련을 안겨줄 모양이야. 그래도 용기를 내야지! 마음을 가볍게 먹으면 뭐든지 감당할 수 있는 법이지! 마음을 가볍게 먹는다고? 내가 이런 표현을 쓰다니 절로 웃음이 나오네. 아, 내가 조금만 더 가벼운 기질을 타고났더라면 세상에서 가장 행복한 사람이 될 텐데. 이게 무슨 꼴인가! 다른 사람들은 형편없는 능력과 재능을 갖고도 내 앞에서 마음 편히 거들먹거리며 돌아다니는데 나는 나의 능력과 재능에 절망한단 말인가? 내게 이 모든 것을 베풀어주신 자비로운 신이시여, 차라리 그 절반을 도로 거두어 가실지언정 왜 자신에 대한 믿음과 만족감은 주지 않으셨나요?

참아야지! 참고 견뎌야지! 더 나아질 거야. 자네에게 밝히는데, 이보게, 자네 말이 옳아. 매일 사람들 틈에서 부대끼며 그들이 무슨 일을 어떻게 하는지 보면서 나 자신의 상태가 훨씬 좋아졌어. 우리는 모든 것을 우리와 비교하고, 우리 자신을 모든 것과 비교하는 본성을 타고난 게 분명해. 그렇기 때문에 행복이나 불행은 우리 자신과 비교하는 대상들에 달려 있는 거야. 그러니 고독보다 위험한 것은 없어. 우리의 상상력은 본성상 향상하려는 성향이 있고, 문학의 환상적인 이미지에 의해 자양분을 공급받지. 그런 상상력이 만들어내는 일련의 존재 중에 우리 자신이 가장 하위의 존재야. 우리 이외의 존재는 모두 더 근사하고 더 완벽해 보이네. 그것은 아주 자연스러운 일이야. 우리는 너무 자주 우리에게 많은 것이 결여되어 있다고 느껴. 가끔 우리 자신에게 결여된 바로 그것을 다른 사람은 지니고 있는 것처럼 생각될 때가 있어. 게다가 우리는 우리가 지닌 모든 것에다, 우리의 이상적인 만족감까지 다른 사람에게 주어 버렸다고 여기지. 이런 식으로 행복한 사람이 완벽하게 만들어 지는데, 그것은 우리 자신의 피조물인 셈이지.

반면에 우리가 아무리 나약하고 힘에 겨울지라도 그냥 꾸준히 노력해가면 더디고 지지부진하면서도 돛을 달고 노 저어가는 다른 모든 이들보다 때론 훨씬 나은 결과를 얻을 수도 있어. 그리하여 우리가 다른 사람들과 나란히 가거나 심지어 앞서 갈 때 우리 자신에 대한 진정한 감정이 생기는 거네.

1771년 11월 26일

이만하면 이곳에서 그럭저럭 지내기 시작하

는 셈이야. 가장 좋은 것은 할 일이 충분히 있다는 점이네. 많은 부류의 사람들, 온갖 새로운 인물들이 내 영혼 앞에 다채로운 구경거리를 만들어줘. C 백작이라는 사람을 알게 됐어. 날이 갈수록 더욱 존경하지 않을 수 없는 사람이야. 생각이 넓고 식견이 대단한 사람인데, 많은 것을 내다본다고 해서 차갑지는 않아. 그분과 교제하다 보면 우정과 사랑에 대한 생생한 느낌이 뚜렷해져. 내가 그와 관련해 위탁받은 업무를 이행하자 그는 내게 관심을 보였어. 그는 나와 처음 몇 마디를 나누고 우리가 서로 마음이 통한다는 것과 다른 어느 누구보다도 나와 말이 통한다는 것을 알아챘어. 그분이 나를 허심탄회하게 대하는 태도 역시 크게 칭찬하지 않을 수 없네. 누군가에게 마음을 열어 보이는 위대한 영혼을 보는 것만큼 세상에서 진정하고 훈훈한 기쁨은 없네.

1771년 12월 24일

　　공사라는 사람은 나를 정말 짜증 나게 만들어. 예상한 대로야. 세상에 둘도 없이 꼼꼼하게 구는 멍청이야. 꼬치꼬치 따지고 번거롭게 구는 것이 수다쟁이 여편네 같네. 자기 자신에게 결코 만족할 줄 모르고, 그러니 아무에게도 감사할 줄 모르는 사람이야. 나는 일을 수월하게 처리하는 편이고, 처리한 일은 그대로 놓아두네. 그는 내가 작성한 문서를 돌려주며 이렇게 말하곤 하지. "그런대로 괜찮네. 하지만 다시 꼼꼼히 살펴보게. 언제나 더 나은 단어나 더 적당한 불변화사*를 찾을 수 있을 거야." 그런 말을 들으면 미쳐버릴 것 같아. '그리고'란 말과 같은 접속사 하나라도 빼먹어선 안 되고, 가끔 무심코 쓰곤 하는 도치법이라면 그는 아주 질색을 한다네. 만약 복합문을 관례적인 어법에 따라 써놓지 않으면 그는 문장의 뜻을 전혀 이해하지 못해. 이런 인간과 상대하려니 정말 고역이야.

C 백작의 신임이 그나마 나를 근근이 버티게 해주는 유일한 보상이야. 얼마 전에 백작은 공사가 일을 더디게 하고 너무 꼼꼼히 따진다고 내게 아주 솔직히 불만을 털어놓았어. "본인은 물론이고 다른 사람까지 힘들게 하는 사람들이 있지. 여행하다 보면 산도 넘어야 하고 체념도 해야 하네. 물론 산이 없으면 훨씬 편히 보다 짧은 길을 갈 수 있겠지. 하지만 어차피 산이 앞을 가로막고 있으면 넘어가는 수밖에 없는 거지!"

늙은 공사도 백작이 자기보다 나를 더 우수하다고 생각하는 걸 느끼는 모양이야. 그래서 화가 난 공사는 걸핏하면 내 앞에서 백작의 험담을 늘어놓는 거야. 난 당연히 반론을 제기하고, 그러면 사태는 더 악화될 뿐이지. 어제는 공사 때문에 화가 났어. 나까지 걸고넘어지는 거야. 백작이 세상일에는 매우 능숙하고, 일처리도 잘하며 글도 곧잘 쓰지만, 글재주 좋은 사람이 다들 그렇듯이 깊이 있는 학식이 부족하다는 거야. 그러면서 공사는 "한 방 먹었지?"라고 말하려는 듯한 표정을 짓는 거야.

---

* 전치사나 접속사를 일컬음.

하지만 그런 말은 내게 아무런 효과도 내지 못했어. 나는 그런 식으로 생각하고 행동하는 인간을 경멸하거든. 나는 그의 말을 견뎌내며 상당히 격렬하게 맞대응했어. 나는 백작이 성품이나 학식 면에서 존경할 만한 분이라고 말했지. "저는 그렇게 정신을 넓혀 무수한 대상에 그 정신을 확산시키면서도 평범한 일상생활에서까지 그런 활동을 견지하는 데 성공한 사람을 알지 못합니다." 하지만 이런 말도 그에게는 쇠귀에 경 읽기였어. 그래서 나는 이런 당치 않은 말을 계속 듣다가는 더욱 화가 치밀어 오를 것 같아 그 자리에서 물러나왔어.

일이 이렇게 된 것은 모두 자네와 어머니 탓이야. 쓸데없는 말로 내게 멍에를 씌운 셈이고, 활동적인 생활을 해야 한다고 노래 부르다시피 했지. 활동적인 생활이라니! 차라리 감자를 심고 말을 타고 시내로 가서 곡식을 파는 사람이 나보다 더 많은 일을 하지 않는가. 만일 그것보다 내가 하는 일이 더 활동적이라면 나는 이제 꼼짝없이 잡혀 있는 이 노예선에서 십 년은 더 혹사당하겠네.

서로에게 곁눈질이나 하는 이런 역겨운 족속들 틈에서 겉만 번지르르한 참담함과 무료함을 겪어야 하다니! 이들은 높은 지위에 집착하여 서로 경계하고 감시하며 한 발짝이라도 앞서겠다고 할 뿐이네. 그러면서 한심하고 가련하기 짝이 없는 야욕을 노골적으로 드러내지. 예컨대 내가 아는 사람 중에 그런 여자가 있네. 그녀는 누구에게나 자신이 귀족 출신이라는 것과 자기 고장 이야기를 늘어놓네. 그러면 그녀를 모르는 사람은 그녀가 바보라고 생각하지 않을 수 없지. 그까짓 귀족과 고장의 명성이 뭐가 그리 대단하다고 떠벌리고 다니다니. 하지만 더욱 고약한 것은 그녀가 이 근방 관청 서기의 딸에 불과하다는 사실이야. 이것 봐, 나는 이런 족속은 이해할 수 없네. 그처럼 지각없이 천박하게도 자신의 명예를 더럽히다니 말이야.

이보게, 나는 날이 갈수록 사람들이 얼마나 어리석은지 더욱 실감하고 있어. 다른 사람을 자기 기준에 따라 재단하거든. 나야 뭐 할 일이 태산 같고 마음이 이토록 격정에 휩싸여 있으니 남들이야 무슨 짓을 하든 상관하지 않겠네. 내가 하는 일에 참견만 하지 않는다면 말이야.

나를 가장 화나게 하는 일은 시민사회의 숙명적인 신분의식이야. 물론 나도 신분의 차별이 얼마나 필요한지, 그것이 나 자신에게 얼마나 많은 이득을 가져다주는지 누구 못지않게 잘 알고 있네. 다만 그런 차별이 내게 방해가 되지 않았으면 좋겠어. 이 지상에서 나는 아직 약간의 즐거움과 얼마간의 행복을 누리고 싶거든. 얼마 전에 산책을 갔다가 B 양이라는 사랑스러운 여성을 알게 되었지. 그 아가씨는 이런 경직된 생활의 와중에도 무척 활발한 천성을 간직하고 있었네. 우리는 대화를 나누면서 서로에게 호감을 느꼈어. 그래서 나는 헤어질 때 그녀 집을 방문해도 좋은지 허락을 구했어. 그녀가 그렇게 해도 좋다고 전혀 거리낌 없이 허락하기에 나는 적절한 때를 거의 기다릴 수 없어 무턱대고 그녀의 집을 찾아갔지. 그녀는 이곳 출신이 아니어서, 아주머니 댁에 살고 있더군. 늙은 아주머니의 인상은 나의 마음에 들지 않았네. 나는 그녀에게 각별히 관심을 보였고, 화제도 주로 그녀에 관한 것이었지. 그렇게 채 반 시간도 안 돼 나는 꽤 많은 것을 알아냈는데, 그녀는 나중에 직접 그에 관해 털어놓았어. 아주머니는 그 나이에 가진 게 하나도 없는 상태였어. 변변한 재산도 없었고 머리에 든 지식도 없었지. 의지할 데는 조상의 족보밖에 없었고, 피난처라고는 자신의 울타리가 되어주는 신분밖에 없었네. 그리고 이층 창밖으로 지나가는 시민들의 머리를 내려다보는 것 외에는 아무런 낙이 없었어. 젊은 시절에는 미인이었다고 하는데, 그 바람에 인생을 허망하게 날려 보냈다더군. 처음엔 고집이 세서 불쌍한 젊은이들을 괴롭혔고, 나이 들어선 늙은 장교에게 순종하며 머리를 숙이고 살았다지. 장교는 그 대가로 웬만큼 생활비를 대주며 그녀와 말년을 보내다가 저세상으로 갔다는 거야. 이제 그녀 자신도 인생의 황혼기에 접어들어 홀몸으로 지내고 있어. 만약 그토록 사랑스러운 조카딸이 없었더라면 아무도 그녀를 거들떠보지 않았을 거라네.

1772년 1월 8일

격식에만 온통 정신이 팔려 있고, 언제까지나 식탁에서 한 자리라도 더 상석에 앉으려고 혈안이 되어 있는 인간은 대체 어떻게 생겨먹은 것일까! 그런데 그런 녀석들에게 딱히 할 일이 없는 것도 아니야. 오히려 할 일은 잔뜩 쌓여 있는데, 그런 하찮은 짜증 나는 일에 신경을 쓰느라 정작 중요한 일은 하지 못하는 거야. 지난주에는 썰매를 타러 갔다가 다

틈이 벌어지는 바람에 완전히 흥이 깨지고 말았어.

본래 자리라는 게 가장 중요한 것은 아니며, 최고 상석을 차지한 사람이 가장 중요한 역할을 하는 경우도 드물다네. 그런데 그걸 모르는 바보들이라니! 얼마나 많은 왕이 대신의 지배를 받고, 얼마나 많은 대신이 비서의 지배를 받고 있는가! 그럼 최고 일인자는 누구란 말인가? 내 생각엔 다른 사람들을 굽어보고, 자신의 계획을 실행하기 위해 이들의 힘과 열정을 다 쏟아붓도록 할 능력과 지략을 갖춘 사람이 곧 최고 일인자인 것이네.

1월 20일

사랑하는 로테, 그대에게 글을 띄우지 않을 수 없습니다. 나는 지금 악천후를 피해 어느 농가의 초라한 숙소에 들어와 있습니다. 내가 잠시 보금자리를 마련했던 우울한 D 시에서는 편지를 쓸 짬이 나지 않았어요. 전혀 정이 가지 않는 낯선 사람들 사이를 돌아다니느라 바쁜 데다가 기분도 나지 않았거든요. 그런데 이제 조그만 창문에 눈보라와 우박이 맹위를 떨치는 이 오두막에 쓸쓸히 갇혀 있으려니 가장 먼저 그대 생각이 났습니다. 방에 들어서자마자 그대의 모습과 그대 생각이 불현듯 떠올랐습니다. 아, 로테! 정말 성스럽고, 무척 따뜻하게 말입니다! 아아! 우리가 처음 만나 행복했던 순간이 다시 떠올랐습니다.

사랑하는 로테, 이렇게 심란한 상태에 빠져 허우적거리는 내 모습을 그대가 본다면! 내 감각이 얼마나 메말라 버렸는지! 한 순간도 마음이 충만한 적이 없고, 한 순간도 행복한 적이 없습니다! 아무것도, 전혀 아무것도 느낄 수 없습니다! 마치 요지경 앞에 선 기분입니다. 난쟁이 인형과 말이 눈앞에서 이리저리 움직이는 모습을 보는 것 같습니다. 그래서 때로는 헛것을 보고 있지 않나 스스로에게 묻기도 합니다. 나는 함께 놀이에 끼어듭니다. 오히려 꼭두각시처럼 조종을 당하지요. 그러다가 때로는 옆 사람의 손을 잡았다가 나무로 된 손인 것을 알고 화들짝 놀라 움찔하기도 합니다. 밤이면 일출을 보겠다고 마음먹지만, 다음 날 아침이 되면 잠자리에서 빠져나오지도 못합니다. 낮에는 달빛을 즐겨야겠다고 기대하지만, 막상 밤이 되면 방 안에서 꼼짝 않고 있습니다. 왜 잠자리에서 일어나고, 왜 잠자리에 드는지 그 이유를 잘 모르겠습니다.

내 삶을 부풀어 오르게 했던 효모가 떨어진 것입니다. 깊은 밤중에도 나를 명랑하게 해주고, 아침이면 나를 잠에서 깨워주던 자극이 사라진 것입니다.

여기서 유일하게 여성다운 여성을 만났어요. B 양이지요. 그대와 닮았어요, 사랑하는 로테. 누군가 감히 그대와 닮을 수 있다면 말이오. 그러면 그대는 "아이, 어쩜 그런 칭찬을 다 하시다니요!"라고 하겠지요. 완전히 틀린 말은 아닙니다. 얼마 전부터 나는 무척 점잖게 행동하고 있습니다. 달리 어쩔 도리가 없기 때문이지요. 위트도 늘었어요. 그래서 부인들 말로는 나만큼 세련된 칭찬을 하는 사람은 알지 못한다고 하더군요(그럼 그만큼 세련된 거짓말을 한다고 그대는 덧붙이겠지요. 거짓말을 해야 여자들한테 먹혀드니까요, 제 말을 이해하시겠지요?). B 양 이야기를 하려다 옆길로 새고 말았습니다. 그녀는 감정이 풍부합니다. 푸른 눈을 보면 금방 알 수 있지요. 그녀에게는 자신의 신분이 짐입니다. 진심으로 바라는 소망을 하나도 충족시켜주지 못하니까요. 그녀는 번잡한 도시 생활에서 벗어나기를 간절히 바라고 있어요. 우리는 순수한 행복으로 가득 찬 시골 생활을 꿈꾸며 몇 시간이고 함께 보냅니다. 아! 그리고 그대 이야기도 합니다! 그녀가 그대에게 얼마나 자주 경의를 표하는지요. 억지로 그러는 게 아니라 자발적으로 그러는 겁니다. 그대 이야기에 기꺼이 귀를 기울이고, 그대를 좋아하게까지 되었어요.

아, 정겹고 친밀한 방에서 그대 발치에 앉아 있으면 얼마나 좋겠어요. 우리의 사랑스러운 꼬마들은 내 주위에서 뒹굴며 놀고 있겠지요. 혹시 아이들이 너무 시끄럽다고 하시면 아이들을 내 주위에 모아놓고 무서운 동화 이야기를 들려줘서 조용히 시킬 텐데요.

하얀 눈이 반짝이는 풍경 너머로 해가 장엄하게 지고 있고, 눈보라도 지나갔습니다. 그런데 나는, 나는 다시 답답한 새장 속에 갇혀 지내야 하는 신세입니다. 잘 있어요! 알베르트도 함께 있나요? 그리고 어찌 지내시나요? 하느님께서 이런 질문을 용서해주시길!

2월 8일

일주일 전부터 날씨가 아주 고약하군. 그런데 내게는 차라리 잘된 셈이야. 내가 이곳에 있는 동안 하늘의 날씨는 아무리 좋아도 누군가 반드시 날을 망치거나 잡쳐버렸기 때문이지. 그러니 비가 오든 눈보라가 치든, 날이 춥든 풀리든 '쳇, 밖에 돌아다니느니 집에 있는 것도 나쁘지 않아. 또는 그 반대로 밖으로 나가는 것도 그리 나쁘진 않아!'라고 생각하지. 아침에 해가 뜨고 날이 좋을 것 같으면 나는 이렇게 소리치지 않을 수 없어. '이렇게 하늘의 선물을 받았는데, 저들은 서로 갖겠다고 난리를 피우겠지!' 저들은 뭐든지 서로 차지하겠다고 난리거든. 건강, 명성, 즐거움, 휴식 등 뭐든지 말이야! 그리고 대개는 어리석고 생각이 모자라거나 속이 좁아 그러는 거지. 그들이 하는 말을 귀담아들어 보면 최선의 견해를 내놓는다는 게 그 모양인 거야. 때로는 그들 앞에 무릎을 꿇고 간청이라도 하고 싶은 심정이야. 제발 그렇게 미쳐 날뛰며 그들 자신의 오장육부를 상하게 하지 말라고.

2월 17일

공사와 나의 관계는 더 이상 지속될 수 없을 것 같네. 그 인간은 도저히 참아줄 수 없어. 일하는 방식이나 업무를 처리하는 방식은 너무 우스꽝스럽지. 그래서 그에게 반박하지 않을 수 없고, 때로는 내 생각과 내 방식대로 일을 처리하지 않을 수 없어. 그러면 그는 당연한 얘기지만 무척 언짢아하지. 그에 대해 그는 최근에 궁정에 탄원서를 넣었어. 장관은 그 일로 내게 가벼운 견책을 내렸지. 가볍긴 하지만 그래도 엄연한 견책이었어. 그래서 나는 막 사직서를 내려는 참이었는데, 마침 그때 장관의 사적인 편지* 한 통을 받았어. 나는 그 편지 앞에 무릎을 꿇고 그분의 높고 고귀하며 현명한 뜻에 경의를 표했어. 그는 나의 감수성이 무척 예민하다고 질책했어. 그리고 나의 활동이나 다른 사람에게 미치는 영향, 철두철미한 업무 처리 등에 극단적인 생각이 있긴 하나 젊은이다운 패기로 봐서 존중한다고 그랬어. 그러니 그런 정신을 완전히 죽이지는 말고 다만 좀 누그러뜨려서 진가를 발휘하고 제대로 효과를 낼 수 있는 방향으로 이끌라고 하셨어. 덕분에 나 역시 일주일간 버틸 원기를 회복했고, 마음의 평정도 되찾았어. 영혼의 평온이란 근사한 것이며, 자기 자신에게서 얻는 기쁨이라네. 이보게, 이 보석이 아름답고 소중한 만큼 쉽게 깨어지지 않으면 얼마나 좋을까!

---

* 이 훌륭한 분을 존경하는 마음에서 이 편지와 나중에 언급할 편지는 이 서한집에 수록하지 않기로 했음. 독자들이 아무리 따뜻한 감사의 마음으로 그 편지를 받아들인다 해도 그처럼 무모한 행위는 용서를 받기 어렵다고 생각하기 때문임. ― 원주

2월 20일

하느님께서 내가 사랑하는 그대들에게 축복을 내려주시길! 내게서 앗아간 그 모든 행복한 나날을 그대들에게 베풀어주시길!

알베르트, 당신이 나를 속인 것에 고맙게 생각하고 있습니다. 두 사람의 결혼식이 언제인지 소식이 오기를 기다렸어요. 결혼식 날이 오면 로테의 실루엣 그림을 아주 엄숙하게 벽에서 떼어내어 다른 서류들 속에 묻어둘 작정이었답니다. 이제 두 사람은 한 쌍의 부부가 되었는데, 그녀의 그림은 아직 여기에 걸려 있습니다! 그럼 그대로 걸어두어야겠어요. 그래서 안 될 이유라도 있나요? 알겠어요, 나 역시 그대들 곁에 있다는 것을요. 난 로테의 마음속에 있더라도 당신에게 폐를 끼치진 않아요. 그래요, 난 그녀의 마음속에서 두 번째 자리에 있어요. 그 자리를 지킬 생각이고, 또 그래야만 해요. 만약 그녀가 나를 잊기라도 한다면 나는 미쳐버리고 말 겁니다. 알베르트, 그런 생각을 하면 내 마음속이 마치 지옥 같군요. 알베르트, 잘 있어요! 하늘의 천사여! 잘 있어요, 로테!

3월 15일

난 언짢은 일을 당했어. 그래서 이곳을 떠나야 할 것 같아. 엄청 화가 나서 이가 갈려! 젠장! 이 불쾌감은 다른 무엇으로도 되갚을 수 없어. 그 책임은 전적으로 자네와 어머니에게 있어. 나를 부추기고 몰아대며 괴롭혀서 마음에도 없던 그 자리에 앉도록 했으니까. 이제야 난 깨달았어! 자네와 어머니도 깨닫게 될 거야! 나의 극단적인 생각이 만사를 망친다는 말을 두 번 다시 듣지 않도록 여기에 사연을 적도록 하겠어. 마치 연대기 저자처럼 명료하고 담백하게 말이야.

C 백작이 나를 좋아하고 총애한다는 것은 잘 알고 있겠지. 자네한테 이미 골백번은 이야기했으니까. 어제 백작 댁 오찬에 초대를 받았어. 상류 사회의 신사 숙녀들이 저녁 모임을 갖는 날이었지. 나는 그런 모임이 있는 줄 몰랐어. 우리 같은 하위직이 그런 자리에 낄 수 없다는 것 역시 생각지도 못했어. 그건 그렇고. 나는 백작 댁에서 식사를 하고, 식사를 마친 뒤에는 백작과 대화를 나누었고, 그 모임에 왔던 B 대령과도 대화를 나누었어. 그사이에 모임 시간이 다가오고 있었어. 난 정말이지 아무 생각도 없었어. 그때 S 부인이 남편과 딸을 데리고 나타났어. 잔뜩 고상 떠는 여자였지. 납작한 가슴에 말쑥한 코르셋을 두른 딸은 잘 부화된 거위 새끼 같았어. 이들은 지나가면서 눈과 콧구멍으로 대대로 물려받은 지체 높은 귀족의 표정을 짓더군. 나는 이런 족속이 꼴 보기 싫어 이곳에서 물러나려하면서, 백작이 지겨운 잡담을 끝내기만 기다리고 있었어. 바로 그때 내가 잘 아는 B 양이 들어오더군. 그녀를 볼 때마다 항상 기분이 약간 밝아지므로 그냥 남아 있기로 하고 그녀의 의자 뒤로 다가갔어. 그런데 나는 얼마가 지난 뒤에야 그녀가 평소와는 달리 나를 거리낌 없이 대하지 않고, 나와 이야기를 주

고받으며 약간 당황해한다는 것을 깨달았어. 그런 모습이 눈에 띄었어. 그녀 역시 이런 자들과 한통속인가 하는 생각이 들었어. 그래서 기분이 상해 자리를 뜨려다가 그래도 그냥 머물러 있었어. 그런 그녀를 기꺼이 용서해줄 마음이 있었기 때문이지. 게다가 그녀의 그런 태도가 믿기지 않았고, 그녀가 뭔가 좋은 말이라도 해줄까 내심 기대했기 때문이었어. 자네가 바라는 대로 말이야. 그러는 사이 홀은 손님들로 가득 찼어. 프란츠 1세가 대관식* 때 입었던 옷을 그대로 차려입은 F 남작, 직책상 여기서는 귀족의 호칭으로 불리는 궁정 고문관 R 씨와 귀가 먹은 그의 부인 등이 보였어. 허름한 옷차림의 J도 빼놓을 수 없는데, 고대 프랑켄 복장의 구멍 난 부분을 신식 유행의 옷감으로 기워 입고 있었어. 이런 자들이 모임에 몰려왔어. 나는 평소 낯익은 몇 사람과 대화를 나누었는데, 다들 극히 말을 아끼는 눈치였어. 나는 그 이유를 생각하면서, 오직 B 양에게만 주의를 기울였지. 나는 홀의 한쪽 끝에 있던 여자들이 서로 귀에 대고 소곤거리는 것이나 남자들도 이를 같이 따라 하는 모습, S 부인이 백작과 대화를 나누는 것을 눈치채지 못하고 있었어 (이 모든 것을 나중에 B 양이 이야기해주었지). 마침내 백작이 나한테 다가오더니 창가로 데려가서 말을 꺼냈어. "우리들 분위기가 어째 이상한 걸 느꼈을 걸세. 사람들이 자네가 여기 있는 걸 못마땅해하는 모양이네. 나야 결코 그렇지 않지만……." 그러자 나는 백작의 말에 끼어들었어. "각하, 정말 죄송합니다. 진

---

* 1745년에 거행된 독일 신성로마제국 황제 프란츠 1세의 대관식을 말함.

작 그 점을 생각했어야 하는데요. 저의 불찰을 용서해주시리라 믿습니다. 벌써 진작부터 물러가려고 했는데요. 제가 귀신에 씌었던 모양입니다." 나는 몸을 굽혀 인사하면서 미소를 띠어 보였어. 백작은 내 손을 꽉 잡았는데, 백작의 심정이 온전히 전해져왔어. 나는 상류 사회에서 살짝 빠져나와 이륜마차에 몸을 싣고 M을 향해 달렸어. 거기 언덕 위에서 해 지는 모습을 지켜보며 내가 좋아하는 호메로스의 책을 펼쳐 율리시스가 마음씨 좋은 돼지치기들의 환대를 받는 멋진 대목을 읽었어. 모든 것이 마음에 들었어.

그날 저녁 나는 식사하러 갔어. 식당에는 아직 몇 명의 손님이 남아 있더군. 그들은 한쪽 구석에서 식탁보를 뒤집어 접어 놓고 주사위 놀이를 하고 있었어. 이때 아델린이라는 정직한 친구가 들어와서 모자를 벗어놓고는 나를 바라보며 내게 다가오더니 나직이 말하더군. "언짢은 일을 당했다며?" 내가 대꾸했지. "내가?" "모임에서 백작한테 쫓겨났다며." "그런 모임이라면 이가 갈려! 바깥에 나오니 좋아지더군." 그러자 그가 말했어. "그리 대수롭지 않게 여기니 다행이군. 벌써 사방에 소문이 자자하다니 기분이 안 좋아서 그래." 그제야 나는 화가 치밀기 시작했어. 식사하러 온 사람들이 모두 나를 빤히 쳐다보는 게 그 때문이란 생각이 들었어! 그러자 적개심이 생기더군.

오늘은 가는 곳마다 나를 측은히 여겨. 게다가 나를 시기하는 자들이 쾌재를 부르며 '별것 아닌 머리만 믿고 우쭐대며 어떤 상황도 헤쳐나갈 수 있다고 생각하는 오만불손한 자들이 어떤 꼴을 당하는지 봤지'라고 떠벌리고, 이보다 더한 험담도

하고 다닌다는 소리도 들리더군. 그럴 때 칼로 가슴을 찌르고 싶은 심정이 드는 거지. 남들이 뭐라 하든 주관을 갖고 의연히 살라지만, 악당들이 자기 약점을 잡아 몰아붙이는 데도 과연 참아낼 사람이 누가 있겠어. 그래도 그들의 입방아가 근거 없는 것일 때는 그냥 내버려 둘 수도 있겠지.

3월 16일

　　　　모든 일이 나를 몰아세우고 있어. 오늘 가로수 길에서 B 양을 만났네. 나는 그녀에게 말을 걸어, 우리가 일행과 좀 떨어지자마자 어제 그녀가 보여준 태도에 내가 얼마나 마음이 상했는지 털어놓지 않을 수 없었지.

　　"오, 베르터 씨, 제 마음을 잘 알고 계시면서 저의 당황한 모습을 그렇게 해석하실 수 있나요? 당신이 홀에 들어선 순간부터 제가 당신 때문에 얼마나 곤혹스러웠는지 몰라요! 미리 그럴 줄 알았기 때문에, 귀띔해드릴까 말까 골백번이나 망설였답니다. S 부인이나 T 부인은 당신과 같이 어울리느니 차라리 남편들을 데리고 나가버릴지도 모른다는 사실을 저는 알고 있었어요. 백작이 그들의 기분을 망치게 해선 안 된다는 것도 알고요. 그런데 이제 소동까지 벌어졌지 뭐예요?"

　　"뭐라고요?" 나는 충격을 감추며 말했어. 그 순간 어제 아델린이 들려준 모든 말이 마치 끓는 물처럼 내 혈관을 타고 도는 느낌이었거든. "제가 벌써 얼마나 고초를 겪었는지 몰라요!" 이 귀여운 아가씨는 눈물을 글썽이며 말하더군. 나는 더 이상 스스로를 주체하지 못하고 그녀의 발아래 꿇어 엎드리고 싶은 심정이었어. "무슨 말씀인지 설명해주세요!" 나는 그렇게 소리쳤어. 그녀의 뺨을 타고 눈물이 흘러내렸어. 나는 제정신이 아니었지. 그녀는 굳이 눈물을 감추려 하지 않고 눈물을 닦아내더군. 그녀는 말을 시작했어. "제 아주머니 아시죠. 제 아주머니도 어제 그 자리에 계셨답니다. 오, 아주머니가 어떤 눈초리로 지켜보셨는지! 베르터 씨, 저는 어젯밤에도 꾹 참고 있어야 했고, 오늘 아침에도 설교를 들어야 했어요. 당신과 교제하는 문제로 말이에요. 저는 당신을 깎아내리고 모욕하는 말을 잠자코 듣고 있어야 했지요. 제 마음의 절반만큼도 당신을 변호해드릴 수 없었고, 변호해서도 안 되었어요."

그녀의 말 한 마디 한 마디가 비수처럼 내 가슴을 찔렀어. 차라리 이 모든 말을 하지 않는 것이 얼마나 자비를 베푸는 일이었을지 그녀는 알아채지 못했어. 게다가 그녀는 덧붙여 말하기까지 했지. 또 어떤 소문이 계속 떠돌아다니고, 어떤 부류의 사람들이 그 일에 대해 쾌재를 부를지 말이야. 내가 오만불손하고 다른 사람들을 얕잡아 본다고 이미 오랫동안 나를 비난하던 그런 사람들이 나의 그런 태도 때문에 벌을 받는다며 기뻐하며 고소해할 거라는 말까지 덧붙였어. 빌헬름, 이 모든 이야기를 그녀에게서 진심으로 동정하는 목소리로 들으니 가슴이 미어지는 심정이었고, 내 마음은 아직 분노하고 있어. 나를 감히 비난하는 자가 있으면 그자의 몸에 비수라도 꽂고 싶은 심정이네. 그렇게 해서 피라도 보면 좀 더 나아질 것 같네. 아, 이 가슴의 울분을 토하기 위해 수백 번이나 칼을 집어 들었다네. 혈통이 고상한 말에 대한 이야기를 들은 적이 있어. 그런 말은 본능적으로 끔찍하게 몰아대서 흥분하면 자신의 혈관을 물어뜯어 숨을 돌린다더군. 나도 가끔 그런 기분이 들어. 혈관을 열어젖히고 영원한 자유를 얻고 싶은 거지.

3월 24일

　　궁정에 사직서를 제출했는데, 아마 받아들여 줄 걸로 기대하네. 자네와 어머니에게 먼저 허락을 받지 않은 점을 용서해주길 바라네. 이제 이곳을 떠날 수밖에 없네. 이곳에 머물러달라고 나를 설득하기 위해 자네와 어머니가 무슨 말을 할지도 다 알고 있네. 그러니 어머니께 적당히 둘러대서 잘 말씀드려주게. 나는 내 자신의 문제를 해결하기도 벅차다네. 내가 어머니를 도울 수 없더라도 어머니는 감수하실 거야. 물론 마음이야 아프시겠지. 아들이 추밀 고문관이나 공사를 목표로 멋지게 내달리다가, 이처럼 느닷없이 말을 멈추고 마구간으로 되돌아오는 것을 보는 심정이 오죽하시겠나! 이왕 이렇게 되었으니 좋은 방향으로 해석해주게. 내가 이곳에 머물 수 있고 머물러야 하는 여러 가지 경우의 수를 따져볼 수 있겠지. 이 정도로 됐어, 난 떠나겠네. 내가 어디로 가는지 궁금해할 것 같아서 얘기하는데, 이곳에 XXX 공작이 있어. 나와 어울리는 것을 무척 좋아하시지. 그분은 나의 의향을 듣고 그러면 자신의 영지로 가서 봄날을 멋지게 보내자고 제안하셨네. 내가 뭘 하든 전혀 개의치 않겠다고 약속해주셨어. 우리가 어느 정도까지는 서로 마음이 통하므로 행운을 믿고 그분을 따라가 볼 생각이야.

4월 19일

추신

두 통의 편지를 보내줘 고맙네. 곧바로 답장을 하지 않은 것은 궁정에서 나의 사직서가 수리될 때까지 이 편지를 보내지 않았기 때문이야. 혹시 어머니가 아시면 장관에게 도움을 청해 나의 계획이 힘들어지지 않을까 해서였어. 하지만 이제 일이 해결되어 나의 사직서가 수리되었네. 사람들이 나의 사직을 얼마나 안타까워하고, 장관이 내게 뭐라고 편지 썼는지는 말하지 않는 것이 좋을 듯싶네. 그러면 자네와 어머니가 새삼 비탄에 젖을지도 모르니까. 황태자께서는 작별에 즈음하여 25두카텐*과 전하는 말씀도 보내주셨네. 그 말을 전해 듣고 가슴이 찡해 눈물이 날 뻔했네. 아무튼 그러니 최근에 어머니께 부탁했던 돈이 필요 없게 됐네.

---

* 유럽의 옛 금화.

5월 5일

내일 이곳을 떠나네. 내가 태어난 고향이 지나가는 길에서 6마일밖에 안 떨어진 곳에 있으니, 그곳에도 들러 행복한 꿈을 꾸던 옛 시절을 회상해볼 거야. 성문 안에도 들어가 볼 생각이야. 아버지가 돌아가시자 어머니는 사랑스럽고 정겨운 그곳을 떠나 나를 데리고 견디기 힘든 도시에 들어와 칩거 생활을 하고 계신다네. 잘 있게, 빌헬름. 여행 소식도 알려주겠네.

5월 9일

나는 순례자의 경건한 심정으로 고향 순례를 마쳤고, 예기치 못한 여러 가지 감회에 사로잡혔네. 시내에서 교외 방면으로 십오 분 걸리는 곳에 큰 보리수나무가 있어. 그곳에서 우편마차를 세우고 내린 다음 마차는 그대로 보냈네. 걸으면서 아주 새롭고 생생하게 온갖 추억을 마음껏 맛보기 위해서였지. 보리수나무 아래 다시 서보았어. 옛날 소년 시절 내 산책길의 목적지이자 경계선이기도 했던 나무였네. 아, 그 사이에 이렇게 변하다니! 그 시절 나는 아무것도 모르고 행복한 마음으로 미지의 세계를 동경했어. 넓은 세계로 가면 갈구하고 동경하는 내 가슴을 가득 채우고 충족해줄 자양분과 즐거움을 듬뿍 얻을 수 있으리라 기대했어. 그런데 그 넓은 세계에서 이런 모습으로 돌아왔네. 오, 이보게, 얼마나 많은 희망이 수포로 돌아갔고, 얼마나 많은 계획이 실패로 끝났던가! 눈앞의 산들을 바라보았네. 지난날 산에 수천 번이나 내 소망을 빌었지. 몇 시간이고 이 자리에 앉아 저 산 너머를 동경했고, 아스라이 너무나 다정하게 내 시야에 들어오는 숲과 계곡을 진심 어린 마음으로 넋을 잃고 바라보기도 했지. 그러다가 다시 돌아갈 시간이 되면 얼마나 내키지 않는 발걸음으로 이 사랑스러운 장소를 떠났던가! 시내에 더 가까이 다가가자 익히 알던 오래된 정자들이 나를 반겨주었네. 새 정자들은 마음에 들지 않았어. 그 외에 새로 바꾸어놓은 것 역시 죄다 마음에 들지 않더군. 성문 안으로 들어서자 즉시 옛날로 완전히 돌아간 느낌이었어. 이보게, 시시콜콜 다 이야기하지 않는 게 좋을 것 같네. 엄청 매력적인 감회이긴 하지만 이야기로 하면 너무 지루해질지도 모르거든. 옛날 우리가 살던 집 바로 옆의 광장 쪽에 숙소를 정하기로 했어. 그쪽으로 가면서 보니 어느 정직한 노부인이 우리의 어린 시절을 가두어놓았던 교실은 잡화점으로 바뀌어 있더군. 그 구덩이에서 견뎌내야 했던 불안과 눈물, 답답한 심정과 두려움이 새삼 되살아났어. 발걸음을 옮길 때마다 색다른 느낌이 들었지. 성지에 있는 순례자라 해도 종교적 추억이 서린 장소를 이토록 많이 만나지는 못할 것이며, 그의 영혼이 이토록 성스러운 감동으로 충만하지는 못할 것이네. 이런 예를 들자면 한이 없을 테니 한 가지만 들어보겠네. 강을 따라 내려가다가 어느 집 뜰에 다다랐어. 전에 다니던 길이기도 하지. 우리 소년들은 이 장소에서 납작한 돌멩이를 물 위로 던져 얼마나 많이 튀기는지 보는 물수제비뜨기 놀이를 했었지. 그때의 기억이 생생히 떠오르더군. 당시 나는 가끔 멍하니 서서 강물을 바라보며 놀라운 예감에 사로잡히곤 했었지. 강물이 흘러가는 여러 지역을 상상하며 모험심에 들떴다가도 금방 상상력의 한계에 부닥치기도 했었지. 그래도 멈추지 않고 계속 상상의 나래를 펴서 결국 눈에 보이지 않는 아득한 곳이 보이는 듯한 착각에 빠져들었지. 이보게, 우리의 훌륭한 조상들은 이처럼 제한된 환경에서도 그토록 행복할 수 있었다네! 그분들의 감정과 문학은 그토록 순진무구했던 거지! 오디세우스가 대양은 광대무변하고 땅은 끝이 없다고 말할 때 그의 말은 매우 진실하고 인간적이면서, 무척 진지하고 친밀하며 신비롭네. 그런데 내가 지금 지구는 둥글다는 말을 어린 학생들에게 거듭 이야기할 수 있다 한들 그게 내게 무슨 소용이란 말인가? 인간이 이 땅에서 즐기기 위해선 약간의 흙덩이만 있으면 되고, 땅에 묻히는 데는 그보다 더 적은 양의 흙만 있으면 되네.

이제 나는 공작의 사냥 별장에 와 있네. 이분과는 아직 매우 잘 지내고 있어. 진실하고 소박한 분이지. 공작 주위에도 도무지 이해할 수 없는 괴상한 사람들이 있기는 하네. 나쁜 사람들 같지는 않지만 정직한 사람들로 보이지도 않네. 가끔은 정직해 보이기도 하지만, 그래도 신뢰할 수 없는 사람들이야. 그런데 유감스럽게도 공작은 종종 남들에게서 듣거나 책에서 읽은 것만 화제로 삼고 있네. 그것도 상대방이 그의 앞에 제시한 관점에서 이야기하고 있어.

공작 역시 나의 마음보다 나의 분별력과 재능을 더 높이 평가하고 있어. 하지만 내 마음이야말로 내 유일한 자랑거리이고, 내 마음이야말로 모든 것, 즉 모든 힘, 모든 행복과 비참함의 유일한 원천인데 말이야. 아, 내가 아는 것은 누구나 알 수 있지만, 내 마음은 오직 나만의 것이라네.

5월 25일

나는 어떤 계획을 품고 있었는데, 그것이 실현될 때까지는 이야기하지 않으려 했어. 하지만 이제 그 계획이 수포로 돌아갔으므로 말을 해도 상관없게 되었네. 나는 전쟁터에 나가려 했네. 오랫동안 그런 생각을 가슴에 품어왔지. 내가 공작을 따라온 것도 주로 그 이유 때문이었는데, 공작은 XXX 지역을 관할하는 장군이었네. 산책길에 내 의향을 밝혔더니 공작은 만류하더군. 그가 만류하는 근거에 내가 귀 기울이려 하지 않는다면 나의 계획이 변덕이라기보다는 열정이 분명하다고 그러더군.

6월 11일

자네가 뭐라 하든 이곳에 더는 머물 수 없네. 여기서 뭘 한단 말인가? 서서히 짜증이 나고 있어. 공작은 어떻게든 날 붙잡으려 하지만, 난 그럴 수 없는 상황이야. 우리는 기본적으로 아무런 공통점이 없어. 그는 분별이 있는 분이 긴 하지만, 매우 평범한 분별력일 뿐이야. 그와 교제하는 것은 잘 쓴 책을 읽을 때보다 나을 게 없네. 일주일 더 머물다가 다시 정처 없이 돌아다닐 거야. 여기 와서 내가 한 일 중 가장 잘한 것은 그림을 그린 거네. 공작은 예술에 대한 감각이 있으니, 지겨운 학식이나 평범한 전문 용어에 얽매이지만 않는다면 예술 감각이 더욱 좋아질 걸세. 내가 한껏 상상력을 발휘하여 그를 자연과 예술의 세계로 이끌면, 그는 판에 박힌 예술 용어를 들이대며 문제를 단번에 해결했다고 생각하는데, 그럴 때면 나는 가끔 이를 부드득 갈기도 하네.

6월 16일

정말이지 나는 지상의 방랑자이자 순례자일 뿐이야! 그럼 자네들은 그 이상의 존재란 말인가?

6월 18일

내가 어디로 갈 거냐고? 자네한테는 믿고 털어놓겠네. 아직 이 주일은 더 이곳에 있어야 하네. 그다음엔 모처에 있는 광산을 찾아가겠다고 스스로에게 최면을 걸어놓았네. 하지만 사실 그 일에는 아무 관심이 없고, 다만 로테에게 다시 더 가까이 다가가려는 것일 뿐이라네. 그게 전부야. 난 이런 자신의 마음을 비웃고 있어. 그래도 내 의지가 시키는 대로 할 뿐이야.

7월 29일

아니, 잘됐어! 모든 것이 잘됐어! 내가 — 그녀의 남편이라면! 오, 나를 만드신 신이시여, 저에게 그런 축복을 베풀어주셨더라면 저는 평생토록 줄곧 기도드렸을 겁니다. 하지만 저는 따지려는 것이 아닙니다. 저의 눈물을 용서해주시고, 저의 부질없는 소망을 용서해주십시오! 그녀가 내 아내라면! 태양 아래 가장 사랑스러운 존재인 그녀를 껴안을 수 있다면! 빌헬름, 알베르트가 그녀의 날씬한 몸을 안는다 생각하면 온몸에 전율이 일어나네.

그런데 내가 이런 말을 해도 될까? 안 될 게 뭐가 있는가, 빌헬름? 그녀는 알베르트와 사는 것보다 나와 함께 사는 것이 더 행복할 텐데! 아, 알베르트는 마음속의 모든 소망을 채워줄 사람이 아니야! 그는 감수성이 좀 부족해. 자네가 어떻게 받아들이든 상관없네. 그의 가슴은 함께 공감하며 뛰지 않아 — 아! — 어떤 책을 읽을 때 로테와 나는 어느 대목에서 함께 공감하는데 말이야. 제3자의 행동에 대해 우리의 감정이 공공연히 표출되는 다른 수많은 경우에도 알베르트는 공감하지 못해. 이보게, 빌헬름! 물론 알베르트가 로테를 진심으로 사랑하는 것은

사실이네. 그 정도의 사랑이면 충분히 보답받을 만하지 않은
가!

　참기 어려운 어떤 인간이 와서 편지를 그만 쓸 수밖에 없네.
내 눈물은 말라버렸어. 내 정신도 어수선해졌어. 잘 있게, 친
구!

8월 4일

　　나 혼자 이러는 것은 아니야. 누구나 희망을 걸
었다가 좌절하고, 소망했다가 기만당하지! 나는 보리수나무 아
래 사는 착한 여인을 찾아갔어. 그녀의 맏이 녀석이 달려 나와
나를 맞아주었고, 그 아이가 환호성을 지르자 아이의 어머니도
따라 나왔어. 어머니는 매우 상심한 듯 보였네. 그녀는 이렇게
첫마디를 꺼냈어. "선생님, 아, 우리 한스가 죽고 말았어요!" 한
스는 막내아들이었어. 나는 뭐라고 말을 꺼낼 수 없었네. "남편
은 스위스에서 돌아왔는데, 빈손이었어요. 마음씨 좋은 사람들
이 도와주지 않았더라면 구걸까지 해야 할 지경이었지요. 돌아
오는 도중에 그는 열병에 걸렸어요." 나는 그녀에게 아무런 해
줄 말이 없어서, 꼬마한테 약간의 돈을 쥐여주었어. 그녀가 내
게 사과라도 몇 개 가져가라고 해서 나는 사과를 받아 들고 추
억의 장소를 슬픈 기분으로 떠나왔네.

8월 21일

　　내 마음은 마치 손바닥을 뒤집듯 갈팡질팡하고 있네. 때로는 인생의 즐거운 전망이 다시 어렴풋이 보이기도 하지만, 아, 그것도 한순간일 뿐이야! 그런 꿈에 빠져 있을 때는 이런 생각을 억누를 길이 없어. 만약 알베르트가 죽는다면 어떻게 될까? 그럼 너는! 그래, 그럼 그녀는. 나는 이런 망상을 뒤쫓다가 결국 심연의 언저리까지 와서야 덜컥 겁이 나 뒷걸음을 친다네.

　성문 밖으로 나가보면 길이 얼마나 완전히 달라졌는지 몰라! 로테를 무도회장으로 데려다주기 위해 처음으로 달렸던 길 말이야. 모든 것, 모든 것이 덧없이 흘러가 버렸어! 이전 세계를 암시해주는 어떤 것도, 당시 감정을 나타내주는 어떤 맥박도 사라져버렸어. 마치 번창하던 나라의 영주가 한때 성을 짓고 온갖 화려한 장식물로 꾸며놓은 뒤 임종을 맞아 사랑하는 아들에게 기대에 넘쳐 물려주었으나, 혼령이 되어 돌아와 완전히 불타버려서 파괴된 성을 보는 심정이었어.

9월 3일

　　나는 때로는 이해가 안 될 때가 있어. 어떻게 다른 남자가 로테를 좋아할 수 있고, 좋아해도 되는지가. 나는 이렇게 이 마음 다 바쳐 로테를 진심으로 넘치도록 사랑하고 있는데, 그녀밖에 알지 못하고 그녀밖에 가진 것이 없는데!

9월 4일

　　그래, 그런 거야. 자연이 가을로 기울듯이 내 마음과 주위 세계도 가을이 되고 있어. 내 마음의 나뭇잎도 노랗게 물들고, 주위의 나뭇잎들도 벌써 떨어져버렸어. 내가 이곳에 막 왔을 때 어느 머슴 이야기를 한 적 있지? 나는 최근 발하임에서 그를 다시 수소문해보았어. 그가 일하던 집에서 쫓겨났다는데, 모두들 더 이상은 그에 대해 알려고 하지 않더군. 어제 다른 마을로 가던 도중 그 머슴과 우연히 마주쳤어. 나는 그에게 말을 걸었고, 그는 자신의 지난 얘기를 들려주었어. 그 이야기에 나는 두 배, 세 배는 감동받았다네. 자네도 그걸 들으면 쉽게 이해될 거야. 그렇지만 그 이야기를 시시콜콜 다 해봤자 무슨 소용이 있겠어? 나를 불안하게 하고 내 마음을 상하게 하는 것을 어째서 나 혼자 간직하지 않는 걸까? 내가 왜 자네까지 슬프게 하는 걸까? 어째서 나는 항상 자네가 나를 가엽게 여기고 나를 책망할 기회를 주는 걸까? 그러려니 해야지, 이것도 내 운명에 속하는지도 모르니까!

　그 친구는 처음에는 묻는 말에 조용히 슬픈 표정으로 대답했는데, 그런 태도에서 나는 그가 약간 수줍어하는 사람이란 느낌을 받았어. 하지만 이내 자신과 나의 관계를 갑자기 깨달은 듯 마음을 열고 자신의 실수를 털어놓으며 자신의 불행을 하소연했어. 이보게, 그가 말한 한 마디 한 마디는 자네 판단에 맡기겠어! 그는 마음속에서 여주인에 대한 열정이 하루가 다르게 커졌다고 고백했어. 아니, 옛 추억에 잠겨 나름대로 즐기며 행복한 마음으로 들려줬어. 결국 그는 자기가 무슨 일을 하고 있는지, 자기 마음을 어떻게 표현해야 할지, 고개를 어디로 돌려야 할지도 모르는 상태가 되었어. 그는 먹을 수도 마실 수도 잠을 이룰 수도 없었고, 목구멍이 꽉 막히는 기분이었다고 얘기했어. 해서는 안 될 일을 하고, 시킨 일은 까먹어 버렸다는 거야. 마치 악령에 시달리는 기분이었다고 그래. 결국 그러던 어느 날 그는 그녀가 위층의 어느 방에 있는 것을 알고는 그녀에게 갔다고, 아니 오히려 이끌려갔다더군. 여주인이 자기의 청을 들어주지 않자 힘으로 그녀를 제압하려 했어. 자기에게 어떻게 그런 일이 벌어졌는지 모르겠다는 거야. 하지만 하느님께 맹세컨대 여주인을 향한 자신의 마음은 항상 진실했고, 그녀와 결혼해서 평생을 함께 보냈으면 하는 애타는 소망밖엔 없었다고 했어. 그는 한동안 이야기를 하다가 말을 더듬거리기 시작했어. 아직 할 말이 있지만 다 털어놓을 엄두가 나지 않는 사람처럼 말이야. 마침내 그는 수줍어하며 털어놓았어. 그녀가 약간의 친밀감을 받아주었으며, 가까이 다가가는 것도 허락해주었다고. 그는 두세 번 말을 중단했다가 열심히 그녀를 옹호하는 말을 되풀이하기도 했어. 이런 말을 한다고 해서 그녀를 나쁜 여자로 만들려는 것은 아니고, 그의 표현에 따르면 예전과 다름없이 그녀를 사랑하고 소중히 여긴다고 그래. 이런 말을 다른 사람에게 발설한 적이 없지만 내게만 털어놓는 것은 자신이 괴팍하거나 정신 나간 사람이 아니라는 것을 내게 납득시키기 위해서라고 했어.

　그런데 이보게, 내가 영원히 되풀이할 같은 말을 이 자리에서 다시 꺼내려 하네. 내 앞에 서 있던 그 친구를 아직도 내 앞에 서 있는 것처럼 자네에게 보여줄 수 있다면! 그가 하는 말을 그대로 전할 수 있다면! 내가 얼마나 그의 운명에 참여하고, 참여할 수밖에 없었다는 것을 자네가 느끼도록 하기 위해! 하지만 자네가 내 운명을 잘 알고 있고, 나에 대해서도 잘 알고 있으니 그것으로 충분하네. 그러니 내가 왜 모든 불행한 사람들에게, 특히 이 불행한 친구에게 그토록 마음이 끌리는지 아주 잘 이해할 거야.

　이 편지를 다시 죽 읽어보니 이야기의 결말을 들려주는 것을 잊었군. 하지만 뻔히 짐작할 수 있는 내용이야. 여주인은 다시 그를 거부했어. 이미 오랫동안 그를 미워한 그녀의 오빠가 거기에 가세했어. 오빠는 벌써 오래전부터 그를 집에서 쫓아내려 했지. 여동생이 재혼하면 자기 아이들에게 돌아갈 유산이 날아갈까 봐 걱정되었던 거지. 그녀에게 자식이 없으니 자기 아이들이 유산을 물려받을 거라고 잔뜩 기대하고 있었던 거야. 그래서 오빠는 머슴을 당장 집에서 내쫓고는 그 일로 한바탕 큰 소동을 벌여 설령 여동생이 원한다 해도 그 머슴을 다시는 집에 받아들일 수 없도록 해놓았지. 그 후 여주인은 다시 다른 머슴을 두었는데, 들리는 말로는 이 머슴 문제로도 오빠와 사이가 틀어졌다는 거야. 사람들 주장으로는 그녀가 새 머슴과 결혼할 것이 확실하다고 하는데, 오빠는 자기가 그런 꼴은 보지 못하겠다며 단단히 벼르고 있다고 해.

　지금 자네에게 들려준 이야기는 과장한 것도 미화한 것도 아니야. 아니, 실제보다 약하게 누그러뜨려 들려줬다고 할 수 있을 거야. 그러나 우리가 물려받은 윤리적 용어로 이야기했기에 조악해지고 말았어.

　그러므로 이 같은 사랑, 이 같은 충직함, 이 같은 열정은 결코 문학적으로 꾸며낸 말이 아니야. 이런 사랑은 아직 살아 있고, 우리가 보통 교양 없고 거칠다고 일컫는 부류의 사람들에게만 더없이 순수한 모습으로 존재하는 거라네. 반면에 우리 같은 교양인들은 잘못 교육받아 아무짝에도 쓸모없게 된 사람들일 뿐이야! 부탁인데 이 이야기는 경건한 마음으로 읽어주길 바라네. 오늘 이 이야기를 적어가면서 마음이 차분해지네. 평소와 달리 급히 아무렇게나 휘갈겨 쓰지 않은 내 필체를 보면 알 수 있을 거야. 이보게, 이 글을 읽고 이것이 자네 친구의 이야기이기도 하다는 사실을 명심해주게. 그래, 나도 그런 일을 겪었고, 앞으로도 그렇게 진행될 거네. 그리고 나는 이 불행한 머슴에 비하면 절반의 용감성도 절반의 결단성도 없어. 그러니 감히 그와 비교할 엄두조차 나지 않는군.

9월 5일

　로테는 업무상의 일로 시골에 체류하는 남편에게 짤막한 편지를 썼어. 이렇게 시작되는 편지였어. "진심으로 사랑하는 당신에게, 될 수 있는 한 속히 돌아오세요. 당신이 돌아오기만을 기쁜 마음으로 손꼽아 기다리고 있어요." 그때 한 친구가 찾아와서 무슨 사정이 생겨 알베르트가 그렇게 빨리 돌아올 수 없을 거라는 소식을 전해주었어. 그래서 편지는 발송되지 못했고 저녁에는 내 손에 들어오게 되었어. 나는 편지를 읽고 미소를 지었지. 그러자 로테가 무엇 때문에 웃느냐고 묻더군. "상상력이란 하느님께서 주신 얼마나 큰 선물인지 몰라요." 나는 큰 소리로 외쳤어. "저는 잠시 저한테 쓴 편지 같다고 생각했거든요." 그녀는 이야기를 뚝 그쳤어. 보아하니 기분이 상한 것 같았네. 그래서 나도 입을 다물었어.

9월 6일

나는 로테와 처음 춤출 때 입었던 수수한 파란색 연미복을 더 이상 입지 않기로 했네. 그런 결심을 하기까지 쉽지 않아. 하지만 결국 그 옷은 이제 볼품없게 되었지. 그래서 옷깃과 소맷부리가 전에 입었던 옷과 똑같은 옷을 한 벌 맞추었어. 거기에다가 노란색 조끼와 바지도 함께 맞추었어.

하지만 왜 그런지는 모르겠지만, 예전에 입었던 옷만큼 느낌이 사는 것 같지는 않아. 시간이 지나면 새 옷도 차츰 마음에 들겠지.

9월 12일

로테는 알베르트를 마중하러 며칠간 여행을 다녀왔어. 오늘 그녀 방에 들어갔더니 나를 반가이 맞아주더군. 나는 엄청 기쁜 나머지 그녀의 손에 입을 맞추었지.

카나리아 한 마리가 거울 위에 있다가 날아와 그녀 어깨 위에 내려앉았어. "새로운 친구가 생겼답니다." 그녀는 그렇게 말하며 카나리아를 손 위로 불러 내렸어. "아이들에게 주려고 생각한 거예요. 하는 짓이 정말 귀여워요! 이것 보세요! 빵을 주면 날개를 퍼덕이며 얌전히 쪼아 먹어요. 저와 입도 맞추어요, 보세요!"

그녀가 이 조그만 동물에게 입을 쑥 내밀자 새는 그녀의 달콤한 입술에 너무나 사랑스럽게 부리를 갖다 댔어. 마치 자신이 누리는 행복을 느낄 수 있다는 것처럼.

"당신도 입을 맞추도록 해드릴게요." 그녀는 그렇게 말하며 새를 내게 넘겨주었어. 새의 조그만 부리는 그녀의 입에서 내 입으로 건너왔어. 새가 쪼아대는 감촉은 사랑의 숨결이자 사랑에 넘치는 즐거움을 예감하게 해주는 것 같았어.

내가 말했어. "이 새의 입맞춤에도 욕망이 전혀 없지는 않은 것 같네요. 먹이를 찾다가 욕구를 채우지 못하자 공연한 애무를 그만두고 돌아서는 걸 보니까요."

그러자 그녀는 이렇게 말했어. "내 입에서 줘도 잘 받아먹어요." 그녀는 빵 부스러기 몇 개를 입에 물고 새에게 건네주었어. 그녀의 입술에서는 순진무구하게 공감하는 사랑의 기쁨이 환희의 미소로 번져 나왔어.

나는 얼굴을 돌리고 말았지. 그녀는 그래서는 안 되었어. 천상의 순진무구함과 축복이 담긴 그런 모습으로 나의 상상력을 자극해서는 안 되었어! 삶에 대한 무관심으로 가끔 잠들어 있곤 하는 내 가슴을 잠에서 깨워선 안 되었어! 하지만 안 될 게 또 뭐란 말인가? 그녀는 그토록 나를 신뢰하고 있어! 그녀는 내가 얼마나 그녀를 사랑하는지 알고 있는 것이야!

9월 15일

빌헬름, 이 지상에 그나마 가치 있는 몇 개의 것들을 알아볼 줄도 느낄 줄도 모르는 인간들이 있다는 생각을 하니 정말 미칠 것만 같네. 성(聖) XXX의 정직한 목사를 찾아갔을 때, 로테와 함께 내가 그 그늘에 앉았던 호두나무 이야기는 자네도 기억하고 있겠지? 그 근사한 호두나무들은 언제나 내 마음을 더없는 기쁨으로 충만케 해주었지! 그 나무들 덕분에 목사관이 얼마나 친근하게 보이고 시원하게 느껴졌는지 모른다네! 나뭇가지들은 얼마나 멋져 보였던가! 더구나 추억을 더듬으면 오래전에 그 나무들을 심었던 정직한 목사들에게까지 기억이 거슬러 올라가네. 학교 선생님은 할아버지에게서 들은 이야기라면서 그중 한 분의 성함을 가끔 말해주곤 했지. 훌륭한 분이었다고 하는데, 나무 아래에서 그분을 회상할 때마다 항상 성스러운 기분이 들곤 했네. 어제 그 호두나무가 베어졌다는 이야기가 화제에 오르자 선생님의 눈에 눈물이 글썽였네. 베어버리다니! 나는 미칠 것만 같네. 맨 처음 그 나무를 도끼로 내려친 개자식을 죽여버리고 싶어. 만약 우리 집 마당에 자라는 몇 그루 중 하나가 늙어서 죽는다 해도 비탄에 잠길지도 몰라. 그런 내가 이 일을 그냥 지켜보고 있어야만 하다니. 친구여, 그런데 한 가지 문제가 생겼다네! 인간의 감정이란 참 알다가도 모르겠어! 온 마을 사람들이 불평하고 있어. 목사 부인은 버터며 달걀, 그 밖의 선사품이 줄어드는 것을 보고, 마을 사람들의 마음에 얼마나 상처를 주었는지 느껴야 할 거야. 호두나무를 베어버리게 한 장본인이 바로 그 여자거든. 새로 부임한 목사(이전의 나이 든 목사는 그사이에 돌아가셨네)의 부인은 빼빼 마르고 병약한 여자야. 그녀가 세상일에 아무런 관심을 갖지 않는 것은, 아무도 그녀에게 관심을 갖지 않기 때문이지. 이 어리석은 여자는 학식을 쌓는 일에 몰두해서 성경 연구에 끼어들었어. 새로운 유행을 좇아 도덕적, 비판적 관점에서 기독교 개혁을 하는 데 열성을 쏟으며, 라바터*의 광신주의에는 어깨를 으쓱하며 무시했어. 그러다 보니 건강이 몹시 나빠져서, 하느님이 창조하신 이 지상에선 아무런 기쁨도 느낄 수 없게 되었네. 그런 여자니까 내가 그토록 소중히 여기는 호두나무를 베어버릴 수 있었던 거지. 정말 어처구니없는 노릇이

---

* 라바터(Johann Kaspar Lavater, 1741~1801). 스위스의 작가, 개신교 목사, 반(反)합리적·종교적 문예 운동인 인상학(人相學)의 창시자. 괴테와 라바터는 우정을 나누었으나 나중에 라바터가 개종하려는 바람에 둘의 관계는 단절됨.

야! 그녀가 어떤 사람인지 한번 상상해보게. 낙엽이 지면 뜰이 지저분하고 축축해지며, 나무들이 햇빛을 가리는 데다가 호두가 열리면 아이들이 돌을 던지고 해서 신경에 거슬린다는 거야. 그래서 케니콧*, 제믈러**, 미카엘리스***에 대한 비교 연구를 하려 해도 도무지 깊은 생각에 잠길 수 없다는 거야. 마을 사람들, 그중에서도 특히 노인들이 무척 불만스러워 보이기에 내가 물어봤지. "여러분들은 왜 당하고만 계셨나요?" 그러자 그들은 이렇게 대답하더군. "이런 시골에선 면장이 하겠다고 하면 우리로선 어쩔 도리가 없지 않소?" 그렇지만 당연히 한 가지 문제가 생겼어. 목사는 그러잖아도 수프를 멀겋게 끓여주는 아내의 변덕을 이용하여 한몫 챙기려는 심보로 면장과 나무 판 돈을 서로 나눠 갖기로 했어. 그런데 교구의 회계국에서 이 사실을 알고 "나무를 이리 내놓으시오!"라고 했어. 나무가 서 있던 목사관의 땅에 대해 그곳에 여전히 관할권이 있었던 거야. 회계국은 가장 비싸게 부르는 사람에게 그 나무를 팔아버렸어. 아무튼 나무는 쓰러져 있어! 아, 내가 영주라면! 목사 부인과 영주와 회계국을 모조리…… 하긴 내가 영주라면 영지 내의 나무에까지 어떻게 신경 쓸 수 있겠는가!

---

* 케니콧(Benjamin Kennikot, 1718~1821). 영국의 신학자임.

** 제믈러(Johann Salomo Semler, 1725~1791). 독일의 경건파 신학자임.

*** 미카엘리스(Johann David Michaelis, 1717~1791). 독일의 신학자이자 동양학자임.

10월 10일

　로테의 검은 눈동자를 보기만 해도 나는 행복해지네! 이보게, 그런데 언짢게도 알베르트는 내가 기대한 만큼 ─ 내가 그라면 행복했을 만큼 ─ 그리 행복해 보이지 않는다는 거야. 나는 줄표 넣는 것을 그다지 좋아하지 않지만 여기서는 달리 표현할 도리가 없어. 그래도 내 생각은 분명히 표현했다는 느낌이 들어.

10월 12일

　오시안이 내 마음속에서 호메로스를 몰아냈어. 이 훌륭한 시인이 나를 이끌고 가는 세계가 얼마나 장엄한지 몰라! 자욱한 안개 속에서 어스름한 달빛 아래 선조들의 혼령을 이끌고 가는 거센 폭풍에 휩싸여 황야를 헤매고 다니네. 산골짜기로부터는 숲 속의 요란스러운 계곡물 소리와 더불어 동굴 속에서는 망령들의 신음 소리가 끊어질 듯 들려오네. 그리고 고귀하게 전사한 애인 무덤가의, 이끼로 덮이고 풀이 무성한 네 개의 비석 주위에서 한 처녀의 숨넘어갈 듯한 애처로운 통곡 소리가 들려오네. 그런 다음 다시 백발의 음유시인이 보이네. 그는 광활한 황야에서 조상들의 발자취를 찾아 헤매고 다니네. 아, 마침내 조상들의 묘비를 발견하고 넘실대는 바다로 숨어드는 정겨운 저녁 별을 바라보며 비탄에 잠기네. 그러면 과거의 시간이 영웅의 가슴속에 생생히 살아나네. 그때 다정한 별빛은 용사들의 위험한 앞길을 비춰주고 달빛은 화환으로 장식하고 개선하는 배를 비춰주었네. 영웅의 이마에는 깊은 슬픔이 배어 있네. 마지막으로 남겨진 이 영웅은 기진맥진한 몸을 이끌고 무덤을 향해 비틀거리며 다가가네. 그는 고인이 된 자들의 혼백이 힘없이 떠도는 가운데 고통으로 이글거리는 늘 새로운 기쁨을 들이마시고, 차가운 대지와 크게 자라 바람에 흔들리는 풀을 내려다보며 외치네.

"아름다웠던 내 모습을 알던 방랑자가 언젠가 찾아와서 물으리라. '그 가인(歌人), 핑갈의 훌륭한 아들은 어디 있는가? 그의 발걸음은 내 무덤 위를 지나갈 것이며, 이 지상에서 나를 찾아 헛되이 헤매리라.' 오, 친구여! 나도 고귀한 용사처럼 당장 칼을 뽑아 들고 서서히 죽어가는 나의 주군 오시안을 단말마의 고통으로부터 단번에 해방시켜주고 싶네. 그리고 내 영혼도 고통에서 해방된 반신(半神)에 뒤따라 보내고 싶네."

10월 19일

아, 이 공허감! 내 가슴속에서 느껴지는 이 끔찍한 공허감! 그녀를 단 한 번만, 단 한 번만이라도 껴안을 수 있다면 이 공허감이 완전히 채워질 것 같다는 생각이 자꾸 드네.

10월 26일

그래, 빌헬름, 나는 분명히 느끼고 있어. 한 인간의 생존이란 그리 중요하지 않다는 것, 정말 별것 아니라는 것을 갈수록 분명히 느끼고 있어. 로테의 여자 친구가 로테를 찾아왔네. 그래서 책이나 보려고 옆방으로 들어갔어. 하지만 책이 눈에 들어오지 않아 편지를 쓰려고 펜을 집어 들었지. 그때 두 사람의 나직한 얘기 소리가 들려왔어. 별로 중요하지 않은 이야기였어. 누가 결혼하고 누가 아프며 누구는 중병이라는 시내의 새로운 소식이었지. 로테의 여자 친구가 이렇게 말했어. "그 부인은 마른기침을 하고, 얼굴은 뼈만 앙상한 데다 가끔 실신까지 한대. 분명 얼마 살지 못할 거야." 그러자 로테가 말했어. "XXX라는 남자도 상태가 무척 좋지 않대." 여자 친구는 "벌써 몸이 많이 부어올랐대"라고 대꾸하더군. 그러자 나의 활발한 상상력은 이런 불쌍한 사람들의 침상으로 옮겨 갔어. 이들이 얼마나 삶을 등지기 싫어할지 눈에 선했어. 이들이 얼마나…… 빌헬름! 그런데 이 여자들은 남 얘기 하듯 말하는 거야. 생판 모르는 사람이 죽어가듯 말이야. 나는 주위를 둘러보며 방 안을 살펴보았지. 주위에 로테의 옷가지와 알베르트의 서류, 이젠 나도 정이 든 가구들과 심지어 잉크병도 눈에 들어왔어. 그것들을 바라보며 생각에 잠겼네. 네가 이 집에서 어떤 존재인지 봐라! 요컨대 너의 친구들은 널 존중하고 있어! 너도 가끔 그들을 기쁘게 해주지. 그리고 너는 그들이 없으면 살 수 없을 것 같다는 생각이 들겠지. 그렇지만 네가 떠난다면? 네가 이들 무리에서 사라진다면? 그들은 과연 네가 없어진다고 해서 얼마나 오랫동안 그들의 운명에 드리워진 공허감을 느낄까? 얼마나 오랫동안이나? 아, 인간이란 이처럼 덧없는 존재네. 자신의 존재를 분명히 확신시켜주는 곳에서도, 자신의 현존을 유일하게 실감할 수 있는 곳에서도, 사랑하는 이들의 추억과 마음속에서도 소멸하고 사라져야만 하다니. 그것도 얼마 지나지 않아서!

10월 27일

사람이 서로에 대해 그토록 별것 아닐 수 있다는 생각에 가끔 가슴을 갈가리 찢고 머리를 짓이기고 싶은 심정이야. 아, 사랑과 기쁨, 온정과 환희, 이런 것을 내가 베풀어주지 않으면 상대방이 내게 그런 것을 베풀어주지 않을 것이야. 그리고 아무리 진심으로 행복에 넘쳐 있다 해도 상대방이 차갑고 시큰둥하게 나오면 행복하게 해줄 수 없는 법이지.

10월 27일 저녁

나는 가진 게 무척 많지만 그녀 생각이 모든 걸 집어삼켜 버려. 나는 가진 게 무척 많지만 그녀가 없으면 모든 게 무(無)가 되어버리네.

10월 30일

나는 벌써 골백번이나 그녀의 목을 껴안을 지경까지 갔다네! 위대한 하느님은 아실 거야. 이토록 사랑스러운 존재가 눈앞에서 돌아다니는데 손을 뻗어 붙잡아서는 안 된다는 심정이 어떤지를. 하지만 손을 뻗어 붙잡는다는 것은 인간의 가장 자연스러운 본능이지. 아이들은 눈에 띄는 것이면 아무것에나 손을 뻗어 붙잡으려 하지 않는가? 그런데 나는?

11월 3일

정말이지 나는 잠자리에 들 때마다 다시 깨어나지 않기를 바라고, 때로는 희망할 때도 있어. 그런데 아침에 눈을 뜨면 다시 태양이 보이고, 나는 비참한 심정이 되네. 아, 내가 변덕이 심한 사람이라서 날씨나 제3자, 계획이 실패한 탓으로 돌릴 수 있다면, 불쾌감이라는 이 견디기 힘든 짐을 절반이라도 덜어낼 수 있을 텐데. 아, 참으로 괴로운 신세로구나! 모든 잘못이 내 탓임을 나는 절감하고 있어. 하긴 내 탓이라 할 순 없지! 예전에 모든 행복의 원천이 내 마음속에 있었듯이 모든 불행의 원천 역시 내 마음속에 있는 게 분명해. 한때 충만한 감정으로 두둥실 떠다니고 발걸음을 옮길 때마다 낙원이 뒤따르며 온 세상을 넘치는 사랑으로 품에 안는 가슴을 지녔던 내가 지금의 나와 동일 인물이 아니란 말인가? 그런데 그 가슴은 이제 죽었고, 그 가슴에서는 이제 감격이 흘러나오지 않으며, 내 눈물도 말라버렸네. 이제 눈물을 흘려도 더 이상 속이 후련해지지 않는 나의 감각은 불안하게 이맛살을 찌푸리고 있어. 나는 너무 고통에 시달리고 있네. 내 인생의 유일한 기쁨이었던 것, 내가 주위의 세계를 만들어내게 해준 성스러운 생명력을 잃어버렸기 때문이지. 그 힘이 사라져버렸어! 창밖으로 멀리 언덕을 바라보면 아침 해가 언덕 위로 안개를 뚫고 고요한 초원을 비춰주네. 그리고 강물이 잎사귀가 떨어진 버드나무 사이로 나를 향해 잔잔히 굽이쳐 흘러오지. 아, 그런데 이 근사한 자연도 래커 칠을 한 조그만 그림처럼 내 눈에는 경직된 모습으로 보여. 그리고 이 모든 기쁨도 내 가슴에서 머리 위로 한 방울의 행복도 뿜어 올리지 못해. 그런 주제에 말라빠진 우물이나 물이 새는 양동이처럼 하느님 앞에 서 있는 꼴이라니. 나는 가끔 바닥에 엎드려 눈물 흘리게 해달라고 간청했지. 극심한 가뭄이 들어 주위의 대지가 목말라할 때 농부가 비를 내려달라고 기도하듯이.

하지만 아, 우리가 아무리 간절히 애원해도 하느님은 우리에게 비도 햇볕도 내려주시지 않아. 내 느낌으로는 그래. 그런데 돌이켜보면 고통스럽기만 한데도 지난 시절은 왜 그토록 행복했을까! 그것은 내가 참을성 있게 성령을 기다리고, 하느님이 넘치도록 주시는 기쁨을 진심으로 감사하는 마음으로 극진히 받아들였기 때문이야.

11월 8일

　　로테는 내가 무절제하다고 책망했어! 아, 너무나 사랑스러운 태도로! 나의 무절제함이라 해봤자 와인 한 잔으로 시작해서 한 병을 다 비워버리는 것에 지나지 않아. 그녀가 말했어. "그러시면 안 되죠! 로테 생각을 하셔야죠!" 내가 대꾸했지. "생각하라고요! 나에게 굳이 생각해달라고 말할 필요가 있을까요? 늘 생각하고 있는데요! 아니, 생각하지 않는다고 할 수 있어요! 언제나 내 마음속에 있는걸요. 오늘은 당신이 최근에 마차에서 내렸던 그곳에 앉아 있었어요." 그러자 로테는 화제를 다른 데로 돌렸어. 내가 이런 이야기에 더 깊이 빠져들지 않도록 말이야. 이보게, 나는 그 지경이 돼버렸어! 그녀는 나를 마음대로 조종할 수 있어.

11월 15일

　　빌헬름, 진심으로 관심을 보여주고 호의가 담긴 충고를 해줘 고맙네. 부탁인데 너무 신경 쓰지 말기 바라네. 나 스스로 견뎌나가겠네. 아무리 지쳤어도 아직 헤쳐나갈 힘이 충분하니까. 자네도 알다시피 나는 종교를 존중하네. 종교는 많은 기진맥진한 사람에게는 지팡이가 되고, 고통을 겪는 많은 사람에게는 청량제가 되거든. 하지만 누구에게나 그럴 수 있을까? 누구에게나 그래야만 할까? 넓은 세상을 바라보면 종교에 그런 영향을 받지 못한 사람이 무수히 많아. 설교를 들었든 듣지 않았든 앞으로도 그럴 거야. 그런데 종교가 내게 그런 영향을 줘야 한단 말인가? 하느님의 아들조차 아버지께서 보내신 사람들이 자기 주위에 모일 거라고 말하지 않았던가? *그런데 내가 하느님의 아들에게 보내진 존재가 아니라면? 내 마음이 내게 말하듯이 하느님이 나를 곁에 두려고 하신다면? 부탁인데 나를 오해하지 말게. 이처럼 악의 없는 말을 조롱한다고 생각하지 말게. 지금 내 마음을 자네에게 그대로 보여주는 거네. 그렇지 않다면야 차라리 입 다물고 있었을 거야. 나는 나 자신이나 다른 누구든 잘 알지 못하는 사항에 대해서는 이러쿵저러쿵 한 마디도 늘어놓고 싶지 않거든. 인간의 운명이란 자신의 분수에 맞게 견뎌내고 자신의 잔을 다 비워내는 것이 아니겠는가? 그런데 그 술잔이 하느님이 보시기에도 인간의 입술에는 매우 쓰다 하셨거늘 내가 잘난 척하며 달콤한 맛이 나는 것처럼 해야 하겠는가? 그리고 삶 전체가 존재와 비존재 사이에서 떨고 있는 끔찍한 순간에 내가 무엇 때문에 부끄러워해야 한단 말인가? 과거가 미래의 암울한 심연을 번갯불처럼 밝혀주고, 내 주위의 모든 것이 가라앉고 나와 함께 세상이 멸망하는 끔찍한 순간에. "나의 하느님! 나의 하느님! 어찌하여 저를 버리셨나이까?"** 이 외침은 완전히 자신의 내면으로 몰려 자기 자신을 잃어버리고 끝없이 추락하는 존재가 헛되이 일어

---

* 요한복음 6장 44절~45절 참조.

** 마태복음 27장 46절 참조.

나려 사력을 다해 깊은 내면에서 이를 갈며 내는 목소리가 아니던가? 그런데 내가 그런 표현을 부끄럽게 여겨야 한단 말인가? 하늘을 두루마리처럼 둘둘 말아버릴 수 있다*는 하느님의 아들조차 피하지 못한 순간을 두려워해야 한단 말인가?

11월 21일

로테는 자신이 나와 그녀를 파멸시킬 독약을 제조하고 있다는 사실을 알지도 느끼지도 못하고 있어. 그런데 나는 그녀가 나를 파멸시킬 술잔을 건네주면 환희에 차 홀짝홀짝 다 마셔버려. 그녀는 자주 — 자주? 아니, 자주는 아니고 가끔 — 나를 정다운 눈길로 바라보네. 나도 모르게 드러나는 나의 감정 표현을 호의적으로 받아들여 주고, 그녀의 이마에는 내가 견뎌내는 것을 동정하는 기색이 확연해. 이는 무엇을 뜻하는 걸까?

어제 그녀 집을 떠나는데 그녀는 손을 내밀며 말했어. "안녕히 가세요, 사랑하는 베르터 씨!" 사랑하는 베르터 씨라니! 그녀가 내게 '사랑하는'이라는 말을 쓴 것은 이번이 처음이었어. 그 말은 내 심금을 울렸어. 나는 그 말을 수백 번이나 되뇌었어. 어젯밤에는 잠자리에 들면서 혼자 온갖 말을 지껄이다가 갑자기 이런 말을 하고 말았어. "잘 자요, 사랑하는 베르터 씨!"

---

* 요한계시록 6장 14절 참조.

이런 내 모습이 얼마나 우스웠는지 몰라.

11월 22일

나는 '그녀를 저에게 허락해주세요!'라고는 기도할 수 없어. 그렇지만 그녀가 가끔 내 여자란 생각이 들어. 나는 '그녀를 저에게 주세요!'라고는 기도할 수 없네. 그녀는 다른 남자의 여자니까. 나는 내 고통을 이런 익살로 달래고 있어. 이런 식으로 계속하다가는 말도 안 되는 지루한 한탄으로 이어질 걸세.

11월 24일

그녀는 내가 견디고 있다는 것을 느끼고 있어. 오늘은 그녀의 눈길이 내 가슴 깊이 뚫고 들어왔어. 그녀 혼자 집에 있더군. 나는 아무 말도 하지 않았고, 그녀는 나를 물끄러미 바라보았어. 이제 내 눈에는 그녀 마음속의 사랑스러운 아름다움도, 훌륭한 정신의 광채도 더 이상 보이지 않아. 그 모든 것이 내 눈앞에서 사라져버렸어. 이제는 훨씬 숭고한 눈길이 느껴져. 지극히 진심 어린 관심과 더없이 달콤한 연민의 표현이 가득한 눈길이었어. 그런데 나는 왜 그녀의 발치에 꿇어 엎드리지 못했던가? 왜 그녀의 목덜미에 수없이 입 맞추며 응답

하지 못했던가? 그녀는 피아노 쪽으로 몸을 피하더니, 피아노 반주에 맞춰 달콤하고 나직한 목소리로 노래했어. 그녀의 입술이 그토록 매력적으로 보인 적은 여태껏 없었어. 그녀의 입술은 피아노에서 흘러나오는 달콤한 가락을 들이마시려고 갈망하며 열려 있는 듯했고, 순결한 입에서는 은밀한 메아리만이 울려나오는 것 같았어. 자네에게 이 광경을 제대로 묘사할 수 있다면 좋으련만! 나는 더 이상 견디지 못하고 고개 숙여 맹세했네. 천상의 영(靈)들이 떠도는 그대의 입술이여! 감히 그대 입술에 입 맞출 생각은 하지 않겠어. 그렇지만 입 맞추고 싶어. 쳇! 이보게, 내 영혼 앞에 칸막이벽이 가로막고 있어. 이 지극한 행복! 그 행복을 맛본다면 죗값을 치르는 의미로 파멸해도 좋아. 그런데 그게 죄란 말인가?

11월 26일

나는 가끔 나 자신에게 이렇게 말하곤 하네. '너의 운명은 세상에 둘도 없어. 다른 사람들을 행복하다고 찬미하라. 너처럼 큰 고통을 겪은 사람은 아무도 없었어.' 그런 뒤 옛 시인의 시를 읽으면 마치 내 자신의 마음을 들여다보는 것 같아. 내가 이토록 큰 고통을 감내해야 하다니! 아, 나 이전에 살았던 사람들도 이토록 불행했단 말인가?

11월 30일

난 아무래도 제정신을 차리지 못할 것 같아! 가는 곳마다 마음의 평정을 잃게 만드는 현상과 마주치니까. 오늘도 그랬어! 아, 운명이란! 아, 인간이란!

점심시간에 물가를 거닐었어. 식욕이 생기지 않더군. 모든 것이 황량했어. 산 쪽에서 냉하고 습한 바람이 불어왔고, 잿빛 비구름이 골짜기로 몰려왔어. 멀리 허름한 녹색 상의를 입은 한 남자가 보이더군. 바위들 사이를 이리저리 기어 다니며 약초를 캐는 모양이었어. 가까이 다가가자 그는 인기척을 느끼고 뒤돌아보더군. 인상이 퍽이나 흥미로웠어. 얼굴에는 잔잔한 슬픔이 배어 있었지만, 그 외에는 반듯하고 선한 심성이 고스란히 드러났어. 검은 머리는 핀을 꽂아 두 다발로 묶었고, 나머지 머리는 굵게 땋아 등 쪽으로 드리웠어. 옷차림으로 보아 신분이 미천한 사람 같기에 그가 하는 일에 관심을 보여도 나쁘게 생각하지 않을 듯싶었어. 그래서 무얼 찾고 있는지 물어보았지. 그는 깊은 한숨을 쉬며 말하더군.

"꽃을 찾고 있는데, 통 보이질 않네요."

나는 미소를 띠며 말했어. "꽃이 피는 철도 아니잖아요."

그러자 그는 내가 있는 쪽으로 내려오며 말했어. "꽃에는 매우 많은 종류가 있지요. 우리 집 정원에는 장미와 두 종류의 인동초가 있어요. 인동초 중 하나는 아버지가 주신 것인데, 자라는 게 마치 잡초 같아요. 벌써 이틀째 꽃을 찾고 있는데 보이질 않는군요. 이 근처에도 늘 노란색, 파란색, 빨간색 꽃들이 있었거든요. 용담에는 조그만 예쁜 꽃이 피지요. 그런데 하나도 보이질 않아요."

나는 왠지 섬뜩한 느낌이 들었어. 그래서 에둘러서 물어봤어. "꽃은 대체 어디다 쓰려는 거요?"

그의 얼굴에 이상야릇한 미소가 스쳐 지나갔어. "내 말을 남에게 발설하면 안 됩니다." 그는 손가락을 입에 갖다 대며 말했어. "애인에게 꽃다발을 만들어주기로 약속했거든요."

"그것 참 멋지군요." 내가 그렇게 말했어.

"그래요, 그녀는 다른 것은 많이 가지고 있거든요. 그녀는 부자랍니다."

"그렇지만 그녀는 당신이 선물하는 꽃다발을 좋아하는군요." 나는 그렇게 맞장구를 쳤지.

"그럼요!" 그는 말을 이었어. "그녀는 보석도 있고 왕관도 있어요."

"애인 이름이 어떻게 되는데요?" 그가 대꾸했어.

"네덜란드 정부가 내게 돈을 치렀더라면 내가 이런 처지는 아니었을 겁니다! 정말이지 나도 한때 잘나가던 시절이 있었어요! 하지만 이제 난 끝장났어요. 나는 이제……." 하늘을 쳐다보며 눈물을 글썽이는 모습이 모든 것을 표현해주고 있었네.

내가 다시 물어보았어. "그러니까 전에는 행복했겠군요?"

"아, 다시 그렇게 되면 좋겠어요!" 그가 말했어. "그때는 정말 행복했지요. 무척 즐겁고 너무나 신 났어요. 마치 물고기가 물을 만난 듯 말입니다!"

"하인리히!" 그때 어떤 노파가 우리 쪽으로 다가오며 소리쳤어. "하인리히, 어디 처박혀 있는 거니? 너를 찾아 사방을 돌아다녔잖아. 밥 먹으러 가자."

"아드님인가요?" 그녀에게 다가가며 내가 물었네.

"네, 불쌍한 내 아들이지요!" 그녀가 대꾸했어. "하느님께서 제게 큰 시련을 주셨지요."

내가 물었어. "이렇게 된 지는 얼마나 됐는데요?"

그녀가 대답했어. "이렇게 조용해진 지는 이제 반년쯤 되었어요. 이만한 것만 해도 다행이지요. 전에는 꼬박 일 년 동안 미쳐 날뛰어서 사슬에 묶인 채 정신병원에 있었답니다. 지금은 아무에게도 해코지를 하진 않아요. 다만 걸핏하면 왕이나 황제를 들먹이는 게 문제지요. 원래는 착하고 조용한 아이여서 집안 살림도 도왔고 글씨도 곧잘 썼어요. 그러다가 갑자기 침울해지고, 열병에 걸리더니 결국 미쳐버렸어요. 그리고 지금은 보시는 그대로입니다. 이런 걸 말씀드리자면, 선생님."

나는 쉬지 않고 쏟아져 나오는 노파의 말을 끊고 물어보았지. "아드님이 정말 행복하고 좋았던 시절이 있었다고 자랑하던데 그건 언제 이야기인가요?"

"지지리도 못난 녀석이지요!" 노파는 측은하다는 듯 미소를 지으며 외쳤어. "완전히 정신이 나갔을 때를 말하는 겁니다. 늘 그 시절을 자랑하지요. 정신병원에 있을 때 말이지요. 그때는 자기 자신이 누군지도 전혀 몰랐어요."

그 말에 나는 마치 벼락이라도 맞은 느낌이었네. 나는 노파의 손에 동전 한 닢을 쥐여주고는 서둘러 그곳을 떠났어.

그때가 행복한 시절이었다니! 나는 그렇게 소리치며 시내

방향으로 재빨리 발걸음을 옮겼어. 물고기가 물 만난 듯 행복했다니! 하늘에 계신 하느님! 인간이 분별력을 갖기 전이나 분별력을 다시 잃어버렸을 때만 행복할 수 있도록 인간의 운명을 정해놓으셨나요? 불쌍한 친구 같으니! 그런데 나는 그대의 슬픔과 그대를 고통스럽게 하는 정신착란이 얼마나 부러운지 모르겠어! 그대는 그대의 왕비에게 꽃을 꺾어주려고 희망에 넘쳐 밖으로 돌아다니지 않는가. 그것도 한겨울에. 꽃이 보이지 않는다고 슬퍼하고, 왜 보이지 않는지도 깨닫지 못하면서. 그런데 나는 아무런 희망도 목표도 없이 헤매고 다니다가 나갈 때와 똑같은 모습으로 다시 집으로 돌아오는구나. 그대는 네덜란드 정부가 돈을 치렀더라면 완전히 처지가 달라졌을 거라 상상하지. 축복받은 사람이야! 자신의 불행을 세상의 방해탓으로 돌릴 수 있으니! 그대는 망가진 가슴과 착란을 일으킨 머릿속에 그대의 불행, 지상의 어떤 왕도 도와줄 수 없는 불행이 깃들어 있다는 것을 깨닫지 못하고 있어.

병을 고치려고 아주 멀리 떨어진 샘을 찾아 여행을 떠났다가 오히려 병을 악화시키고 더 고통스러운 여생을 보내는 환자를 비웃는 자는 절망에 빠져 죽어야 마땅할 것이다! 또한 양심의 가책에서 벗어나고 영혼의 고통을 덜기 위해 예수의 무덤으로 순례를 떠나는 곤경에 처한 사람을 멸시하는 자 역시 마찬가지리라. 길도 나 있지 않은 곳에서 발바닥이 갈라지며 한 걸음씩 내딛는 발걸음은 고통에 시달리는 영혼에겐 한 방울의 진통제가 되지. 힘든 여정을 하루하루 견뎌나갈 때마다 마음속의 고통은 더욱 가벼워지는 것이지. 그런데 안락한 생활을 하며 쓸데없는 말을 늘어놓는 자들이 그런 행위를 광기라 부를 수 있단 말인가? 광기라니! 오, 신이여! 제가 흘리는 눈물이 보이지요! 당신은 인간을 이토록 가련한 존재로 만드셨어요. 그런데 인간이 당신에게 품은 가난한 마음과 약간의 신뢰마저 빼앗아가는 자들을 형제라고 인정하시다니요, 대자대비하신 신이시여! 병을 낫게 하는 약초 뿌리나 포도즙의 효능을 신뢰하는 것은 당신에 대한 믿음이 아니고 무엇이겠습니까? 매시간 우리에게 필요한 치유력과 진통 능력을 우리 주위의 모든 것에 부여하신 당신에 대한 믿음이 아니고 무엇이겠습니까? 제가 알지 못하는 아버지시여! 전에는 제 영혼을 충만케 했지만 이제는 저를 외면하시는 아버지시여, 저를 당신 곁으로 불러주옵소서! 더 이상 침묵하지 마옵소서! 당신의 침묵은 이처럼 갈망하는 영혼을 잡아두지 못할 겁니다! 생각지도 않게 돌아온 아들이 목에 매달려 이렇게 소리친다 해서 한 인간이자 아버지로서 과연 화를 낼 수 있겠습니까?

"아버지, 다시 돌아왔어요! 아버지의 뜻에 따라 더 오래 참고 견뎌야 했을 방랑을 그만뒀다고 해서 화내지 마십시오. 어디를 가든 세상은 매한가지입니다. 노력하고 일하면 보람과 기쁨이 따르는 법이지요. 그런데 그런 것이 제게 무슨 소용이란 말인가요? 저는 아버지가 계시는 곳에서만 행복합니다. 저는 아버지가 계시는 곳에서 고통을 겪고 즐거움을 얻고자 합니다."

하늘에 계시는 사랑의 아버지시여, 그래도 이 아들을 내쫓으시렵니까?

12월 1일

빌헬름! 내가 전에 말했던 그 사람, 행복하면서도 불행한 그 남자는 로테의 아버지 밑에서 서기로 일했다네. 그는 남몰래 로테에 대한 연정을 키워오다가 급기야 사랑을 고백하는 바람에 직장에서 쫓겨나고 미쳐버렸다는 거야. 터무니없게도 그 이야기가 내 마음을 얼마나 사로잡았는지 무미건조한 그 말에서 느껴보게. 알베르트는 그 이야기를 내게 너무나 태연히 들려주었다네. 자네도 아마 그 이야기를 태연히 읽을 테지.

12월 4일

제발 부탁이야. 알다시피 난 이제 끝장이야. 더 이상 견디지 못하겠어! 오늘 로테의 곁에 앉아 있었어. 난 앉아 있었고, 그녀는 피아노를 쳤어. 다양한 멜로디로 온갖 표현을 했어! 온갖 것을! 온갖 것을! 무슨 말이냐고? 로테의 어린 여동생은 내 무릎에 앉아 인형을 단장해주고 있었어. 내 눈에 눈물이 고였지. 고개를 숙이자 그녀의 결혼반지가 눈에 들어왔어. 눈물이 쏟아지더군. 그녀는 갑자기 천상의 달콤함이 담긴 옛 멜로디를 치기 시작했어. 너무 갑작스러운 일이었네. 나는 마음속으로 위안을 느끼며 이 노래를 들었던 시절의 추억을 떠올렸지. 그리고 로테와 헤어져 있던 암울한 시절의 언짢은 기억과 이루지 못한 희망의 기억도 떠올랐어. 그러고서 나는 방 안을 이리저리 거닐었고, 격정이 밀어닥쳐 가슴이 미어지는 듯했네. 나는 그녀한테 격한 감정을 분출하며 달려들 듯 말했어. "제발, 그만하세요." 그녀는 연주를 멈추고 나를 빤히 쳐다보았어. 그녀는 내 마음에 사무치는 미소를 지으며 말했어. "베르터 씨, 많이 아프신 것 같아요. 좋아하시는 곡도 귀에 거슬리다니요. 그만 돌아가세요! 제발 부탁이니 마음을 진정시키세요." 나는 얼른 그녀의 집에서 나왔어. 신이시여! 저의 한심한 모습을 보고 계실 테니 이런 상태를 끝내주십시오.

12월 6일

그녀의 모습이 뇌리에서 떠나지 않아! 자나 깨나 온통 그녀 생각에 사로잡혀! 눈을 감으면 내면의 시력이 하나로 모이는 여기 내 이마에 그녀의 까만 눈동자가 떠올라. 여기에! 자네에게 어떻게 표현해야 할지 모르겠어. 눈을 감으면 그녀의 눈동자가 나타난다네. 마치 바다처럼, 심연처럼 그녀의 눈동자는 내 앞에, 내 속에 존재하고, 내 이마의 감각을 가득 채운다네.

반쯤 신을 닮았다고 칭송받는 인간이란 어떤 존재란 말인가! 가장 절실히 힘이 필요한 그 순간에 힘이 없지 않은가? 기쁨에 들떠 있을 때나 고통에 빠져 있을 때 인간은 기쁨과 고통 그 두 가지에 발목 잡혀 둔감하고 차가운 의식으로 되돌아가는 것이 아닌가? 무한한 것에 대한 감정으로 충만한 가운데 스스로를 잃어버리기를 갈망하는 순간에 말일세.

편집자가 독자에게 드리는 글

　　나는 우리 친구의 특기할 만한 마지막 며칠에 대한 자필 기록이 많이 남아 있기를, 그가 남긴 일련의 편지를 나의 서술로 중단시킬 필요가 없기를 얼마나 바랐는지 모릅니다.

　　나는 베르터의 이야기를 잘 알 만한 사람들의 입을 통해 정확한 정보를 수집하려고 노력했습니다. 마지막 며칠간의 이야기는 간단합니다. 사람들의 모든 증언은 몇 가지 사소한 점을 제외하고는 모두 일치합니다. 다만 관련 인물들의 심경에 대해서는 견해가 달랐고 판단도 엇갈렸습니다.

　　결국 편집자에게 남은 일은, 여러모로 노력해서 알아낼 수 있는 내용을 양심적으로 서술하고, 고인이 남긴 편지를 끼워 넣고, 아주 사소하더라도 찾아낸 쪽지는 소홀히 다루지 않도록 하는 것입니다. 특히나 평범하지 않은 사람들 사이에서 벌어지는 하나하나 행위의 매우 특수하고 진정한 동기를 찾아내기란 쉬운 일이 아니기 때문입니다.

베르터의 영혼에는 불만과 불쾌감이 갈수록 깊이 뿌리를 내리고 더욱 단단히 뒤엉켜서 그의 존재 전체를 점차 사로잡아 버렸습니다. 그의 정신의 조화는 완전히 파괴되었고, 그의 내면의 열기와 격함은 타고난 모든 힘을 뒤죽박죽으로 만들어 더없이 고약한 결과를 야기했습니다. 결국 그는 기진맥진한 상태에 빠지고 말았습니다. 그는 지금까지 온갖 불행과 싸워왔을 때보다 더 불안한 마음으로 그런 상태에서 벗어나려 했습니다. 가슴속의 불안감은 그나마 남아 있던 정신력과 생동감, 총명함을 갉아먹었습니다. 그는 다른 사람과 대화를 나눌 때 슬픈 표정을 지었고, 점점 더 불행해졌으며, 불행해질수록 더욱 상식에 반하는 행동을 보였습니다. 적어도 알베르트의 친구들은 그렇게 말합니다. 그들의 주장에 따르면, 알베르트는 오랫동안 염원하던 행복을 손에 넣은 순수하고 조용한 사람이라고 했습니다. 베르터는 이 행복을 언제까지나 간직하고자 하는 알베르트의 태도를 제대로 평가할 수 없었다고 합니다. 말하자면 베르터는 날마다 가진 돈을 다 써버리고 정작 밤이 되면 굶주리며 괴로워했으니까요. 친구들의 말에 따르면 알베르트는 그렇게 단기간에 변하지 않았고, 여전히 베르터가 처음에 알았던 모습, 매우 높이 평가하고 존중했던 모습 그대로라고 합니다. 알베르트는 그 무엇보다 로테를 사랑했고, 그녀를 자랑스러워했으며, 그녀가 누구한테서도 더없이 훌륭한 여성으로 인정받기를 원했습니다. 때문에 알베르트가 조금이라도 의혹을 살 만한 일은 피하려고 했다고 해서, 그 시점에서 아무리 순진무구한 방식으로라도 이 소중한 보물을 누구와도 함께 공유할 생각을 하지 않았다고 해서 과연 그를 나쁘게 볼 수 있을까요? 이들이 시인한 바에 따르면, 베르터가 로테 곁에 있으면 알베르트는 종종 부인의 방에서 나와주었다고 합니다. 하지만 그것은 자기 친구를 싫어하거나 그에게 반감이 있어서가 아니라, 단지 자기가 함께 있으면 베르터가 부담스러워할까 봐 그랬다고 합니다.

로테의 아버지가 병에 걸려 방 안에 갇혀 지내게 되자, 아버지는 로테에게 자신의 마차를 보냈습니다. 로테는 그 마차를 타고 아버지가 계신 곳으로 갔습니다. 아름다운 겨울날이었습니다. 첫눈이 듬뿍 내려 온 대지가 눈에 덮였습니다.

베르터는 다음 날 아침 그녀를 뒤쫓아 갔습니다. 만약 알베르트가 그녀를 데리러 가지 않으면 자기가 데려올 생각으로 말입니다.

맑은 날씨도 베르터의 우울한 심경을 달래주지 못했습니다. 그는 막연한 압박감에 짓눌리고 있었고, 슬픈 영상이 그의 내면에 단단히 자리 잡고 있었습니다. 그의 마음속에는 다른 움직임은 없고 오직 고통스러운 상념만 꼬리를 물고 이어질 뿐이었습니다.

그는 자기 자신과 언제나 불화를 겪으며 살아왔기에 다른 사람의 상태도 단지 우려스럽고 혼란스럽게 보이기만 했습니다. 그는 알베르트와 그의 아내 사이의 아름다운 관계를 방해했다고 생각했습니다. 그래서 그는 자신을 질책했는데, 거기에는 남편 알베르트에 대한 은밀한 반감도 섞여 있었습니다.

로테를 데리러 가는 도중에도 베르터는 이런 문제를 생각하고 있었습니다. 그는 몰래 이를 갈며 혼자 중얼거렸습니다.

"그래, 그렇지. 그런 것이 친밀하고 다정하며, 애정 있고 모든 것에 관심을 가지는 교제이고, 조용하고 지속적인 신의야. 하지만 그건 권태이자 무관심이야! 알베르트는 자신의 훌륭하고 소중한 부인보다 온갖 쓸머리 없는 일에 더 매력을 느끼지 않는가? 그는 자신의 행복을 제대로 평가할 줄 아는 건가? 그는 로테에게 합당한 만큼 그녀를 존중할 줄 아는가? 그는 그녀를 차지하고 있어. 그래, 좋아, 그가 차지하고 있어. 내가 뭔가 다른 것도 알고 있듯이, 그거야 나도 아는 사실이야. 나는 그런 생각에 이제 익숙해진 줄 알았어. 그런데도 그 생각만 하면 아직 미쳐 날뛰다가 죽어버릴 것만 같아. 나에 대한 그의 우정은 대체 타당한 것이었을까? 그는 로테에 대한 나의 집착만 해도 자신의 권리에 대한 침해라고 여기지 않을까? 그녀에 대한 나의 관심을 은밀한 비난으로 여기지 않을까? 나는 그런 사실을 잘 알고 있고, 분명히 느끼고 있어. 그는 나를 보기 싫어하고, 내가 멀리 떨어져 있기를 바라. 나의 존재는 그에게 부담스러워."

이따금씩 베르터는 빠른 걸음을 멈추고 조용히 서서 돌아갈까 망설이는 듯 보였습니다. 하지만 그는 번번이 앞쪽으로 발걸음을 옮겼고, 이런저런 생각을 하고 혼잣말을 하는 사이에, 마치 마지못해 그곳으로 가는 듯이 보였지만 마침내 사냥 별장에 도착했습니다.

그는 현관문에 들어서면서 노인과 로테에 대해 물어보았습니다. 집 안 분위기가 왠지 심상치 않아 보였습니다. 맏아들의 말에 따르면 저 건너 발하임에서 사고가 생겨 어느 농부가 맞아 죽었다는 이야기였습니다! 베르터는 그 이야기에 별다른 인상을 받지 않았습니다. 방 안으로 들어가 보니 로테가 아버지를 설득하는 중이었습니다. 노인은 몸이 아픈데도 현장에 가서 사건을 조사하러 발하임으로 가겠다고 했습니다. 범인이 누구인지는 아직 밝혀지지 않았습니다. 맞아 죽은 자는 대문 앞에서 발견되었습니다. 추측에 따르면 피살자는 어느 과부의 머슴이며, 그녀는 전에 다른 머슴을 데리고 있었는데, 그 머슴이 쫓겨날 때 불화가 있었다고 했습니다.

베르터는 이 말을 듣자 놀라 펄쩍 뛰며 소리쳤습니다. "아니, 그럴 수가! 그곳으로 가봐야겠습니다. 잠시도 지체할 수 없습니다." 그는 발하임으로 급히 달려갔습니다. 온갖 기억이 하나하나 되살아났습니다. 자신이 자주 대화를 나누었고 그토록 소중히 여겼던 그 사람이 범행을 저질렀다는 사실을 추호도 의심하지 않았습니다.

시신을 옮겨놓은 술집으로 가려면 보리수가 있는 곳을 지나가야 했기에, 전에는 그토록 정겨웠던 장소가 섬뜩하게 느껴졌습니다. 이웃집 아이들이 자주 놀곤 하던 그 문지방은 피로 얼룩져 있었습니다. 인간의 가장 아름다운 감정인 사랑과 신의가 폭력과 살인으로 변한 것입니다. 아름드리 보리수에는 모두 잎이 지고 서리가 내려 있었습니다. 나지막한 교회 묘지의 담벼락 위로 아치 모양을 이루고 있던 아름다운 산울타리도 벌써 잎이 다 떨어져 있었습니다. 그 틈새로 눈 덮인 비석들이 보였습니다.

술집 앞에는 온 동네 사람이 모여 있었습니다. 베르터가 그

술집으로 다가가고 있을 때 갑자기 소란이 일었습니다. 멀리서 한 무리의 무장한 남자들이 보였던 것입니다. 그러자 다들 범인을 호송해 오는 것이라며 외쳤습니다. 베르터가 그쪽을 바라보니 의심의 여지가 없었습니다. 그렇습니다, 과부를 그토록 사랑했던 그 머슴이었습니다. 얼마 전에 베르터가 조용한 분노와 은밀한 절망에 사로잡혀 헤매고 다니다가 만났던 그 사람이었습니다.

"대체 어쩌자고 그런 짓을 저지른 건가, 이 불행한 사람아!" 베르터는 체포된 사람을 향해 달려가며 소리쳤습니다. 죄인은 베르터를 말없이 조용히 바라보다가 마침내 태연히 대꾸했습니다. "아무도 그녀를 차지하지 못할 거고, 그녀는 아무도 가지지 못할 겁니다." 죄인은 술집으로 끌려 들어갔고, 베르터는 급히 자리를 떴습니다.

끔찍하고 엄청난 충격으로 그의 내면에 있던 모든 것이 엉망으로 흔들렸습니다. 그는 슬픔과 울분, 될 대로 되라는 자포자기의 심정에서 잠시 벗어났습니다. 그 불행한 사람에 대한 걷잡을 수 없는 동정심에 사로잡혔고, 이 사람을 구해야겠다는 생각이 간절해졌습니다. 그 사람이 너무 불행하게 느껴졌고, 범죄자이긴 해도 아무 죄가 없다고 생각되었습니다. 그 사람의 입장에서 아주 깊이 생각해보았으므로 다른 사람들도 설득할 수 있다고 확신했습니다. 그는 벌써 이 사람을 위해 변호할 수 있기를 바랐고, 그의 입에서는 매우 생생한 변론이 벌써 쏟아져 나올 것 같았습니다. 그는 사냥 별장으로 급히 갔습니다. 가는 도중에 주무관 앞에서 진술할 모든 말을 벌써 반쯤 소리 내어 읊조리지 않을 수 없었습니다.

방 안으로 들어서니 알베르트가 와 있어서 베르터는 순간 기분이 상했습니다. 하지만 그는 곧 마음을 가다듬고 주무관에게 자신의 견해를 열렬히 피력했습니다. 그러자 주무관은 몇 번이나 고개를 절레절레 흔들었습니다. 베르터가 한 사람을 변호하기 위해 혼신의 힘과 열정과 진실을 담아 할 수 있는 말을 모조리 쏟아냈지만 쉽게 짐작할 수 있듯이 주무관의 마음을 움직일 수는 없었습니다. 주무관은 오히려 우리 친구의 말을 가로막고 열심히 반박하며 암살자를 비호한다고 질책했습니다. 그런 식으로 하다간 모든 법률이 무용지물이 되고, 나라의 치안이 깡그리 무너지고 말 거라고 했습니다. 여기에 덧붙여 그는 이런 일에는 어떤 조치를 취하든 막중한 책임이 따르게 마련이며, 모든 일을 규정된 절차에 따라 정상적으로 처리해야 한다고 했습니다.

그래도 베르터는 순순히 물러나지 않고, 그 사람이 도망치는 것을 도와주더라도 눈감아 달라고 부탁하기까지 했습니다! 주무관은 이 요청도 물리쳤습니다. 마침내 알베르트가 대화에 끼어들어 주무관의 편을 들었습니다. 베르터는 두 사람에게 수적으로 밀렸습니다. 주무관은 몇 번이나 "안 돼, 그자를 구제할 방도는 없어!"라고 말했습니다. 그러자 베르터는 말할 수 없이 괴로운 심정으로 그 집을 떠났습니다.

주무관의 말이 그에게 얼마나 큰 충격을 주었는지는 그가 남긴 서류 틈에서 찾아낸 쪽지에서 알 수 있습니다. 그날 쓴 것이 분명한 그 쪽지에는 이런 글이 적혀 있었습니다.

"그대를 구제할 방도가 없어, 이 불행한 사람아! 우리가 구제받을 길이 없다는 것이 분명해."

알베르트가 마지막으로 죄인의 신상 문제에 대해 주무관 앞에서 했던 말은 베르터에게 몹시 거슬렸습니다. 그의 말에는 자신에 대한 예민한 감정이 담겨 있는 것 같았기 때문입니다. 명석한 머리로 곱씹어 생각해보면서 그는 두 사람의 견해가 옳을 수도 있겠다는 생각이 들지 않은 것은 아니었지만, 그렇다고 그들의 말이 옳다고 고백하고 시인한다면 자신의 가장 본질적인 생존을 포기해야 할 것 같았습니다.

이런 사정과 관련된 쪽지 하나가 그의 서류 틈에서 발견되었습니다. 이것은 아마 알베르트에 대한 그의 감정을 고스란히 보여줄지도 모릅니다.

"알베르트가 착실하고 훌륭한 사람이라고 아무리 되뇌어 본들 무슨 소용이란 말인가. 그래봤자 내 오장육부가 뒤집어질 뿐이야. 나는 공정해질 수 없어."

로테는 알베르트와 함께 걸어서 집으로 돌아왔습니다. 포근한 저녁이었고 날씨가 풀리기 시작했기 때문입니다. 돌아오는 도중 그녀는 가끔씩 주위를 두리번거렸습니다. 베르터가 옆에 없어서 아쉽다는 듯이 말입니다. 알베르트는 베르터에 대한 이야기를 꺼내기 시작했고, 그를 공정하게 평가하면서도 비난하는 말을 했습니다. 그는 베르터의 불행한 열정을 언급하면서, 되도록 그를 멀리하고 싶다고 했습니다. "우리를 위해서라도 그러고 싶소." 그는 이어서 말했습니다. "제발 부탁인데, 당신에 대한 그의 태도가 좀 바뀌도록 해보구려. 그가 뻔질나게 우리 집을 드나들지도 못하게 하고. 사람들이 눈여겨보고 있어요. 벌써 여기저기서 수군거리는 소리도 들리고요." 로테는 잠자코 있었습니다. 알베르트는 로테가 침묵하는 의미를 알아챈 것 같았습니다. 그래서 그때부터는 로테 앞에서 더 이상 베르터 이야기를 꺼내지 않았습니다. 그리고 그녀가 베르터 이야기를 입에 올리면 그냥 못 들은 척하거나 화제를 딴 데로 돌렸습니다.

베르터가 그 불행한 사내를 구하기 위해 헛된 노력을 한 것은 꺼져가는 불빛의 불꽃이 마지막으로 타오른 격이었습니다. 그는 그럴수록 더욱 깊이 고통과 무기력 속으로 빠져들 뿐이었습니다. 특히 그 사내가 범행을 부인하고 있어서 어쩌면 자신을 반대 증인으로 내세울지도 모른다는 얘기를 듣자 베르터는 거의 제정신을 잃을 지경이었습니다.

전에 사회생활을 하면서 부딪쳤던 온갖 언짢은 일들, 공사관에서 겪은 짜증 나는 일, 그 밖에 실패하거나 모욕을 당한 온갖 일이 그의 머릿속에 주마등처럼 스쳐갔습니다. 그는 그 모든 일을 겪었으니 지금처럼 아무 일도 하지 않는 것을 당연하다고 생각했습니다. 이제 모든 전망이 막혀버려 평범한 생활을 하기 위한 일거리를 잡으려 해도 어떻게 손을 써야 할지 알 수 없다고 생각했습니다. 그래서 그는 결국 자신의 이상한 감정과 사고방식, 그리고 끝없는 열정에 완전히 사로잡혀, 사랑스럽고 자신이 사랑하는 여성의 안정을 방해하면서 그녀와의 슬픈 교제를 단

조롭게 언제까지나 지속하는 중에, 아무런 목표도 전망도 없이 자신의 기력을 쏟아붓고 혹사하면서 슬픈 종말을 향해 점점 가까이 다가가고 있었습니다.

그의 혼란스러운 심정과 열정, 그의 쉼 없는 몸부림과 노력, 삶에 지친 그의 모습에 대해서는 그가 남긴 몇 통의 편지가 가장 확실하게 보여주고 있습니다. 그러니 그 편지를 여기에 끼워 넣으려 합니다.

12월 12일

빌헬름, 나는 지금 악령에 시달린다고 생각되는 불행한 사람들이 처했을 상태에 빠져 있네. 이따금 나는 뭔가에 사로잡히곤 해. 그것은 불안도 욕망도 아니야. 내 가슴을 찢어버릴 것만 같고 내 목을 조르는 알 수 없는 내면의 광란이야! 아, 괴롭구나! 아, 고통스러워! 그러면 나는 이렇게 고약한 계절에 끔찍한 밤풍경 속을 헤매고 돌아다닌다네.

어젯밤에도 난 밖으로 나가지 않을 수 없었네. 갑자기 날씨가 풀려 눈과 얼음이 녹기 시작했어. 강물이 범람하고 모든 시냇물도 넘쳤다는 말이 들렸어. 내가 좋아하는 발하임 아래쪽의 골짜기도 물에 잠겼다고 그래! 밤 열한 시가 넘어서 나는 밖으로 뛰쳐나갔다네. 바위 위에서 내려다보니 끔찍한 광경이 펼쳐졌어. 맹렬하게 솟구치는 물결이 달빛 아래 소용돌이치고 있었지. 밭이며 목초지며 산울타리 할 것 없이 모두 물에 잠겼고,

넓은 벌판은 거센 바람이 몰아쳐 사납게 날뛰는 바다가 되어 있었어! 달이 다시 모습을 드러내고 먹구름 위에 떠 있었어. 내 눈앞의 물결은 섬뜩할 만치 장엄한 달빛을 받으며 소리 내어 흘러갔지. 그러자 온몸에 전율이 일었어. 다시 그리움이 솟구쳤어! 아, 나는 아찔한 벼랑 끝에 두 팔을 활짝 벌리고 서서 저 아래를 향해 심호흡을 했어! 저 아래를 향해! 그러자 나의 고통과 괴로움이 물결처럼 마구 요동치며 휩쓸려 내려가는 듯한 희열에 잠겨들었어! 아! 저 아래로 훌쩍 뛰어내려 모든 고통을 끝장내고 싶었지만 차마 그럴 수 없었어! 나는 나의 시계가 아직 정지하지 않았다고 느꼈어! 아, 빌헬름! 저 폭풍으로 구름을 흩트리고 물결을 낚아챌 수 있다면 이 한목숨 기꺼이 내놓을 텐데! 아아! 감옥에 갇힌 신세인 내게도 언젠가 혹시 이런 희열을 맛볼 날이 오지 않을까?

어느 더운 날 로테와 함께 산책하다가 버드나무 그늘 아래서 쉬었던 장소를 얼마나 서글픈 심정으로 내려다보았는지. 그곳도 물에 잠겨 있어 버드나무는 거의 흔적조차 알아볼 수 없었어! 빌헬름! 그녀의 목초지와 사냥 별장 주변 지역은 어떻게 되었을까 생각해보았어! 우리가 함께 쉬곤 하던 정자도 지금 거센 물결에 완전히 망가졌을지도 모르겠단 생각이 들었어! 그리고 죄수가 가축 떼와 목초지, 명예직의 꿈을 꾸듯이, 지난 시절의 햇살이 비쳐들었어. 그는 그 자리에 서 있었어! 나는 내 자신을 꾸짖지는 않겠어. 죽을 용기가 있었기 때문이지. 나는 차라리…… 나는 이제 울타리에서 땔감을 구하고, 남의 집 문 앞을 돌아다니며 빵을 구걸하는 노파처럼 앉아 있어. 다 스러

져가는 재미없는 삶을 잠시라도 연장하여 그래도 편히 지내보
겠다고 말이야.

12월 14일

　이보게, 이게 대체 무슨 영문일까? 나 자신이
두려워지니 말이야! 그녀에 대한 나의 사랑은 더없이 성스럽
고 순수하며 남매의 우애 같은 사랑이 아닌가? 이제까지 마음
속으로 벌 받을 만한 소망을 품은 적이 있었던가? 맹세까지는
하지 않겠어. 그런데 이제 그런 꿈을 꾸다니! 아, 너무나 모순
되는 감정을 낯선 힘 탓으로 돌렸던 사람들은 얼마나 진실하
게 느꼈던가!

　간밤의 일이었어! 이 말을 하려니 몸이 떨려. 나는 그녀를 두
팔로 감고 가슴에 꼭 껴안았어. 그리고 사랑을 속삭이는 그녀
의 입술에 끝없이 키스를 퍼부었지. 내 눈은 취한 듯한 그녀의
눈동자에 빠져 허우적거리고 있었어! 신이시여! 편지를 쓰는
지금도 행복을 느끼고 이 같은 타오르는 희열을 진심으로 되
살리고 있다면 벌을 받아야 할까요? 로테! 로테! 나는 이제 끝
장이야! 나는 정신이 혼미하고, 벌써 일주일째 의식불명 상태
야! 눈에는 눈물만 홍건할 뿐이야. 어디 가도 편치 않고, 그리
고 어디서도 편하기도 해. 아무것도 바라지도 요구하지도 않
아. 차라리 떠나는 게 더 낫겠어.

이 무렵 그러한 상황에서 세상을 떠나려는 결심은 베르터의 마음속에 더욱 확고해져갔습니다. 로테 곁으로 돌아온 이후 그것이 언제나 그의 마지막 소망이자 희망이었습니다. 하지만 성급하게 서둘러서는 안 된다고, 최상의 확신이 섰을 때 될 수 있는 한 침착하게 결행하겠다고 스스로에게 타일렀습니다.

아직 미심쩍어하며 자기 자신과 싸우고 있다는 것은 다음의 쪽지에서 엿볼 수 있습니다. 그것은 빌헬름에게 보내는 편지의 첫 부분 같습니다. 날짜가 적혀 있지 않은 그 쪽지 역시 그가 남긴 서류 틈에서 발견되었습니다.

"눈앞에 있는 그녀의 존재와 그녀의 운명, 내 운명에 대한 그녀의 관심은 불타 버린 나의 뇌수에서 마지막 남은 눈물을 짜내고 있어.

장막을 걷어 올리고 그 뒤로 들어가 버릴까! 그걸로 끝장이야! 그런데 어째서 이렇게 머뭇거리고 겁을 먹는단 말인가? 그 무대 뒤의 세계가 어떨지 알지 못해서? 다시는 돌아오지 못할까 봐? 우리가 확실한 것을 알지 못하는 곳에는 혼돈과 암흑이 있을 거라고 예감하는 것이 우리 정신의 속성이기 때문이지."

마침내 그런 음울한 생각에 점점 끌리고 친숙해지면서 그의 결심은 이제 돌이킬 수 없이 확고해지고 말았습니다. 그 점에 대해서는 친구에게 보낸 다음의 애매한 편지가 입증해주고 있습니다.

12월 20일

빌헬름, 내 말을 그런 식으로 받아들였다니 자
네의 사랑에 감사하네. 그래, 자네 말이 옳아. 차라리 떠나는
게 더 낫겠어. 그런데 자네와 어머니가 있는 곳으로 돌아오면
좋겠다는 자네의 제안이 썩 내키지는 않아. 적어도 다른 곳에
들렀다가 가고 싶어. 특히 추위가 지속되고 도로 사정도 좋아
지길 희망해야 하니까. 자네가 나를 데리러 오겠다니 무척 고
맙네. 이 주일만 더 기다려주게나. 더 자세한 소식은 다음번 편
지로 알려주겠네. 뭐든지 무르익기 전에는 따지 않는 거라네.
그리고 이 주일이 많고 적고는 큰 차이지. 내 어머니께는 아들
을 위해 기도해달라고 말씀드려주게. 온갖 일로 심려를 끼쳐드
려 죄송하다는 말씀도 전해드리게. 기쁘게 해줘야 할 사람들을
슬프게 하는 것이 내 운명인 모양이야. 잘 있게, 소중한 친구!
하늘의 온갖 축복을 받기를 비네! 잘 있게!

이 무렵 로테의 심정이 어떠했고, 남편과 불행한 친구에 대한
생각이 어떠했는지는 차마 말로 표현할 엄두가 나지 않습니다.
물론 우리는 그녀의 성격을 잘 알고 있으므로 대충 미루어 짐작
할 수 있을 겁니다. 그리고 영혼이 아름다운 여성이라면 그녀 입
장이 되어 생각해보고 그녀의 마음에 공감할 수 있을 겁니다.

다만 로테가 무슨 수를 써서라도 베르터를 멀리하겠다는 확
고한 결심을 한 것만큼은 분명합니다. 그런데 그녀가 그러기를
망설였다면 친구를 아끼려는 진심 어린 우정 때문이었습니다.

그를 멀리하면 그가 얼마나 큰 대가를 치를지, 아니 그것이 그에게는 거의 불가능하리라는 것을 잘 알고 있었기 때문입니다. 하지만 이 무렵 그녀는 진지한 태도를 취하지 않을 수 없는 절박한 형편이었습니다. 남편은 이런 사정에 대해 완전히 입을 다물었고, 그녀 역시 침묵으로 일관하기는 마찬가지였습니다. 그럴수록 그녀에게는 자신의 마음가짐이 남편 못지않다는 것을 행동으로 증명하는 것이 중요했습니다.

베르터가 친구에게 마지막으로 삽입한 편지를 쓰던 그날은 성탄절을 앞둔 일요일이었습니다. 베르터는 그날 저녁 로테에게 찾아갔습니다. 그녀는 집에 혼자 있었습니다. 그녀는 자기 동생들의 성탄절 선물로 준비한 장난감들을 정리하고 있었습니다. 베르터는 동생들이 선물을 받으면 즐거워할 거라고 말했습니다. 그리고 뜻밖에 문이 열리고 촛불과 사탕, 사과로 장식된 크리스마스트리가 눈앞에 펼쳐지면 천국에 온 듯한 황홀한 기분을 느꼈던 자신의 어린 시절 이야기도 했습니다. 그러자 로테는 사랑스러운 미소 아래 당황한 기색을 숨기면서 말했습니다.

"당신도 눈치껏 행동하면 선물을 받으실 거예요. 양초나 다른 물건을요."

그러자 베르터가 소리쳤습니다. "눈치껏 행동하다니 무슨 뜻인가요? 어떻게 하라는 건가요? 어떻게 하면 되나요? 로테!"

다시 그녀가 말했습니다. "목요일 저녁이 크리스마스이브입니다. 그날 동생들도 오고 아버지도 오실 거예요. 그때 각자 선물을 받을 거예요. 그때 당신도 오세요. 하지만 그 전에는 오시면 안 돼요." 베르터는 놀라 귀를 의심했습니다. 그녀는 말을 계속

했습니다. "제발 부탁이에요. 이제 사정이 그렇게 됐어요. 제 마음의 안정을 위해 부탁드리는 거예요. 언제까지나 이런 식으로 지낼 수는 없어요."

베르터는 그녀에게서 눈길을 돌리고 방 안을 왔다 갔다 하면서 이 사이에서 나오는 소리로 중얼거렸습니다. "언제까지나 이런 식으로 지낼 수는 없다!" 자신의 말로 베르터가 끔찍한 상황에 빠진 것을 감지한 로테는 온갖 질문을 하며 그의 생각을 다른 데로 돌리려고 애썼지만 아무 소용이 없었습니다.

"알겠어요. 로테!" 이윽고 베르터가 소리쳤습니다. "다시는 당신을 보지 않을 겁니다!"

"무엇 때문에요?" 그녀가 되물었습니다. "베르터, 볼 수 있어요. 우리를 다시 보셔야 해요. 다만 절도를 지키라는 거예요. 아, 어째서 한번 움켜쥔 것은 뭔지 이처럼 막무가내로 격렬히 집착하는 열정을 타고나시다니요! 제발 부탁이에요." 그녀는 베르터의 손을 잡으며 말을 이었습니다. "절도를 지키세요! 당신의 정신과 학식과 재능이면 얼마든지 다양한 즐거움을 얻을 수 있잖아요! 남자다운 모습을 보여주세요. 여자한테 애처롭게 매달리는 모습을 보이지 마세요. 저는 당신을 가엾게 여기는 일 말고는 아무것도 해드릴 수 없어요." 그러자 베르터는 이를 부드득 갈며 로테를 음울한 시선으로 쳐다보았습니다. 그녀는 베르터의 손을 계속 잡고 있었습니다. "잠시만이라도 마음을 가라앉히세요, 베르터!" 그녀가 말했습니다. "당신은 스스로를 속이고 있고, 자진해서 파멸의 길로 나아간다는 것을 모르세요? 왜 굳이 저를 원하나요? 하필이면 다른 남자의 아내 된 저를 원하나요? 왜 굳이 저를 원하나요? 당신의 소망이 그토록 자극받는 것은 단지 저를 차지할 수 없기 때문이 아닌가요?"

베르터는 언짢은 표정으로 그녀를 물끄러미 바라보며 로테의 손에서 자신의 손을 빼냈습니다. 그러고는 이렇게 외쳤습니다. "현명하시네요! 대단히 현명하시네요! 혹시 알베르트가 그런 말을 하던가요? 외교적이네요! 대단히 외교적이네요!"

그러자 그녀가 대꾸했습니다. "누구나 할 수 있는 말이에요. 그리고 이 넓은 세상에 설마 당신의 마음의 소망을 채워줄 아가씨가 없겠어요? 이겨내시고 찾아보세요. 장담하건대 분명히 찾을 수 있을 거예요. 당신이 요즘 스스로를 가두어버린 족쇄 때문에 나는 오래전부터 마음이 불안했어요. 당신이나 우리 모두 마찬가지였겠지요. 부디 이겨내세요. 여행이라도 가시면 분명 기분이 풀릴 거예요! 당신의 사랑을 받을 만한 상대를 찾아보시면 구할 수 있을 거예요! 그런 뒤에 돌아오세요. 그때 가서 진정한 우정의 축복을 함께 누렸으면 해요!"

그러자 베르터는 차갑게 웃으며 말했습니다. "그런 말씀은 인쇄라도 해서 가정교사들에게 다 나눠줘도 좋겠네요. 로테! 저를 조금만 가만 내버려 둬요, 그러면 만사가 해결될 겁니다!"

"베르터, 이것만은 알아두세요. 크리스마스이브가 되기 전에는 오지 마세요!" 베르터가 막 대답하려는 찰나 알베르트가 방으로 들어왔습니다. 두 사람은 냉랭하게 저녁 인사를 나누었고, 당황해서 방 안을 이리저리 거닐었습니다. 베르터는 그리 중요하지 않은 이야기를 꺼냈으나 곧 말이 끊어졌고, 알베르트 역시 마찬가지였습니다. 그런 뒤 알베르트는 자기 부인에게 부탁한 몇 가지 일을 물어보았으며, 아직 처리되지 않았다는 말을 듣자 몇 마디 더 말했습니다. 베르터에게는 그 말이 차갑고 꽤나 딱딱하게 느껴졌습니다. 그는 집에서 나가려고 했으나 그러지 못하고 머뭇거리는 사이에 여덟 시가 되었습니다. 베르터의 불만과 불쾌감은 점점 커져갔고, 결국 저녁 식사가 차려지게 되었습니다. 그래서 그는 모자와 지팡이를 집어 들었습니다. 알베르트는 더 있다 가라고 했지만, 그는 별 의미 없이 인사치레로 하는 말이라고 생각해서 냉랭하게 고맙다는 인사를 하고 나와버렸습니다.

베르터는 집으로 갔습니다. 그는 하인이 불을 비춰주려 하자 그의 손에서 등불을 받아 들고 혼자 자기 방으로 들어갔습니다. 그는 소리 내어 울었고, 분개해서 혼자 중얼거렸습니다. 흥분해서 방 안을 왔다 갔다 하다가 결국 옷을 입은 채로 침대 위에 쓰러졌습니다. 하인은 열한 시쯤 주인에게 장화를 벗겨드려도 되는지 물어보려고 방에 들어왔다가 그가 쓰러져 있는 것을 발견했습니다. 베르터는 하인에게 장화를 벗겨달라 하고는 자기가 부르기 전에는 다음 날 아침까지 방 안에 들어오지 말라고 단단히 일렀습니다.

12월 21일 아침 일찍 베르터는 로테에게 다음과 같은 편지를 썼습니다. 이 편지는 그가 죽은 후 책상 위에서 봉인된 채 발견되어 로테에게 건네졌습니다. 정황상 그가 이 편지를 단숨에 쓰지 않은 것으로 밝혀졌으므로 저도 여러 부분으로 나누어 끼워 넣을까 합니다.

"이제 결심했습니다, 로테, 나는 죽으려 합니다. 나는 이 편지를 낭만적 과장 없이 차분히 씁니다. 당신을 마지막으로 본 다음 날 아침에 말이오. 당신이 이 편지를 읽을 때면 이미 차가운 무덤이 딱딱하게 굳은 사람의 유해를 덮고 있을 거요. 안식을 얻지 못해 불행했던 사람이지요. 생의 마지막 순간까지 당신과 대화를 나누는 것보다 더 큰 즐거움을 알지 못한 사람이지요. 끔찍한 밤을 보냈습니다. 아, 고마운 밤이기도 했지요. 내 결심을 확고하게 정한 밤이었으니까요. 나는 죽으려 합니다! 어제는 극도로 흥분해서 당신을 뿌리치고 나왔는데, 그 모든 일이 내 가슴을 무겁게 짓누릅니다. 희망도 즐거움도 없이 당신 곁에 있는 내 신세가 소름 끼치도록 차갑게 내 가슴을 후벼 팠습니다. 방에 들어서자마자 나는 제정신을 잃고 털썩 무릎을 꿇었습니다. 오, 하느님이시여! 쓰디쓴 눈물이라는 마지막 청량제를 주시다니요! 수많은 계획과 전망이 마음속에서 마구 날뛰었지만, 마침내 나는 죽으려 한다는 마지막 한 가지 생각만이 확고해졌습니다. 그러고는 자리에 누웠습니다. 아침에 평온한 마음으로 깨어났을 때도 죽으려는 그 생각은 여전히 확고하고 옹골차게 내 마음속에 자리하고 있습니다. 이 결심은 절망의 산물이 아니라 내가 견뎌냈으며, 당신을 위해 희생한다는 확신에서 나온 것입니다. 그래요, 로테! 내가 굳이 숨겨야겠습니까? 우리 세 사람 중 하나는 사라져야 하니, 내가 사라지겠다는 겁니다! 오, 내 사랑! 이 갈가리 찢긴 내 마음속에 때로는 이런 생각이 미쳐 날뛰기도 했습니다. 당신 남편을, 당신을, 나를 죽여버리겠다는 생각 말입니다! 이제 결정이 났습니다!

날씨 좋은 어느 여름날 저녁 산에 올라가거든 틈만 나면 산골짜기를 올라가곤 했던 나를 떠올려주십시오. 그리고 저 건너편 공동묘지에 있는 내 무덤을 바라봐 주시고, 저물어가는 햇살에 웃자란 풀이 바람에 일렁이는 모습을 지켜봐 주십시오. 이 편지를 쓰기 시작할 때는 차분한 마음이었는데, 지금은 아이처럼 울고 있습니다. 내 주위의 모든 장면이 너무나 생생히 떠올라서요."

열 시경에 베르터는 하인을 불렀습니다. 그는 옷을 입으면서 며칠 내로 여행을 떠날 예정이니, 옷가지를 손질해놓고 짐을 꾸릴 수 있도록 모든 것을 챙겨놓으라고 일렀습니다. 또한 돈을 갚아야 할 곳에 계산서를 달라고 청구하고, 빌려준 책 몇 권도 받아오고, 매주 얼마씩 보태주곤 하던 가난한 사람들에게는 두 달 치를 미리 주라고 시켰습니다.

그는 식사를 방으로 가져오게 했고, 식사를 마친 뒤에는 말을 타고 주무관을 찾아갔으나 그는 집에 없었습니다. 베르터는 깊은 상념에 잠겨 정원을 이리저리 거닐었는데, 마지막으로 온갖 슬픈 기억을 차곡차곡 쌓으려는 듯 보였습니다.

아이들은 베르터를 오래도록 가만히 내버려 두지 않았습니다. 그를 쫓아다니며 그의 몸에 뛰어올랐고, 내일, 모레 그리고 하루만 더 있으면 로테한테서 크리스마스 선물을 받을 거라고 얘기했습니다. 그리고 자신들의 어린이다운 상상력으로 기대할 수 있는 기적에 대해 들려주었습니다. 그래서 베르터는 소리쳤습니다. "내일, 모레, 그리고 하루만 더 있으면 된단다!" 그리고 아이들 모두에게 진심으로 입맞춤을 하고 떠나려고 하는데, 그 중 한 아이가 베르터의 귀에 뭐라고 귓속말을 하려 했습니다. 꼬마는 형들이 멋진 새해 인사말을 써놓았는데, 그것도 아주 큰 글씨로 썼다고 털어놓았습니다! 한 장은 아빠에게, 또 한 장은 알베르트와 로테에게, 또 하나는 베르터 아저씨에게도 줄 거라고 했습니다. 새해 첫날 아침에 그것들을 전해줄 거라고 했습니다. 그 말을 듣고 찡한 감동을 받은 베르터는 아이들에게 돌아가면서 얼마씩 돈을 쥐여주고는 말에 올라탔습니다. 그는 아버지께 안부 인사를 전해달라고 부탁하고는 눈물을 글썽이며 그곳을 떠났습니다.

다섯 시경에 그는 집에 돌아와 하녀에게 난롯불을 살펴보고 밤중까지 꺼지지 않도록 하라고 일렀습니다. 하인에게는 책과 내의를 아래층의 트렁크에 꾸려 넣고, 옷가지를 커버에 싸서 꿰매어놓으라고 일렀습니다. 아마 그런 뒤 로테에게 보내는 편지의 마지막 구절을 쓴 것으로 보입니다.

"당신은 내가 찾아가리라고 기대하지 않겠지요! 내가 당신 말에 따라 크리스마스이브에나 다시 당신을 보리라고 생각하겠지요. 오, 로테! 오늘 아니면 영영 다시 보지 못합니다! 크리스마스이브에 당신은 이 편지를 손에 들고, 덜덜 떨면서 사랑스러운 눈물로 이 종이를 적시겠지요. 나는 하려고 하고, 해야만 합니다! 아, 결심을 하고 나니 얼마나 속이 후련한지 모르겠어요."

로테는 그사이 기묘한 상태에 빠져 있었습니다. 베르터와 마지막 대화를 나눈 뒤 그와 헤어진다는 것이 얼마나 힘든 일이며, 자기에게서 멀리 떠나가면 그가 얼마나 고통스러울지 절감했습니다.

로테는 크리스마스이브가 되기 전까지는 베르터가 다시 찾아오지 않을 거라고 알베르트에게 지나가는 말로 슬쩍 얘기했습니다. 알베르트는 처리해야 할 일이 있어 말을 타고 인근의 관리를 찾아가서, 그 집에서 하룻밤 묵고 와야 했습니다.

로테는 집에 혼자 앉아 있었습니다. 동생들도 그녀 주위에 없었습니다. 그녀는 곰곰 생각에 잠겨 자신이 처한 상황에 대해 차분히 이리저리 따져보았습니다. 이제 남편과 영원히 결합되어 있다고 생각했고, 남편의 사랑과 신의도 잘 알고 있었습니다. 그녀는 남편을 진심으로 좋아했습니다. 남편의 침착하고 믿음직한 성품은 훌륭한 아내가 인생의 행복을 그 위에 쌓아 올릴 수 있도록 하늘에서 정해준 것 같았습니다. 그녀는 남편이 자신과 동생들에게 영원히 어떤 존재가 될지 느꼈습니다. 한편으로 베르터 역시 무척 소중하게 여겨졌습니다. 처음 알게 된 순간부터 두 사람은 마음이 아주 잘 맞았고, 그와 오랫동안 교제하면서 함께 겪은 여러 가지 상황들이 그녀의 가슴에 지울 수 없는 인상을 남겼습니다. 그녀는 자신이 흥미롭다고 느끼고 생각한 모든 것을 베르터와 공유하는 데 익숙해졌기에, 그가 떠나가면 그녀의 존재 전체에 큰 구멍이 뚫려 다시는 메울 수 없을 것 같았습니다. 아, 이런 순간에는 그를 오빠로 바꾸어버릴 수 있었다면 얼마나 행복했을까! 그를 자기 여자 친구들 중 한 사람과 결혼

시킬 수 있다면, 알베르트와 그의 관계도 다시 완전히 회복시킬 수만 있다면!

그녀는 친구들을 하나씩 떠올려보았지만, 누구나 하나씩 흠 잡을 데가 있어서 그에게 소개해줄 만한 친구를 찾을 수 없었습니다.

로테는 분명히 이유는 알 수 없었지만, 이런 온갖 고려를 하다 보니 어떻게든 베르터를 자기 곁에 두는 것이 진심 어린 은밀한 소망이란 것을 비로소 가슴 깊이 느꼈습니다. 그러면서도 그를 곁에 둘 수 없으며, 그래서도 안 된다고 스스로에게 타일렀습니다. 평소에는 그토록 경쾌하게 일을 처리해나갈 줄 아는 그녀의 순수하고 아름다운 마음도 행복에의 전망이 가로막혔다는 생각에 깊은 우울감을 느꼈습니다. 그녀의 가슴은 압박을 받고 있었고, 눈에는 흐릿한 먹구름이 끼어 있었습니다.

그러는 사이 여섯 시 반쯤 되었을 때 베르터가 계단을 올라오는 소리가 들렸습니다. 걸음걸이와 그녀를 찾는 목소리로 베르터임을 금방 알아챌 수 있었습니다. 가슴이 얼마나 두근거렸는지 모릅니다. 그가 왔을 때 이처럼 가슴이 두근거리기는 거의 처음이라 말할 수 있을 겁니다. 자신이 집에 없다고 하고 만나지 말아야겠다는 생각이 들었습니다. 하지만 그가 들어오자 일종의 혼란스러운 열정에 그를 향해 소리쳤습니다. "약속을 지키지 않으셨군요." 베르터는 이렇게 대답했습니다. "나는 아무 약속도 하지 않았습니다." 그러자 로테가 대꾸했습니다. "최소한 제 부탁을 들어주셨어야죠. 우리 두 사람의 평화를 위해 부탁드린 건데."

그녀는 자신이 무슨 말을 하고 있는지 알지 못했습니다. 마찬가지로 베르터와 단둘이 있지 않으려고 여자 친구 몇 명을 불러오게 했을 때도 자신이 무슨 일을 하고 있는지 제대로 알지 못했습니다. 그는 가지고 온 책 몇 권을 내려놓으며 다른 사람들에 대해 물어보았습니다. 로테는 친구들이 와주기를 바라는 한편 내심 오지 않기를 바라기도 했습니다. 하녀가 돌아와 친구 두 사람은 올 수 없어 미안하다는 소식을 전해주었습니다.

로테는 하녀에게 옆방에서 일을 하도록 하려다가 다시 마음을 바꾸었습니다. 베르터는 방 안에서 왔다 갔다 했고, 로테는 피아노 앞에 앉아 미뉴에트를 치기 시작했습니다. 그런데 연주가 물 흐르듯 자연스럽게 되지 않았습니다. 로테는 생각을 가다듬고 태연히 베르터 옆에 가서 앉았습니다. 베르터는 평소처럼 긴 의자에 앉아 있었습니다.

"읽을거리가 없으세요?" 그녀가 물었습니다. 그는 아무것도 가지고 있지 않았습니다. 그녀가 말을 이었습니다. "서랍 안에 당신이 번역하신 노래 몇 편이 들어 있어요. 나는 아직 읽어보지 않았어요. 직접 읽어주시는 것을 늘 듣고 싶었거든요. 하지만 여태까지 그럴 기회가 없었어요." 베르터는 미소를 띠며 시집 원고를 꺼내왔습니다. 원고를 손에 들자 온몸에 전율이 일었고, 그것을 들여다보자 눈에 눈물이 그렁그렁해졌습니다. 그는 자리에 앉아 읽기 시작했습니다.

어둑어둑해지는 밤하늘의 별이여, 그대는 서쪽 하늘에서 아름답게 반짝이는구나. 구름 사이로 빛나는 머리를 내밀고 당당하게 그대의 언덕길을 거니는구나. 그대는 황야의 무엇을 바라보는가? 사납게 휘몰아치던 바람은 잦아들었고, 멀리서 졸졸 흐르는 계곡물 소리가 들려온다. 콸콸 소리 내는 물결은 멀리 암벽에 부딪쳐 가볍게 움직이고, 웅웅거리는 파리들은 떼 지어 저녁 들판 위로 몰려다닌다. 아름다운 빛이여, 그대는 무엇을 바라보는가? 하지만 그대는 미소 지으며 지나가고, 물결이 그대 주위를 즐겁게 에워싸며 사랑스러운 머리칼을 씻겨주는구나. 잘 있거라, 은은한 빛이여. 나타나라, 오시안의 영혼을 담은 그대 장엄한 빛이여!

그리고 그 빛이 힘차게 나타난다. 고인이 된 친구들 모습이 보이고, 그들은 지난 시절에 그랬듯이 로라 주위로 모인다. 평 같은 축축한 안개 기둥처럼 다가오고, 그의 용사들이 그를 둘러싸고 있다. 그런데 보라! 음유시인들을! 백발이 성성한 울린! 위풍당당한 리노! 사랑스러운 가인(歌人) 알핀! 그리고 그대, 부드럽게 탄식하는 미노나! 셀마에서 축제의 날들을 보낸 이래로 그대들은 참으로 변했구나. 그때 우리는 노래의 영예를 차지하려 서로 겨루었지. 마치 언덕 너머로 불어오는 봄바람이 약하게 속삭이는 풀잎을 눕히듯이.

그때 미노나가 아름다운 모습을 드러냈다. 내리깐 눈에는 눈물이 그득했고, 언덕에서 쉼 없이 불어오는 바람에 머리칼이 심하게 나부꼈다. 그녀가 사랑스러운 목소리를 높이자 용사들 마음은 울적해졌다. 때로는 살가르의 무덤이 보였고, 때로는 하얀 콜마의 어두컴컴한 집이 보였기 때문이다. 목소리 고운 콜마는 언덕 위에 버려졌다. 살가르는 오겠다고 약속했지만, 사방에 어둠이 깔렸다. 언덕 위에 홀로 앉은 콜마의 목소리를 들어보라.

콜마

밤이 찾아왔다! 폭풍우 몰아치는 언덕에 나 홀로 버려져 있구나. 산속에서 윙윙거리는 바람 소리가 들린다. 계곡물은 울부짖듯 바위로 쏟아진다. 폭풍우 치는 언덕에 버려진 내겐 비를 피할 오두막조차 없구나.

나오너라, 아 달이여, 구름을 헤치고 모습을 드러내라, 밤하늘의 별이여! 빛이 나를 이끌어주기를! 나의 사랑이 고달픈 사냥을 마치고 쉬고 있는 곳으로. 활시위는 그의 옆에 풀어져 있고, 개들은 그의 주위에서 숨을 헐떡이며 돌아다니고 있구나! 하지만 나는 여기 수초 우거진 강가의 바위 위에 홀로 앉아 있어야 한다. 강물과 폭풍은 윙윙 소리를 내는데, 내 애인의 목소리는 들리지 않는구나.

나의 살가르는 왜 머뭇거리는 걸까? 자기가 한 약속을 잊은 걸까? 저곳에는 바위와 나무가 있고, 이곳에는 콸콸 소리 내는 계곡물이 있다! 밤이 찾아오면 여기 오겠다고 약속하지 않았던가. 아! 나의 살가르는 어디서 길을 잃고 헤매고 있는가? 기세등등한 아버지와 오라버니 곁을 떠나, 그대와 함께 도망치려 했건만! 집안끼리는 오래도록 원수였지만, 우리끼리는 그렇지 않잖아요, 아, 살가르!

오, 바람이여, 잠시만 멈추어다오! 오, 계곡물이여, 아주 잠시만 조용히 있어다오! 내 목소리가 골짜기에 울려 퍼지도록, 나의 방랑자가 내 목소리를 들을 수 있도록. 살가르! 소리치는 것은 나랍니다! 여기에 나무와 바위가 있어요! 살가르! 내 사랑! 난 여기 있어요. 왜 머뭇거리며 돌아오지 않나요?

보라, 달이 모습을 드러내고, 계곡물이 골짜기에 반짝이며, 언덕 저 위에 회색 바위가 서 있다. 하지만 꼭대기에 그의 모습은 보이지 않고, 개들도 앞서 달리며 그의 도착을 알리지 않네. 나는 여기 홀로 앉아 있어야 하다니.

그런데 저 아래 황야에 누워 있는 자들은 누구인가? 사랑하는 그이일까? 오라버니일까? 말해보라, 오, 친구들이여! 아무런 대답이 없구나. 왜 이리 걱정될까? 아, 그들은 죽은 모양이야! 저들의 칼은 싸움으로 붉게 물들었구나! 아, 오라버니, 오라버니, 어째서 나의 살가르를 죽였나요? 아, 나의 살가르, 어째서 나의 오라버니를 죽였나요? 나는 둘 다 너무나 사랑하거늘! 아, 그대는 언덕 위의 수많은 용사들 중 군계일학이었건만! 끔찍한 전투가 벌어졌어. 내게 대답해줘요! 사랑하는 이들이여, 내 목소리를 들어줘요! 하지만, 아, 말이 없구나, 영영 말이 없구나! 저들의 가슴은 맨땅처럼 차갑구나!

아 죽은 이들의 혼령이여, 언덕의 바위에서, 폭풍우 몰아치는 산꼭대기에서 말해줘요! 말해줘요! 나는 두렵지 않아요! 어디로 가서 안식을 얻었나요? 산속 어느 무덤에서 그대들을 찾아야 하나요? 바람결에 희미한 목소리도 들려오지 않는구나. 언덕에서 몰아치는 거센 바람에 아무 대답도 실려 오지 않는구나.

나는 비탄에 잠겨 있다. 눈물 흘리며 아침이 오기를 기다리고 있다. 죽은 이들의 벗이여, 무덤을 파헤쳐 다오. 그러나 내가 갈 때까지는 덮지 말아다오. 내 인생이 꿈결처럼 사라져간다. 나 홀로 어떻게 살아남는단 말인가! 계곡물이 바위에 부딪치는 이곳에서 나의 벗들과 살리라. 언덕 위에 밤이 찾아오고 황야에 바람이 몰아치면 내 영혼은 바람을 맞으며 서서 내 벗들의 죽음을 애도하리라. 사냥꾼은 오두막에서 내 목소리를 듣고, 두려워하면서도 그 목소리를 사랑하리라. 벗들을 애도하는 내 목소리는 감미로울 테니. 그 두 사람을 내 너무나 사랑했으니!

　이것이 그대의 노래였네, 오 미노나, 살짝 얼굴 붉히는 토르만의 딸이여! 우리는 콜마를 위해 눈물 흘렸고, 마리의 마음은 울적해졌네.

　울린이 하프를 들고 나타나 우리에게 알핀의 노래를 들려주었다. 알핀의 목소리는 다정했고, 리노의 마음은 뜨겁게 불타올랐다. 하지만 이들은 벌써 좁은 무덤 속에 잠들어 있고, 셀마에서 그들의 목소리는 들리지 않는다. 용사들이 아직 전사하기 전에 언젠가 울린이 사냥에서 돌아왔다. 울린은 언덕에서 벌어지는 그들의 노래 시합을 들었다. 그들 노래는 부드러웠으나 애절했다. 그들은 으뜸가는 용사 모라르의 죽음을 애도했다. 모라르의 영혼은 핑갈의 영혼 같았고, 그의 칼 솜씨는 오스카르의 칼 솜씨 같았다. 하지만 그 역시 전사했다. 그의 아버지는 비통해했고, 훌륭한 모라르의 누이 미노나의 눈에도 눈물이 그득했다. 미노나는 울린의 노래가 시작되기 전에 뒤로 물러났다. 서쪽 하늘에 걸린 달이 폭풍우가 몰려올 것을 예상하고 구름 속에 아름다운 얼굴을 감추듯이. 나는 비탄의 노래에 맞추어 울린과 하프를 켰다.

리노

비바람이 지나가고 구름마저 흩어져서 한낮의 날씨는 쾌청하다. 변덕스러운 태양은 달아나며 언덕을 비춰준다. 산속의 계곡물은 붉게 물든 채 골짜기를 흘러내린다. 계곡물이여, 졸졸 흐르는 너의 소리는 감미롭다. 그렇지만 귀에 들리는 목소리가 더 감미롭다. 알핀의 목소리다. 그는 죽인 이들을 애도하고 있다. 그는 나이 때문에 고개를 숙이고 있고 눈물을 흘리는 그의 눈은 붉게 충혈되어 있다. 알핀, 빼어난 가인이여, 그대는 말없는 언덕 위에 어째서 홀로 서 있는가? 어째서 그대는 숲속의 돌풍처럼, 먼 해안의 파도처럼 슬퍼하는가?

알핀

리노여, 나의 눈물은 죽인 이를 위해 흘리는 것이고, 내 목소리는 무덤 속에 누워 있는 자를 위한 것이다. 언덕 위의 그대 모습은 늘씬하고, 황야의 아들들 사이에서 잘생겼구나. 하지만 그대 역시 모라르처럼 쓰러질 것이고, 그대의 무덤에는 애도하는 자가 앉아 있을 것이다. 언덕은 그대를 잊을 것이고, 그대의 활은 시위가 풀린 채 큰 방에 놓여 있을 것이다.

오, 모라르여, 그대는 언덕 위의 노루처럼 재빨랐고, 밤하늘을 가르는 유성처럼 무서웠다. 그대의 분노는 폭풍 같았고, 싸움터에서 그대의 칼은 황야를 비추는 번갯불처럼 번득였다. 그대의 목소리는 비 온 뒤의 계곡물 같았고, 먼 언덕에서 울리는 천둥소리 같았다. 그대가 휘두르는 칼에 많은 사람이 쓰러졌고, 그대의 분노의 불길은 숱한 사람을 집어삼켰다. 하지만 전쟁에서 돌아오면 그대의 이마는 얼마나 평화로웠던가! 그대의 얼굴은 뇌우가 지나간 뒤의 햇살 같았고, 고요한 밤의 달빛 같았으며, 그대의 가슴은 사나운 바람이 잦아든 호수 같았다.

　그런데 그대의 거처는 아주 좁고, 그대가 누운 자리는 어두컴컴하다! 그대의 무덤은 세 걸음의 너비밖에 안 된다. 오, 지난날 그토록 위대했던 그대여! 그대의 기념물이라곤 이끼에 덮인 네 개의 비석밖에 없구나. 잎이 다 떨어진 나무 한 그루와 바람에 살랑거리는 기다란 풀잎만이 사냥꾼에게 한때 막강했던 모라르의 무덤임을 알려줄 뿐이다. 그대는 그대를 슬퍼해줄 어머니도, 사랑의 눈물을 흘려줄 아가씨도 없구나. 그대를 낳아준 어머니는 돌아가셨고, 모르글란의 딸도 죽어버렸으니.

　지팡이에 몸을 의지한 저 사람은 누구인가? 나이 들어 머리는 하얗게 셌고, 울어서 눈이 붉게 충혈된 저 사람은 누구인가? 오, 모라르여, 그대의 아버지구나. 아들이라고는 그대밖에 없는 아버지구나. 그는 싸움터에서 그대가 날린 명성을 들었고, 그대를 만나면 적이 혼비백산했다는 얘기도 들었다. 모라르의 명성은 들었지만, 아, 그가 부상당한 얘기는 아무것도 듣지 못했단 말인가? 통곡하라, 모라르의 아버지여, 통곡하라!

하지만 아들은 아버지의 통곡 소리를 듣지 못하리. 죽은 이의 잠은 깊고, 먼지로 수북한 베개는 얕으니. 이제 목소리에 귀 기울이지 않고, 소리쳐 불러도 깨어나지 않으리. 아, 무덤 속에 언제 아침이 찾아와, 곤히 잠든 이에게 깨어나라고 이를 건가!

잘 있거라, 인간들 중 가장 고귀한 자여! 전장의 정복자여! 하지만 이제 싸움터는 두 번 다시 그대를 보지 못할 것이고, 어두운 숲은 두 번 다시 그대가 휘두르는 칼로 번쩍이지 않을 것이다. 그대는 아들은 남기지 않았으나, 노래는 그대의 이름을 간직하리라. 후세 사람들은 그대의 이야기를, 전사한 모라르의 명성을 전해 들으리라.

용사들은 큰 소리로 애도했다. 아르민의 터질 듯한 한숨 소리가 가장 컸다. 젊은 나이에 전사한 아들의 죽음이 떠올랐기 때문이다. 명성이 높은 갈말의 영주 카르모르가 아르민 곁에 앉아 있었다. 카르모르가 말했다. '왜 아르민의 한숨은 흐느끼는 소리로 들리는가? 여기서 뭣 때문에 눈물 흘린단 말인가? 영혼을 녹여주고 흥겹게 해주는 노랫가락이 울리지 않는가? 노래는 호수에서 피어올라 골짜기 위로 퍼지는 안개 같고, 피어나는 꽃들은 물기에 촉촉이 젖어 있다. 하지만 해가 다시 힘차게 떠올라 안개는 사라지고 말았다. 호수로 둘러싸인 고르마의 통치자, 아르민이여, 어째서 그대는 그토록 애통해하는가?'

'애통해한다고! 그래, 나는 그런 심정이라네. 그리고 충분히 슬퍼할 만하지. 카르모르여, 그대는 아들을 잃어본 적이 없고, 꽃 피어나는 딸도 잃지 않았다. 용감한 콜가르는 살아 있고, 더

없이 아름다운 소녀 아니라도 살아 있다. 오, 카르모르여, 그대 집안의 가지는 꽃이 피어나고 있다. 하지만 우리 집안은 아르민으로 대가 끊겼다. 오 다우라여, 그대의 침상은 컴컴하구나! 무덤 속 그대의 잠자리는 숨 막히는구나. 고운 목소리로 노래 부르며 언제 깨어나려느냐? 일어나라, 가을바람아! 일어나 컴컴한 황야 위로 휘몰아쳐라! 계곡물아, 촬촬 소리 내라! 비바람아, 울부짖어라, 떡갈나무 꼭대기에서! 오 달아, 갈라진 구름 사이로 뚫고 나와 이따금 네 창백한 얼굴을 보여다오! 내 자식들이 목숨을 잃은 끔찍한 밤을 떠올려다오. 막강한 아린달이 쓰러지고 아름다운 다우라가 숨을 거둔 끔찍한 밤을.

내 딸 다우라야, 너는 푸라 언덕 위에 떠오른 달처럼 아름다웠지. 얼굴은 방금 내린 눈처럼 희고, 들이마시는 공기처럼 감미로웠지! 아린달아, 싸움터에서 너의 활은 강력했고, 너의 창은 재빨랐지! 너의 눈초리는 물결 위의 안개 같았고, 너의 방패는 폭풍우 속의 불구름 같았지!

전쟁에서 이름을 날린 아르마르가 찾아와 다우라에게 구애했다. 다우라는 오래 버티지 않았다. 이들의 친구들은 희망에 부풀었다.

오드갈의 아들 에라트가 원한을 품었다. 그의 형제가 아르마르에게 맞아 죽었기 때문이다. 에라트는 뱃사공의 모습으로 변장해서 왔다. 물결 위에 떠 있는 그의 나룻배는 아름다웠다. 나이 들어 그의 곱슬머리는 하얗게 셌고, 진지한 표정은 차분했다. 에라트가 말했다. '더없이 아름다운 아가씨여, 아르민의 사랑스러운 딸이여! 아르마르가 그대 다우라를 기다리고 있다.

바다에서 멀지 않은 저기 바위 옆에, 나무에 열린 붉은 과일이 반짝이는 곳에. 내가 왔다, 그의 사랑을 물결치는 바다 건너 데려가려.'

다우라는 에라트를 따라가며 아르마르를 불렀다. 하지만 돌아온 건 바위에 부딪혀 돌아온 메아리밖에 없었다. '아르마르, 내 사랑! 내 사랑! 왜 이다지도 나를 걱정스럽게 만드나요? 내 말을 들어주오, 아르나르트의 아들이여! 다우라가 그대를 소리쳐 부르고 있단 말이에요!'

배신자 에라트는 껄껄 웃으며 뭍으로 달아났다. 다우라는 목청 높여 아버지와 오라버니를 불렀다. '아르민! 아린달! 이 다우라를 구해줄 사람이 아무도 없단 말인가요?'

그녀의 목소리는 바다를 건너왔다. 나의 아들 아린달은 금방 잡은 포획물을 데리고 언덕을 내려왔다. 옆구리에 매단 화살통에서는 화살이 달그락거렸고, 손에는 화살을 들고 있었다. 다섯 마리의 암회색 사냥개가 그의 주위를 따라다니고 있었다. 아린달은 해안에서 대담한 에라트를 발견하고 사로잡아 떡갈나무에 묶고 그의 허리를 단단히 동여맸다. 꽁꽁 묶인 자의 신음 소리가 바람을 타고 허공에 울려 퍼졌다.

아린달은 다우라를 데려오려고 배를 타고 물결을 갈랐다. 아르마르는 분노에 사로잡혀 달려와서는 회색 깃털이 달린 활을 쏘았다. 오 아린달, 내 아들아, 화살은 피융 소리를 내며 날아가 너의 가슴에 박히고 말았구나! 배신자 에라트 대신 네가 죽고 말았다. 배는 바위에 닿았고, 아린달은 바위에 쓰러져 죽어 있었다. 오 다우라야, 네 발치에 오라버니가 피 흘리고 죽었으니, 네가 얼마나 비통했겠느냐!

파도에 배가 산산이 부서져버렸다. 아르마르는 다우라를 구하기 위해서인지 아니면 죽기 위해서인지 바다로 뛰어들었다. 언덕에서 떨어진 그의 몸은 금방 파도에 휩쓸렸고, 물속에 가라앉은 그의 몸은 다시는 수면에 떠오르지 않았다.

바닷물에 씻긴 바위 위에서는 내 딸의 탄식 소리만 들려왔다. 딸은 오래도록 큰 소리로 울부짖었지만, 아버지인 나는 딸을 구해줄 수 없었다. 나는 밤새 바닷가에 서서 희미한 달빛 아래 딸이 오랫동안 울부짖는 소리를 들었다. 바람이 세차게 몰아쳤고, 비는 산허리를 거세게 때렸다. 아침이 되기 전에 딸의 목소리는 약해지다가, 바위의 풀잎 사이에서 부는 저녁 바람처럼 숨을 거뒀다. 딸은 아르민을 홀로 남겨둔 채 비통함을 이기지 못하고 숨을 거두고 말았다! 전쟁에서 보여주던 나의 의연함은 사라졌고, 아가씨들 사이에서 우쭐대던 나의 자긍심도 땅에 떨어졌다.

산에서 폭풍우가 몰아치고
북풍에 파도가 거세지면
파도 소리 요란한 해변에 앉아
끔찍한 바위 쪽을 바라본다.
달이 질 때면 이따금
내 자식들의 혼령이 보이기도 한다.
어렴풋이 보이는 이들은
슬픈 표정으로 함께 돌아다닌다.

로테의 눈에서 눈물이 왈칵 쏟아졌고, 짓눌리던 그녀의 가슴은 후련해졌습니다. 그러자 할 수 없이 베르터는 낭송을 멈추었습니다. 그는 원고를 내던진 뒤 그녀의 손을 잡고 더없이 비통한 눈물을 흘렸습니다. 로테는 다른 손에 몸을 의지하며 손수건으로 눈을 가렸습니다. 두 사람은 말할 수 없이 큰 감동에 휩싸였습니다. 그들은 고귀한 용사들의 운명에서 자신들의 비참함을 느꼈습니다. 그들은 비참함을 함께 느꼈고, 눈물 속에서 하나가 되었습니다. 베르터의 입술과 눈은 로테의 팔에 닿아 뜨겁게 타올랐습니다. 로테는 전율에 사로잡혔습니다. 그녀는 몸을 빼려고 했으나, 고통과 동정심이 납덩이처럼 짓누르며 몸을 마비시켰습니다. 그녀는 정신을 차리기 위해 심호흡을 했습니다. 그리고 흐느끼면서 계속 낭송해달라고 부탁했습니다. 그야말로 천상의 목소리로 부탁했습니다! 베르터는 몸을 떨고 있었고, 가슴은 터질 것만 같았습니다. 그는 원고를 집어 들고 반쯤 갈라진 목소리로 낭송을 시작했습니다.

"봄바람이여, 왜 나를 깨우는가? 그대는 교태 부리며 '천상의 이슬로 적셔주겠어요!'라고 말한다. 하지만 나는 시들 때가 가까워졌고, 내 잎사귀를 떨어뜨릴 폭풍우도 가까이 다가왔구나! 내일 나그네가 올 것이다. 젊은 시절 내 아름다운 모습을 보았던 사람이지. 그는 들판을 헤매며 나를 찾아다니겠지만 끝내 나를 발견하지 못하리라."

불행한 베르터는 이 구절의 강력한 힘에 압도당했습니다. 그는 깊은 절망감에 사로잡혀 로테의 발치에 무릎을 꿇더니, 그녀의 두 손을 잡고 자신의 눈과 이마에 갖다 댔습니다. 그가 끔찍한 일을 저지를지도 모른다는 예감이 얼핏 그녀의 뇌리를 스치는 것 같았습니다. 그녀의 마음이 심란해졌습니다. 그녀는 그의 두 손을 자신의 가슴에 갖다 대고 슬픔을 가누지 못해 그의 쪽으로 몸을 숙였습니다. 그러자 두 사람의 뜨겁게 타오르는 뺨이 서로 맞닿았습니다. 두 사람을 둘러쌓던 주변 세계가 사라져버렸습니다. 베르터는 팔을 로테의 몸에 휘감아 자기의 가슴에 꼭 껴안고 떨면서 뭐라고 우물거리는 그녀의 입술에 격렬한 키스를 퍼부었습니다. "베르터!" 그녀는 몸을 돌리며 숨이 막히는 듯한 목소리로 말했습니다. "베르터!" 그녀는 가녀린 손으로 베르터의 가슴을 자기 가슴에서 밀쳐냈습니다. "베르터!" 그녀는 더없이 고귀한 감정이 담긴 차분한 어조로 외쳤습니다. 베르터는 더 이상 버티지 않고 그녀를 품에서 풀어주고는 정신 나간 듯이 그녀의 발치에 털썩 무릎을 꿇었습니다. 그녀는 벌떡 일어나 불안하고 혼란스러운 상태에서 사랑과 분노 사이에서 몸을 떨며 말했습니다. "이것이 마지막이에요! 베르터! 다시는 당신을 보지 않겠어요." 그리고 그녀는 사랑이 가득 담긴 눈길로 불행한 베르터를 바라보며 급히 옆방으로 들어가 문을 잠가버렸습니다. 베르터는 그녀를 향해 팔을 뻗었지만 감히 붙잡을 용기는 없었습니다. 그는 머리를 긴 의자에 대고 바닥에 주저앉아 있었습니다. 그는 이런 자세로 반 시간 넘게 앉아 있었습니다. 그러다가 어떤 소리가 나서 번쩍 제정신을 차렸습니다. 식탁을 차리려고 하녀가 방에 들어온 것이었습니다. 베르터는 방 안을 이리저리 왔다

갔다 하다가 다시 혼자 남게 되자 옆방 문으로 가서 나직한 소리로 불렀습니다. "로테! 로테! 한 마디만 더 할게요! 작별 인사라도!" 하지만 아무 대답이 없었습니다. 베르터는 기다리고 애원하고 또 기다렸습니다. 결국 그는 몸을 홱 돌리며 소리쳤습니다. "잘 있어요, 로테! 영원히 잘 있어요!"

베르터는 성문에 이르렀습니다. 그를 이미 잘 알고 있는 문지기들은 아무 말 없이 그를 성문 밖으로 내보내줬습니다. 진눈깨비가 흩날리고 있었습니다. 베르터는 열한 시쯤 되어서야 자신의 집 대문을 두드렸습니다. 하인은 집에 돌아온 주인을 보고 모자가 없어졌다는 것을 알아챘습니다. 그는 뭐라고 말할 용기는 내지 못하고 옷을 벗겨주었습니다. 온통 흠뻑 젖어 있었습니다. 모자는 나중에 골짜기가 내려다보이는 산비탈의 바위 위에서 발견되었습니다. 진눈깨비 내리는 컴컴한 밤에 굴러떨어지지 않고 어떻게 그곳까지 올라갔는지 도저히 이해할 수 없는 일이었습니다.

베르터는 침대에 누워 오래도록 잠을 잤습니다. 다음 날 아침 주인이 불러서 하인이 커피를 가져갔을 때 베르터는 뭔가를 쓰고 있었습니다. 그는 다음과 같은 편지를 로테에게 썼습니다.

"마지막으로, 이제 마지막으로 눈을 뜹니다. 아, 내 눈이 다시는 태양을 보지 못할 것입니다. 흐리고 안개 낀 날씨가 태양을 가렸습니다. 자연이여, 그렇게 함께 슬퍼해다오! 너의 아들이자 벗이요 사랑하는 사람이 종말을 향해 다가가고 있습니다. 로테, 오늘이 마지막 아침이라고 자신에게 말하는 이 심정은 무엇과도 비길 데 없는 감정이오. 그렇지만 몽롱한 꿈과 가장 비슷한 것 같습니다. 마지막 아침입니다! 로테, 마지막 아침이란 말이 그다지 실감 나지 않습니다. 지금은 이렇게 멀쩡하지만 내일이면 사지를 쭉 뻗고 바닥에 축 늘어져 있을 것입니다. 죽는다는 것! 그건 무슨 뜻일까요? 보세요, 죽음 이야기를 할 때 우리는 꿈을 꾸고 있는 것입니다. 나는 사람이 죽는 것을 여러 번 보았습니다. 인간은 매우 제한된 환경에서 살아가는 존재라서 자기 생존의 시작과 끝을 알지 못합니다. 아직은 내 몸이 나의 것입니다, 아니, 당신의 것입니다! 오 사랑하는 이여! 그런데 잠시 떨어지고 헤어지나요, 아니면 혹시 영원히 떨어지고 헤어지나요? 아닙니다 로테, 아닙니다. 내가 어찌 사라질 수 있겠어요? 그대가 어찌 사라질 수 있겠어요? 우리가 이렇게 엄연히 존재하는데 사라지다니요! 그건 무슨 뜻일까요? 그것은 그저 하나의 단어이고, 내 가슴에 아무런 느낌도 주지 못하는 공허한 울림에 불과하지요. 로테, 죽어서 차가운 땅속에 묻힌다는 것이지요! 그처럼 비좁고 컴컴한 곳에 말이오! 내겐 여자 친구가 한 명 있었지요. 의지할 데 없던 어린 시절 나의 전부였지요. 그런데 그녀는 죽고 말았어요. 나는 그녀의 시신을 따라가 무덤가에 섰습니다. 관을 내리고, 관 밑의 밧줄을 다시 잡아당기며 끌어 올리는 것을 보았습니다. 그런 뒤 첫 삽을 떠서 관 위에 던져 넣자 관은 겁먹은 듯 둔탁한 소리를 냈습니다. 점점 둔탁한 소리가 나더니 마침내 완전히 흙으로 덮이고 말았습니다! 나는 무덤가에 털썩 주저앉고 말았어요. 나의 깊은 곳이 흔들리고 충격 받고 겁에 질려 갈가리 찢기는 기분이었어요. 하지만 나는 내게 무슨 일이 벌어졌는지, 앞으로 무슨 일이 벌어질지도 알지 못했습니다. 죽는다는 것! 무덤! 나는 그런 말을 이해할 수 없습니다!

오, 날 용서해줘요! 날 용서해줘요! 어제 일 말이오! 내 생애의 마지막 순간이 되었어야 했는데요! 오, 그대 천사여! 처음으로, 난생처음으로 전혀 의심의 여지 없이 크나큰 희열이 나의 마음 깊디깊은 곳까지 타올랐습니다. 그녀가 나를 사랑하다니! 그녀가 나를 사랑하다니! 그대의 입술에서 흘러나온 성스러운 불꽃이 아직 내 입술에서 불타고 있습니다. 새로운 따뜻한 희열이 내 가슴속에 있습니다. 그러니 날 용서해줘요! 날 용서해줘요!

아, 나는 알고 있었습니다, 그대가 날 사랑한다는 것을. 영혼이 가득 담긴 눈길로 나를 처음 바라볼 때부터, 처음 악수를 나눌 때부터 알고 있었습니다. 그렇지만 다시 그대 곁을 떠나오고, 알베르트가 그대 곁에 있는 것을 보면 다시 낙담하고 열병 같은 회의에 빠져들었지요.

그대가 내게 보내줬던 꽃 기억나시나요? 내게 한 마디도 할 수 없고, 악수도 청할 수 없었던 끔찍한 모임에서 말이오. 아, 나는 반쯤 밤을 새우다시피 그 꽃 앞에 무릎을 꿇고 있었습니다. 그 꽃은 내게 그대의 사랑을 몰래 확인해주었습니다. 그러나 아! 그런 인상도 사라져버렸습니다. 성스러운 계시를 통해 충만한 은총을 느꼈던 신자의 마음에서 점차 하느님의 은총에 대한 느낌이 사라지듯 말입니다.

이 모든 것은 덧없는 것입니다. 하지만 어제 그대의 입술에서 맛보았고 지금 내 마음속에서 느끼는 불타는 듯한 생명의 불꽃은 영원히 꺼지지 않을 것입니다! 그녀가 나를 사랑하다니! 이 팔이 그녀를 껴안았고, 이 입술이 그녀의 입술 위에서 떨었으며, 이 입이 그녀의 입에 대고 우물거렸습니다. 그녀는 내 것입니다! 그대는 내 것입니다! 그렇습니다 로테, 영원히.

알베르트가 그대 남편이라 해서 그게 어쨌다는 건가요? 남편이라니! 이 세상에서 하는 이야기일 테지요. 그리고 내가 그대를 사랑하고, 그의 품에서 그대를 내 품으로 빼앗으려 한다면 이 세상에서는 죄가 되겠지요? 죄가 된다고요? 좋습니다, 그렇다면 그에 대한 벌을 내게 내리겠습니다. 나는 그 죄를 천상의 희열 속에서 맛보았고, 생명의 물과 기운을 내 가슴속으로 빨아들였습니다. 그대는 이 순간부터 내 것입니다! 내 것입니다, 오 로테! 나는 먼저 갑니다! 내 아버지이자 그대의 아버지가 계신 곳으로. 그분께 가서 하소연하렵니다. 그러면 그대가 올 때까지 날 위로해주겠지요. 그대가 오면 날듯이 달려가 그대를 붙잡고, 영원무궁하신 분의 면전에서 그대를 영원히 껴안고 있을 것입니다.

꿈을 꾸거나 망상에 빠진 것이 아닙니다! 무덤에 가까워질수록 내 마음은 더욱 밝아집니다. 우리는 존재할 것입니다! 우리는 다시 만날 날이 올 것입니다! 그대의 어머니도 만날 것입니다! 아, 그분을 만나 알아보면 그분께 나의 마음을 모두 털어놓겠습니다! 그대를 빼닮은 그대 어머니께!"

열한 시경에 베르터는 혹시 알베르트가 돌아오지 않았는지 하인에게 물어보았습니다. 하인은 알베르트가 말을 타고 가는 것을 보았다고 했습니다. 그러자 베르터는 봉하지 않은 쪽지 하나를 하인에게 건네주었습니다.

"여행을 가려는데 권총을 좀 빌려줄 수 있는지요? 안녕히 계십시오!"

알베르트의 부인은 간밤에 거의 잠을 이루지 못했습니다. 그녀가 두려워하던 일이 벌어지고 말았기 때문입니다. 더구나 설마 그럴 줄 예감하지도 못한 방식으로 벌어졌습니다. 평소에 그토록 순수하고 경쾌하게 흐르던 피는 열병에 걸린 것처럼 끓어올랐고, 아름다운 마음은 수천 가지 감정으로 혼란에 빠졌습니다. 가슴속에서 느낀 것이 베르터의 포옹에 의한 불길이었을까? 혹은 그의 무모한 행동에 대한 불쾌감이었을까? 전혀 거리낌 없이 자유롭고 순진무구하던, 아무 걱정 없이 자기 자신을 신뢰하던 시절과 지금의 상태를 비교하고 기분이 언짢아진 걸까? 무슨 낯으로 남편을 대한단 말인가? 어떻게 그런 장면을 고백한단 말인가? 고백하려면 못 할 것도 없지만 그래도 어떻게 감히 고백한단 말인가? 두 사람은 이미 오랫동안 베르터에 대해 서로 침묵을 지켜왔습니다. 그런데 자기가 먼저 침묵을 깨야 한단 말인가? 그것도 부적절한 시기에 그처럼 생각지도 못한 사실을 남편에게 털어놓아야 한단 말인가? 베르터가 찾아왔다는 이야기만 해도 남편에게 불쾌한 인상을 주지 않을까 우려되었습니다. 그런데 이런 예기치 않은 불상사까지 벌어지다니! 남편이 자기를 전적으로 공정한 시각에서 보고, 아무런 편견 없이 받아들여 주리라고 기대할 수 있을까? 남편이 자신의 진심을 읽어주리라 바랄 수 있을까? 과연 남편에게 시치미를 뚝 뗄 수 있을까? 언제나 남편 앞에 수정 유리처럼 솔직하고 거리낌 없이 고백했으며, 자신의 감정을 조금도 숨기지 않았고 숨길 수도 없지 않았던가? 어느 쪽이든 걱정되기는 마찬가지였고, 그녀를 당혹스럽게 했습니다. 그러면서 그녀의 생각은 그녀로서는 이제 잃어버린 존재인 베르터에게 자꾸 되돌아왔습니다. 그녀는 그를 내버려 둘 수 없었지만, 안타깝게도 그 스스로에게 내맡겨 둘 수밖에 없었습니다. 그가 그녀를 잃어버린다면 그로서는 아무것도 남아 있을 게 없었습니다.

비록 그 순간에는 뚜렷이 자각하지 못했지만, 그들 사이에 확고히 자리 잡은 소통 부재의 문제가 얼마나 그녀의 마음을 무겁게 눌렀는지 모릅니다! 그처럼 분별 있고 선량한 사람들이 서로 간의 은밀한 의견 차이 때문에 침묵을 지키기 시작했고, 각자 자기 견해가 옳고 상대방의 견해가 그르다고 생각했습니다. 그러다가 상황이 더욱 꼬이고 악화되어 모든 것이 맞물려 있는 바로 결정적인 순간에 매듭을 풀 수 없는 지경이 되고 말았습니다. 진작부터 적절히 허물없이 대하며 다시 서로에게 좀 더 가까이 다가갔더라면, 또한 서로 간에 사랑과 관용이 되살아나 마음을 활짝 열었더라면 어쩌면 우리의 친구를 구할 수 있었을지도 모릅니다.

이런 마당에 또 한 가지 특수한 사정이 더해졌습니다. 베르터는 우리가 그의 편지에서 알 수 있듯이 이 세상을 떠나고 싶다는 생각을 굳이 비밀에 부치지 않았습니다. 알베르트는 종종 그 문제로 베르터를 논박했습니다. 로테와 그녀의 남편 사이에도 가끔 그 문제가 화제에 오르기도 했습니다. 자살에 대해 단호한 반감을 지니고 있던 알베르트는 평소 성격과는 전혀 다르게 가끔 예민한 태도를 보이며, 베르터의 그런 의도에 진심이 담겼다고 보기 힘든 미심쩍은 구석이 있다고 로테에게 인식시키려 했습니다. 심지어 그는 그 일에 대해 약간의 농담도 하면서 그런 생각을 믿지 않는다고 로테에게 자신의 의중을 드러내기도 했습니다. 로테는 슬픈 상념이 눈앞에 아른거릴 때는 한편으로 이런 말에 마음이 진정되기도 했습니다. 하지만 다른 한편으로 남편의 그런 태도 때문에 그 순간 자신을 괴롭히는 걱정거리를 남편에게 속 시원히 털어놓지 못한다고 생각되기도 했습니다.

알베르트가 돌아왔습니다. 로테는 당황해서 허둥대며 남편을 맞았습니다. 그는 자신의 일을 완수하지 못해 기분이 좋지 않았습니다. 인근 마을의 주무관이 고집불통인 데다 옹졸한 사람이었던 것입니다. 게다가 도로 사정이 좋지 않아 역정이 나기도 했습니다.

그는 아무 일 없었는지 물었고, 로테는 어젯밤 베르터가 다녀갔다고 황급히 대답했습니다. 그는 편지 온 것이 없느냐고 물었고, 편지 한 통과 소포가 그의 방에 있다는 대답을 들었습니다. 남편은 자기 방으로 건너갔고, 로테는 혼자 남게 되었습니다. 자신이 사랑하고 존중하는 남편이 곁에 있다는 사실이 그녀의 마음속에 새로운 인상을 심어주었습니다. 남편의 고결하고 선한 마음과 사랑을 생각하자 마음이 한결 진정되었고, 은연중에 남편 뒤를 따라가고 싶다는 생각이 들었습니다. 그녀는 평소에 늘 하던 대로 일거리를 들고 남편 방으로 갔습니다. 남편은 소포를 뜯어놓고 편지를 읽는 데 몰두하고 있었습니다. 그리 유쾌하지 않은 내용도 몇 가지 들어 있는 것 같았습니다. 로테는 남편에게 몇 가지를 물어보았고, 남편은 짧게 대답한 뒤 사면(斜面) 책상에 가서 무언가를 쓰기 시작했습니다.

두 사람은 이런 식으로 한 시간가량 나란히 앉아 있었습니다. 로테의 마음은 점점 어두워졌습니다. 비록 남편의 기분이 아무리 좋을 때라도, 자신의 마음에 걸리는 일을 남편에게 털어놓는다는 것이 얼마나 힘든 일인지 실감했습니다. 그녀는 우울한 기분에 빠져들었습니다. 그런 사실을 감추고 눈물을 삼키려 애쓸수록 마음이 점점 불안해졌습니다.

베르터의 심부름 소년이 나타나자 그녀는 당황해 어쩔 줄 몰랐습니다. 소년은 알베르트에게 쪽지를 건네주었고, 알베르트는 태연히 부인 쪽으로 몸을 돌리며 "이 소년한테 권총을 내줘요"라고 말했습니다. 그리고 심부름 소년에게는 "여행 잘 다녀오시라고 전해드려라"라고 말했습니다. 로테는 그 말에 벼락이라도 맞은 기분이었습니다. 그녀는 비틀거리며 일어섰는데, 자신에게 어떤 일이 벌어졌는지 알지 못했습니다. 그녀는 천천히 벽 쪽으로 걸어갔습니다. 덜덜 떨면서 권총을 집어 내리고 먼지를 닦아 낸 뒤 우물쭈물 망설였습니다. 한참 동안 그렇게 머뭇거리고 있으니까 남편이 뭐 하느냐고 묻는 듯한 눈초리로 재촉했습니다. 그녀는 그 불길한 물건을 소년에게 건네주면서 말을 한 마디도 입 밖에 낼 수 없었습니다. 소년이 밖으로 나가자 그녀는 하던 일을 주섬주섬 챙겨 들고 말할 수 없이 불안한 심정으로 자기 방으로 들어갔습니다. 마음속에 온갖 끔찍한 예감이 들었습니다. 당장이라도 그녀는 남편의 발치에 무릎을 꿇고 어젯밤에 일어난 일과 자신의 잘못 그리고 자신의 예감을 모두 털어놓고 싶은 심정이었습니다. 하지만 다음 순간, 그러다가 어떤 결말이 벌어질지 알 수 없었습니다. 남편을 설득하여 베르터에게 가보라고 하는 일은 조금도 기대할 수 없었습니다. 식탁이 차려졌습니다. 친한 여자 친구가 뭘 좀 물어보러 왔다가 금방 가려고 했는데, 그냥 머무르는 바람에 식탁에서 나눈 대화 분위기는 그럭저럭 참을 만했습니다. 사람들은 억지로라도 말을 꺼내 이야기를 주고받으며 자신을 잊으려 했습니다.

심부름 소년은 권총을 가지고 베르터한테 갔습니다. 베르터는 로테가 직접 내주었다는 말을 듣고 감격해서 총을 받아 들었습니다. 그는 빵과 포도주를 내오라고 시키고 소년에게는 식사하러 가라고 한 뒤 무언가를 쓰려고 자리에 앉았습니다.

"권총은 그대의 손을 거쳐 왔더군요. 그대가 총에 묻은 먼지도 닦아냈다면서요. 나는 그대의 손길이 닿은 이 총에 수없이 입을 맞춥니다! 천상의 정령인 그대가 내 결심을 북돋워 주고 있습니다. 그리고 그대, 로테는 그 도구를 내게 건네준 것입니다. 나는 그대의 손에 의해 죽음을 맞기를 바랐습니다. 그런데 아! 이제 그렇게 되는군요. 아, 소년한테 꼬치꼬치 물어보았습니다. 총을 건네주면서 떨었다면서요. 그런데 작별 인사는 하지 않았다고요! 슬픕니다! 정말 슬픕니다! 작별 인사도 하지 않다니요! 나를 영원히 그대에게 붙들어 매준 그 순간 때문에 내게 마음의 문을 닫아야 하는 건가요? 로테, 천 년의 세월이 흐른다 해도 그 인상을 지울 수는 없어요! 그대를 위해 그토록 마음이 불타오르는 사람을 그대가 미워할 수는 없을 거라고 느껴집니다."

식사를 마치자 베르터는 소년에게 모든 짐을 남김없이 꾸려 넣으라고 일렀습니다. 그는 많은 서류들을 찢어버리고 외출해서는 아직 남은 사소한 빚을 정리했습니다. 그는 다시 집으로 돌아왔다가 비가 내리는데도 성문 앞으로 다시 나가 백작의 정원으로 들어갔습니다. 그 일대를 계속 돌아다니다가 날이 어두워지자 집에 돌아와 글을 쓰기 시작했습니다.

"빌헬름, 나는 마지막으로 들이며 숲이며 하늘을 보았네. 자네도 잘 있게! 사랑하는 어머니, 저를 용서해주세요! 빌헬름, 어머니를 위로해드리게! 자네와 어머니가 하느님의 축복을 받기를 빌겠네! 내 물건은 모두 정리해두었네. 잘 있게! 언젠가 다시 더 기쁜 마음으로 만날 걸세."

"알베르트, 나는 당신의 우정을 악으로 갚았습니다. 나를 용서해주십시오. 나는 당신 가정의 평화를 깨뜨렸고, 부부 사이의 불신을 키웠습니다. 안녕히 계십시오! 나는 끝을 내려고 합니다. 아, 내가 죽어 당신들이 행복해질 수 있기를 바랍니다! 알베르트! 알베르트! 천사 같은 부인을 행복하게 해줘요! 하느님의 축복이 당신과 함께하길 빕니다!"

베르터는 그날 밤 아직 남은 많은 서류를 뒤적이고 찢어서 난로 속에 던져 넣었습니다. 몇 개의 꾸러미는 빌헬름을 수신인으로 해서 봉했습니다. 거기에는 소논문과 지리멸렬한 생각이 담긴 글들이 들어 있었습니다. 그런 글들 중 몇 개는 내가 직접 확인한 것이었습니다. 그는 밤 열 시에 난로에 장작을 더 넣도록 하고 포도주 한 병을 가져오라고 한 뒤 하인을 자러 보냈습니다. 하인의 방은 이 집의 다른 사람들의 침실과 마찬가지로 뒤쪽에 멀리 떨어져 있었습니다. 하인은 일찍 준비할 수 있도록 옷을 입은 채 잠자리에 누웠습니다. 주인이 역마차가 새벽 여섯 시 전에 집 앞에 올 것이라고 말했기 때문입니다.

열한 시가 지나서

내 주위의 모든 것이 조용하고, 내 마음도 평온합니다. 하느님, 감사합니다, 마지막 순간에 이런 온기와 힘을 베풀어주시니.

사랑하는 그대여, 나는 창가로 가서 바라봅니다. 쏜살같이 지나가는 구름 사이로 아직 영원한 천상의 별들을 하나하나씩 바라봅니다! 그래, 너희들은 떨어지지 않겠지! 영원한 존재가 너희들을 가슴에 품어주시고, 나를 품어주시니. 나는 모든 별들 중 가장 좋아하는 큰곰자리 중 북두칠성을 바라봅니다. 밤에 그대와 헤어져 그대의 집 대문을 나설 때면 그 별이 나를 내려다보곤 했지요. 종종 얼마나 넋을 놓고 바라보았는지 모릅니다! 때로는 두 손을 들어 올리고 그 별을 지금 내가 느끼는 행복의 표시이자 성스러운 표지로 삼기도 했습니다! 아 로테! 그대를 상기시켜주지 않는 것이 뭐가 있겠습니까! 아직도 그대는 나를 에워싸고 있지 않습니까! 그리고 나는 어린아이처럼 만족할 줄 모르고, 성스러운 그대의 손길이 닿았던 것이면 아무리 하찮은 것이라도 뭐든지 긁어모으지 않았습니까!

사랑스러운 실루엣 그림! 로테, 이것을 그대에게 유품으로 남겨드립니다. 부탁이니 그것을 소중히 간직해주길 바랍니다. 나는 집에서 나갈 때나 들어올 때면 그 그림에 수천 번이고 입을 맞추었고, 수천 번이고 손을 흔들어 인사를 했습니다.

그대 아버님께 내 유해를 잘 처리해달라고 쪽지로 부탁드렸습니다. 공동묘지에는 들판 쪽으로 뒤쪽 귀퉁이에 두 그루의 보리수가 있습니다. 나는 거기서 안식을 얻었으면 합니다. 아버님께서는 친구를 위해 그 정도는 할 수 있고, 할 것입니다. 그대도 부탁드려 주십시오. 나는 독실한 기독교 신자들에게 불쌍하고 불행한 자 옆에 묻혀달라는 부당한 요구를 할 생각이 없습니다. 아, 나를 차라리 길가나 또는 적막한 골짜기에 묻어줘도 상관없습니다. 그래서 사제나 레위인이 비석이라 칭하는 돌 앞으로 성호를 그으며 지나가고, 사마리아인이 눈물 한 방울을 흘리도록 말입니다.

이제 때가 되었습니다, 로테! 나는 차갑고 끔찍한 잔을 들어 죽음의 도취를 마쳐야 한다는 게 두렵지 않습니다! 그대가 건네준 잔이니 망설이지 않겠습니다. 모든 것이! 모든 것이! 이로써 내 인생의 이 모든 소망과 희망이 이루어졌습니다! 이처럼 냉정하고 완강하게 죽음의 철문을 두드리렵니다.

내가 그대를 위해 죽는 행운을 얻을 수 있다니요! 로테, 그대를 위해 나 자신을 바칠 수 있다니요! 그대에게 마음의 평온, 인생의 희열을 다시 안겨줄 수 있다면 나는 용감하고도 기쁜 마음으로 죽으렵니다. 하지만 아! 오직 소수의 고귀한 이들만이 사랑하는 사람을 위해 피 흘리고, 죽음을 통해 친구들에게 백배의 새로운 삶을 부추겨줄 수 있습니다.

로테, 이 옷차림으로 묻히고 싶습니다. 그대가 손을 대서 신성해진 옷이니까요. 그대 아버님께도 그렇게 부탁드렸습니다. 나의 영혼은 관 위를 떠돌고 있습니다. 내 주머니를 샅샅이 뒤지지 말아주세요. 이 분홍색 리본을 가지고 가렵니다. 동생들 사이에서 그대를 처음 보았을 때 그대 가슴에 달려 있었던 것이지요. 아, 아이들에게 수천 번 입맞춤해 주시고, 그들의 불행한 친구의 운명을 들려주십시오. 참으로 사랑스러운 아이들이지요! 내 주위에서 오글거리는 모습이 눈에 선합니다. 아, 내가 그대와 얼마나 떨어질 수 없는 관계인지 모릅니다! 처음 본 순간부터 그대를 놓아줄 수 없었습니다! 이 리본을 나와 함께 묻어주세요. 내 생일 선물로 준 것이지요! 이 모든 것을 얼마나 덥석 받아들였는지! 아, 내 인생행로가 이렇게 될 줄 몰랐습니다! 침착함을 잃지 말아요! 제발 부탁이니 침착함을 잃지 말아요!

총알은 장전되어 있습니다. 열두 시 종을 치고 있습니다! 이제 시간이 되었습니다! 로테! 로테, 잘 있어요! 잘 있어요!

어느 이웃 사람이 화약에서 나오는 불꽃을 보았고 총소리를 들었습니다. 하지만 그러고는 모든 것이 잠잠했기에 더 이상 주의를 기울이지 않았습니다.

아침 여섯 시에 하인이 등불을 들고 베르터의 방에 들어갑니다. 바닥에 쓰러져 있는 주인과 권총이며 피를 발견하였지요. 그는 주인을 붙잡고 소리칩니다. 아무 대답이 없고 주인은 그저 숨을 그르렁거릴 뿐입니다. 하인은 의사에게, 알베르트에게 달려갑니다. 로테는 초인종 소리를 듣고 온몸을 부들부들 떱니다. 그녀는 남편을 깨웁니다. 두 사람은 일어나고, 하인은 울부짖고 더듬거리는 소리로 소식을 전합니다. 로테는 정신을 잃고 알베르트 앞에서 쓰러지고 맙니다.

의사가 도착했을 때 바닥에 쓰러진 불행한 사람은 가망이 없어 보였습니다. 맥박은 아직 뛰고 있었지만, 사지는 모두 마비되어 있었습니다. 총알은 오른쪽 눈에서 머리를 관통하였고, 뇌가 밖으로 튀어나와 있었습니다. 쓸데없는 일인 줄 알면서도 팔의 혈관을 째고 사혈(瀉血)을 해보았습니다. 아직 숨은 붙어 있었습니다.

안락의자의 팔걸이에 피가 묻어 있었습니다. 그런 걸로 봐서 책상 앞에 앉아 총을 쏜 것으로 짐작할 수 있었습니다. 그런 다음 그는 바닥에 쓰러졌고, 경련을 일으키며 의자 주위로 나뒹굴었던 모양입니다. 그는 창문 쪽으로 머리를 향하고 탈진한 채 누워 있었습니다. 정장 차림에 부츠를 신었고, 푸른색 연미복에 노란 조끼를 입고 있었습니다.

집 안이며 이웃과 온 시내가 발칵 뒤집혔습니다. 알베르트가 들어왔습니다. 베르터는 침대 위에 옮겨져 있었고, 이마에는 붕대가 감겨 있었습니다. 얼굴은 이미 죽은 사람처럼 보였고, 사지는 꼼짝도 하지 않았습니다. 허파에서는 그때까지 그르렁거리는 소리가 났습니다. 때로는 약해졌다가 때로는 더 강해졌습니다. 이제 사람들은 그가 숨을 거두기만을 기다렸습니다.

포도주는 한 잔밖에 마시지 않았습니다. 사면 책상 위에는 《에밀리아 갈로티》*가 펼쳐진 채 놓여 있었습니다.

알베르트가 받은 충격과 로테의 비통한 심정에 대해서는 아무 말도 하지 않겠습니다.

늙은 주무관이 소식을 듣고 부리나케 달려왔습니다. 그는 더없이 뜨거운 눈물을 흘리며 죽어가는 사람에게 입을 맞추었습니다. 그의 큰 아들들이 곧 그를 뒤따라 들어왔습니다. 그들은 침대 옆에 털썩 주저앉아 걷잡을 수 없는 고통을 표현하며 베르터의 손과 입에 입맞춤을 했습니다. 그들 중 베르터가 늘 가장 좋아했던 맏이는 베르터의 입술에서 떨어질 줄 몰랐습니다. 마침내 베르터가 숨을 거두자 사람들이 억지로 소년을 떼어내야 했습니다. 베르터는 정오 열두 시에 숨이 끊어졌습니다. 주무관이 직접 나서서 사태를 수습했기에 별다른 소동은 일어나지 않았습니다. 밤 열한 시쯤에 주무관은 베르터가 정해준 장소에 그

---

* 독일의 극작가, 비평가, 미학 저술가인 레싱(Gotthold Ephraim Lessing, 1729~1781)의 드라마. 레싱은 독일극이 고전주의극과 프랑스극의 영향에서 벗어나는 데 기여함. 《에밀리아 갈로티》는 르네상스 시대 이탈리아의 작은 공국 구아스탈라의 영주가 에밀리아를 수중에 넣기 위해 음모를 꾸미고 부당한 권력을 휘두르자, 그녀의 아버지가 딸의 순결을 지키기 위해 딸을 칼로 찔러 죽인다는 내용임.

를 묻도록 했습니다. 노인과 그의 아들들이 유해를 뒤따랐고, 알베르트는 그럴 수 없었습니다. 로테가 무슨 일을 저지르지 않을지 걱정되었기 때문입니다. 일꾼들이 베르터의 유해를 운반했습니다. 성직자는 한 사람도 따라가지 않았습니다.

〈끝〉

Die Leiden des jungen Werther

Was ich von der Geschichte des armen
Werther nur habe auffinden können, habe ich mit
Fleiß gesammelt und lege es euch hier vor,
und weiß, daß ihr mir's danken werdet.
Ihr könnt seinem Geist und seinem Charakter eure
Bewunderung und Liebe, seinem Schicksale eure
Tränen nicht versagen.

Und du gute Seele, die du eben den Drang fühlst wie er,
schöpfe Trost aus seinem Leiden, und laß das Büchlein deinen
Freund sein, wenn du aus Geschick oder eigener
Schuld keinen näheren finden kannst.

Kapitel 1

Am 4. Mai 1771

Wie froh bin ich, daß ich weg bin! Bester Freund, was ist das Herz des Menschen! Dich zu verlassen, den ich so liebe, von dem ich unzertrennlich war, und froh zu sein! Ich weiß, du verzeihst mir's. Waren nicht meine übrigen Verbindungen recht ausgesucht vom Schicksal, um ein Herz wie das meine zu ängstigen? Die arme Leonore! Und doch war ich unschuldig. Konnt' ich dafür, daß, während die eigensinnigen Reize ihrer Schwester mir eine angenehme Unterhaltung verschafften, daß eine Leidenschaft in dem armen Herzen sich bildete? Und doch — bin ich ganz unschuldig? Hab' ich nicht ihre Empfindungen genährt? Hab' ich mich nicht an den ganz wahren Ausdrücken der Natur, die uns so oft zu lachen machten, so wenig lächerlich sie waren, selbst ergetzt? Hab' ich nicht — o was ist der Mensch, daß er über sich klagen darf! Ich will, lieber Freund, ich verspreche dir's, ich will mich bessern, will nicht mehr ein bißchen Übel, das uns das Schicksal vorlegt, wiederkäuen, wie ich's immer getan habe; ich will das Gegenwärtige genießen, und das Vergangene soll mir vergangen sein. Gewiß, du hast recht, Bester, der Schmerzen wären minder unter den Menschen, wenn sie nicht — Gott weiß, warum sie so gemacht sind! — mit so viel Emsigkeit der Einbildungskraft sich beschäftigten, die Erinnerungen des vergangenen Übels zurückzurufen, eher als eine gleichgültige Gegenwart zu ertragen.

Du bist so gut, meiner Mutter zu sagen, daß ich ihr Geschäft bestens betreiben und ihr ehstens Nachricht davon geben werde. Ich habe meine Tante gesprochen und bei weitem das böse Weib nicht gefunden, das man bei uns aus ihr macht. Sie ist eine muntere, heftige Frau von dem besten Herzen. Ich erklärte ihr meiner Mutter Beschwerden über den zurückgehaltenen Erbschaftsanteil; sie sagte mir ihre Gründe, Ursachen und die Bedingungen, unter welchen sie bereit wäre, alles herauszugeben, und mehr als wir verlangten — kurz, ich mag jetzt nichts davon schreiben, sage meiner Mutter, es werde alles gut gehen. Und ich habe, mein Lieber, wieder bei diesem kleinen Geschäft gefunden, daß Mißverständnisse und Trägheit vielleicht mehr Irrungen in der Welt machen als List und Bosheit. Wenigstens sind die beiden letzteren gewiß seltener.

Übrigens befinde ich mich hier gar wohl. Die Einsamkeit ist meinem Herzen köstlicher Balsam in dieser paradiesischen Gegend, und diese Jahreszeit der Jugend wärmt mit aller Fülle mein oft schauderndes Herz. Jeder Baum, jede Hecke ist ein Strauß von Blüten, und man möchte zum Maienkäfer werden, um in dem Meer von Wohlgerüchen herumschweben und alle seine Nahrung darin finden zu können.

Die Stadt selbst ist unangenehm, dagegen rings umher eine unaussprechliche Schönheit der Natur. Das bewog den verstorbenen Grafen von M., einen Garten auf einem der Hügel anzulegen, die mit der schönsten Mannigfaltigkeit sich kreuzen und die lieblichsten Täler bilden. Der Garten ist einfach, und man fühlt gleich bei dem Eintritte, daß nicht ein wissenschaftlicher Gärtner, sondern ein fühlendes Herz den Plan gezeichnet, das seiner selbst hier genießen wollte. Schon manche Träne hab' ich dem Abgeschiedenen in dem verfallenen Kabinettchen geweint, das sein Lieblingsplätzchen war und auch meines ist. Bald werde ich Herr vom Garten sein; der Gärtner ist mir zugetan, nur seit den paar Tagen, und er wird sich nicht übel dabei befinden.

Am 10. Mai

Eine wunderbare Heiterkeit hat meine ganze Seele eingenommen, gleich den süßen Frühlingsmorgen, die ich mit ganzem Herzen genieße. Ich bin allein und freue mich meines Lebens in dieser Gegend, die für solche Seelen geschaffen ist wie die meine. Ich bin so glücklich, mein Bester, so ganz in dem Gefühle von ruhigem Dasein versunken, daß meine Kunst darunter leidet. Ich könnte jetzt nicht zeichnen, nicht einen Strich, und bin nie ein größerer Maler gewesen als in diesen Augenblicken. Wenn das liebe Tal um mich dampft, und die hohe Sonne an der Oberfläche der undurchdringlichen Finsternis meines Waldes ruht, und nur einzelne Strahlen sich in das innere Heiligtum stehlen, ich dann im hohen Grase am fallenden Bache liege, und näher an der Erde tausend mannigfaltige Gräschen mir merkwürdig werden; wenn ich das Wimmeln der kleinen Welt zwischen Halmen, die unzähligen, unergründlichen Gestalten der Würmchen, der Mückchen näher an meinem Herzen fühle, und fühle die Gegenwart des Allmächtigen, der uns nach seinem Bilde schuf, das Wehen des Alliebenden, der uns in ewiger Wonne schwebend trägt und erhält; mein Freund! Wenn's dann um meine Augen dämmert, und die Welt um mich her und der Himmel ganz in meiner Seele ruhn wie die Gestalt einer Geliebten — dann sehne ich mich oft und denke: ach könntest du das wieder ausdrücken, könntest du dem Papiere das einhauchen, was so voll, so warm in dir lebt, daß es würde der Spiegel deiner Seele, wie deine Seele ist der Spiegel des unendlichen Gottes! — mein Freund — aber ich gehe darüber zugrunde, ich erliege unter der Gewalt der

Herrlichkeit dieser Erscheinungen.

Ich weiß nicht, ob täuschende Geister um diese Gegend schweben, oder ob die warme, himmlische Phantasie in meinem Herzen ist, die mir alles rings umher so paradisisch macht. Das ist gleich vor dem Orte ein Brunnen, ein Brunnen, an den ich gebannt bin wie Melusine mit ihren Schwestern. — Du gehst einen kleinen Hügel hinunter und findest dich vor einem Gewölbe, da wohl zwanzig Stufen hinabgehen, wo unten das klarste Wasser aus Marmorfelsen quillt. Die kleine Mauer, die oben umher die Einfassung macht, die hohen Bäume, die den Platz rings umher bedecken, die Kühle des Orts; das hat alles so was Anzügliches, was Schauerliches. Es vergeht kein Tag, daß ich nicht eine Stunde da sitze. Da kommen die Mädchen aus der Stadt und holen Wasser, das harmloseste Geschäft und das nötigste, das ehemals die Töchter der Könige selbst verrichteten. Wenn ich da sitze, so lebt die patriarchalische Idee so lebhaft um mich, wie sie, alle die Altväter, am Brunnen Bekanntschaft machen und freien, und wie um die Brunnen und Quellen wohltätige Geister schweben. O der muß nie nach einer schweren Sommertagswanderung sich an des Brunnens Kühle gelabt haben, der das nicht mitempfinden kann.

Am 13. Mai

Du fragst, ob du mir meine Bücher schicken sollst? — Lieber, ich bitte dich um Gottes willen, laß mir sie vom Halse! Ich will nicht mehr geleitet, ermuntert, angefeuert sein, braust dieses Herz doch genug aus sich selbst; ich brauche Wiegengesang, und den habe ich in seiner Fülle gefunden in meinem Homer. Wie oft lull' ich mein empörtes Blut zur Ruhe, denn so ungleich, so unstet hast du nichts gesehn als dieses Herz. Lieber! Brauch' ich dir das zu sagen, der du so oft die Last getragen hast, mich vom Kummer zur Ausschweifung und von süßer Melancholie zur verderblichen Leidenschaft übergehen zu sehn? Auch halte ich mein Herzchen wie ein krankes Kind; jeder Wille wird ihm gestattet. Sage das nicht weiter; es gibt Leute, die mir es verübeln würden.

Am 15. Mai

Die geringen Leute des Ortes kennen mich schon und lieben mich, besonders die Kinder. Eine traurige Bemerkung hab' ich gemacht. Wie ich im Anfange mich zu ihnen gesellte, sie freundschaftlich fragte über dies und das, glaubten einige, ich wollte ihrer spotten, und fertigten mich wohl gar grob ab. Ich ließ mich das nicht verdrießen; nur fühlte ich, was ich schon oft bemerkt habe, auf das lebhafteste: Leute von einigem Stande werden sich immer in kalter Entfernung vom gemeinen Volke halten, als glaubten sie durch Annäherung zu verlieren; und dann gibt's Flüchtlinge und üble Spaßvögel, die sich herabzulassen scheinen, um ihren Übermut dem armen Volke desto empfindlicher zu machen.

Ich weiß wohl, daß wir nicht gleich sind, noch sein können; aber ich halte dafür, daß der, der nötig zu haben glaubt, vom so genannten Pöbel sich zu entfernen, um den Respekt zu erhalten, ebenso tadelhaft ist als ein Feiger, der sich vor seinem Feinde verbirgt, weil er zu unterliegen fürchtet.

Letzthin kam ich zum Brunnen und fand ein junges Dienstmädchen, das ihr Gefäß auf die unterste Treppe gesetzt hatte und sich umsah, ob keine Kamerädin kommen wollte, ihr es auf den Kopf zu helfen. Ich stieg hinunter und sah sie an. — "Soll ich Ihr helfen, Jungfer?" sagte ich. — Sie ward rot über und über. — "O nein, Herr!" sagte sie. — "Ohne Umstände." — Sie legte ihren Kringen zurecht, und ich half ihr. Sie dankte und stieg hinauf.

Den 17. Mai

Ich habe allerlei Bekanntschaft gemacht, Gesellschaft habe ich noch keine gefunden. Ich weiß nicht, was ich Anzügliches für die Menschen haben muß; es mögen mich ihrer so viele und hängen sich an mich, und da tut mir's weh, wenn unser Weg nur eine kleine Strecke miteinander geht. Wenn du fragst, wie die Leute hier sind, muß ich dir sagen: wie überall! Es ist ein einförmiges Ding um das Menschengeschlecht. Die meisten verarbeiten den größten Teil der Zeit, um zu leben, und das bißchen, das ihnen von Freiheit übrig bleibt, ängstigt sie so, daß sie alle Mittel aufsuchen, um es los zu werden. O Bestimmung des Menschen!

Aber eine recht gute Art Volks! Wenn ich mich manchmal vergesse, manchmal mit ihnen die Freuden genieße, die den Menschen noch gewährt sind, an einem artig besetzten Tisch mit aller Offen — und Treuherzigkeit sich herumzuspaßen, eine Spazierfahrt, einen Tanz zur rechten Zeit anzuordnen, und dergleichen, das tut eine ganz gute Wirkung auf mich; nur muß mir nicht einfallen, daß noch so viele andere Kräfte in mir ruhen, die alle ungenutzt vermodern und die ich sorgfältig verbergen muß. Ach das engt das ganze Herz so ein. — Und doch! Mißverstanden zu werden, ist das Schicksal von unsereinem.

Ach, daß die Freundin meiner Jugend dahin ist, ach, daß

ich sie je gekannt habe! — Ich würde sagen: du bist ein Tor! Du suchst, was hienieden nicht zu finden ist! Aber ich habe sie gehabt, ich habe das Herz gefühlt, die große Seele, in deren Gegenwart ich mir schien mehr zu sein, als ich war, weil ich alles war, was ich sein konnte. Guter Gott! Blieb da eine einzige Kraft meiner Seele ungenutzt? Konnt' ich nicht vor ihr das ganze wunderbare Gefühl entwickeln, mit dem mein Herz die Natur umfaßt? War unser Umgang nicht ein ewiges Weben von der feinsten Empfindung, dem schärfsten Witze, dessen Modifikationen, bis zur Unart, alle mit dem Stempel des Genies bezeichnet waren? Und nun! — Ach ihre Jahre, die sie voraus hatte, führten sie früher ans Grab als mich. Nie werde ich sie vergessen, nie ihren festen Sinn und ihre göttliche Duldung.

Vor wenig Tagen traf ich einen jungen V. an, einen offnen Jungen, mit einer gar glücklichen Gesichtsbildung. Er kommt erst von Akademien dünkt sich eben nicht weise, aber glaubt doch, er wisse mehr als andere. Auch war er fleißig, wie ich an allerlei spüre, kurz, er hat hübsche Kenntnisse. Da er hörte, daß ich viel zeichnete und Griechisch könnte (zwei Meteore hierzulande), wandte er sich an mich und kramte viel Wissens aus, von Batteux bis zu Wood, von de Piles zu Winckelmann, und versicherte mich, er habe Sulzers Theorie, den ersten Teil, ganz durchgelesen und besitze ein Manuskript von Heynen über das Studium der Antike. Ich ließ das gut sein.

Noch gar einen braven Mann habe ich kennen lernen, den fürstlichen Amtmann, einen offenen, treuherzigen Menschen. Man sagt, es soll eine Seelenfreude sein, ihn unter seinen Kindern zu sehen, deren er neun hat; besonders macht man viel Wesens von seiner ältesten Tochter. Er hat mich zu sich gebeten, und ich will ihn ehster Tage besuchen. Er wohnt auf einem fürstlichen Jagdhofe, anderthalb Stunden von hier, wohin er nach dem Tode seiner Frau zu ziehen die Erlaubnis erhielt, da ihm der Aufenthalt hier in der Stadt und im Amthause zu weh tat.

Sonst sind mir einige verzerrte Originale in den Weg gelaufen, an denen alles unausstehlich ist, am unerträglichsten Freundschaftsbezeigungen.

Leb' wohl! Der Brief wird dir recht sein, er ist ganz historisch.

Am 22. Mai

Daß das Leben des Menschen nur ein Traum sei, ist manchem schon so vorgekommen, und auch mit mir zieht dieses Gefühl immer herum. Wenn ich die Einschränkung ansehe, in welcher die tätigen und forschenden Kräfte des Menschen eingesperrt sind; wenn ich sehe, wie alle Wirksamkeit dahinaus läuft, sich die Befriedigung von Bedürfnissen zu verschaffen, die wieder keinen Zweck haben, als unsere arme Existenz zu verlängern, und dann, daß alle Beruhigung über gewisse Punkte des Nachforschens nur eine träumende Regignation ist, da man sich die Wände, zwischen denen man gefangen sitzt, mit bunten Gestalten und lichten Aussichten bemalt — das alles, Wilhelm, macht mich stumm. Ich kehre in mich selbst zurück, und finde eine Welt! Wieder mehr in Ahnung und dunkler Begier als in Darstellung und lebendiger Kraft. Und da schwimmt alles vor meinen Sinnen, und ich lächle dann so träumend weiter in die Welt.

Daß die Kinder nicht wissen, warum sie wollen, darin sind alle hochgelahrten Schul — und Hofmeister einig; daß aber auch Erwachsene gleich Kindern auf diesem Erdboden herumtaumeln und wie jene nicht wissen, woher sie kommen und wohin sie gehen, ebensowenig nach wahren Zwecken handeln, ebenso durch Biskuit und Kuchen und Birkenreiser regiert werden: das will niemand gern glauben, und mich dünkt, man kann es mit Händen greifen.

Ich gestehe dir gern, denn ich weiß, was du mir hierauf sagen möchtest, daß diejenigen die Glücklichsten sind, die gleich den Kindern in den Tag hinein leben, ihre Puppen herumschleppen, aus — und anziehen und mit großem Respekt um die Schublade umherschleichen, wo Mama das Zuckerbrot hineingeschlossen hat, und, wenn sie das gewünschte endlich

erhaschen, es mit vollen Backen verzehren und rufen: "mehr!" —
das sind glückliche Geschöpfe. Auch denen ist's wohl, die ihren
Lumpenbeschäftigungen oder wohl gar ihren Leidenschaften
prächtige Titel geben und sie dem Menschengeschlechte als
Riesenoperationen zu dessen Heil und Wohlfahrt anschreiben.
— Wohl dem, der so sein kann! Wer aber in seiner Demut
erkennt, wo das alles hinausläuft, wer da sieht, wie artig
jeder Bürger, dem es wohl ist, sein Gärtchen zum Paradiese
zuzustutzen weiß, und wie unverdrossen auch der Unglückliche
unter der Bürde seinen Weg fortkeucht, und alle gleich
interessiert sind, das Licht dieser Sonne noch eine Minute länger
zu sehn — ja, der ist still und bildet auch seine Welt aus sich
selbst und ist auch glücklich, weil er ein Mensch ist. Und dann,
so eingeschränkt er ist, hält er doch immer im Herzen das süße
Gefühl der Freiheit, und daß er diesen Kerker verlassen kann,
wann er will.

Am 26. Mai

Du kennst von alters her meine Art, mich
anzubauen, mir irgend an einem vertraulichen Orte ein
Hüttchen aufzuschlagen und da mit aller Einschränkung zu
herbergen. Auch hier habe ich wieder ein Plätzchen angetroffen,

das mich angezogen hat.

Ungefähr eine Stunde von der Stadt liegt ein Ort, den sie Wahlheim[Fußnote] nennen. Die Lage an einem Hügel ist sehr interessant, und wenn man oben auf dem Fußpfade zum Dorf herausgeht, übersieht man auf einmal das ganze Tal. Eine gute Wirtin, die gefällig und munter in ihrem Alter ist, schenkt Wein, Bier, Kaffee; und was über alles geht, sind zwei Linden, die mit ihren ausgebreiteten Ästen den kleinen Platz vor der Kirche bedecken, der ringsum mit Bauerhäusern, Scheunen und Höfen eingeschlossen ist. So vertraulich, so heimlich hab' ich nicht leicht ein Plätzchen gefunden, und dahin lass' ich mein Tischchen aus dem Wirtshause bringen und meinen Stuhl, trinke meinen Kaffee da und lese meinen Homer. Das erstenmal, als ich durch einen Zufall an einem schönen Nachmittage unter die Linden kam, fand ich das Plätzchen so einsam. Es war alles im Felde; nur ein Knabe von ungefähr vier Jahren saß an der Erde und hielt ein anderes, etwa halbjähriges, vor ihm zwischen seinen Füßen sitzendes Kind mit beiden Armen wider seine Brust, so daß er ihm zu einer Art von Sessel diente und ungeachtet der Munterkeit, womit er aus seinen schwarzen Augen herumschaute, ganz ruhig saß. Mich vergnügte der Anblick: ich setzte mich auf einen Pflug, der gegenüber stand, und zeichnete die brüderliche Stellung mit vielem Ergetzen. Ich fügte den nächsten Zaun, ein Scheunentor und einige gebrochene Wagenräder bei, alles, wie es hinter einander stand, und fand nach Verlauf einer Stunde, daß ich eine wohlgeordnete, sehr interessante Zeichnung verfertigt hatte, ohne das mindeste von dem Meinen hinzuzutun. Das bestärkte mich in meinem Vorsatze, mich künftig allein an die Natur zu halten. Sie allein ist unendlich reich, und sie allein bildet den großen Künstler. Man kann zum Vorteile der Regeln viel sagen, ungefähr was man zum Lobe der bürgerlichen Gesellschaft sagen kann. Ein Mensch, der sich nach ihnen bildet, wird nie etwas Abgeschmacktes und Schlechtes hervorbringen, wie einer, der sich durch Gesetze und Wohlstand modeln läßt, nie ein unerträglicher Nachbar, nie ein merkwürdiger Bösewicht werden kann; dagegen wird aber auch alle Regel, man rede was man wolle, das wahre Gefühl von Natur und den wahren Ausdruck derselben zerstören! Sag' du: 'das ist zu hart! Sie schränkt nur ein, beschneidet die geilen Reben' etc. — Guter Freund, soll ich dir ein Gleichnis geben? Es ist damit wie mit der Liebe. Ein junges Herz hängt ganz an einem Mädchen, bringt alle Stunden seines Tages bei ihr zu, verschwendet alle seine Kräfte, all sein Vermögen, um ihr jeden Augenblick auszudrücken, daß er sich ganz ihr hingibt. Und da käme ein Philister, ein Mann, der in einem öffentlichen Amte steht, und sagte zu ihm: 'feiner junger Herr! Lieben ist menschlich, nur müßt Ihr menschlich lieben! Teilet Eure Stunden ein, die einen zur Arbeit, und die Erholungsstunden widmet Eurem Mädchen. Berechnet Euer Vermögen, und was Euch von Eurer Notdurft übrig bleibt, davon verwehr' ich Euch nicht, ihr ein Geschenk, nur nicht zu oft, zu machen, etwa zu ihrem Geburts — und Namenstage etc. — folgt der Mensch, so gibt's einen brauchbaren jungen Menschen, und ich will selbst jedem Fürsten raten, ihn in ein Kollegium zu setzen; nur mit seiner Liebe ist's am Ende und, wenn er ein Künstler ist, mit seiner Kunst. O meine Freunde! Warum der Strom des Genies so selten ausbricht, so selten in hohen Fluten hereinbraust und eure staunende Seele erschüttert? — Liebe Freunde, da wohnen die gelassenen Herren auf beiden Seiten des Ufers, denen ihre Gartenhäuschen, Tulpenbeete und Krautfelder zugrunde gehen würden, die daher in Zeiten mit Dämmen und Ableiten der künftig drohenden Gefahr abzuwehren wissen.'

Am 27. Mai

Ich bin, wie ich sehe, in Verzückung, Gleichnisse und Deklamation verfallen und habe darüber vergessen, dir auszuerzählen, was mit den Kindern weiter geworden ist. Ich saß, ganz in malerische Empfindung vertieft, die dir mein gestriges Blatt sehr zerstückt darlegt, auf meinem Pfluge wohl zwei Stunden. Da kommt gegen Abend eine junge Frau auf die Kinder los, die sich indes nicht gerührt hatten, mit einem Körbchen am Arm und ruft von weitem: "Philipps, du bist recht brav." — Sie grüßte mich, ich dankte ihr, stand auf, trat näher hin und fragte sie, ob sie Mutter von den Kindern wäre? Sie bejahte es, und indem sie dem ältesten einen halben Weck gab, nahm sie das kleine auf und küßte es mit aller mütterlichen Liebe. — "Ich habe", sagte sie, "meinem Philipps das Kleine zu halten gegeben und bin mit meinem Ältesten in die Stadt gegangen, um weiß Brot zu holen und Zucker und ein irden Breipfännchen." — Ich sah das alles in dem Korbe, dessen Deckel abgefallen war. — "Ich will meinem Hans (das war der Name des Jüngsten) ein Süppchen kochen zum Abende; der lose Vogel, der Große, hat mir gestern das Pfännchen zerbrochen, als er sich mit Philippsen um die Scharre des Breis zankte." — ich fragte nach dem Ältesten, und sie hatte mir kaum gesagt, daß er sich auf der Wiese mit ein paar Gänsen herumjage, als er gesprungen kam und dem Zweiten eine Haselgerte mitbrachte. Ich unterhielt mich weiter mit dem Weibe und erfuhr, daß sie des Schulmeisters Tochter sei, und daß ihr Mann eine Reise in die Schweiz gemacht habe, um die Erbschaft eines Vetters zu holen. — "Sie haben ihn drum betriegen wollen", sagte sie, "und ihm auf seine Briefe nicht geantwortet; da ist er selbst hineingegangen. Wenn ihm nur kein Unglück widerfahren ist, ich höre nichts von ihm." — Es ward mir schwer, mich von dem

Weibe los zu machen, gab jedem der Kinder einen Kreuzer, und auch fürs jüngste gab ich ihr einen, ihm einen Weck zur Suppe mitzubringen, wenn sie in die Stadt ginge, und so schieden wir von einander.

Ich sage dir, mein Schatz, wenn meine Sinne gar nicht mehr halten wollen, so lindert all den Tumult der Anblick eines solchen Geschöpfs, das in glücklicher Gelassenheit den engen Kreis seines Daseins hingeht, von einem Tage zum andern sich durchhilft, die Blätter abfallen sieht und nichts dabei denkt, als daß der Winter kommt.

Seit der Zeit bin ich oft draußen. Die Kinder sind ganz an mich gewöhnt, sie kriegen Zucker, wenn ich Kaffee trinke, und teilen das Butterbrot und die saure Milch mit mir des Abends. Sonntags fehlt ihnen der Kreuzer nie, und wenn ich nicht nach der Betstunde da bin, so hat die Wirtin Ordre, ihn auszuzahlen.

Sie sind vertraut, erzählen mir allerhand, und besonders ergetze ich mich an ihren Leidenschaften und simpeln Ausbrüchen des Begehrens, wenn mehr Kinder aus dem Dorfe sich versammeln.

Viele Mühe hat mich's gekostet, der Mutter ihre Besorgnis zu nehmen, sie möchten den Herrn inkommodieren.

Am 30. Mai

Was ich dir neulich von der Malerei sagte, gilt gewiß auch von der Dichtkunst; es ist nur, daß man das Vortreffliche erkenne und es auszusprechen wage, und das ist freilich mit wenigem viel gesagt. Ich habe heute eine Szene gehabt, die, rein abgeschrieben, die schönste Idylle von der Welt gäbe; doch was soll Dichtung, Szene und Idylle? Muß es denn immer gebosselt sein, wenn wir teil an einer Naturerscheinung nehmen sollen?

Wenn du auf diesen Eingang viel Hohes und Vornehmes erwartest, so bist du wieder übel betrogen; es ist nichts als ein Bauerbursch, der mich zu dieser lebhaften Teilnehmung hingerissen hat. Ich werde, wie gewöhnlich, schlecht erzählen, und du wirst mich, wie gewöhnlich, denk' ich, übertrieben finden; es ist wieder Wahlheim, und immer Wahlheim, das diese Seltenheiten hervorbringt.

Es war eine Gesellschaft draußen unter den Linden, Kaffee zu trinken. Weil sie mir nicht ganz anstand, so blieb ich unter einem Vorwande zurück.

Ein Bauerbursch kam aus einem benachbarten Hause und beschäftigte sich, an dem Pfluge, den ich neulich gezeichnet hatte, etwas zurecht zu machen. Da mir sein Wesen gefiel, redete ich ihn an, fragte nach seinen Umständen, wir waren bald bekannt und, wie mir's gewöhnlich mit dieser Art Leuten geht, bald vertraut. Er erzählte mir, daß er bei einer Witwe in Diensten sei und von ihr gar wohl gehalten werde. Er sprach so vieles von ihr und lobte sie dergestalt, daß ich bald merken konnte, er sei ihr mit Leib und Seele zugetan. Sie sei nicht mehr jung, sagte er, sie sei von ihrem ersten Mann übel gehalten worden, wolle nicht mehr heiraten, und aus seiner Erzählung leuchtete so merklich hervor, wie schön, wie reizend sie für ihn sei, wie sehr er wünschte, daß sie ihn wählen möchte, um das Andenken der Fehler ihres ersten Mannes auszulöschen, daß ich Wort für Wort wiederholen müßte, um dir die reine Neigung, die Liebe und Treue dieses Menschen anschaulich zu machen. Ja, ich müßte die Gabe des größten Dichters besitzen, um dir zugleich den Ausdruck seiner Gebärden, die Harmonie seiner Stimme, das heimliche Feuer seiner Blicke lebendig darstellen zu können. Nein, es sprechen keine Worte die Zartheit aus, die in seinem ganzen Wesen und Ausdruck war; es ist alles nur plump, was ich wieder vorbringen könnte. Besonders rührte mich, wie er fürchtete, ich möchte über sein Verhältnis zu ihr ungleich denken und an ihrer guten Aufführung zweifeln. Wie reizend es war, wenn er von ihrer Gestalt, von ihrem Körper sprach, der ihn ohne jugendliche Reize gewaltsam an sich zog und fesselte, kann ich mir nur in meiner innersten Seele wiederholen. Ich hab' in meinem Leben die dringende Begierde und das heiße, sehnliche Verlangen nicht in dieser Reinheit gesehen, ja wohl kann ich sagen, in dieser Reinheit nicht gedacht und geträumt. Schelte mich nicht, wenn ich dir sage, daß bei der Erinnerung dieser Unschuld und Wahrheit mir die innerste Seele glüht, und daß mich das Bild dieser Treue und Zärtlichkeit überall verfolgt, und daß ich, wie selbst davon entzündet, lechze und schmachte.

Ich will nun suchen, auch sie ehstens zu sehn, oder vielmehr, wenn ich's recht bedenke, ich will's vermeiden. Es ist besser, ich sehe sie durch die Augen ihres Liebhabers; vielleicht erscheint sie mir vor meinen eigenen Augen nicht so, wie sie jetzt vor mir steht, und warum soll ich mir das schöne Bild verderben?

Am 16. Junius

Warum ich dir nicht schreibe? — Fragst du das und bist doch auch der Gelehrten einer. Du solltest raten, daß ich mich wohl befinde, und zwar — kurz und gut, ich habe eine Bekanntschaft gemacht, die mein Herz näher angeht. Ich habe — ich weiß nicht.

Dir in der Ordnung zu erzählen, wie's zugegangen ist, daß ich eins der liebenswürdigsten Geschöpfe habe kennen lernen, wird schwer halten. Ich bin vergnügt und glücklich, und also kein guter Historienschreiber.

Einen Engel! — Pfui! Das sagt jeder von der Seinigen, nicht wahr? Und doch bin ich nicht imstande, dir zu sagen, wie sie vollkommen ist, warum sie vollkommen ist; genug, sie hat allen meinen Sinn gefangengenommen.

So viel Einfalt bei so viel Verstand, so viel Güte bei so viel Festigkeit, und die Ruhe der Seele bei dem wahren Leben und der Tätigkeit.

— Das ist alles garstiges Gewäsch, was ich da von ihr sage, leidige Abstraktionen, die nicht einen Zug ihres Selbst ausdrücken. Ein andermal — nein, nicht ein andermal, jetzt gleich will ich dir's erzählen. Tu' ich's jetzt nicht, so geschäh' es niemals. Denn, unter uns, seit ich angefangen habe zu schreiben, war ich schon dreimal im Begriffe, die Feder niederzulegen, mein Pferd satteln zu lassen und hinauszureiten. Und doch schwur ich mir heute früh, nicht hinauszureiten, und gehe doch alle Augenblick' ans Fenster, zu sehen, wie hoch die Sonne noch steht.

— Ich hab's nicht überwinden können, ich mußte zu ihr hinaus. Da bin ich wieder, Wilhelm, will mein Butterbrot zu Nacht essen und dir schreiben. Welch eine Wonne das für meine Seele ist, sie in dem Kreise der lieben, muntern Kinder, ihrer acht Geschwister, zu sehen!

— Wenn ich so fortfahre, wirst du am Ende so klug sein wie am Anfange. Höre denn, ich will mich zwingen, ins Detail zu gehen.

Ich schrieb dir neulich, wie ich den Amtmann S. habe kennen lernen, und wie er mich gebeten habe, ihn bald in seiner Einsiedelei oder vielmehr seinem kleinen Königreiche zu besuchen. Ich vernachlässigte das, und wäre vielleicht nie hingekommen, hätte mir der Zufall nicht den Schatz entdeckt, der in der stillen Gegend verborgen liegt.

Unsere jungen Leute hatten einen Ball auf dem Lande angestellt, zu dem ich mich denn auch willig finden ließ. Ich bot einem hiesigen guten, schönen, übrigens unbedeutenden Mädchen die Hand, und es wurde ausgemacht, daß ich eine Kutsche nehmen, mit meiner Tänzerin und ihrer Base nach dem Orte der Lustbarkeit hinausfahren und auf dem Wege Charlotten S. mitnehmen sollte. — "Sie werden ein schönes Frauenzimmer kennenlernen." sagte meine Gesellschafterin, da wir durch den weiten, ausgehauenen Wald nach dem Jagdhause fuhren. — "Nehmen Sie sich in acht", versetzte die Base, "daß Sie sich nicht verlieben!" — "Wieso?" Sagte ich. — "Sie ist schon vergeben", antwortete jene, "an einen sehr braven Mann, der weggereist ist, seine Sachen in Ordnung zu bringen, weil sein Vater gestorben ist, und sich um eine ansehnliche Versorgung zu bewerben." — Die Nachricht war mir ziemlich gleichgültig.

Die Sonne war noch eine Viertelstunde vom Gebirge, als wir vor dem Hoftore anfuhren. Es war sehr schwül, und die

Frauenzimmer äußerten ihre Besorgnis wegen eines Gewitters, das sich in weißgrauen, dumpfichten Wölkchen rings am Horizonte zusammenzuziehen schien. Ich täuschte ihre Furcht mit anmaßlicher Wetterkunde, ob mir gleich selbst zu ahnen anfing, unsere Lustbarkeit werde einen Stoß leiden.

Ich war ausgestiegen, und eine Magd, die ans Tor kam, bat uns, einen Augenblick zu verziehen, Mamsell Lottchen würde gleich kommen. Ich ging durch den Hof nach dem wohlgebauten Hause, und da ich die vorliegenden Treppen hinaufgestiegen war und in die Tür trat, fiel mir das reizendste Schauspiel in die Augen, das ich je gesehen habe. in dem Vorsaale wimmelten sechs Kinder von eilf zu zwei Jahren um ein Mädchen von schöner Gestalt, mittlerer Größe, die ein simples weißes Kleid, mit blaßroten Schleifen an Arm und Brust, anhatte. Sie hielt ein schwarzes Brot und schnitt ihren Kleinen rings herum jedem sein Stück nach Proportion ihres Alters und Appetits ab, gab's jedem mit solcher Freundlichkeit, und jedes rief so ungekünstelt sein "danke!", indem es mit den kleinen Händchen lange in die Höhe gereicht hatte, ehe es noch abgeschnitten war, und nun mit seinem Abendbrote vergnügt entweder wegsprang, oder nach seinem stillern Charakter gelassen davonging nach dem Hoftore zu, um die Fremden und die Kutsche zu sehen, darin ihre Lotte wegfahren sollte. — "Ich bitte um Vergebung", sagte sie, "daß ich Sie hereinbemühe und die Frauenzimmer warten lasse. Über dem Anziehen und allerlei Bestellungen fürs Haus in meiner Abwesenheit habe ich vergessen, meinen Kindern ihr Vesperbrot zu geben, und sie wollen von niemanden Brot geschnitten haben als von mir."

Ich machte ihr ein unbedeutendes Kompliment, meine ganze Seele ruhte auf der Gestalt, dem Tone, dem Betragen, und ich hatte eben Zeit, mich von der Überraschung zu erholen, als sie in die Stube lief, ihre Handschuhe und den Fächer zu holen. Die Kleinen sahen mich in einiger Entfernung so von der Seite an, und ich ging auf das jüngste los, das ein Kind von der glücklichsten Gesichtsbildung war. Es zog sich zurück, als eben Lotte zur Türe herauskam und sagte: "Louis, gib dem Herrn Vetter eine Hand." — Das tat der Knabe sehr freimütig, und ich konnte mich nicht enthalten, ihn, ungeachtet seines kleinen Rotznäschens, herzlich zu küssen.

"Vetter?" sagte ich, indem ich ihr die Hand reichte, "glauben Sie, daß ich des Glücks wert sei, mit Ihnen verwandt zu sein?" — "O", sagte sie mit einem leichtfertigen Lächeln, "unsere Vetterschaft ist sehr weitläufig, und es wäre mir leid, wenn Sie der schlimmste drunter sein sollten." — Im Gehen gab sie Sophien, der ältesten Schwester nach ihr, einem Mädchen von ungefähr eilf Jahren, den Auftrag, wohl auf die Kinder acht zu haben und den Papa zu grüßen, wenn er vom Spazierritte nach Hause käme. Den Kleinen sagte sie, sie sollten ihrer Schwester

Sophie folgen, als wenn sie's selber wäre, das denn auch einige ausdrücklich versprachen. Eine kleine, naseweise Blondine aber, von ungefähr sechs Jahren, sagte: "du bist's doch nicht, Lottchen, wir haben dich doch lieber." — Die zwei ältesten Knaben waren hinten auf die Kutsche geklettert, und auf mein Vorbitten erlaubte sie ihnen, bis vor den Wald mitzufahren, wenn sie versprächen, sich nicht zu necken und sich recht festzuhalten.

Wir hatten uns kaum zurecht gesetzt, die Frauenzimmer sich bewillkommt, wechselsweise über den Anzug, vorzüglich über die Hüte ihre Anmerkungen gemacht und die Gesellschaft, die man erwartete, gehörig durchgezogen, als Lotte den Kutscher halten und ihre Brüder herabsteigen ließ, die noch einmal ihre Hand zu küssen begehrten, das denn der älteste mit aller Zärtlichkeit, die dem Alter von fünfzehn Jahren eigen sein kann, der andere mit viel Heftigkeit und Leichtsinn tat. Sie ließ die Kleinen noch einmal grüßen, und wir fuhren weiter.

Die Base fragte, ob sie mit dem Buche fertig wäre, das sie ihr neulich geschickt hätte. — "Nein", sagte Lotte, "es gefällt mir nicht, Sie können's wiederhaben. Das vorige war auch nicht besser." — Ich erstaunte, als ich fragte, was es für Bücher wären, und sie mir antwortete:[Fußnote]— ich fand so viel Charakter in allem, was sie sagte, ich sah mit jedem Wort neue Reize, neue Strahlen des Geistes aus ihren Gesichtszügen hervorbrechen, die sich nach und nach vergnügt zu entfalten schienen, weil sie an mir fühlte, daß ich sie verstand.

"Wie ich jünger war", sagte sie, "liebte ich nichts so sehr als Romane. Weiß Gott, wie wohl mir's war, wenn ich mich Sonntags in so ein Eckchen setzen und mit ganzem Herzen an dem Glück und Unstern einer Miß Jonny teilnehmen konnte. Ich leugne auch nicht, daß die Art noch einige Reize für mich hat. Doch da ich so selten an ein Buch komme, so muß es auch recht nach meinem Geschmack sein. Und der Autor ist mir der liebste, in dem ich meine Welt wiederfinde, bei dem es zugeht wie um mich, und dessen Geschichte mir doch so interessant und herzlich wird als mein eigen häuslich Leben, das freilich kein Paradies, aber doch im ganzen eine Quelle umsäglicher Glückseligkeit ist."

Ich bemühte mich, meine Bewegungen über diese Worte zu verbergen. Das ging freilich nicht weit: denn da ich sie mit solcher Wahrheit im Vorbeigehen vom Landpriester von Wakefield, vom —[Fußnote]reden hörte, kam ich ganz außer mich, sagte ihr alles, was ich mußte, und bemerkte erst nach einiger Zeit, da Lotte das Gespräch an die anderen wendete, daß diese die Zeit über mit offenen Augen, als säßen sie nicht da, dagesessen hatten. Die Base sah mich mehr als einmal mit einem spöttischen Näschen an, daran mir aber nichts gelegen war.

Das Gespräch fiel aufs Vergnügen am Tanze. — "Wenn diese Leidenschaft ein Fehler ist", sagte Lotte, "so gestehe ich Ihnen gern, ich weiß mir nichts übers Tanzen. Und wenn ich was im Kopfe habe und mir auf meinem verstimmten Klavier einen Contretanz vortrommle, so ist alles wieder gut."

Wie ich mich unter dem Gespäche in den schwarzen Augen weidete — wie die lebendigen Lippen und die frischen, muntern Wangen meine ganze Seele anzogen — wie ich, in den herrlichen Sinn ihrer Rede ganz versunken, oft gar die Worte nicht hörte, mit denen sie sich ausdrückte — davon hast du eine Vorstellung, weil du mich kennst. Kurz, ich stieg aus dem Wagen wie ein Träumender, als wir vor dem Lusthause stille hielten, und war so in Träumen rings in der dämmernden Welt verloren, daß ich auf die Musik kaum achtete, die uns von dem erleuchteten Saal herunter entgegenschallte.

Die zwei Herren Audran und ein gewisser N. N. — wer behält alle die Namen —, die der Base und Lottens Tänzer waren, empfingen uns am Schlage, bemächtigten sich ihrer Frauenzimmer, und ich führte das meinige hinauf.

Wir schlangen uns in Menuetts um einander herum; ich forderte ein Frauenzimmer nach dem andern auf, und just die unleidlichsten konnten nicht dazu kommen, einem die Hand zu reichen und ein Ende zu machen. Lotte und ihr Tänzer fingen einen Englischen an, und wie wohl mir's war, als sie auch in der Reihe die Figur mit uns anfing, magst du fühlen. Tanzen muß man sie sehen! Siehst du, sie ist so mit ganzem Herzen und mit ganzer Seele dabei, ihr ganzer Körper eine Harmonie, so sorglos, so unbefangen, als wenn das eigentlich alles wäre, als wenn sie sonst nichts dächte, nichts empfände; und in dem Augenblicke gewiß schwindet alles andere vor ihr.

Ich bat sie um den zweiten Contretanz; sie sagte mit den dritten zu, und mit der liebenswürdigsten Freimütigkeit von der Welt versicherte sie mir, daß sie herzlich gern deutsch tanze. — "Es ist hier so Mode", fuhr sie fort, "daß jedes Paar, das zusammen gehört, beim Deutschen zusammenbleibt, und mein Chapeau walzt schlecht und dankt mir's, wenn ich ihm die Arbeit erlasse. Ihr Frauenzimmer kann's auch nicht und mag nicht, und ich habe im Englischen gesehen, daß Sie gut walzen; wenn Sie nun mein sein wollen fürs Deutsche, so gehen Sie und bitten sich's von meinem Herrn aus, und ich will zu Ihrer Dame gehen." — Ich gab ihr die Hand darauf, und wir machten aus, daß ihr Tänzer inzwischen meine Tänzerin unterhalten sollte.

Nun ging's an, und wir ergetzten uns eine Weile an manigfaltigen Schlingungen der Arme. Mit welchem Reize, mit welcher Flüchtigkeit bewegte sie sich! Und da wir nun gar ans Walzen kamen und wie die Sphären um einander herumrollten, ging's freilich anfangs, weil's die wenigsten können, ein bißchen bunt durcheinander. Wir waren klug und ließen sie austoben, und als die Ungeschicktesten den Plan geräumt hatten, fielen wir ein und hielten mit noch einem Paare, mit Audran und seiner Tänzerin, wacker aus. Nie ist mir's so leicht vom Flecke gegangen. Ich war kein Mensch mehr. Das liebenswürdigste Geschöpf in den Armen zu haben und mit ihr herumzufliegen wie Wetter, daß alles rings umher verging, und — Wilhelm, um ehrlich zu sein, tat ich aber doch den Schwur, daß ein Mädchen, das ich liebte, auf das ich Ansprüche hätte, mir nie mit einem andern walzen sollte als mit mir, und wenn ich drüber zugrunde gehen müßte. Du verstehst mich!

Wir machten einige Touren gehend im Saale, um zu verschnaufen. Dann setzte sie sich, und die Orangen, die ich beiseite gebracht hatte, die nun die einzigen noch übrigen waren, taten vortreffliche Wirkung, nur daß mir mit jedem Schnittchen, das sie einer unbescheidenen Nachbarin ehrenhalben zuteilte, ein Stich durchs Herz ging.

Beim dritten englischen Tanz waren wir das zweite Paar. Wie wir die Reihe durchtanzten und ich, weiß Gott mit wieviel Wonne, an ihrem Arm und Auge hing, das voll vom wahrsten Ausdruck des offensten, reinsten Vergnügens war, kommen wir an eine Frau, die mit wegen ihrer liebenswürdigen Miene auf einem nicht mehr ganz jungen Gesichte merkwürdig gewesen war. Sie sieht Lotten lächelnd an, hebt einen drohenden Finger auf und nennt den Namen Albert zweimal im Vorbeifliegen mit viel Bedeutung.

"Wer ist Albert?", sagte ich zu Lotten, "wenn's nicht

Vermessenheit ist zu fragen." — Sie war im Begriff zu antworten, als wir uns scheiden mußten, um die große Achte zu machen, und mich dünkte einiges Nachdenken auf ihrer Stirn zu sehen, als wir so vor einander vorbeikreuzten. — "Was soll ich's Ihnen leugnen", sagte sie, indem sie mir die Hand zur Promenade bot. "Albert ist ein braver Mensch, dem ich so gut als verlobt bin." — Nun war mir das nichts Neues (denn die Mädchen hatten mir's auf dem Wege gesagt) und war mir doch so ganz neu, weil ich es noch nicht im Verhältnis auf sie, die mir in so wenig Augenblicken so wert geworden war, gedacht hatte. Genug, ich verwirrte mich, vergaß mich und kam zwischen das unrechte Paar hinein, daß alles drunter und drüber ging und Lottens ganze Gegenwart und Zerren und Ziehen nötig war, um es schnell wieder in Ordnung zu bringen.

Der Tanz war noch nicht zu Ende, als die Blitze, die wir schon lange am Horizonte leuchten gesehn und die ich immer für Wetterkühlen ausgegeben hatte, viel stärker zu werden anfingen und der Donner die Musik überstimmte. Drei Frauenzimmer liefen aus der Reihe, denen ihre Herren folgten; die Unordnung wurde allgemein, und die Musik hörte auf. Es ist natürlich, wenn uns ein Unglück oder etwas Schreckliches im Vergnügen überrascht, daß es stärkere Eindrücke auf uns macht als sonst, teils wegen des Gegensatzes, der sich so lebhaft empfinden läßt, teils und noch mehr, weil unsere Sinne einmal der Fühlbarkeit geöffnet sind und also desto schneller einen Eindruck annehmen. Diesen Ursachen muß ich die wunderbaren Grimassen zuschreiben, in die ich mehrere Frauenzimmer ausbrechen sah. Die klügste setzte sich in eine Ecke, mit dem Rücken gegen vor ihr nieder und verbarg den Kopf in der ersten Schoß. Eine dritte schob sich zwischen beide hinein und umfaßte ihre Schwesterchen mit tausend Tränen. Einige wollten nach Hause; andere, die noch weniger wußten, was sie taten, hatten nicht so viel Besinnungskraft, den Keckheiten unserer jungen Schlucker zu steuern, die sehr beschäftigt zu sein schienen, alle die ängstlichen Gebete, die dem Himmel bestimmt waren, von den Lippen der schönen Bedrängten wegzufangen. Einige unserer Herren hatten sich hinabbegeben, um ein Pfeifchen in Ruhe zu rauchen; und die übrige Gesellschaft schlug es nicht aus, als die Wirtin auf den klugen Einfall kam, uns ein Zimmer anzuweisen, das Läden und Vorhänge hätte. Kaum waren wir da angelangt, als Lotte beschäftigt war, einen Kreis von Stühlen zu stellen und, als sich die Gesellschaft auf ihre Bitte gesetzt hatte, den Vortrag zu einem Spiele zu tun.

Ich sah manchen, der in Hoffnung auf ein saftiges Pfand sein Mäulchen spitzte und seine Glieder reckte. — "Wir spielen Zählens!" sagte sie. "Nun gebt acht! Ich geh' im Kreise herum von der Rechten zur Linken, und so zählt ihr auch rings herum, jeder die Zahl, die an ihn kommt, und das muß gehen wie ein

Lauffeuer, und wer stockt oder sich irrt, kriegt eine Ohrfeige, und so bis tausend." — Nun war das lustig anzusehen: sie ging mit ausgestrecktem Arm im Kreise herum. "Eins", fing der erste an, der Nachbar "zwei", "drei" der folgende, und so fort. Dann fing sie an, geschwinder zu gehen, immer geschwinder; da versah's einer: Patsch! Eine Ohrfeige, und über das Gelächter der folgende auch: Patsch! Und immer geschwinder. Ich selbst kriegte zwei Maulschellen und glaubte mit innigem Vergnügen zu bemerken, daß sie stärker seien, als sie den übrigen zuzumessen pflegte. Ein allgemeines Gelächter und Geschwärm endigte das Spiel, ehe noch das Tausend ausgezählt war. Die Vertrautesten zogen einander beiseite, das Gewitter war vorüber, und ich folgte Lotten in den Saal. Unterwegs sagte sie: "über die Ohrfeigen haben sie Wetter und alles vergessen!" — Ich konnte ihr nichts antworten. — "Ich war", fuhr sie fort, "eine der Furchtsamsten, und indem ich mich herzhaft stellte, um den andern Mut zu geben, bin ich mutig geworden." — Wir traten ans Fenster. Es donnerte abseitwärts, und der herrliche Regen säuselte auf das Land, und der erquickendste Wohlgeruch stieg in aller Fülle einer warmen Luft zu uns auf. Sie stand auf ihren Ellenbogen gestützt, ihr Blick durchdrang die Gegend; sie sah gen Himmel und auf mich, ich sah ihr Auge tränenvoll, sie legte ihre Hand auf die meinige und sagte: "Klopstock!" — Ich erinnerte mich sogleich der herrlichen Ode, die ihr in Gedanken lag, und versank in dem Strome von Empfindungen, den sie in dieser Losung über mich ausgoß. Ich ertrug's nicht, neigte mich auf ihre Hand und küßte sie unter den wonnevollsten Tränen. Und sah nach ihrem Auge wieder — Edler! Hättest du deine Vergötterung in diesem Blicke gesehen, und möcht' ich nun deinen so oft entweihten Namen nie wieder nennen hören!

Am 19. Junius

Wo ich neulich mit meiner Erzählung geblieben bin, weiß ich nicht mehr; das weiß ich, daß es zwei Uhr des Nachts war, als ich zu Bette kam, und daß, wenn ich dir hätte vorschwatzen können, statt zu schreiben, ich dich vielleicht bis an den Morgen aufgehalten hätte.

Was auf unserer Hereinfahrt vom Balle geschehen ist, habe ich noch nicht erzählt, habe auch heute keinen Tag dazu.

Es war der herrlichste Sonnenaufgang. Der tröpfelnde Wald und das erfrischte Feld umher! Unsere Gesellschafterinnen nickten ein. Sie fragte mich, ob ich nicht auch von der Partie sein wollte; ihretwegen sollt' ich unbekümmert sein. — "So lange ich diese Augen offen sehe", sagte ich und sah sie fest an, "so lange hat's keine Gefahr." — Und wir haben beide ausgehalten bis an ihr Tor, da ihr die Magd leise aufmachte und auf ihr Fragen versicherte, daß Vater und Kleine wohl seien und alle noch schliefen. Da verließ ich sie mit der Bitte, sie selbigen Tags noch sehen zu dürfen; sie gestand mir's zu, und ich bin gekommen — und seit der Zeit können Sonne, Mond und Sterne geruhig ihre Wirtschaft treiben, ich weiß weder daß Tag noch daß Nacht ist, und die ganze Welt verliert sich um mich her.

Am 21. Junius

Ich lebe so glückliche Tage, wie sie Gott seinen Heiligen ausspart; und mit mir mag werden was will, so darf ich nicht sagen, daß ich die Freuden, die reinsten Freuden des Lebens nicht genossen habe. — Du kennst mein Wahlheim; dort bin ich völlig etabliert, von da habe ich nur eine halbe Stunde zu Lotten, dort fühl' ich mich selbst und alles Glück, das dem Menschen gegeben ist.

Hätt' ich gedacht, als ich mir Wahlheim zum Zwecke meiner Spaziergänge wählte, daß es so nahe am Himmel läge! Wie oft habe ich das Jagdhaus, das nun alle meine Wünsche einschließt, auf meinen weiten Wanderungen, bald vom Berge, bald von der Ebne über den Fluß gesehn!

Lieber Wilhelm, ich habe allerlei nachgedacht, über die Begier im Menschen, sich auszubreiten, neue Entdeckungen zu machen, herumzuschweifen; und dann wieder über den inneren Trieb, sich der Einschränkung willig zu ergeben, in dem Gleise der Gewohnheit so hinzufahren und sich weder um Rechts noch um Links zu bekümmern.

Es ist wunderbar: wie ich hierher kam und vom Hügel in das schöne Tal schaute, wie es mich rings umher anzog. — Dort das Wäldchen! — Ach könntest du dich in seine Schatten mischen! — Dort die Spitze des Berges! — Ach könntest du von da die weite Gegend überschauen! — Die in einander geketteten Hügel und vertraulichen Täler! — O könnte ich mich in ihnen verlieren! — Ich eilte hin, und kehrte zurück, und hatte nicht gefunden, was ich hoffte. O es ist mit der Ferne wie mit der Zukunft! Ein großes dämmerndes Ganze ruht vor unserer Seele, unsere Empfindung verschwimmt darin wie unser Auge, und wir sehnen uns, ach! Unser ganzes Wesen hinzugeben, uns mit aller Wonne eines einzigen, großen, herrlichen Gefühls ausfüllen zu lassen. — Und ach! Wenn wir hinzueilen, wenn das Dort nun Hier wird, ist alles vor wie nach, und wir stehen in unserer Armut, in unserer Eingeschränktheit, und unsere Seele lechzt nach entschlüpftem Labsale.

So sehnt sich der unruhigste Vagabund zuletzt wieder nach seinem Vaterlande und findet in seiner Hütte, an der Brust seiner Gattin, in dem Kreise seiner Kinder, in den Geschäften zu ihrer Erhaltung die Wonne, die er in der weiten Welt vergebens suchte.

Wenn ich des Morgens mit Sonnenaufgange hinausgehe nach meinem Wahlheim und dort im Wirtsgarten mir meine Zuckererbsen selbst pflücke, mich hinsetze, sie abfädne und dazwischen in meinem Homer lese; wenn ich in der kleinen Küche mir einen Topf wähle, mir Butter aussteche, Schoten ans Feuer stelle, zudecke und mich dazusetze, sie manchmal umzuschütteln: da fühl' ich so lebhaft, wie die übermütigen Freier der Penelope Ochsen und Schweine schlachten, zerlegen und braten. Es ist nichts, das mich so mit einer stillen, wahren Empfindung ausfüllte als die Züge patriarchalischen Lebens, die ich, Gott sei Dank, ohne Affektation in meine Lebensart verweben kann.

Wie wohl ist mir's, daß mein Herz die simple, harmlose Wonne des Menschen fühlen kann, der ein Krauthaupt auf seinen Tisch bringt, das er selbst gezogen, und nun nicht den Kohl allein, sondern all die guten Tage, den schönen Morgen, da er ihn pflanzte, die lieblichen Abende, da er ihn begoß, und da er an dem fortschreitenden Wachstum seine Freude hatte, alle in einem Augenblicke wieder mitgenießt.

Am 29. Junius

Vorgestern kam der Medikus hier aus der Stadt hinaus zum Amtmann und fand mich auf der Erde unter Lottens Kindern, wie einige auf mir herumkrabbelten, andere mich neckten, und wie ich sie kitzelte und ein großes Geschrei mit ihnen erregte. Der Doktor, der eine sehr dogmatische Drahtpuppe ist, unterm Reden seine Manschetten in Falten legt und einen Kräusel ohne Ende herauszupft, fand dieses unter der Würde eines gescheiten Menschen; das merkte ich an seiner Nase. Ich ließ mich aber in nichts stören, ließ ihn sehr vernünftige Sachen abhandeln und baute den Kindern ihre Kartenhäuser wieder, die sie zerschlagen hatten. Auch ging er darauf in der Stadt herum und beklagte, des Amtmanns Kinder wären so schon ungezogen genug, der Werther verderbe sie nun völlig.

Ja, lieber Wilhelm, meinem Herzen sind die Kinder am nächsten auf der Erde. Wenn ich ihnen zusehe und in dem kleinen Dinge die Keime aller Tugenden, aller Kräfte sehe, die sie einmal so nötig brauchen werden; wenn ich in dem Eigensinne künftige Standhaftigkeit und Festigkeit des Charakters, in dem Mutwillen guten Humor und Leichtigkeit, über die Gefahren der Welt hinzuschlüpfen, erblicke, alles so unverdorben, so ganz! — Immer, immer wiederhole ich dann die goldenen Worte des

Lehrers der Menschen: "Wenn ihr nicht werdet wie eines von diesen!" Und nun, mein Bester, sie, die unseresgleichen sind, die wir als unsere Muster ansehen sollten, behandeln wir als Untertanen. Sie sollen keinen Willen haben! — Haben wir denn keinen? Und wo liegt das Vorrecht? — Weil wir älter sind und gescheiter! — Guter Gott von deinem Himmel, alte Kinder siehst du und junge Kinder, und nichts weiter; und an welchen du mehr Freude hast, das hat dein Sohn schon lange verkündigt. Aber sie glauben an ihn und hören ihn nicht. — Das ist auch was Altes! — Und bilden ihre Kinder nach sich und — Adieu, Wilhelm! Ich mag darüber nicht weiter radotieren.

Am 1. Julius

Was Lotte einem Kranken sein muß, fühl' ich an meinem eigenen Herzen, das übler dran ist als manches, das auf dem Siechbette verschmachtet. Sie wird einige Tage in der Stadt bei einer rechtschaffnen Frau zubringen, die sich nach der Aussage der Ärzte ihrem Ende naht und in diesen letzten Augenblicken Lotten um sich haben will. Ich war vorige Woche mir ihr, den Pfarrer von St. zu besuchen; ein Örtchen, das eine Stunde seitwärts im Gebirge liegt. Wir kamen gegen vier dahin. Lotte hatte ihre zweite Schwester mitgenommen. Als wir in den mit zwei hohen Nußbäumen überschatteten Pfarrhof traten, saß der gute alte Mann auf einer Bank vor der Haustür, und da er Lotten sah, ward er wie neu belebt, vergaß seinen Knotenstock und wagte sich auf, ihr entgegen. Sie lief hin zu ihm, nötigte ihn sich niederzulassen, indem sie sich zu ihm setzte, brachte viele Grüße von ihrem Vater, herzte seinen garstigen, schmutzigen jüngsten Buben, das Quakelchen seines Alters. Du hättest sie sehen sollen, wie sie den Alten beschäftigte, wie sie ihre Stimme erhob, um seinen halb tauben Ohren vernehmlich zu werden, wie sie ihm von jungen, robusten Leuten erzählte, die unvermutet gestorben wären, von der Vortrefflichkeit des Karlsbades, und wie sie seinen Entschluß lobte, künftigen Sommer hinzugehen, wie sie fand, daß er viel besser aussähe, viel munterer sei als das letztemal, da sie ihn gesehn. — Ich hatte indes der Frau Pfarrerin meine Höflichkeiten gemacht. Der Alte wurde ganz munter, und da ich nicht umhin konnte, die schönen Nußbäume zu loben, die uns so lieblich beschatteten, fing er an, uns, wiewohl mit einiger Beschwerlichkeit, die Geschichte davon zu geben. — "Den alten", sagte er, "wissen wir nicht, wer den gepflanzt hat; einige sagen dieser, andere jener Pfarrer. Der jüngere aber dort hinten ist so alt als meine Frau, im Oktober funfzig Jahr. Ihr Vater pflanzte ihn des Morgens, als sie gegen Abend geboren wurde. Er war mein Vorfahr im Amt, und wie lieb ihm der Baum war, ist nicht zu sagen; mir ist er's gewiß nicht weniger.

Meine Frau saß darunter auf einem Balken und strickte, da ich vor siebenundzwanzig Jahren als ein armer Student zum erstenmale hier in den Hof kam." — Lotte fragte nach seiner Tochter; es hieß, sie sei mit Herrn Schmidt auf die Wiese hinaus zu den Arbeitern, und der Alte fuhr in seiner Erzählung fort: wie sein Vorfahr ihn liebgewonnen und die Tochter dazu, und wie er erst sein Vikar und dann sein Nachfolger geworden. Die Geschichte war nicht lange zu Ende, als die Jungfer Pfarrerin mit dem sogenannten Herrn Schmidt durch den Garten herkam: sie bewillkommte Lotten mit herzlicher Wärme, und ich muß sagen, sie gefiel mir nicht übel; eine rasche, wohlgewachsene Brünette, die einen die kurze Zeit über auf dem Lande wohl unterhalten hätte. Ihr Liebhaber (denn als solchen stellte sich Herr Schmidt gleich dar), ein feiner, doch stiller Mensch, der sich nicht in unsere Gespräche mischen wollte, ob ihn gleich Lotte immer hereinzog. Was mich am meisten betrübte, war, daß ich an seinen Gesichtszügen zu bemerken schien, es sei mehr Eigensinn und übler Humor als Eingeschränktheit des Verstandes, der ihn sich mitzuteilen hinderte. In der Folge ward dies leider nur zu deutlich; denn als Friederike beim Spazierengehen mit Lotten und gelegentlich auch mit mir ging, wurde des Herrn Angesicht, das ohnedies einer bräunlichen Farbe war, so sichtlich verdunkelt, daß es Zeit war, daß Lotte mich beim Ärmel zupfte und mir zu verstehn gab, daß ich mit Friederiken zu artig getan. Nun verdrießt mich nichts mehr, als wenn die Menschen einander plagen, am meisten, wenn junge Leute in der Blüte des Lebens, da sie am offensten für alle Freuden sein könnten, einander die paar guten Tage mit Fratzen verderben und nur erst zu spät das Unersetzliche ihrer Verschwendung einsehen. Mich wurmte das, und ich konnte nicht umhin, da wir gegen Abend in den Pfarrhof zurückkehrten und an einem Tische Milch aßen und das Gespräch auf Freude und Leid der Welt sich wendete, den Faden zu ergreifen und recht herzlich gegen die üble Laune zu reden. — "Wir Menschen beklagen uns oft", fing ich an, "daß der guten Tage so wenig sind und der schlimmen so viel, und, wie mich dünkt, meist mit Unrecht. Wenn wir immer ein offenes Herz hätten, das Gute zu genießen, das uns Gott für jeden Tag bereitet, wir würden alsdann auch Kraft genug haben, das Übel zu tragen, wenn es kommt." — "Wir haben aber unser Gemüt nicht in unserer Gewalt", versetzte die Pfarrerin, "wie viel hängt vom Körper ab! Wenn einem nicht wohl ist, ist's einem überall nicht recht." — Ich gestand ihr das ein. — "Wir wollen es also", fuhr ich fort, "als eine Krankheit ansehen und fragen, ob dafür kein Mittel ist?" — "Das läßt sich hören", sagte Lotte, "ich glaube wenigstens, daß viel von uns abhängt. Ich weiß es an mir. Wenn mich etwas neckt und mich verdrießlich machen will, spring' ich auf und sing' ein paar Contretänze den Garten auf und ab, gleich ist's weg." — "Das war's, was ich sagen wollte", versetzte ich, "es ist mit der üblen Laune völlig wie mit der Trägheit, denn es ist eine Art von Trägheit. Unsere Natur hängt sehr dahin, und doch, wenn wir nur einmal die Kraft haben, uns zu ermannen, geht uns die Arbeit frisch von der Hand, und wir finden in der Tätigkeit ein wahres Vergnügen." — Friederike war sehr aufmerksam, und der junge Mensch wandte mir ein, daß man nicht Herr über sich selbst sei und am wenigsten über seine Empfindungen gebieten könne. — "Es ist hier die Frage von einer unangenehmen Empfindung", versetzte ich, "die doch jedermann gerne los ist; und niemand weiß, wie weit seine Kräfte gehen, bis er sie versucht hat. Gewiß, wer krank ist, wird bei allen Ärzten herumfragen, und die größten Resignationen, die bittersten Arzeneien wird er nicht abweisen, um seine gewünschte Gesundheit zu erhalten." — Ich bemerkte, daß der ehrliche Alte sein Gehör anstrengte, um an unserm Diskurse teilzunehmen, ich erhob die Stimme, indem ich die Rede gegen ihn wandte. "Man predigt gegen so viele Laster", sagte ich, "ich habe noch nie gehört, daß man gegen die üble Laune vom Predigtstuhle[Fußnote]gearbeitet hätte. — "Das müßten die Stadtpfarrer tun", sagte er, "die Bauern haben keinen bösen Humor; doch könnte es auch zuweilen nicht schaden, es wäre eine Lektion für seine Frau wenigstens und für den Herrn Amtmann." — Die Gesellschaft lachte, und er herzlich mit, bis er in einen Husten verfiel, der unsern Diskurs eine Zeitlang unterbrach; darauf denn der junge Mensch wieder das Wort nahm: "Sie nannten den bösen Humor ein Laster; mich deucht, das ist übertrieben." — "Mit nichten", gab ich zur Antwort, "wenn das, womit man sich selbst und seinem Nächsten schadet, diesen Namen verdient. Ist es nicht genug, daß wir einander nicht glücklich machen können, müssen wir auch noch einander das Vergnügen rauben, das jedes Herz sich noch manchmal selbst gewähren kann? Und nennen Sie mir den Menschen, der übler Laune ist und so brav dabei, sie zu verbergen, sie allein zu tragen, ohne die Freude um sich her zu zerstören! Oder ist sie nicht vielmehr ein innerer Unmut über unsere eigene Unwürdigkeit, ein Mißfallen an uns selbst, das immer mit einem Neide verknüpft ist, der durch eine törichte Eitelkeit aufgehetzt wird? Wir sehen glückliche Menschen, die wir nicht glücklich machen, und das ist unerträglich." — Lotte lächelte mich an, da sie die Bewegung sah, mit der ich redete, und eine Träne in Friederikens Auge spornte mich fortzufahren. — "Wehe denen", sagte ich, "die sich der Gewalt bedienen, die sie über ein Herz haben, um ihm die einfachen Freuden zu rauben, die aus ihm selbst hervorkeimen. Alle Geschenke, alle Gefälligkeiten der Welt ersetzen nicht einen Augenblick Vergnügen an sich selbst, den uns eine neidische Unbehaglichkeit unsers Tyrannen vergällt hat."

Mein ganzes Herz war voll in diesem Augenblicke; die

Erinnerung so manches Vergangenen drängte sich an meine Seele, und die Tränen kamen mir in die Augen.

"Wer sich das nur täglich sagte", rief ich aus, "du vermagst nichts auf deine Freunde, als ihnen ihre Freuden zu lassen und ihr Glück zu vermehren, indem du es mit ihnen genießest. Vermagst du, wenn ihre innere Seele von einer ängstigenden Leidenschaft gequält, vom Kummer zerrüttet ist, ihnen einen Tropfen Linderung zu geben?

Und wenn die letzte, bangste Krankheit dann über das Geschöpf herfällt, das du in blühenden Tagen untergraben hast, und sie nun daliegt in dem erbärmlichsten Ermatten, das Auge gefühllos gen Himmel sieht, der Todesschweiß auf der blassen Stirne abwechselt, und du vor dem Bette stehst wie ein Verdammter, in dem innigsten Gefühl, daß du nichts vermagst mit deinem ganzen Vermögen, und die Angst dich inwendig krampft, daß du alles hingeben möchtest, dem untergehenden Geschöpfe einen Tropfen Stärkung, einen Funken Mut einflößen zu können."

Die Erinnerung einer solchen Szene, wobei ich gegenwärtig war, fiel mit ganzer Gewalt bei diesen Worten über mich. Ich nahm das Schnupftuch vor die Augen und verließ die Gesellschaft, und nur Lottens Stimme, die mir rief, wir wollten fort, brachte mich zu mir selbst. Und wie sie mich auf dem Wege schalt über den zu warmen Anteil an allem, und daß ich drüber

zugrunde gehen würde! Daß ich mich schonen sollte! — O der
Engel! Um deinetwillen muß ich leben!

Am 6. Julius

Sie ist immer um ihre sterbende Freundin, und
ist immer dieselbe, immer das gegenwärtige, holde Geschöpf,
das, wo sie hinsieht, Schmerzen lindert und Glückliche
macht. Sie ging gestern abend mit Marianen und dem kleinen
Malchen spazieren, ich wußte es und traf sie an, und wir gingen
zusammen. Nach einem Wege von anderthalb Stunden kamen
wir gegen die Stadt zurück, an den Brunnen, der mir so wert und
nun tausendmal werter ist. Lotte setzte sich aufs Mäuerchen, wir
standen vor ihr. Ich sah umher, ach, und die Zeit, da mein Herz
so allein war, lebte wieder vor mir auf. — "Lieber Brunnen",
sagte ich, "seither hab' ich nicht mehr an deiner Kühle geruht,
hab' in eilendem Vorübergehn dich manchmal nicht angesehn."
— Ich blickte hinab und sah, daß Malchen mit einem Glase
Wasser sehr beschäftigt heraufstieg. — Ich sah Lotten an und
fühlte alles, was ich an ihr habe. Indem kommt Malchen mit
einem Glase. Mariane wollt' es ihr abnehmen: "nein!" rief das
Kind mit dem süßesten Ausdrucke, "nein, Lottchen, du sollst
zuerst trinken!" — Ich ward über die Wahrheit, über die Güte,

womit sie das ausrief, so entzückt, daß ich meine Empfindung mit nichts ausdrücken konnte, als ich nahm das Kind von der Erde und küßte es lebhaft, das sogleich zu schreien und zu weinen anfing. — "Sie haben übel getan", sagte Lotte. — Ich war betroffen. — "Komm, Malchen", fuhr sie fort, indem sie es bei der Hand nahm und die Stufen hinabführte, "da wasche dich aus der frischen Quelle geschwind, geschwind, da tut's nichts." — Wie ich so dastand und zusah, mit welcher Emsigkeit das Kleine seinen nassen Händchen die Backen rieb, mit welchem Glauben, daß durch die Wunderquelle alle Verunreinigung abgespült und die Schmach abgetan würde, einen häßlichen Bart zu kriegen; wie Lotte sagte: "es ist genug!" und das Kind doch immer eifrig fortwusch, als wenn Viel mehr täte als Wenig — ich sage dir, Wilhelm, ich habe mit mehr Respekt nie einer Taufhandlung beigewohnt; und als Lotte heraufkam, hätte ich mich gern vor ihr niedergeworfen wie vor einem Propheten, der die Schulden einer Nation weggeweiht hat.

Des Abends konnte ich nicht umhin, in der Freude meines Herzens den Vorfall einem Manne zu erzählen, dem ich Menschensinn zutraute, weil er Verstand hat; aber wie kam ich an! Er sagte, das sei sehr übel von Lotten gewesen; man solle den Kindern nichts weis machen; dergleichen gebe zu unzähligen Irrtümern und Aberglauben Anlaß, wovor man die Kinder frühzeitig bewahren müsse. — Nun fiel mir ein, daß der Mann vor acht Tagen hatte taufen lassen, drum ließ ich's vorbeigehen und blieb in meinem Herzen der Wahrheit getreu: wir sollen es mit den Kindern machen wie Gott mit uns, der uns am glücklichsten macht, wenn er uns in freundlichem Wahne so hintaumeln läßt.

Am 8. Julius

Was man ein Kind ist! Was man nach so einem Blicke geizt! Was man ein Kind ist! — Wir waren nach Wahlheim gegangen. Die Frauenzimmer fuhren hinaus, und während unserer Spaziergänge glaubte ich in Lottens schwarzen Augen — ich bin ein Tor, verzeih mir's! Du solltest sie sehen, diese Augen. — Daß ich kurz bin (denn die Augen fallen mir zu vor Schlaf): siehe, die Frauenzimmer stiegen ein, da standen um die Kutsche der junge W., Selstadt und Audran und ich. Da ward aus dem Schlage geplaudert mit den Kerlchen, die freilich leicht und lüftig genug waren. — Ich suchte Lottens Augen: ach, sie gingen von einem zum andern! Aber auf mich! Mich! Mich! Der ganz allein auf sie resigniert dastand, fielen sie nicht! — Mein Herz sagte ihr tausend Adieu! Und sie sah mich nicht! Die Kutsche fuhr vorbei, und eine Träne stand mir im Auge. Ich sah ihr nach und sah Lottens Kopfputz sich zum Schlage

herauslehnen, und sie wandte sich um zu sehen, ach! Nach mir?
— Lieber! In dieser Ungewißheit schwebe ich; das ist mein Trost:
vielleicht hat sie sich nach mir umgesehen! Vielleicht! — Gute
Nacht! O, was ich ein Kind bin!

Am 10. Julius

Die alberne Figur, die ich mache, wenn in
Gesellschaft von ihr gesprochen wird, solltest du sehen! Wenn
man mich nun gar fragt, wie sie mir gefällt? — Gefällt! Das
Wort hasse ich auf den Tod. Was muß das für ein Mensch sein,
dem Lotte gefällt, dem sie nicht alle Sinne, alle Empfindungen
ausfüllt! Gefällt! Das Wort hasse ich auf den Tod. Was muß das
für ein Mensch sein, dem Lotte gefällt, dem sie nicht alle Sinne,
alle Empfindungen ausfüllt! Gefällt! Neulich fragte mich einer,
wie mir Ossian gefiele!

Am 11. Julius

Frau M. ist sehr schlecht; ich bete für ihr Leben,
weil ich mit Lotten dulde. Ich sehe sie selten bei einer Freundin,
und heute hat sie mir einen wunderbaren Vorfall erzählt. —

Der alte M. ist ein geiziger, rangiger Filz, der seine Frau im Leben was Rechts geplagt und eingeschränkt hat; doch hat sich die Frau immer durchzuhelfen gewußt. Vor wenigen Tagen, als der Arzt ihr das Leben abgesprochen hatte, ließ sie ihren Mann kommen (Lotte war im Zimmer) und redete ihn also an: "Ich muß dir eine Sache gestehen, die nach meinem Tode Verwirrung und Verdruß machen könnte. Ich habe bisher die Haushaltung geführt, so ordentlich und sparsam als möglich; allein du wirst mir verzeihen, daß ich dich diese dreißig Jahre her hintergangen habe. Du bestimmtest im Anfange unserer Heirat ein Geringes für die Bestreitung der Küche und anderer häuslichen Ausgaben. Als unsere Haushaltung stärker wurde, unser Gewerbe größer, warst du nicht zu bewegen, mein Wochengeld nach dem Verhältnisse zu vermehren; kurz, du weißt, daß du in den Zeiten, da sie am größten war, verlangtest, ich solle mit sieben Gulden die Woche auskommen.

Die habe ich denn ohne Widerrede genommen und mir den Überschuß wöchentlich aus der Losung geholt, da niemand vermutete, daß die Frau die Kasse bestehlen würde. Ich habe nichts verschwendet und wäre auch, ohne es zu bekennen, getrost der Ewigkeit entgegengegangen, wenn nicht diejenige, die nach mir das Hauswesen zu führen hat, sich nicht zu helfen wissen würde, und du doch immer darauf bestehen könntest, deine erste Frau sei damit ausgekommen."

Ich redete mit Lotten über die unglaubliche Verblendung des Menschensinns, daß einer nicht argwohnen soll, dahinter müsse was anders stecken, wenn eins mit sieben Gulden hinreicht, wo man den Aufwand vielleicht um zweimal so viel sieht. Aber ich habe selbst Leute gekannt, die des Propheten ewiges Ölkrüglein ohne Verwunderung in ihrem Hause angenommen hätten.

Am 13. Julius

Nein, ich betrüge mich nicht! Ich lese in ihren schwarzen Augen wahre Teilnehmung an mir und meinem Schicksal. Ja ich fühle, und darin darf ich meinem Herzen trauen, daß sie — o darf ich, kann ich den Himmel in diesen Worten aussprechen? — Daß sie mich liebt!

Mich liebt! — Und wie wert ich mir selbst werde, wie ich — dir darf ich's wohl sagen, du hast Sinn für so etwas — wie ich mich selbst anbete, seitdem sie mich liebt!

Ob das Vermessenheit ist oder Gefühl des wahren Verhältnisses? — Ich kenne den Menschen nicht, von dem ich etwas in Lottens Herzen fürchtete. Und doch — wenn sie von ihrem Bräutigam spricht, mit solcher Wärme, solcher Liebe von ihm spricht — da ist mir's wie einem, der aller seiner Ehren und Würden entsetzt und dem der Degen genommen wird.

Am 16. Julius

Ach wie mir das durch alle Adern läuft, wenn mein Finger unversehens den ihrigen berührt, wenn unsere Füße sich unter dem Tische begegnen! Ich ziehe zurück wie vom Feuer, und eine geheime Kraft zieht mich wieder vorwärts — mir wird's so schwindelig vor allen Sinnen. — O! Und ihre Unschuld, ihre unbefangene Seele fühlt nicht, wie sehr mich die kleinen Vertraulichkeiten peinigen. Wenn sie gar im Gespräch ihre Hand auf die meinige legt und im Interesse der Unterredung näher zu mir rückt, daß der himmlische Atem ihres Mundes meine Lippen erreichen kann: — ich glaube zu versinken, wie vom Wetter gerührt. — Und, Wilhelm! Wenn ich mich jemals unterstehe, diesen Himmel, dieses Vertrauen! — Du verstehst mich. Nein, mein Herz ist so verderbt nicht! Schwach! Schwach genug! — Und ist das nicht Verderben?

— Sie ist mir heilig. Alle Begier schweigt in ihrer Gegenwart. Ich weiß nie, wie mir ist, wenn ich bei ihr bin; es ist, als wenn die Seele sich mir in allen Nerven umkehrte. — Sie hat eine Melodie, die sie auf dem Klaviere spielet mit der Kraft eines Engels, so simpel und so geistvoll! Es ist ihr Leiblied, und mich stellt es von aller Pein, Verwirrung und Grillen her, wenn sie nur die erste Note davon greift.

Kein Wort von der Zauberkraft der alten Musik ist mir

unwahrscheinlich. Wie mich der einfache Gesang angreift! Und wie sie ihn anzubringen weiß, oft zur Zeit, wo ich mir eine Kugel vor den Kopf schießen möchte! Die Irrung und Finsternis meiner Seele zerstreut sich, und ich atme wieder freier.

Am 18. Julius

Wilhelm, was ist unserem Herzen die Welt ohne Liebe! Was eine Zauberlaterne ist ohne Licht! Kaum bringst du das Lämpchen hinein, so scheinen dir die buntesten Bilder an deine weiße Wand! Und wenn's nichts wäre als das, als vorübergehende Phantome, so macht's doch immer unser Glück, wenn wir wie frische Jungen davor stehen und uns über die Wundererscheinungen entzücken. Heute konnte ich nicht zu Lotten, eine unvermeidliche Gesellschaft hielt mich ab. Was war zu tun? Ich schickte meinen Diener hinaus, nur um einen Menschen um mich zu haben, der ihr heute nahe gekommen wäre. Mit welcher Ungeduld ich ihn erwartete, mit welcher Freude ich ihn wiedersah! Ich hätte ihn gern beim Kopfe genommen und geküßt, wenn ich mich nicht geschämt hätte.

Man erzählt von dem Bononischen Steine, daß er, wenn man ihn in die Sonne legt, ihre Strahlen anzieht und eine Weile bei Nacht leuchtet. So war mir's mit dem Burschen. Das Gefühl, daß ihre Augen auf seinem Gesichte, seinen Backen, seinen Rockknöpfen und dem Kragen am Surtout geruht hatten, machte mir das alles so heilig, so wert! Ich hätte in dem Augenblick den Jungen nicht um tausend Taler gegeben. Es war mir so wohl in seiner Gegenwart. — Bewahre dich Gott, daß du darüber lachest. Wilhelm, sind das Phantome, wenn es uns wohl ist?

Den 19. Julius

"Ich werde sie sehen!", ruf' ich morgens aus, wenn ich mich ermuntere und mit aller Heiterkeit der schönen Sonne entgegenblicke; "ich werde sie sehen!" und da habe ich für den ganzen Tag keinen Wunsch weiter. Alles, alles verschlingt sich in dieser Aussicht.

Den 20. Julius

Eure Idee will noch nicht die meinige werden, daß ich mit dem Gesandten nach *** gehen soll. Ich liebe die Subordination nicht sehr, und wir wissen alle, daß der Mann noch dazu ein widriger Mensch ist. Meine Mutter möchte mich gern in Aktivität haben, sagst du, das hat mich zu lachen gemacht. Bin ich jetzt nicht auch aktiv, und ist's im Grunde nicht einerlei, ob ich Erbsen zähle oder Linsen? Alles in der Welt läuft doch auf eine Lumperei hinaus, und ein Mensch, der um anderer willen, ohne daß es seine eigene Leidenschaft, sein eigenes Bedürfnis ist, sich um Geld oder Ehre oder sonst was abarbeitet, ist immer ein Tor.

Am 24. Julius

Da dir so sehr daran gelegen ist, daß ich mein Zeichnen nicht vernachlässige, möchte ich lieber die ganze Sache übergehen als dir sagen, daß zeither wenig getan wird.

Noch nie war ich glücklicher, noch nie war meine Empfindung an der Natur, bis aufs Steinchen, aufs Gräschen herunter, voller und inniger, und doch — ich weiß nicht, wie ich mich ausdrücken soll, meine vorstellende Kraft ist so schwach, alles schwimmt und schwankt so vor meiner Seele, daß ich keinen Umriß packen kann; aber ich bilde mir ein, wenn ich Ton hätte oder Wachs, so wollte ich's wohl herausbilden. Ich werde auch Ton nehmen, wenn's länger währt, und kneten, uns sollten's Kuchen werden!

Lottens Porträt habe ich dreimal angefangen, und habe mich dreimal prostituiert; das mich um so mehr verdrießt, weil ich vor einiger Zeit sehr glücklich im Treffen war. Darauf habe ich denn ihren Schattenriß gemacht, und damit soll mir g'nügen.

Am 26. Julius

Ja, liebe Lotte, ich will alles besorgen und bestellen; geben Sie mir nur mehr Aufträge, nur recht oft. Um eins bitte ich Sie: keinen Sand mehr auf die Zettelchen, die Sie mir schreiben. Heute führte ich es schnell nach der Lippe, und die Zähne knisterten mir.

Am 26. Julius

Ich habe mir schon manchmal vorgenommen, sie nicht so oft zu sehn. Ja wer das halten könnte! Alle Tage unterlieg' ich der Versuchung und verspreche mir heilig: morgen willst du einmal wegbleiben. Und wenn der Morgen kommt, finde ich doch wieder eine unwiderstehliche Ursache, und ehe ich mich's versehe, bin ich bei ihr. Entweder sie hat des Abends gesagt: "Sie kommen doch morgen?" — Wer könnte da wegbleiben? Oder sie gibt mir einen Auftrag, und ich finde schicklich, ihr selbst die Antwort zu bringen; oder der Tag ist gar zu schön, ich gehe nach Wahlheim, und wenn ich nun da bin, ist's nur noch eine halbe Stunde zu ihr! — Ich bin zu nah in der Atmosphäre — zuck! So bin ich dort. Meine Großmutter hatte ein Märchen vom Magnetenberg: die Schiffe, die zu nahe kamen, wurden auf einmal alles Eisenwerks beraubt, die Nägel flogen dem Berge zu, und die armen Elenden scheiterten zwischen den übereinander stürzenden Brettern.

Am 30. Julius

Albert ist angekommen, und ich werde gehen; und wenn er der beste, der edelste Mensch wäre, unter den ich mich in jeder Betrachtung zu stellen bereit wäre, so wär's unerträglich, ihn vor meinem Angesicht im Besitz so vieler Vollkommenheit zu sehen. — Besitz! — genug, Wilhelm, der Bräutigam ist da! Ein braver, lieber Mann, dem man gut sein muß. Glücklicherweise war ich nicht beim Empfange! Das hätte mir das Herz zerrissen. Auch ist er so ehrlich und hat Lotten in meiner Gegenwart noch nicht ein einzigmal geküßt. Das lohn' ihm Gott! Um des Respekts willen, den er vor dem Mädchen hat, muß ich ihn lieben. Er will mir wohl, und ich vermute, das ist Lottens Werk mehr als seiner eigenen Empfindung; denn darin sind die Weiber fein und haben recht; wenn sie zwei

Verehrer in gutem Vernehmen mit einander erhalten können, ist der Vorteil immer ihr, so selten es auch angeht.

Indes kann ich Alberten meine Achtung nicht versagen. Seine gelassene Außenseite sticht gegen die Unruhe meines Charakters sehr lebhaft ab, die sich nicht verbergen läßt. Er hat viel Gefühl und weiß, was er an Lotten hat. Er scheint wenig üble Laune zu haben, und du weißt, das ist die Sünde, die ich ärger hasse am Menschen als alle andre.

Er hält mich für einen Menschen von Sinn; und meine Anhänglichkeit zu Lotten, meine warme Freude, die ich an allen ihren Handlungen habe, vermehrt seinen Triumph, und er liebt sie nur desto mehr. Ob er sie nicht einmal mit keiner Eifersüchtelei peinigt, das lasse ich dahingestellt sein, wenigstens würd' ich an seinem Platz nicht ganz sicher vor diesem Teufel bleiben.

Dem sei nun wie ihm wolle, meine Freude, bei Lotten zu sein, ist hin. Soll ich das Torheit nennen oder Verblendung? — Was braucht's Namen! Erzählt die Sache an sich! — Ich wußte alles, was ich jetzt weiß, ehe Albert kam; ich wußte, daß ich keine Prätension an sie zu machen hatte, machte auch keine — das heißt, insofern es möglich ist, bei so viel Liebenswürdigkeit nicht zu begehren — und jetzt macht der Fratze große Augen, da der andere nun wirklich kommt und ihm das Mädchen wegnimmt.

Ich beiße die Zähne auf einander und spott über mein Elend,

und spottete derer doppelt und dreifach, die sagen könnten, ich sollte mich resignieren, und weil es nun einmal nicht anders sein könnte. — Schafft mir diese Strohmänner vom Halse! — Ich laufe in den Wäldern herum, und wenn ich zu Lotten komme, und Albert bei ihr sitzt im Gärtchen unter der Laube, und ich nicht weiter kann, so bin ich ausgelassen närrisch und fange viel Possen, viel verwirrtes Zeug an. — "Um Gottes willen", sagte mir Lotte heut, "ich bitte Sie, keine Szene wie die von gestern abend! Sie sind fürchterlich, wenn Sie so lustig sind." — Unter uns, ich passe die Zeit ab, wenn er zu tun hat; wutsch! Bin ich drauß, und da ist mir's immer wohl, wenn ich sie allein finde.

Am 8. August

Ich bitte dich, lieber Wilhelm, es war gewiß nicht auf dich geredet, wenn ich die Menschen unerträglich schalt, die von uns Ergebung in unvermeidliche Schicksale fordern. Ich dachte wahrlich nicht daran, daß du von ähnlicher Meinung sein könntest. Und im Grunde hast du recht. Nur eins, mein Bester! In der Welt ist es sehr selten mit dem Entweder— Oder getan; die Empfindungen und Handlungsweisen schattieren sich so mannigfaltig, als Abfälle zwischen einer Habichts— und Stumpfnase sind.

Du wirst mir also nicht übelnehmen, wenn ich dir dein ganzes Argument einräume und mich doch zwischen dem Entweder— Oder durchzustehlen suche.

Entweder, sagst du, hast du Hoffnung auf Lotten, oder du hast keine. Gut, im ersten Fall suche sie durchzutreiben, suche die Erfüllung deiner Wünsche zu umfassen: im anderen Fall ermanne dich und suche einer elenden Empfindung los zu werden, die alle deine Kräfte verzehren muß. — Bester! Das ist wohl gesagt, und — bald gesagt.

Und kannst du von dem Unglücklichen, dessen Leben unter einer schleichenden Krankheit unaufhaltsam allmählich abstirbt, kannst du von ihm verlangen, er solle durch einen Dolchstoß der Qual auf einmal ein Ende machen? Und raubt das Übel, das ihm die Kräfte verzehrt, ihm nicht auch zugleich den Mut, sich davon zu befreien?

Zwar könntest du mir mit einem verwandten Gleichnisse antworten: wer ließe sich nicht lieber den Arm abnehmen, als daß er durch Zaudern und Zagen sein Leben aufs Spiel setzte? — Ich weiß nicht! — Und wir wollen uns nicht in Gleichnissen herumbeißen. Genug — ja, Wilhelm, ich habe manchmal so einen Augenblick aufspringenden, abschüttelnden Muts, und da — wenn ich nur wüßte wohin, ich ginge wohl.

Am 8. August Abends

Mein Tagebuch, das ich seit einiger Zeit vernachlässiget, fiel mir heut wieder in die Hände, und ich bin erstaunt, wie ich so wissentlich in das alles, Schritt vor Schritt, hineingegangen bin! Wie ich über meinen Zustand immer so klar gesehen und doch gehandelt habe wie ein Kind, jetzt noch so klar sehe, und es noch keinen Anschein zur Besserung hat.

Am 10. August

Ich könnte das beste, glücklichste Leben führen, wenn ich nicht ein Tor wäre. So schöne Umstände vereinigen sich nicht leicht, eines Menschen Seele zu ergetzen, als die sind, in denen ich mich jetzt befinde. Ach so gewiß ist's, daß unser Herz allein sein Glück macht. — Ein Glied der liebenswürdigen Familie zu sein, von dem Alten geliebt zu werden wie ein Sohn, von den Kleinen wie ein Vater, und von Lotten! — Dann der ehrliche Albert, der durch keine launische Unart mein Glück stört; der mich mit herzlicher Freundschaft umfaßt; dem ich nach Lotten das Liebste auf der Welt bin! — Wilhelm, es ist eine Freude, uns zu hören, wenn wir spazierengehen und uns einander von Lotten unterhalten: es ist in der Welt nichts

Lächerlichers erfunden worden als dieses Verhältnis, und doch kommen mir oft darüber die Tränen in die Augen.

Wenn er mir von ihrer rechtschaffenen Mutter erzählt: wie sie auf ihrem Todbette Lotten ihr Haus und ihre Kinder übergeben und ihm Lotten anbefohlen habe, wie seit der Zeit ein ganz anderer Geist Lotten belebt habe, wie sie, in der Sorge für ihre Wirtschaft und in dem Ernste, eine wahre Mutter geworden, wie kein Augenblick ihrer Zeit ohne tätige Liebe, ohne Arbeit verstrichen, und dennoch ihre Munterkeit, ihr leichter Sinn sie nie dabei verlassen habe. — Ich gehe so neben ihm hin und pflücke Blumen am Wege, füge sie sehr sorgfältig in einen Strauß und — werfe sie in den vorüberfließenden Strom und sehe ihnen nach, wie sie leise hinunterwallen. — Ich weiß nicht, ob ich dir geschrieben habe, daß Albert hier bleiben und ein Amt mit einem artigen Auskommen vom Hofe erhalten wird, wo er sehr beliebt ist. In Ordnung und Emsigkeit in Geschäften habe ich wenig seinesgleichen gesehen.

Am 12. August

Gewiß, Albert ist der beste Mensch unter dem Himmel. Ich habe gestern eine wunderbare Szene mit ihm gehabt. Ich kam zu ihm, um Abschied von ihm zu nehmen;

denn mich wandelte die Lust an, ins Gebirge zu reiten, von woher ich dir auch jetzt schreibe, und wie ich in der Stube auf und ab gehe, fallen mir seine Pistolen in die Augen. — "Borge mir die Pistolen", sagte ich, "zu meiner Reise." — "Meinetwegen", sagte er, "wenn du dir die Mühe nehmen willst, sie zu laden; bei mir hängen sie nur pro forma." — Ich nahm eine herunter, und er fuhr fort: "Seit mir meine Vorsicht einen so unartigen Streich gespielt hat, mag ich mit dem Zeuge nichts mehr zu tun haben." — Ich war neugierig, die Geschichte zu wissen. — "Ich hielt mich", erzählte er, "wohl ein Vierteljahr auf dem Lande bei einem Freunde auf, hatte ein paar Terzerolen ungeladen und schlief ruhig. Einmal an einem regnichten Nachmittage, da ich müßig sitze, weiß ich nicht, wie mir einfällt: wir könnten überfallen werden, wir könnten die Terzerolen nötig haben und könnten — du weißt ja, wie das ist. — Ich gab sie dem Bedienten, sie zu putzen und zu laden; und der dahlt mit den Mädchen, will sie schrecken, und Gott weiß wie, das Gewehr geht los, da der Ladstock noch drin steckt, und schießt den Ladstock einem Mädchen zur Maus herein an der rechten Hand und zerschlägt ihr den Daumen. Da hatte ich das Lamentieren, und die Kur zu bezahlen obendrein, und seit der Zeit lass' ich alles Gewehr ungeladen. Lieber Schatz, was ist Vorsicht? Die Gefahr läßt sich nicht auslernen! Zwar." — Nun weißt du, daß ich den Menschen sehr lieb habe bis auf seine Zwar; denn versteht sich's nicht von selbst, daß jeder allgemeine Satz Ausnahmen leidet? Aber so rechtfertig ist der Mensch! Wenn er glaubt, etwas Übereiltes, Allgemeines, Halbwahres gesagt zu haben, so hört er dir nicht auf zu limitieren, zu modifizieren und ab — und zuzutun, bis zuletzt gar nichts mehr an der Sache ist.

Und bei diesem Anlaß kam er sehr tief in Text: ich hörte endlich gar nicht weiter auf ihn, verfiel in Grillen, und mit einer auffahrenden Gebärde drückte ich mir die Mündung der Pistole übers rechte Aug' an die Stirn. — "Pfui!" sagte Albert, indem er mir die Pistole herabzog, "was soll das?" — "Sie ist nicht geladen", sagte ich. — "Und auch so, was soll's?" versetzte er ungeduldig. "Ich kann mir nicht vorstellen, wie ein Mensch so töricht sein kann, sich zu erschießen; der bloße Gedanke erregt mir Widerwillen."

"Daß ihr Menschen", rief ich aus, "um von einer Sache zu reden, gleich sprechen müßt: 'das ist töricht, das ist klug, das ist gut, das ist bös!' und was will das alles heißen? Habt ihr deswegen die innern Verhältnisse einer Handlung erforscht? Wißt ihr mit Bestimmtheit die Ursachen zu entwickeln, warum sie geschah, warum sie geschehen mußte? Hättet ihr das, ihr würdet nicht so eilfertig mit euren Urteilen sein." "Du wirst mir zugeben", sagte Albert, "daß gewisse Handlungen lasterhaft bleiben, sie mögen geschehen, aus welchem Beweggrunde sie wollen." Ich zuckte die Achseln und gab's ihm zu. — "Doch, mein Lieber", fuhr ich fort, "finden sich auch hier einige Ausnahmen. Es ist wahr, der Diebstahl ist ein Laster: aber der Mensch, der, um sich und die Seinigen vom gegenwärtigen Hungertode zu erretten, auf Raub ausgeht, verdient der Mitleiden oder Strafe? Wer hebt den ersten Stein auf gegen den Ehemann, der im gerechten Zorne sein untreues Weib und ihren nichtswürdigen Verführer aufopfert? Gegen das Mädchen, das in einer wonnevollen Stunde sich in den unaufhaltsamen Freuden der Liebe verliert? Unsere Gesetze selbst, diese kaltblütigen Pedanten, lassen sich rühren und halten ihre Strafe zurück."

"Das ist ganz was anders", versetzte Albert, "weil ein Mensch, den seine Leidenschaften hinreißen, alle Besinnungskraft verliert und als ein Trunkener, als ein Wahnsinniger angesehen wird."

"Ach ihr vernünftigen Leute!" rief ich lächelnd aus. "Leidenschaft! Trunkenheit! Wahnsinn! Ihr steht so gelassen, so ohne Teilnehmung da, ihr sittlichen Menschen, scheltet den Trinker, verabscheut den Unsinnigen, geht vorbei wie der Priester und dankt Gott wie der Pharisäer, daß er euch nicht gemacht hat wie einen von diesen. Ich bin mehr als einmal trunken gewesen, meine Leidenschaften waren nie weit vom Wahnsinn, und beides reut mich nicht: denn ich habe in einem Maße begreifen lernen, wie man alle außerordentlichen Menschen, die etwas Großes, etwas Unmöglichscheinendes wirkten, von jeher für Trunkene und Wahnsinnige ausschreiten mußte. Aber auch im gemeinen

Leben ist's unerträglich, fast einem jeden bei halbweg einer freien, edlen, unerwarteten Tat nachrufen zu hören: 'der Mensch ist trunken, der ist närrisch!' Schämt euch, ihr Nüchternen! Schämt euch, ihr Weisen!" "Das sind nun wieder von deinen Grillen", sagte Albert, "du überspannst alles und hast wenigstens hier gewiß unrecht, daß du den Selbstmord, wovon jetzt die Rede ist, mit großen Handlungen vergleichst: da man es doch für nichts anders als eine Schwäche halten kann. Denn freilich ist es leichter zu sterben, als ein qualvolles Leben standhaft zu ertragen." Ich war im Begriff abzubrechen; denn kein Argument bringt mich so aus der Fessung, als wenn einer mit einem unbedeutenden Gemeinspruche angezogen kommt, wenn ich aus ganzem Herzen rede.

Doch faßte ich mich, weil ich's schon oft gehört und mich öfter darüber geärgert hatte, und versetzte ihm mit einiger Lebhaftigkeit: "Du nennst das Schwäche? Ich bitte dich, laß dich vom Anscheine nicht verführen. Ein Volk, das unter dem unerträglichen Joch eines Tyrannen seufzt, darfst du das schwach heißen, wenn es endlich aufgärt und seine Ketten zerreißt? Ein Mensch, der über dem Schrecken, daß Feuer sein Haus ergriffen hat, alle Kräfte gespannt fühlt und mit Leichtigkeit Lasten wegträgt, die er bei ruhigem Sinne kaum bewegen kann; einer, der in der Wut der Beleidigung es mit sechsen aufnimmt und sie überwältig, sind die schwach zu nennen? Und, mein Guter, wenn Anstrengung Stärke ist, warum soll die Überspannung das Gegenteil sein?" — Albert sah mich an und sagte: "nimm mir's nicht übel, die Beispiele, die du gibst, scheinen hieher gar nicht zu gehören." — "Es mag sein", sagte ich, "man hat mir schon öfters vorgeworfen, daß meine Kombinationsart manchmal an Radotage grenze. Laßt uns denn sehen, ob wir uns auf eine andere Weise vorstellen können, wie dem Menschen zu Mute sein mag, der sich entschließt, die sonst angenehme Bürde des Lebens abzuwerfen. Denn nur insofern wir mitempfinden, haben wir die Ehre, von einer Sache zu reden."

"Die menschliche Natur", fuhr ich fort, "hat ihre Grenzen: sie kann Freude, Leid, Schmerzen bis auf einen gewissen Grad ertragen und geht zugrunde, sobald der überstiegen ist. Hier ist also nicht die Frage, ob einer schwach oder stark ist, sondern ob er das Maß seines Leidens ausdauern kann, es mag nun moralisch oder körperlich sein. Und ich finde es ebenso wunderbar zu sagen, der Mensch ist feige, der sich das Leben nimmt, als es ungehörig wäre, den einen Feigen zu nennen, der an einem bösartigen Fieber stirbt."

"Paradox! Sehr paradox!" rief Albert aus. — "Nicht so sehr, als du denkst", versetzte ich. "Du gibst mir zu, wir nennen das eine Krankheit zum Tode, wodurch die Natur so angegriffen wird, daß teils ihre Kräfte verzehrt, teils so außer Wirkung gesetzt werden, daß sie sich nicht wieder aufzuhelfen, durch keine glückliche Revolution den gewöhnlichen Umlauf des Lebens wieder herzustellen fähig ist.

Nun, mein Lieber, laß uns das auf den Geist anwenden. Sich den Menschen an in seiner Eingeschränktheit, wie Eindrücke auf ihn wirken, Ideen sich bei ihm festsetzen, bis endlich eine wachsende Leidenschaft ihn aller ruhigen Sinneskraft beraubt und ihn zugrunde richtet.

Vergebens, daß der gelassene, vernünftige Mensch den Zustand Unglücklichen übersieht, vergebens, daß er ihm zuredet! Ebenso wie ein Gesunder, der am Bette des Kranken steht, ihm von seinen Kräften nicht das geringste einflößen kann."

Alberten war das zu allgemein gesprochen. Ich erinnerte ihn an ein Mädchen, das man vor weniger Zeit im Wasser tot gefunden, und wiederholte ihm ihre Geschichte. — "Ein gutes, junges Geschöpf, das in dem engen Kreise häuslicher Beschäftigungen, wöchentlicher bestimmter Arbeit herangewachsen war, das weiter keine Aussicht von Vergnügen kannte, als etwa Sonntags in einem nach und nach zusammengeschafften Putz mit ihresgleichen um die Stadt spazierenzugehen, vielleicht alle hohen Feste einmal zu tanzen und übrigens mit aller Lebhaftigkeit des herzlichsten Anteils manche Stunde über den Anlaß eines Gezänkes, einer übeln Nachrede mit einer Nachbarin zu verplaudern — deren feurige Natur fühlt nun endlich innigere Bedürfnisse, die durch die Schmeicheleien der

Männer vermehrt werden; ihre vorigen Freuden werden ihr nach und nach unschmackhaft, bis sie endlich einen Menschen antrifft, zu dem ein unbekanntes Gefühl sie unwiderstehlich hinreißt, auf den sie nun alle ihre Hoffnungen wirft, die Welt rings um sich vergißt, nichts hört, nichts sieht, nichts fühlt als ihn, den Einzigen, sich nur sehnt nach ihm, dem Einzigen. Durch die leeren Vergnügungen einer unbeständigen Eitelkeit nicht verdorben, zieht ihr Verlangen gerade nach dem Zweck, sie will die Seinige werden, sie will in ewiger Verbindung all das Glück antreffen, das ihr mangelt, die Vereinigung aller Freuden genießen, nach denen sie sich sehnte. Wiederholtes Versprechen, das ihr die Gewißheit aller Hoffnungen versiegelt, kühne Liebkosungen, die ihre Begierden vermehren, umfangen ganz ihre Seele; sie schwebt in einem dumpfen Bewußtsein, in einem Vorgefühl aller Freuden, sie ist bis auf den höchsten Grad gespannt, sie streckt endlich ihre Arme aus, all ihre Wünsche zu umfassen — und ihr Geliebter verläßt sie. — Erstarrt, ohne Sinne steht sie vor einem Abgrunde; alles ist Finsternis um sie her, keine Aussicht, kein Trost, keine Ahnung! Denn der hat sie verlassen, in dem sie allein ihr Dasein fühlte. Sie sieht nicht die weite Welt, die vor ihr liegt, nicht die vielen, die ihr de Verlust ersetzen könnten, sie fühlt sich allein, verlassen von aller Welt, — und blind, in die Enge gepreßt von der entsetzlichen Not ihres Herzens, stürzt sie sich hinunter, um in einem rings umfangenden Tode alle ihre Qualen zu ersticken. — Sieh, Albert, das ist die Geschichte so manches Menschen! Und sag', ist das nicht der Fall der Krankheit? Die Natur findet keinen Ausweg aus dem Labyrinthe der verworrenen und widersprechenden Kräfte, und der Mensch muß sterben. Wehe dem, der zusehen und sagen könnte: 'die Törin! Hätte sie gewartet, hätte sie die Zeit wirken lassen, die Verzweifelung würde sich schon gelegt, es würde sich schon ein anderer sie zu trösten vorgefunden haben.' — Das ist eben, als wenn einer sagte: 'der Tor, stirbt am Fieber! Hätte er gewartet, bis seine Kräfte sich erholt, seine Säfte sich verbessert, der Tumult seines Blutes sich gelegt hätten: alles wäre gut gegangen, und er lebte bis auf den heutigen Tag!'

Albert, dem die Vergleichung noch nicht anschaulich war, wandte noch einiges ein, und unter andern: ich hätte nur von einem einfältigen Mädchen gesprochen; wie aber ein Mensch von Verstande, der nicht so eingeschränkt sei, der mehr Verhältnisse übersehe, zu entschuldigen sein möchte, könne er nicht begreifen. — "Mein Freund", rief ich aus, "der Mensch ist Mensch, und das bißchen Verstand, das einer haben mag, kommt wenig oder nicht in Anschlag, wenn Leidenschaft wütet und die Grenzen der Menschheit einen drängen. Vielmehr — ein andermal davon", sagte ich und griff nach meinem Hute. O mir war das Herz so voll — und wir gingen auseinander, ohne einander verstanden zu haben. Wie denn auf dieser Welt keiner leicht den andern versteht.

Am 15. August

Es ist doch gewiß, daß in der Welt den Menschen nichts notwendig macht als die Liebe. Ich fühl's an Lotten, daß sie mich ungern verlöre, und die Kinder haben keinen andern Begriff, als daß ich immer morgen wiederkommen würde. Heute war ich hinausgegangen, Lottens Klavier zu stimmen, ich konnte aber nicht dazu kommen, denn die Kleinen verfolgten mich um ein Märchen, und Lotte sagte selbst, ich sollte ihnen den Willen tun. Ich schnitt ihnen das Abendbrot, das sie nun fast so gern von mir als von Lotten annehmen, und erzählte ihnen das Hauptstückchen von der Prinzessin, die von Händen bedient wird. Ich lerne viel dabei, das versichre ich dich, und ich bin erstaunt, was es auf sie für Eindrücke macht. Weil ich manchmal einen Inzidentpunkt erfinden muß, den ich beim zweitenmal vergesse, sagen sie gleich, das vorigemal wär' es anders gewesen, so daß ich mich jetzt übe, sie unveränderlich in einem singenden Silbenfall an einem Schnürchen weg zu rezitieren. Ich habe daraus gelernt, wie ein Autor durch eine zweite, veränderte Ausgabe seiner Geschichte, und wenn ie poetisch noch so besser geworden wäre, notwendig seinem Buche schaden muß. Der erste Eindruck findet uns willig, und der Mensch ist gemacht, daß man ihn das Abenteuerlichste überreden kann; das haftet aber auch gleich so fest, und wehe dem, der es wieder auskratzen und austilgen will!

Am 18. August

Mußte denn das so sein, daß das, was des Menschen Glückseligkeit macht, wieder die Quelle seines Elendes würde?

Das volle, warme Gefühl meines Herzens an der lebendigen Natur, das mich mit so vieler Wonne überströmte, das rings umher die Welt mir zu einem Paradiese schuf, wird mir jetzt zu einem unerträglichen Peiniger, zu einem quälenden Geist, der mich auf allen Wegen verfolgt. Wenn ich sonst vom Felsen über den Fluß bis zu jenen Hügeln das fruchtbare Tal überschaute und alles um mich her keimen und quellen sah; wenn ich jene Berge, vom Fuße bis auf zum Gipfel, mit hohen, dichten Bäumen bekleidet, jene Täler in ihren mannigfaltigen Krümmungen von den lieblichsten Wäldern beschattet sah, und der sanfte Fluß zwischen den lispelnden Rohren dahingleitete und die lieben Wolken abspiegelte, die der sanfte Abendwind am Himmel herüberwiegte; wenn ich dann die Vögel um mich den Wald beleben hörte, und die Millionen Mückenschwärme im letzten roten Strahle der Sonne mutig tanzten, und ihr letzter zuckender Blick den summenden Käfer aus seinem Grase befreite, und das Schwirren und Weben um mich her mich auf den Boden aufmerksam machte, und das Moos, das meinem harten Felsen seine Nahrung abzwingt, und das Geniste, das den dürren Sandhügel hinunter wächst, mir das innere, glühende, heilige Leben der Natur eröffnete: wie faßte ich das alles in mein warmes Herz, fühlte mich in der überfließenden Fülle wie vergöttert, und die herrlichen Gestalten der unendlichen Welt bewegten sich allbelebend in meiner Seele. Ungeheure Berge umgaben mich, Abgründe lagen vor mir, und Wetterbäche stürzten herunter, die Flüsse strömten unter mir, und Wald und Gebirg erklang; und ich sah sie wirken und schaffen ineinander in den Tiefen der Erde, alle die unergründlichen Kräfte; und nun über der Erde und unter dem Himmel wimmeln die Geschlechter der mannigfaltigen Geschöpfe. Ales, alles bevölkert mit tausendfachen Gestalten; und die Menschen dann sich in Häuslein zusammen sichern und sich annisten und herrschen in ihrem Sinne über die weite Welt! Armer Tor! Der du alles so gering achtest, weil du so klein bist. — Vom unzugänglichen Gebirge über die Einöde, die kein Fuß betrat, bis ans Ende des unbekannten Ozeans weht der Geist des Ewigschaffenden und freut sich jedes Staubes, der ihn vernimmt und lebt. — Ach damals, wie oft habe ich mich mit Fittichen eines Kranichs, der über mich hin flog, zu dem Ufer des ungemessenen Meeres gesehnt, aus dem schäumenden Becher des Unendlichen jene schwellende Lebenswonne zu trinken und nur einen Augenblick in der eingeschränkten Kraft meines Busens einen Tropfen der Seligkeit des Wesens zu fühlen, das alles in sich und durch sich hervorbringt.

Bruder, nur die Erinnerung jener Stunden macht mir wohl. Selbst diese Anstrengung, jene unsäglichen Gelüste zurückzurufen, wieder auszusprechen, hebt meine Seele über sich selbst und läßt mich dann das Bange des Zustandes doppelt empfinden, der mich jetzt umgibt.

Es hat sich vor meiner Seele wie ein Vorhang weggezogen, und der Schauplatz des unendlichen Lebens verwandelt sich vor mir in den Abgrund des ewig offenen Grabes. Kannst du sagen: Das ist! Da alles vorübergeht? Da alles mit der Wetterschnelle vorüberrollt, so selten die ganze Kraft seines Daseins ausdauert, ach, in den Strom fortgerissen, untergetaucht und an Felsen zerschmettert wird? Da ist kein Augenblick, der nicht dich verzehrte und die Deinigen um dich her, kein Augenblick, da du nicht ein Zerstörer bist, sein mußt; der harmloseste Spaziergang kostet tausend armen Würmchen das Leben, es zerrüttet ein Fußtritt die mühseligen Gebäude der Ameisen und stampft eine kleine Welt in ein schmähliches Grab. Ha! Nicht die große, selten Not der Welt, diese Fluten, die eure Dörfer wegspülen, diese Erdbeben, die eure Städte verschlingen, rühren mich; mir untergräbt das Herz die verzehrende Kraft, die in dem All der Natur verborgen liegt; die nichts gebildet hat, das nicht seinen Nachbar, nicht sich selbst zerstörte. Und so taumle ich beängstigt. Himmel und Erde und ihre webenden Kräfte um mich her: ich sehe nichts als ein ewig verschlingendes, ewig wiederkäuendes Ungeheuer.

Am 21. August

Umsonst strecke ich meine Arme nach ihr aus, morgens, wenn ich von schweren Träumen aufdämmere, vergebens suche ich sie nachts in meinem Bette, wenn mich ein glücklicher, unschuldiger Traum getäuscht hat, als säß' ich neben ihr auf der Wiese und hielt' ihre Hand und deckte sie mit tausend Küssen. Ach, wenn ich dann noch halb im Taumel des Schlafes nach ihr tappe und drüber mich ermuntere — ein Strom von Tränen bricht aus meinem gepreßten Herzen, und ich weine trostlos einer finstern Zukunft entgegen.

Am 22. August

Es ist ein Unglück, Wilhelm, meine tätigen Kräfte sind zu einer unruhigen Lässigkeit verstimmt, ich kann nicht müßig sein und kann doch auch nichts tun. Ich habe keine Vorstellungskraft, kein Gefühl an der Natur, und die Bücher ekeln mich an. Wenn wir uns selbst fehlen, fehlt uns doch alles. Ich schwöre dir, manchmal wünschte ich, ein Tagelöhner zu sein, um nur des Morgens beim Erwachen eine Aussicht auf den künftigen Tag, einen Drang, eine Hoffnung zu haben. Oft beneide ich Alberten, den ich über die Ohren in Akten begraben sehe, und bilde mir ein, mir wäre wohl, wenn ich an seiner Stelle wäre! Schon etlichemal ist mir's so aufgefahren, ich wollte dir schreiben und dem Minister, um die Stelle bei der Gesandtschaft anzuhalten, die, wie du versicherst, mir nicht versagt werden würde. Ich glaube es selbst. Der Minister liebt mich seit langer Zeit, hatte lange mir angelegen, ich sollte mich irgendeinem Geschäfte widmen; und eine Stunde ist mir's auch wohl drum zu tun. Hernach, wenn ich wieder dran denke und mir die Fabel vom Pferde einfällt, das, seiner Freiheit ungeduldig, sich Sattel und Zeug auflegen läßt und zuschanden geritten wird — ich weiß nicht, was ich soll. — und, mein Lieber! Ist nicht vielleicht das Sehnen in mir nach Veränderung des Zustands eine innere, unbehagliche Ungeduld, die mich überallhin verfolgen wird?

Am 28. August

Es ist wahr, wenn meine Krankheit zu heilen wäre, so würden diese Menschen es tun. Heute ist mein Geburtstag, und in aller Frühe empfange ich ein Päckchen von Alberten. Mir fällt beim Eröffnen sogleich eine der blaßroten Schleifen in die Augen, die Lotte vor hatte, als ich sie kennen lernte, und um die ich sie seither etlichemal gebeten hatte. Es waren zwei Büchelchen in Duodez dabei, der kleine Wetsteinische Homer, eine Ausgabe, nach der ich so oft verlangt, um mich auf dem Spaziergange mit dem Ernestischen nicht zu schleppen. Sieh! So kommen sie meinen Wünschen zuvor, so suchen sie alle die kleinen Gefälligkeiten der Freundschaft auf, die tausendmal werter sind als jene blendenden Geschenke, wodurch uns die Eitelkeit des Gebers erniedrigt. Ich küsse diese Schleife tausendmal, und mit jedem Atemzuge schlürfe ich die Erinnerung jener Seligkeiten ein, mit denen mich jene wenigen, glücklichen, unwiederbringlichen Tage überfüllten. Wilhelm, es ist so, und ich murre nicht, die Blüten des Lebens sind nur Erscheinungen! Wie viele gehn vorüber, ohne eine Spur hinter sich zu lassen, wie wenige setzen Frucht an, und wie wenige dieser Früchte werden reif! Und doch sind deren noch genug da; und doch — o mein Bruder! — können wir gereifte Früchte vernachlässigen, verachten, ungenossen verfaulen lassen?

Lebe wohl! Es ist ein herrlicher Sommer; ich sitze oft auf den Obstbäumen in Lottens Baumstück mit dem Obstbrecher, der langen Stange, und hole die Birnen aus dem Gipfel. Sie steht unten und nimmt sie ab, wenn ich sie ihr herunterlasse.

Am 30. August

Unglücklicher! Bist du nicht ein Tor? Betriegst du dich nicht selbst? Was soll diese tobende, endlose Leidenschaft? Ich habe kein Gebet mehr als an sie; meiner Einbildungskraft erscheint keine andere Gestalt als die ihrige, und alles in der Welt um mich her sehe ich nur im Verhältnisse mit ihr. Und das macht mir denn so manche glückliche Stunde — bis ich mich wieder von ihr losreißen muß! Ach Wilhelm! Wozu mich mein Herz oft drängt! — wenn ich bei ihr gesessen bin, zwei, drei Stunden, und mich an ihrer Gestalt, an ihrem Betragen, an dem himmlischen Ausdruck ihrer Worte geweidet habe, und nun nach und nach alle meine Sinne aufgespannt werden, mir es düster vor den Augen wird, ich kaum noch höre, und es mich an die Gurgel faßt wie ein Meuchelmörder, dann mein Herz in wilden Schlägen den bedrängten Sinnen Luft zu machen sucht und ihre Verwirrung nur vermehrt — Wilhelm, ich weiß oft nicht, ob ich auf der Welt bin! Und — wenn nicht manchmal die Wehmut das Übergewicht nimmt und Lotte mir den elenden Trost erlaubt, auf ihrer Hand meine Beklemmung auszuweinen, — so muß ich fort, muß hinaus, und schweife dann weit im Felde umher; einen jähen Berg zu klettern ist dann meine Freude, durch einen unwegsamen Wald einen Pfad durchzuarbeiten, durch die Hecken, die mich verletzen, durch die Dornen, die mich zerreißen! Da wird mir's etwas besser! Etwas! Und wenn ich vor Müdigkeit und Durst manchmal unterwegs liegen bleibe, manchmal in der tiefen Nacht, wenn der hohe Vollmond über mir steht, im einsamen Walde auf einen krumm gewachsenen Baum mich setze, um meinen verwundeten Sohlen nur einige Linderung zu verschaffen, und dann in einer ermattenden Ruhe in dem Dämmerschein hinschlummre! O Wilhelm! Die einsame Wohnung einer Zelle, das härene Gewand und der Stachelgürtel wären Labsale, nach denen meine Seele schmachtet. Adieu! Ich sehe dieses Elendes kein Ende als das Grab.

Am 3. September

Ich muß fort! Ich danke dir, Wilhelm, daß du meinen wankenden Entschluß bestimmt hast. Schon vierzehn Tage gehe ich mit dem Gedanken um, sie zu verlassen. Ich muß fort. Sie ist wieder in der Stadt bei einer Freundin. Und Albert

— und — ich muß fort!

Am 10. September

Das war eine Nacht! Wilhelm! Nun überstehe ich alles. Ich werde sie nicht wiedersehn! O daß ich nicht an deinen Hals fliegen, dir mit tausend Tränen und Entzückungen ausdrücken kann, mein Bester, die Empfindungen, die mein Herz bestürmen. Hier sitze ich und schnappe nach Luft, suche mich zu beruhigen, erwarte den Morgen, und mit Sonnenaufgang sind die Pferde bestellt.

Ach, sie schläft ruhig und denkt nicht, daß sie mich nie wieder sehen wird. Ich habe mich losgerissen, bin stark genug gewesen, in einem Gespräch von zwei Stunden mein Vorhaben nicht zu verraten. Und Gott, welch ein Gespräch!

Albert hatte mir versprochen, gleich nach dem Nachtessen mit Lotten im Garten zu sein. Ich stand auf der Terrasse unter den hohen Kastanienbäumen und sah der Sonne nach, die mir nun zum letztenmale über dem lieblichen Tale, über dem sanften Fluß unterging. So oft hatte ich hier gestanden mit ihr und eben dem herrlichen Schauspiele zugesehen, und nun — ich ging in der Allee auf und ab, die mir so lieb war; ein geheimer sympathetischer Zug hatte mich hier so oft gehalten, ehe ich noch Lotten kannte, und wie freuten wir uns, als wir im Anfang unserer Bekanntschaft die wechselseitige Neigung zu diesem Plätzchen entdeckten, das wahrhaftig eins von den romantischsten ist, die ich von der Kunst hervorgebracht gesehen habe.

Erst hast du zwischen den Kastanienbäumen die weite Aussicht — Ach, ich erinnere mich, ich habe dir, denk' ich, schon viel davon geschrieben, wie hohe Buchenwände einen endlich einschließen und durch ein daranstoßendes Boskett die Allee immer düsterer wird, bis zuletzt alles sich in ein geschlossenes Plätzchen endigt, das alle Schauer der Einsamkeit umschweben. Ich fühle es noch, wie heimlich mir's ward, als ich zum erstenmale an einem hohen Mittage hineintrat; ich ahnete ganz leise, was für ein Schauplatz das noch werden sollte von Seligkeit und Schmerz.

Ich hatte mich etwa eine halbe Stunde in den schmachtenden, süßen Gedanken des Abscheidens, des Wiedersehens geweidet, als ich sie die Terrasse heraufsteigen hörte. Ich lief ihnen entgegen, mit einem Schauer faßte ich ihre Hand und küßte sie. Wir waren eben heraufgetreten, als der Mond hinter dem buschigen Hügel aufging; wir redeten mancherlei und kamen unvermerkt dem düstern Kabinette näher. Lotte trat hinein und setzte sich, Albert neben sie, ich auch; doch meine Unruhe ließ mich nicht lange sitzen; ich stand auf, trat vor sie, ging auf und ab, setzte mich wieder: es war ein ängstlicher Zustand. Sie machte uns aufmerksam auf die schöne Wirkung des Mondenlichtes, das am Ende der Buchenwände die ganze Terrasse vor uns erleuchtete: ein herrlicher Anblick, der um so viel frappanter war, weil uns rings eine tiefe Dämmerung einschloß. Wir waren still, und sie fing nach einer Weile an: "niemals gehe ich im Mondenlichte spazieren, niemals, daß mir nicht der Gedanke an meine Verstorbenen begegnete, daß nicht das Gefühl von Tod, von Zukunft über mich käme." "Wir werden sein!" fuhr sie mit der Stimme des herrlichsten Gefühls fort; "aber, Werther, sollen wir uns wieder finden? Wieder erkennen? Was ahnen Sie? Was sagen Sie?"

"Lotte", sagte ich, indem ich ihr die Hand reichte und mir die Augen voll Tränen wurden, "wir werden uns wiedersehn! Hier und dort wiedersehn!" — ich konnte nicht weiter reden — Wilhelm, mußte sie mich das fragen, da ich diesen ängstlichen Abschied im Herzen hatte!

"Und ob die lieben Abgeschiednen von uns wissen", fuhr sie fort, "ob sie fühlen, wann's uns wohl geht, daß wir mit warmer Liebe uns ihrer erinnern? O! Die Gestalt meiner Mutter schwebt immer um mich, wenn ich am stillen Abend unter ihren Kindern, unter meinen Kindern sitze und sie um mich versammelt sind, wie sie um sie versammelt waren. Wenn ich dann mit einer sehnenden Träne gen Himmel sehe und wünsche, daß sie hereinschauen könnte einen Augenblick, wie ich mein Wort halte, das ich ihr in der des Todes gab: die Mutter ihrer Kinder zu sein. Mit welcher Empfindung rufe ich aus: 'verzeihe mir's, Teuerste, wenn ich ihnen nicht bin, was du ihnen warst. Ach! Tue ich doch alles, was ich kann; sind sie doch gekleidet, genährt, ach, und, was mehr ist als das alles, gepflegt und geliebt. Könntest du unsere Eintracht sehen, liebe Heilige! Du würdest mit dem heißesten Danke den Gott verherrlichen, den du mit den letzten, bittersten Tränen um die Wohlfahrt deiner Kinder batest.'"

— Sie sagte das! O Wilhelm, wer kann wiederholen, was sie sagte! Wie kann der kalte, tote Buchstabe diese himmlische Blüte des Geistes darstellen! Albert fiel ihr sanft in die Rede: "es greift zu stark an, liebe Lotte! Ich weiß, Ihre Seele hängt sehr nach diesen Ideen, aber ich bitte Sie." — "O Albert", sagte sie, "ich weiß, du vergissest nicht die Abende, da wir zusammensaßen an dem kleinen, runden Tischchen, wenn der Papa verreist war, und wir die Kleinen schlafen geschickt hatten. Du hattest oft ein gutes Buch und kannst so selten dazu, etwas zu lesen — war der Umgang dieser herrlichen Seele nicht mehr als alles? Die schöne, sanfte, muntere und immer tätige Frau! Gott kennt meine Tränen, mit denen ich mich oft in meinem Bette vor ihn hinwarf: er möchte mich ihr gleich machen."

"Lotte!" rief ich aus, indem ich mich vor sie hinwarf, ihre

Hand nahm und mit tausend Tränen netzte, "Lotte! Der Segen Gottes ruht über dir und der Geist deiner Mutter!" "Wenn Sie sie gekannt hätten", sagte sie, indem sie mir die Hand drückte, — "sie war wert, von Ihnen gekannt zu sein!" — ich glaubte zu vergehen.

Nie war ein größeres, stolzeres Wort über mich ausgesprochen worden — und sie fuhr fort: "und diese Frau mußte in der Blüte ihrer Jahre dahin, da ihr jüngster Sohn nicht sechs Monate alt war! Ihre Krankheit dauerte nicht lange; sie war ruhig, hingegeben, nur ihre Kinder taten ihr weh, besonders das kleine. Wie es gegen das Ende ging und sie zu mir sagte: 'bringe mir sie herauf!' und wie ich sie hereinführte, die kleinen, die nicht wußten, und die ältesten, die ohne Sinne waren, wie sie ums Bette standen, und wie sie die Hände aufhob und über sie betete, und sie küßte nach einander und sie wegschickte und zu mir sagte: 'sei ihre Mutter!' — Ich gab ihr die Hand drauf! — 'Du versprichst viel, meine Tochter', sagte sie, 'das Herz einer Mutter und das Aug' einer Mutter. Ich habe oft an deinen dankbaren Tränen gesehen, daß du fühlst, was das sei. Habe es für deine Geschwister, und für deinen Vater die Treue und den Gehorsam einer Frau. Du wirst ihn trösten.' — Sie fragte nach ihm, er war ausgegangen, um uns den unerträglichen Kummer zu verbergen, den er fühlte, der Mann war ganz zerrissen.

Albert, du warst im Zimmer. Sie hörte jemand gehn und

fragte und forderte dich zu sich, und wie sie dich ansah und mich, mit dem getrösteten, ruhigen Blicke, daß wir glücklich sein, zusammen glücklich sein würden." — Albert fiel ihr um den Hals und küßte sie und rief: "wir sind es! Wir werden es sein!" — der ruhige Albert war ganz aus seiner Fassung, und ich wußte nichts von mir selber. "Werther", fing sie an, "und diese Frau sollte dahin sein! Gott! Wenn ich manchmal denke, wie man das Liebste seines Lebens wegtragen läßt, und niemand als die Kinder das so scharf fühlt, die sich noch lange beklagten, die schwarzen Männer hätten die Mama weggetragen!" sie stand auf, und ich ward erweckt und erschüttert, blieb sitzen und hielt ihre Hand. — "Wir wollen fort", sagte sie, "es wird Zeit." — Sie wollte ihre Hand zurückziehen, und ich hielt sie fester. — "wir werden uns wieder sehen", rief ich, "wir werden uns finden, unter allen Gestalten werden wir uns erkennen. Ich gehe", fuhr ich fort, "ich gehe willig, und doch, wenn ich sagen sollte auf ewig, ich würde es nicht aushalten. Leb' wohl, Lotte! Leb' wohl, Albert! Wir sehn uns wieder." — "Morgen, denke ich", versetzte sie scherzend. — Ich fühlte das Morgen! Ach, sie wußte nicht, als sie ihre Hand aus der meinen zog — Sie gingen die Allee hinaus, ich stand, sah ihnen nach im Mondscheine und warf mich an die Erde und weinte mich aus und sprang auf und lief auf die Terrasse hervor und sah noch dort unten im Schatten der hohen Lindenbäume ihr weißes Kleid nach der Gartentür schimmern, ich streckte meine Arme aus, und es verschwand.

Kapitel 2

Am 20. Oktober 1771

Gestern sind wir hier angelangt. Der Gesandte ist unpaß und wird sich also einige Tage einhalten. Wenn er nur nicht so unhold wäre, wär' alles gut. Ich merke, ich merke, das Schicksal hat mir harte Prüfungen zugedacht. Doch gutes Muts! Ein leichter Sinn trägt alles! Ein leichter Sinn? Das macht mich zu lachen, wie das Wort in meine Feder kommt. O ein bißchen leichteres Blut würde mich zum Glücklichsten unter der Sonne machen. Was! Da, wo andere mit ihrem bißchen Kraft und Talent vor mir in behaglicher Selbstgefälligkeit herumschwadronieren, verzweifle ich an meiner Kraft, an meinen Gaben? Guter Gott, der du mir das alles schenktest, warum hieltest du nicht die Hälfte zurück und gabst mir Selbstvertrauen und Genügsamkeit?

Geduld! Geduld! Es wird besser werden. Denn ich sage dir, Lieber, du hast recht. Seit ich unter dem Volke alle Tage herumgetrieben werde und sehe, was sie tun und wie sie's treiben, stehe ich viel besser mit mir selbst. Gewiß, weil wir doch einmal so gemacht sind, daß wir alles mit uns und uns mit allem vergleichen, so liegt Glück oder Elend in den Gegenständen, womit wir uns zusammenhalten, und da ist nichts gefährlicher als die Einsamkeit. Unsere Einbildungskraft, durch ihre Natur gedrungen sich zu erheben, durch die phantastischen Bilder der Dichtkunst genährt, bildet sich eine Reihe Wesen hinauf, wo wir das unterste sind und alles außer uns herrlicher erscheint, jeder andere vollkommner ist. Und das geht ganz natürlich zu. Wir fühlen so oft, daß uns manches mangelt, und eben was uns fehlt, scheint uns oft ein anderer zu besitzen, dem wir denn auch alles dazu geben, was wir haben, und noch eine gewisse idealische Behaglichkeit dazu. Und so ist der Glückliche vollkommen fertig, das Geschöpf unserer selbst.

Dagegen, wenn wir mit all unserer Schwachheit und Mühseligkeit nur gerade fortarbeiten, so finden wir gar oft, daß wir mit unserem Schlendern und Lavieren es weiter bringen als andere mit ihrem Segeln und Rudern — und — das ist doch ein wahres Gefühl seiner selbst, wenn man andern gleich oder gar vorläuft.

Am 26. November 1771

Ich fange an, mich insofern ganz leidlich hier zu befinden. Das beste ist, daß es zu tun genug gibt; und dann die vielerlei Menschen, die allerlei neuen Gestalten machen mir ein buntes Schauspiel vor meiner Seele. Ich habe den Grafen C··· kennen lernen, einen Mann, den ich jeden Tag mehr verehren muß, einen weiten, großen Kopf, und der deswegen nicht kalt ist, weil er viel übersieht; aus dessen Umgange so viel Empfindung für Freundschaft und Liebe hervorleuchtet. Er nahm teil an mir, als ich einen Geschäftsauftrag an ihn ausrichtete und er bei den ersten Worten merkte, daß wir uns verstanden, daß er mit mir reden konnte wie nicht mit jedem. Auch kann ich sein offnes Betragen gegen mich nicht genug rühmen. So eine wahre, warme Freude ist nicht in der Welt, als eine große Seele zu sehen, die sich gegen einen öffnet.

Am 24. Dezember 1771

Der Gesandte macht mir viel Verdruß, ich habe es vorausgesehn. Er ist der pünktlichste Narr, den es nur geben kann; Schritt vor Schritt und umständlich wie eine Base; ein Mensch, der nie mit sich selbst zufrieden ist, und dem es daher niemand zu Danke machen kann. Ich arbeite gern leicht weg, und wie es steht, so steht es; da ist er imstande, mir einen Aufsatz zurückzugeben und zu sagen: "er ist gut, aber sehen Sie ihn durch, man findet immer ein besseres Wort, eine reinere Partikel." — Da möchte ich des Teufels werden. Kein Und, kein Bindewörtchen darf außenbleiben, und von allen Inversionen, die mir manchmal entfahren, ist er ein Todfeind; wenn man seinen Period nicht nach der hergebrachten Melodie herabgorgelt, so versteht er gar nichts drin. Das ist ein Leiden, mit so einem Menschen zu tun zu haben.

Das Vertrauen des Grafen von C··· ist noch das einzige, was mich schadlos hält. Er sagte mir letzthin ganz aufrichtig, wie unzufrieden er mit der Langsamkeit und Bedenklichkeit meines Gesandten sei. "Die Leute erschweren es sich und andern. Doch", sagte er, "man muß sich darein resignieren wie ein Reisender, der über einen Berg muß; freilich, wäre der Berg nicht da, so wär der Weg viel bequemer und kürzer; er ist nun aber da, und man soll hinüber!"

Mein Alter spürt auch wohl den Vorzug, den mit der Graf vor ihm gibt, und das ärgert ihn, und er ergreift jede Gelegenheit, Übels gegen mich vom Grafen zu reden, ich halte, wie natürlich, Widerpart, und dadurch wird die Sache nur schlimmer. Gestern gar brachte er mich auf, denn ich war mit gemeint: zu so Weltgeschäften sei der Graf ganz gut, er habe viele Leichtigkeit zu arbeiten und führe eine gute Feder, doch an gründlicher Gelehrsamkeit mangle es ihm wie allen Belletristen. Dazu machte er eine Miene, als ob er sagen wollte: "fühlst du den Stich?" aber es tat bei mir nicht die Wirkung; ich verachtete den Menschen, der so denken und sich so betragen konnte. Ich hielt ihm stand und focht mit ziemlicher Heftigkeit. Ich sagte, der Graf sei ein Mann, vor dem man Achtung haben müsse, wegen seines Charakters sowohl als wegen seiner Kenntnisse. "Ich habe", sagt' ich, "niemand gekannt, dem es so geglückt wäre, seinen Geist zu erweitern, ihn über unzählige Gegenstände zu verbreiten und doch diese Tätigkeit fürs gemeine Leben zu behalten." — Das waren dem Gehirne spanische Dörfer, und ich empfahl mich, um nicht über ein weiteres Deraisonnement noch mehr Galle zu schlucken.

Und daran seid ihr alle schuld, die ihr mich in das Joch geschwatzt und mir so viel von Aktivität vorgesungen habt. Aktivität! Wenn nicht der mehr tut, der Kartoffeln legt und in die Stadt reitet, sein Korn zu verkaufen, als ich, so will ich zehn Jahre noch mich auf der Galeere abarbeiten, auf der ich nun angeschmiedet bin.

Und das glänzende Elend, die Langeweile unter dem garstigen Volke, das sich hier neben einander sieht! Die Rangsucht unter ihnen, wie sie nur wachen und aufpassen, einander ein Schrittchen abzugewinnen; die elendesten, erbärmlichsten

Leidenschaften, ganz ohne Röckchen. Da ist ein Weib, zum Exempel, die jedermann von ihrem Adel und ihrem Lande unterhält, so daß jeder Fremde denken muß: das ist eine Närrin, die sich auf das bißchen Adel und auf den Ruf ihres Landes Wunderstreiche einbildet. — Aber es ist noch viel ärger: eben das Weib ist hier aus der Nachbarschaft eine Amtschreiberstochter. — Sieh, ich kann das Menschengeschlecht nicht begreifen, das so wenig Sinn hat, um sich so platt zu prostituieren.

Zwar ich merke täglich mehr, mein Lieber, wie töricht man ist, andere nach sich zu berechnen. Und weil ich so viel mit mir selbst zu tun habe und dieses Herz so stürmisch ist — ach ich lasse gern die andern ihres Pfades gehen, wenn sie mich auch nur könnten gehen lassen.

Was mich am meisten neckt, sind die fatalen bürgerlichen Verhältnisse. Zwar weiß ich so gut als einer, wie nötig der Unterschied der Stände ist, wie viel Vorteile er mir selbst verschafft: nur soll er mir nicht eben gerade im Wege stehen, wo ich noch ein wenig Freude, einen Schimmer von Glück auf dieser Erde genießen könnte. Ich lernte neulich auf dem Spaziergange ein Fräulein von B. kennen, ein liebenswürdiges Geschöpf, das sehr viele Natur mitten in dem steifen Leben erhalten hat. Wir gefielen uns in unserem Gespräche, und da wir schieden, bat ich sie um Erlaubnis, sie bei sich sehen zu dürfen. Sie gestattete mir das mit so vieler Freimütigkeit, daß ich den schicklichen Augenblick kaum erwarten konnte, zu ihr zu gehen. Sie ist nicht von hier und wohnt bei einer Tante im Hause. Die Physiognomie der Alten gefiel mir nicht. Ich bezeigte ihr viel Aufmerksamkeit, mein Gespräch war meist an sie gewandt, und in minder als einer halben Stunde hatte ich so ziemlich weg, was mir das Fräulein nachher selbst gestand: daß die liebe Tante in ihrem Alter Mangel von allem, kein anständiges Vermögen, keinen Geist und keine Stütze hat als die Reihe ihrer Vorfahren, keinen Schirm als den Stand, in den sie sich verpalisadiert, und kein Ergetzen, als von ihrem Stockwerk herab über die bürgerlichen Häupter wegzusehen. In ihrer Jugend soll sie schön gewesen sein und ihr Leben weggegaukelt, erst mit ihrem Eigensinne manchen armen Jungen gequält, und in den reifern Jahren sich unter den Gehorsam eines alten Offiziers geduckt haben, der gegen diesen Preis und einen leidlichen Unterhalt das eherne Jahrhundert mit ihr zubrachte und starb. Nun sieht sie im eisernen sich allein und würde nicht angesehn, wär' ihre Nichte nicht so liebenswürdig.

Den 8. Januar 1772

Was das für Menschen sind, deren ganze Seele auf dem Zeremoniell ruht, deren Dichten und Trachten jahrelang dahin geht, wie sie um einen Stuhl weiter hinauf bei Tische Angelegenheit hätten: nein, vielmehr häufen sich die Arbeiten, eben weil man über den kleinen Verdrießlichkeiten von Beförderung der wichtigen Sachen abgehalten wird. Vorige Woche gab es bei der Schlittenfahrt Händel, und der ganze Spaß wurde verdorben.

Die Toren, die nicht sehen, daß es eigentlich auf den Platz gar nicht ankommt, und daß der, der den ersten hat, so selten die erste Rolle spielt! Wie mancher König wird durch seinen Minister, wie mancher Minister durch seinen Sekretär regiert! Und wer ist dann der Erste? Der, dünkt mich, der die andern übersieht und so viel Gewalt oder List hat, ihre Kräfte und Leidenschaften zu Ausführung seiner Plane anzuspannen.

Am 20. Januar

Ich muß Ihnen schreiben, liebe Lotte, hier in der Stube einer geringen Bauernherberge, in die ich mich vor einem schweren Wetter geflüchtet habe. Solange ich in dem traurigen Nest D···, unter dem fremden, meinem Herzen ganz fremden Volke herumziehe, habe ich keinen Augenblick gehabt, keinen, an dem mein Herz mich geheißen hätte, Ihnen zu schreiben; und jetzt in dieser Hütte, in dieser Einsamkeit, in dieser Einschränkung, da Schnee und Schloßen wider mein Fensterchen wüten, hier waren Sie mein erster Gedanke. Wie ich hereintrat, überfiel mich Ihre Gestalt, Ihr Andenken, o Lotte! So heilig, so warm! Guter Gott! Der erste glückliche Augenblick wieder.

Wenn Sie mich sähen, meine Beste, in dem Schwall von Zerstreuung! Wie ausgetrocknet meine Sinne werden! Nicht einen Augenblick der Fülle des Herzens, nicht eine selige Stunde! Nichts! Nichts! Ich stehe wie vor einem Raritätenkasten und sehe die Männchen und Gäulchen vor mir herumrücken, und frage mich oft, ob es nicht optischer Betrug ist. Ich spiele mit, vielmehr, ich werde gespielt wie eine Marionette und fasse manchmal meinen Nachbar an der hölzernen Hand und schaudere zurück. Des Abends nehme ich mir vor, den Sonnenaufgang zu genießen, und komme nicht aus dem Bette; am Tage hoffe ich, mich des Mondscheins zu erfreuen, und bleibe in meiner Stube. Ich weiß nicht recht, warum ich aufstehe, warum ich schlafen gehe.

Der Sauerteig, der mein Leben in Bewegung setzte, fehlt; der Reiz, der mich in tiefen Nächten munter erhielt, ist hin, der mich des Morgens aus dem Schlafe weckte, ist weg.

Ein einzig weibliches Geschöpf habe ich hier gefunden, eine Fräulein von B···, sie gleicht Ihnen, liebe Lotte, wenn man Ihnen gleichen kann." "Ei!" werden Sie sagen, "der Mensch legt sich auf niedliche Komplimente!" ganz unwahr ist es nicht. Seit einiger Zeit bin ich sehr artig, weil ich doch nicht anders sein kann, habe viel Witz, und die Frauenzimmer sagen, es wüßte niemand so fein zu loben als ich (und zu lügen, setzen Sie hinzu, denn ohne das geht es nicht ab, verstehen Sie?). Ich wollte von Fräulein B··· reden. Sie hat viel Seele, die voll aus ihren blauen Augen hervorblickt. Ihr Stand ist ihr zur Last, der keinen der Wünsche ihres Herzens befriedigt. Sie sehnt sich aus dem Getümmel, und wir verphantasieren manche Stunde in ländlichen Szenen von ungemischter Glückseligkeit; ach! und von Ihnen! Wie oft muß sie Ihnen huldigen, muß nicht, tut es freiwillig, hört so gern von Ihnen, liebt Sie. —

O säß' ich zu Ihren Füßen in dem lieben, vertraulichen Zimmerchen, und unsere kleinen Lieben wälzten sich mit einander um mich herum, und wenn sie Ihnen zu laut würden, wollte ich sie mit einem schauerlichen Märchen um mich zur Ruhe versammeln.

Die Sonne geht herrlich unter über der schneeglänzenden Gegend, der Sturm ist hinüber gezogen, und ich — muß mich wieder in meinen Käfig sperren. — Adieu! Ist Albert bei Ihnen? Und wie — ? Gott verzeihe mir diese Frage!

Den 8. Februar

Wir haben seit acht Tagen das abscheulichste Wetter, und mir ist es wohltätig. Denn so lang ich hier bin, ist mir noch kein schöner Tag am Himmel erschienen, den mir nicht jemand verdorben oder verleidet hätte. Wenn's nun recht regnet und stöbert und fröstelt und taut: ha! Denk' ich, kann's doch zu Hause nicht schlimmer werden, als es draußen ist, oder umgekehrt, und so ist's gut. Geht die Sonne des Morgens auf und verspricht einen feinen Tag, erwehr' ich mir niemals auszurufen: da haben sie doch wieder ein himmlisches Gut, worum sie einander bringen können! Es ist nichts, worum sie einander nicht bringen. Gesundheit, guter Name, Freudigkeit, Erholung! Und meist aus Albernheit, Unbegriff und Enge und, wenn man sie anhört, mit der besten Meinung. Manchmal möcht' ich sie auf den Knieen bitten, nicht so rasend in ihre eigenen Eingeweide zu wüten.

Am 17. Februar

Ich fürchte, mein Gesandter und ich halten es zusammen nicht mehr lange aus. Der Mann ist ganz und gar unerträglich. Seine Art zu arbeiten und Geschäfte zu treiben ist so lächerlich, daß ich mich nicht enthalten kann, ihm zu widersprechen und oft eine Sache nach meinem Kopf und meiner Art zu machen, das ihm denn, wie natürlich, niemals recht ist. Darüber hat er mich neulich bei Hofe verklagt, und der Minister gab mir einen zwar sanften Verweis, aber es war doch ein Verweis, und ich stand im Begriffe, meinen Abschied zu begehren, als ich einen Privatbrief[Fußnote] von ihm erhielt, einen Brief, vor dem ich niedergekniet, und den hohen, edlen, weisen Sinn angebetet habe. Wie er meine allzu große Empfindlichkeit zurechtweiset, wie er meine überspannten Ideen von Wirksamkeit, von Einfluß auf andere, von Durchdringen in Geschäften als jugendlichen guten Mut zwar ehrt, sie nicht auszurotten, nur zu mildern und dahin zu leiten sucht, wo sie ihr wahres Spiel haben, ihre kräftige Wirkung tun können. Auch bin ich auf acht Tage gestärkt und in mir selbst einig geworden. Die Ruhe der Seele ist ein herrliches Ding und die Freude an sich selbst. Lieber Freund, wenn nur das Kleinod nicht eben so zerbrechlich wäre, als es schön und kostbar ist.

Am 20. Februar

Gott segne euch, meine Lieben, geb' euch alle die guten Tage, die er mir abzieht!

Ich danke dir, Albert, daß du mich betrogen hast: ich wartete auf Nachricht, wann euer Hochzeitstag sein würde, und hatte mir vorgenommen, feierlichst an demselben Lottens Schattenriß von der Wand zu nehmen und ihn unter andere Papiere zu begraben. Nun seid ihr ein Paar, und ihr Bild ist noch hier! Nun, so soll es bleiben! Und warum nicht? Ich weiß, ich bin ja auch bei euch, bin dir unbeschadet in Lottens Herzen, habe, ja ich habe den zweiten Platz darin und will und muß ihn behalten. O ich würde rasend werden, wenn sie vergessen könnte — Albert, in dem Gedanken liegt eine Hölle. Albert, leb' wohl! Leb' wohl, Engel des Himmels! Leb' wohl, Lotte!

Den 15. März

Ich habe einen Verdruß gehabt, der mich von hier wegtreiben wird. Ich knirsche mit den Zähnen! Teufel! Er ist nicht zu ersetzen, und ihr seid doch allein schuld daran, die ihr mich sporntet und triebt und quältet, mich in einen Posten zu begeben, der nicht nach meinem Sinne war. Nun habe ich's! Nun habt ihr's! Und daß du nicht wieder sagst, meine überspannten Ideen verdürben alles, so hast du hier, lieber Herr, eine Erzählung, plan und nett, wie ein Chronikenschreiber das aufzeichnen würde.

Der Graf von C····· liebt mich, distinguiert mich, das ist bekannt, das habe ich dir schon hundertmal gesagt. Nun war ich gestern bei ihm zu Tafel, eben an dem Tage, da abends die noble Gesellschaft von Herren und Frauen bei ihm zusammenkommt, an die ich nie gedacht habe, auch mir nie aufgefallen ist, daß wir Subalternen nicht hineingehören. Gut. Ich speise bei dem Grafen, und nach Tische gehn wir in dem großen Saal auf und ab, ich rede mit ihm, mit dem Obristen B·····, der dazu kommt, und so rückt die Stunde der Gesellschaft heran. Ich denke, Gott weiß, an nichts. Da tritt herein die übergnädige Dame von S····· mit ihrem Herrn Gemahl und wohl ausgebrüteten Gänslein Tochter mit der flachen Brust und niedlichem Schnürleibe, machen en passant ihre hergebrachten, hochadeligen Augen und Naslöcher, und wie mir die Nation von Herzen zuwider ist, wollte ich mich eben empfehlen und wartete nur, bis der Graf vom garstigen Gewäsche frei wäre, als meine Fräulein B. hereintrat. Da mir das Herz immer ein bißchen aufgeht, wenn ich sie sehe, blieb ich eben, stellte mich hinter ihren Stuhl und bemerkte erst nach einiger Zeit, daß sie mit weniger Offenheit als sonst, mit einiger Verlegenheit mit mir redete. Das fiel mir auf. Ist sie auch wie all das Volk, dacht' ich, und war angestochen und wollte gehen, und doch blieb ich, weil ich sie gerne entschuldigt hätte und es nicht glaubte und noch ein gut Wort von ihr hoffte und — was du willst. Unterdessen füllte sich die Gesellschaft. Der Baron F. mit der ganzen Garderobe von den Krönungszeiten Franz des Ersten her, der Hofrat R······, hier aber in qualitate Herr von R······ genannt, mit seiner tauben Frau etc., den übel fournierten J······ nicht zu vergessen, der die Lücken seiner altfränkischen Garderobe mit neumodischen Lappen ausflickt, das kommt zu Hauf, und ich rede mit einigen meiner Bekanntschaft, die alle sehr lakonisch sind. Ich dachte — und gab nur auf meine B··· acht. Ich merkte nicht, daß die Weiber am Ende des Saales sich in die Ohren flüsterten, daß es auf die Männer zirkulierte, daß Frau von S. mit dem Grafen redete (das alles hat mir Fräulein B. nachher erzählt), bis endlich der Graf auf mich losging und mich in ein Fenster nahm. — "Sie wissen", sagt' er, "unsere wunderbaren Verhältnisse; die Gesellschaft ist unzufrieden, merkte ich, Sie hier zu sehn. Ich wollte nicht um alles" — "Ihro Exzellenz", fiel ich ein, "ich bitte tausendmal um Verzeihung; ich hätte eher dran denken sollen, und ich weiß, Sie vergeben mir diese Inkonsequenz; ich wollte schon vorhin mich empfehlen. Ein böser Genius hat mich zurückgehalten." Setzte ich lächelnd hinzu, indem ich mich neigte. — Der Graf drückte meine Hände mit einer Empfindung, die alles sagte. Ich strich mich sacht aus der vornehmen Gesellschaft, ging, setzte mich in ein Kabriolett und fuhr nach M., dort vom Hügel die Sonne untergehen zu sehen und dabei in meinem Homer den herrlichen Gesang zu lesen, wie Ulyß von dem trefflichen Schweinehirten bewirtet wird. Das war alles gut.

Des Abends komm' ich zurück zu Tische, es waren noch wenige in der Gaststube; die würfelten auf einer Ecke, hatten das Tischtuch zurückgeschlagen. Da kommt der ehrliche Adelin hinein, legt seinen Hut nieder, indem er mich ansieht, tritt zu mir und sagt leise: "du hast Verdruß gehabt?" — "ich?" sagt' ich. — "Der Graf hat dich aus der Gesellschaft gewiesen." — "Hol' sie der Teufel!" sagt' ich, "mir war's lieb, daß ich in die freie Luft kam." — "Gut", sagt' er, "daß du's auf die leichte Achsel nimmst. Nur verdrießt mich's, es ist schon überall herum." — Da fing mich das Ding erst an zu wurmen. Alle, die zu Tisch kamen und mich ansahen, dachte ich, die sehen dich darum an! Das gab böses Blut.

Und da man nun heute gar, wo ich hintrete, mich bedauert, da ich höre, daß meine Neider nun triumphieren und sagen: da sähe man's, wo es mit den Übermütigen hinausginge, die sich ihres bißchen Kopfs überhöben und glaubten, sich darum über alle Verhältnisse hinaussetzen zu dürfen, und was des Hundegeschwätzes mehr ist — da möchte man sich ein Messer ins Herz bohren; denn man rede von Selbständigkeit was man will, den will ich sehen, der dulden kann, daß Schurken über ihn reden, wenn sie einen Vorteil über ihn haben; wenn ihr Geschwätze leer ist, ach da kann man sie leicht lassen.

Am 16. März

Es hetzt mich alles. Heut' treff' ich die Fräulein B······ in der Allee, ich konnte mich nicht enthalten, sie anzureden und ihr, sobald wir etwas entfernt von der Gesellschaft waren, meine Empfindlichkeit über ihr neuliches Betragen zu zeigen. — "O Werther", sagte sie mit einem innigen Tone, "konnten Sie meine Verwirrung so auslegen, da Sie mein Herz kennen? Was ich gelitten habe um Ihretwillen, von dem Augenblicke an, da ich in den Saal trat! Ich sah alles voraus, hundertmal saß mir's auf der Zunge, es Ihnen zu sagen. Ich wußte, daß die von S······ und T······ mit ihren Männern eher aufbrechen würden, als in Ihrer Gesellschaft zu bleiben; ich wußte, daß der Graf es mit ihnen nicht verderben darf, — und jetzt der Lärm!" — "Wie, Fräulein?" sagt' ich und verbarg meinen Schrecken; denn alles, was Adelin mir ehegestern gesagt hatte, lief mir wie siedend Wasser durch die Adern in diesem Augenblicke. — "Was hat mich es schon gekostet!" sagte das süße Geschöpf, indem ihr die Tränen in den Augen standen. — Ich war nicht Herr mehr von mir selbst, war im Begriffe, mich ihr zu Füßen zu werfen. — "Erklären Sie sich!" rief ich. — Die Tränen liefen ihr die Wangen herunter. Ich war außer mir. Sie trocknete sie ab, ohne sie verbergen zu wollen. — "Meine Tante kennen Sie", fing sie an, "sie war gegenwärtig und hat —

o, mit was für Augen hat sie das angesehen! Werther, ich habe gestern nacht ausgestanden und heute früh eine Predigt über meinen Umgang mit Ihnen, und ich habe müssen zuhören Sie herabsetzen, erniedrigen, und konnte und durfte Sie nur halb verteidigen." Jedes Wort, das sie sprach, ging mir wie ein Schwert durchs Herz. Sie fühlte nicht, welche Barmherzigkeit es gewesen wäre, mir das alles zu verschweigen, und nun fügte sie noch hinzu, was weiter würde geträtscht werden, was eine Art Menschen darüber triumphieren würde.

Wie man sich nunmehr über die Strafe meines Übermuts und meiner Geringschätzung anderer, die sie mir schon lange vorwerfen, kitzeln und freuen würde. Das alles, Wilhelm, von ihr zu hören, mit der Stimme der wahrsten Teilnehmung — ich war zerstört und bin noch wütend in mir. Ich wollte, daß sich einer unterstünde, mir's vorzuwerfen, daß ich ihm den Degen durch den Leib stoßen könnte; wenn ich Blut sähe, würde mir's besser werden. Ach, ich hab' hundertmal ein Messer ergriffen, um diesem gedrängten Herzen Luft zu machen. Man erzählt von einer edlen Art Pferde, die, wenn sie schrecklich erhitzt und aufgejagt sind, sich selbst aus Instinkt eine Ader aufbeißen, um sich zum Atem zu helfen. So ist mir's oft, ich möchte mir eine Ader öffnen, die mir die ewige Freiheit schaffte.

Am 24. März

Ich habe meine Entlassung vom Hofe verlangt und werde sie, hoffe ich, erhalten, und ihr werdet mir verzeihen, daß ich nicht erst Erlaubnis dazu bei euch geholt habe. Ich mußte nun einmal fort, und was ihr zu sagen hattet, um mir das Bleiben einzureden, weiß ich alles, und also — bringe das meiner Mutter in einem Säftchen bei, ich kann mir selbst nicht helfen, und sie mag sich gefallen lassen, wenn ich ihr auch nicht helfen kann. Freilich muß es ihr wehe tun. Den schönen Lauf, den ihr Sohn gerade zum Geheimenrat und Gesandten ansetzte, so auf einmal Halte zu sehen, und rückwärts mit dem Tierchen in den Stall! Macht nun daraus, was ihr wollt, und kombiniert die möglichen Fälle, unter denen ich hätte bleiben können und sollen; genug, ich gehe, und damit ihr wißt, wo ich hinkomme, so ist hier der Fürst **, der vielen Geschmack an meiner Gesellschaft findet; der hat mich gebeten, da er von meiner Absicht hörte, mit ihm auf seine Güter zu gehen und den schönen Frühling da zuzubringen. Ich soll ganz mir selbst gelassen sein, hat er mir versprochen, und da wir uns zusammen bis auf einen gewissen Punkt verstehn, so will ich es denn auf gut Glück wagen und mit ihm gehen.

Am 19. April

Zur Nachricht

Danke für deine beiden Briefe. Ich antwortete nicht, weil ich dieses Blatt liegen ließ, bis mein Abschied vom Hofe da wäre; ich fürchtete, meine Mutter möchte sich an den Minister wenden und mir mein Vorhaben erschweren. Nun aber ist es geschehen, mein Abschied ist da. Ich mag euch nicht sagen, wie ungern man mir ihn gegeben hat, und was mir der Minister schreibt — ihr würdet in neue Lamentationen ausbrechen. Der Erbprinz hat mir zum Abschiede fünfundzwanzig Dukaten geschickt, mit einem Wort, das mich bis zu Tränen gerührt hat; also brauche ich von der Mutter das Geld nicht, um das ich neulich schrieb.

Am 5. Mai

Morgen gehe ich von hier ab, und weil mein Geburtsort nur sechs Meilen vom Wege liegt, so will ich den auch wiedersehen, will mich der alten, glücklich verträumten Tage erinnern. Zu eben dem Tore will ich hinein gehn, aus dem meine Mutter mit mir heraus fuhr, als sie nach dem Tode meines Vaters den lieben, vertraulichen Ort verließ, um sich in ihre unerträgliche Stadt einzusperren. Adieu, Wilhelm, du sollst von meinem Zuge hören.

Am 9. Mai

Ich habe die Wallfahrt nach meiner Heimat mit aller Andacht eines Pilgrims vollendet, und manche unerwarteten Gefühle haben mich ergriffen. An der großen Linde, die eine Viertelstunde vor der Stadt nach S······ zu steht, ließ ich halten, stieg aus und hieß den Postillon fortfahren, um zu Fuße jede Erinnerung ganz neu, lebhaft, nach meinem Herzen zu kosten. Da stand ich nun unter der Linde, die ehedem, als Knabe, das Ziel und die Grenze meiner Spaziergänge gewesen. Wie anders! Damals sehnte ich mich in glücklicher Unwissenheit hinaus in die unbekannte Welt, wo ich für mein Herz so viele Nahrung, so vielen Genuß hoffte, meinen strebenden, sehnenden Busen auszufüllen und zu befriedigen. Jetzt komme ich zurück aus der weiten Welt — o mein Freund, mit wie viel fehlgeschlagenen Hoffnungen, mit wie viel zerstörten Planen! — Ich sah das Gebirge vor mir liegen, das tausendmal der Gegenstand meiner Wünsche gewesen war. Stundenlang konnt' ich hier sitzen und mich hinüber sehnen, mit inniger Seele mich in den Wäldern, den Tälern verlieren, die sich meinen Augen so freundlich — dämmernd darstellten; und wenn ich dann um die bestimmte

Zeit wieder zurück mußte, mit welchem Widerwillen verließ ich nicht den lieben Platz! — Ich kam der Stadt näher, alle die alten, bekannten Gartenhäuschen wurden von mir gegrüßt, die neuen waren mir zuwider, so auch alle Veränderungen, die man sonst vorgenommen hatte. Ich trat zum Tor hinein und fand mich doch gleich und ganz wieder. Lieber, ich mag nicht ins Detail gehn; so reizend, als es mir war, so einförmig würde es in der Erzählung werden. Ich hatte beschlossen, auf dem Markte zu wohnen, gleich neben unserem alten Haus. Im Hingehen bemerkte ich, daß die Schulstube, wo ein ehrliches altes Weib unsere Kindheit zusammengepfercht hatte, in einen Kramladen verwandelt war. Ich erinnere mich der Unruhe, der Tränen, der Dumpfheit des Sinnes, der Herzensangst, die ich in dem Loche ausgestanden hatte. — Ich tat keinen Schritt, der nicht merkwürdig war. Ein Pilger im heiligen Lande trifft nicht so viele Stätten religiöser Erinnerungen an, und seine Seele ist schwerlich so voll heiliger Bewegung. — Noch eins für tausend. Ich ging den Fluß hinab, bis an einen gewissen Hof; das war sonst auch mein Weg, und die Plätzchen, wo wir Knaben uns übten, die meisten Sprünge der flachen Steine im Wasser hervorzubringen. Ich erinnerte mich so lebhaft, wenn ich manchmal stand und dem Wasser nachsah, mit wie wunderbaren Ahnungen ich es verfolgte, wie abenteuerlich ich mir die Gegenden vorstellte, wo es nun hinflösse, und wie ich da sobald Grenzen meiner

Vorstellungskraft fand; und doch mußte das weiter gehen, immer weiter, bis ich mich ganz in dem Anschauen einer unsichtbaren Ferne verlor. — Sieh, mein Lieber, so beschränkt und so glücklich waren die herrlichen Altväter! So kindlich ihr Gefühl, ihre Dichtung! Wenn ulyß von dem ungemeßnen Meer und von der unendlichen Erde spricht, das ist so wahr, menschlich, innig, eng und geheimnisvoll. Was hilft mich's, daß ich jetzt mit jedem Schulknaben nachsagen kann, daß sie rund sei? Der Mensch braucht nur wenige Erdschollen, um drauf zu genießen, weniger, um drunter zu ruhen. Nun bin ich hier, auf dem fürstlichen Jagdschloß. Es läßt sich noch ganz wohl mit dem Herrn leben, er ist wahr und einfach. Wunderliche Menschen sind um ihn herum, die ich gar nicht begreife. Sie scheinen keine Schelmen und haben doch auch nicht das Ansehen von ehrlichen Leuten. Manchmal kommen sie mir ehrlich vor, und ich kann ihnen doch nicht trauen. Was mir noch leid tut, ist, daß er oft von Sachen redet, die er nur gehört und gelesen hat, und zwar aus eben dem Gesichtspunkte, wie sie ihm der andere vorstellen mochte. Auch schätzt er meinen Verstand und meine Talente mehr als dies Herz, das doch mein einziger Stolz ist, das ganz und alles Elendes. Ach, was ich weiß, kann jeder wissen — mein Herz habe ich allein.

Am 25. Mai

Ich hatte etwas im Kopfe, davon ich euch nichts sagen wollte, bis es ausgeführt wäre: jetzt, da nichts draus wird, ist es ebenso gut. Ich wollte in den Krieg; das hat mir lange am Herzen gelegen. Vornehmlich darum bin ich dem Fürsten hierher gefolgt, der General in ***schen Diensten ist. Auf einem Spaziergang entdeckte ich ihm mein Vorhaben; er widerriet mir es, und es müßte bei mir mehr Leidenschaft als Grille gewesen sein, wenn ich seinen Gründen nicht hätte Gehör geben wollen.

Am 11. Junius

Sage was du willst, ich kann nicht länger bleiben. Was soll ich hier? Die Zeit wird mir lang. Der Fürst hält mich, so gut man nur kann, und doch bin ich nicht in meiner Lage. Wir haben im Grunde nichts gemein mit einander. Er ist ein Mann von Verstande, aber von ganz gemeinem Verstande; sein Umgang unterhält mich nicht mehr, als wenn ich ein wohl geschriebenes Buch lese. Noch acht Tage bleibe ich, und dann ziehe ich wieder in der Irre herum. Das Beste, was ich hier getan habe, ist mein Zeichnen. Der Fürst fühlt in der Kunst und würde noch stärker fühlen, wenn er nicht durch das garstige wissenschaftliche Wesen und durch die gewöhnliche Terminologie eingeschränkt wäre. Manchmal knirsche ich mit den Zähnen, wenn ich ihn mit warmer Imagination an Natur und Kunst herumführe und er es auf einmal recht gut zu machen denkt, wenn er mit einem gestempelten Kunstworte dreinstolpert.

Am 16. Junius

Ja wohl bin ich nur ein Wandrer, ein Waller auf der Erde! Seid ihr denn mehr?

Am 18. Junius

Wo ich hin will? Das laß dir im Vertrauen eröffnen. Vierzehn Tage muß ich doch noch hier bleiben, und dann habe ich mir weisgemacht, daß ich die Bergwerke im ***schen besuchen wollte; ist aber im Grunde nichts dran, ich will nur Lotten wieder näher, das ist alles. Und ich lache über mein eigenes Herz — und tu' ihm seinen Willen.

Am 29. Julius

Nein, es ist gut! Es ist alles gut! — Ich — ihr Mann! O Gott, der du mich machtest, wenn du mir diese Seligkeit bereitet hättest, mein ganzes Leben sollte ein anhaltendes Gebet sein. Ich will nicht rechten, und verzeihe mir diese Tränen, verzeihe mir meine vergeblichen Wünsche! — Sie meine Frau! Wenn ich das liebste Geschöpf unter der Sonne in meine Arme geschlossen hätte — es geht mir ein Schauder durch den ganzen Körper, Wilhelm, wenn Albert sie um den schlanken Leib faßt.

Und, darf ich es sagen? Warum nicht, Wilhelm? Sie wäre mit mir glücklicher geworden als mit ihm! O er ist nicht der Mensch, die Wünsche dieses Herzens alle zu füllen. Ein gewisser Mangel an Fühlbarkeit, ein Mangel — nimm es, wie du willst; daß sein Herz nicht sympathetisch schlägt bei — o! — bei der Stelle eines lieben Buches, wo mein Herz und Lottens in einem zusammentreffen; in hundert andern Vorfällen, wenn es kommt, daß unsere Ermpfindungen über eine Handlung eines Dritten laut werden. Lieber Wilhelm! — Zwar er liebt sie von ganzer Seele, und so eine Liebe, was verdient die nicht!

— Ein unerträglicher Mensch hat mich unterbrochen. Meine Tränen sind getrocknet. Ich bin zerstreut. Adieu, Lieber!

Am 4. August

Es geht mir nicht allein so. Alle Menschen werden in ihren Hoffnungen getäuscht, in ihren Erwartungen betrogen. Ich besuchte mein gutes Weib unter der Linde. Der älteste Junge lief mir entgegen, sein Freudengeschrei führte die Mutter herbei, die sehr niedergeschlagen aussah. Ihr erstes Wort war: "guter Herr, ach, mein Hans ist mir gestorben!" — Es war der jüngste ihrer Knaben. Ich war stille. "Und mein Mann", sagte sie, "ist aus der Schweiz zurück und hat nichts mitgebracht, und ohne gute Leute hätte er sich heraus betteln müssen, er hatte das Fieber unterwegs gekriegt." — Ich konnte ihr nichts sagen und schenkte dem Kleinen was; sie bat mich, einige Äpfel anzunehmen, das ich tat und den Ort des traurigen Andenkens verließ.

Am 21. August

Wie man eine Hand umwendet, ist es anders mit mir. Manchmal will wohl ein freudiger Blick des Lebens wieder aufdämmern, ach, nur für einen Augenblick! — Wenn ich mich so in Träumen verliere, kann ich mich des Gedankens nicht erwehren: wie, wenn Albert stürbe? Du würdest! Ja, sie würde — und dann laufe ich dem Hirngespinste nach, bis es mich an Abgründe führet, vor denen ich zurückbebe.

Wenn ich zum Tor hinausgehe, den Weg, den ich zum erstenmal fuhr, Lotten zum Tanze zu holen, wie war das so ganz anders! Alles, alles ist vorübergegangen! Kein Wink der vorigen Welt, kein Pulsschlag meines damaligen Gefühles. Mir ist es, wie es einem Geiste sein müßte, der in das ausgebrannte, zerstörte Schloß zurückkehrte, das er als blühender Fürst einst gebaut und mit allen Gaben der Herrlichkeit ausgestattet, sterbend seinem geliebten Sohne hoffnungsvoll hinterlassen hätte.

Am 3. September

Ich begreife manchmal nicht, wie sie ein anderer lieb haben kann, lieb haben darf, da ich sie so ganz allein, so innig, so voll liebe, nichts anders kenne, noch weiß, noch habe als sie!

Am 4. September

Ja, es ist so. Wie die Natur sich zum Herbste neigt, wird es Herbst in mir und um mich her. Meine Blätter werden gelb, und schon sind die Blätter der benachbarten Bäume abgefallen. Hab' ich dir nicht einmal von einem Bauerburschen geschrieben, gleich da ich herkam? Jetzt erkundigte ich mich wieder nach ihm in Wahlheim; es hieß, er sei aus dem Diemste gejagt worden, und niemand wollte was weiter von ihm wissen. Gestern traf ich ihn von ungefähr auf dem Wege nach einem andern Dorfe, ich redete ihn an, und er erzählte mir seine Geschichte, die mich doppelt und dreifach gerührt hat, wie du leicht begreifen wirst, wenn ich dir sie wiedererzähle. Doch wozu das alles? Warum behalt' ich nicht für mich, was mich ängstigt und kränkt? Warum betrüb' ich noch dich? Warum geb' ich dir immer Gelegenheit, mich zu bedauern und mich zu schelten? Sei's denn, auch das mag zu meinem Schicksal gehören!

Mit einer stillen Traurigkeit, in der ich ein wenig scheues Wesen zu bemerken schien, antwortete der Mensch mir erst auf meine Fragen; aber gar bald offner, als wenn er sich und mich auf einmal wiedererkennte, gestand er mir seine Fehler, klagte er mir sein Unglück. Könnt' ich dir, mein Freund, jedes seiner Worte vor Gericht stellen! Er bekannte, ja er erzählte mit einer Art von Genuß und Glück der Wiedererinnerung, daß die Leidenschaft zu seiner Hausfrau sich in ihm tagtäglich vermehrt, daß er zuletzt nicht gewußt habe, was er tue, nicht, wie er sich ausdrückte, wo er mit dem Kopfe hingesollt. Er habe weder essen noch trinken noch schlafen können, es habe ihm an der Kehle gestockt, er habe getan, was er nicht tun sollen; was ihm aufgetragen worden, hab' er vergessen, er sei als wie von einem bösen Geist verfolgt gewesen, bis er eines Tages, als er sie in einer obern Kammer gewußt, ihr nachgegangen, ja vielmehr ihr nachgezogen worden sei; da sie seinen Bitten kein Gehör gegeben, hab' er sich ihrer mit Gewalt bemächtigen wollen; er wisse nicht, wie ihm geschehen sei, und nehme Gott zum Zeugen, daß seine Absichten gegen sie immer redlich gewesen, und daß er nichts sehnlicher gewünscht, als daß sie ihn heiraten, daß sie mit ihm ihr Leben zubringen möchte. Da er eine Zeitlang geredet hatte, fing er an zu stocken, wie einer, der noch etwas zu sagen hat und sich es nicht herauszusagen getraut; endlich gestand er mir auch mit Schüchternheit, was sie ihm für kleine Vertraulichkeiten erlaubt, und welche Nähe sie ihm vergönnet. Er brach zwei, — dreimal ab und wiederholte die lebhaftesten Protestationen, daß er das nicht sage, um sie schlecht zu machen, wie er sich ausdrückte, daß er sie liebe und schätze wie vorher, daß so etwas nicht über seinen Mund gekommen sei und daß er es mir nur sage, um mich zu überzeugen, daß er kein ganz verkehrter und unsinniger Mensch sei.

— Und hier, mein Bester, fang' ich mein altes Lied wieder an, das ich ewig anstimmen werde: könnt' ich dir den Menschen vorstellen, wie er vor mir stand, wie er noch vor mir steht! Könnt' ich dir alles recht sagen, damit du fühltest, wie ich an seinem Schicksale teilnehme, teilnehmen muß! Doch genug, da du auch mein Schicksal kennst, auch mich kennst, so weißt du nur zu wohl, was mich zu allen Unglücklichen, was mich besonders zu diesem Unglücklichen hinzieht.

Da ich das Blut wieder durchlese, seh' ich, daß ich das Ende der Geschichte zu erzählen vergessen habe, das sich aber leicht hinzudenken läßt. Sie erwehrte sich sein; ihr Bruder kam dazu, der ihn schon lange gehaßt, der ihn schon lange aus dem Hause gewünscht hatte, weil er fürchtet, durch eine neue Heirat der Schwester werde seinen Kindern die Erbschaft entgehn, die ihnen jetzt, da sie kinderlos ist, schöne Hoffnungen gibt; dieser habe ihn gleich zum Hause hinausgestoßen und einen solchen Lärm von der Sache gemacht, daß die Frau, auch selbst wenn sie gewollt, ihn nicht wieder hätte aufnehmen können. Jetzt habe sie wieder einen andern Knecht genommen, auch über den, sage man, sei sie mit dem Bruder zerfallen, und man behaupte für gewiß, sie werde ihn heiraten, aber er sei fest entschlossen, das nicht zu erleben.

Was ich dir erzähle, ist nicht übertrieben, nichts verzärtelt, ja ich darf wohl sagen, schwach, schwach hab' ich's erzählt, und vergröbert hab' ich's, indem ich's mit unsern hergebrachten sittlichen Worten vorgetragen habe.

Diese Liebe, diese Treue, diese Leidenschaft ist also keine dichterische Erfindung. Sie lebt, sie ist in ihrer größten Reinheit unter der Klasse von Menschen, die wir ungebildet, die wir roh nennen. Wir Gebildeten — zu Nichts Verbildeten! Lies die Geschichte mit Andacht, ich bitte dich. Ich bin heute still, indem ich das hinschreibe; du siehst an meiner Hand, daß ich nicht so strudele und sudele wie sonst. Lies, mein Geliebter, und denke dabei, daß es auch die Geschichte deines Freundes ist. Ja so ist mir's gegangen, so wird mir's gehn, und ich bin nicht halb so brav, nicht halb so entschlossen als der arme Unglückliche, mit dem ich mich zu vergleichen mich fast nicht getraue.

Am 5. September

Sie hatte ein Zettelchen an ihren Mann aufs Land geschrieben, wo er sich Geschäfte wegen aufhielt. Es fing an: "Bester, Liebster, komme, sobald du kannst, ich erwarte dich mit tausend Freuden." — Ein Freund, der hereinkam, brachte Nachricht, daß er wegen gewisser Umstände so bald noch nicht zurückkehren würde. Das Billett blieb liegen und fiel mir abends in die Hände. Ich las es und lächelte; sie fragte worüber? — "Was die Einbildungskraft für ein göttliches Geschenk ist", rief ich aus, "ich konnte mir einen Augenblick vorspiegeln, als wäre es an mich geschrieben." — Sie brach ab, es schien ihr zu mißfallen, und ich schwieg.

Am 6. September

Es hat schwer gehalten, bis ich mich entschloß, meinen blauen einfachen Frack, in dem ich mit Lotten zum erstenmale tanzte, abzulegen, er ward aber zuletzt gar unscheinbar. Auch habe ich mir einen machen lassen ganz wie den vorigen, Kragen und Aufschlag, und auch wieder so gelbe Weste und Beinkleider dazu. Ganz will es doch die Wirkung nicht tun. Ich weiß nicht — ich denke, mit der Zeit soll mir der auch lieber werden.

Am 12. September

Sie war einige Tage verreist, Alberten abzuholen. Heute trat ich in ihre Stube, sie kam mir entgegen, und ich küßte ihre Hand mit tausend Freuden.

Ein Kanarienvogel flog von dem Spiegel ihr auf die Schulter. — "Einen neuen Freund", sagte sie und lockte ihn auf ihre Hand, "er ist meinen Kleinen zugedacht. Er tut gar zu lieb! Sehen Sie ihn! Wenn ich ihm Brot gebe, flattert er mit den Flügeln und pickt so artig. Er küßt mich auch, sehen Sie!"

Als sie dem Tierchen den Mund hinhielt, drückte es sich so lieblich in die süßen Lippen, als wenn es die Seligkeit hätte fühlen können, die es genoß.

"Er soll Sie auch küssen." sagte sie und reichte den Vogel herüber. — Das Schnäbelchen machte den Weg von ihrem Munde zu dem meinigen, und die pickende Berührung war wie ein Hauch, eine Ahnung liebevollen Genusses.

"Sein Kuß", sagte ich, "ist nicht ganz ohne Begierde, er sucht Nahrung und kehrt unbefriedigt von der leeren Liebkosung zurück."

"Er ißt mir auch aus dem Munde." sagte sie. — Sie reichte ihm einige Brosamen mit ihren Lippen, aus denen die Freuden unschuldig teilnehmender Liebe in aller Wonne lächelten.

Ich kehrte das Gesicht weg. Sie sollte es nicht tun, sollte nicht meine Einbildungskraft mit diesen Bildern himmlischer Unschuld und Seligkeit reizen und mein Herz aus dem Schlafe, in den es manchmal die Gleichgültigkeit des Lebens wiegt, nicht wecken! — Und warum nicht? — Sie traut mir so! Sie weiß, wie ich sie liebe!

Am 15. September

Man möchte rasend werden, Wilhelm, daß es Menschen geben soll ohne Sinn und Gefühl an dem wenigen, was auf Erden noch einen Wert hat. Du kennst die Nußbäume, unter denen ich bei dem ehrlichen Pfarrer zu St······ mit Lotten gesessen, die herrlichen Nußbäume, die mich, Gott weiß, immer mit dem größten Seelenvergnügen füllten! Wie vertraulich sie den Pfarrhof machten, wie kühl! Und wie herrlich die Äste waren! Und die Erinnerung bis zu den ehrlichen Geistlichen, die sie vor vielen Jahren pflanzten. Der Schulmeister hat uns den einen Namen oft genannt, den er von seinem Großvater gehört hatte; und so ein braver Mann soll er gewesen sein, und sein Andenken war immer heilig unter den Bäumen. Ich sage dir, dem Schulmeister standen die Tränen in den Augen, da wir gestern davon redeten, daß sie abgehauen worden — abgehauen! Ich möchte toll werden, ich könnte den Hund ermorden, der den ersten Hieb dran tat. Ich, der ich mich vertrauern könnte, wenn so ein paar Bäume in meinem Hofe stünden und einer davon stürbe vor Alter ab, ich muß zusehen. Lieber Schatz, eins ist doch dabei: was Menschengefühl ist! Das ganze Dorf murrt, und ich hoffe, die Frau Pfarrerin soll es an Butter und Eiern und übrigem Zutrauen spüren, was für eine Wunde sie ihrem Orte gegeben hat. Denn sie ist es, die Frau des neuen Pfarrers (unser alter ist auch gestorben), ein hageres, kränkliches Geschöpf, das sehr Ursache hat, an der Welt keinen Anteil zu nehmen, denn niemand nimmt Anteil an ihr. Eine Närrin, die sich abgibt, gelehrt zu sein, sich in die Untersuchung des Kanons meliert, gar viel an der neumodischen, moralisch — kritischen Reformation des Christentumes arbeitet und über Lavaters Schwärmereien die Achseln zuckt, eine ganz zerrüttete Gesundheit hat und deswegen auf Gottes Erdboden keine Freude. So einer Kreatur war es auch allein möglich, meine Nußbäume abzuhauen. Siehst du, ich komme nicht zu mir! Stelle dir vor: die abfallenden Blätter machen ihr den Hof unrein und dumpfig, die Bäume nehmen ihr das Tageslicht, und wenn die Nüsse reif sind, so werfen die Knaben mit Steinen darnach, und das fällt ihr auf die Nerven, das stört sie in ihren tiefen Überlegungen, wenn sie Kennikot, Semler und Michaelis gegen einander abwiegt. Da ich die Leute im Dorfe, besonders die alten, so unzufrieden sah, sagte ich: "warum habt ihr es gelitten?" — "Wenn der Schulze will, hier zu Lande", sagten sie, "was kann man machen?" — Aber eins ist recht geschehen. Der Schulze und der Pfarrer, der doch auch von seiner Frauen Grillen, die ihm ohnedies die Suppen nicht fett machen, was haben wollte, dachten es mit einander zu teilen; da erfuhr es die Kammer und sagte: "hier herein!" denn sie hatte noch alte Prätensionen an den Teil des Pfarrhofes, wo die Bäume standen, und verkaufte sie an den Meistbietenden. Sie liegen! O, wenn ich Fürst wäre! Ich wollte die Pfarrerin, den Schulzen und die Kammer — Fürst! — ja wenn ich Fürst wäre, was kümmerten mich die Bäume in meinem Lande!

Am 10. Oktober

Wenn ich nur ihre schwarzen Augen sehe, ist mir es schon wohl! Sieh, und was mich verdrießt, ist, daß Albert nicht so beglückt zu sein scheinet, als er — hoffte — als ich — zu sein glaubte — wenn — ich mache nicht gern Gedankenstriche, aber hier kann ich mich nicht anders ausdrücken — und mich dünkt deutlich genug.

Am 12. Oktober

Ossian hat in meinem Herzen den Homer verdrängt. Welch eine Welt, in die der Herrliche mich führt! Zu wandern über die Heide, umsaust vom Sturmwinde, der in dampfenden Nebeln die Geister der Väter im dämmernden Lichte des Mondes hinführt. Zu hören vom Gebirge her, im Gebrülle des Waldstroms, halb verwehtes Ächzen der Geister aus ihren Höhlen, und die Wehklagen des zu Tode sich jammernden Mädchens, um die vier moosbedeckten, grasbewachsenen Steine des Edelgefallnen, ihres Geliebten. Wenn ich ihn dann finde, den wandelnden grauen Barden, der auf der weiten Heide die Fußstapfen seiner Väter sucht und, ach, ihre Grabsteine findet und dann jammernd nach dem lieben Sterne des Abends hinblickt, der sich ins rollende Meer verbirgt, und die Zeiten der Vergangenheit in des Helden Seele lebendig werden, da noch der freundliche Strahl den Gefahren der Tapferen leuchtete und der Mond ihr bekränztes, siegrückkehrendes Schiff beschien. Wenn ich den tiefen Kummer auf seiner Stirn lese, den letzten verlassenen Herrlichen in aller Ermattung dem Grabe zuwanken sehe, wie er immer neue, schmerzlich glühende Freuden in der kraftlosen Gegenwart der Schatten seiner Abgeschiedenen einsaugt und nach der kalten Erde, dem hohen, wehenden Grase niedersieht und ausruft: "Der Wanderer wird kommen, kommen, der mich kannte in meiner Schönheit, und fragen: 'wo ist der Sänger, Fingals trefflicher Sohn?' Sein Fußtritt geht über mein Grab hin, und er fragt vergebens nach mir auf der Erde." — O Freund! Ich möchte gleich einem edlen Waffenträger das Schwert ziehen, meinen Fürsten von der zückenden Qual des langsam absterbenden Lebens auf einmal befreien und dem befreiten Halbgott meine Seele nachsenden.

Am 19. Oktober

Ach diese Lücke! Diese entsetzliche Lücke, die ich hier in meinem Busen fühle! — Ich denke oft, wenn du sie nur einmal, nur einmal an dieses Herz drücken könntest, diese ganze Lücke würde ausgefüllt sein.

Am 26. Oktober

Ja es wird mir gewiß, Lieber, gewiß und immer gewisser, daß an dem Dasein eines Geschöpfes wenig gelegen ist, ganz wenig. Es kam eine Freundin zu Lotten, und ich ging herein ins Nebenzimmer, ein Buch zu nehmen, und konnte nicht lesen, und dann nahm ich eine Feder, zu schreiben. Ich hörte sie leise reden; sie erzählten einander unbedeutende Sachen, Stadtneuigkeiten: wie diese heiratet, wie jene krank, sehr krank ist. — "Sie hat einen trocknen Husten, die Knochen stehn ihr zum Gesichte heraus, und kriegt Ohnmachten; ich gebe keinen Kreuzer für ihr Leben." Sagte die eine. — "Der N. N. ist auch so übel dran", sagte Lotte. — "Er ist schon geschwollen", sagte die andere. — Und meine lebhafte Einbildungskraft versetzte mich ans Bett dieser Armen; ich sah sie, mit welchem Widerwillen sie dem Leben den Rücken wandten, wie sie — Wilhelm! Und meine Weibchen redeten davon, wie man eben davon redet — daß ein Fremder stirbt. — Und wenn ich mich umsehe und sehe das Zimmer an, und rings um mich Lottens Kleider und Alberts Skripturen und diese Möbeln, denen ich nun so befreundet bin, sogar diesem Dintenfaß, und denke: siehe, was du nun diesem

Hause bist! Alles in allem. Deine Freunde ehren dich! Du machst oft ihre Freude, und deinem Herzen scheint es, als wenn es ohne sie nicht sein könnte; und doch — wenn du nun gingst, wenn du aus diesem Kreise schiedest? Würden sie, wie lange würden sie die Lücke fühlen, die dein Verlust in ihr Schicksal reißt? Wie lange? — O, so vergänglich ist der Mensch, daß er auch da, wo er seines Daseins eigentliche Gewißheit hat, da, wo er den einzigen wahren Eindruck seiner Gegenwart macht, in dem Andenken, in der Seele seiner Lieben, daß er auch da verlöschen, verschwinden muß, und das so bald!

Am 27. Oktober

Ich möchte mir oft die Brust zerreißen und das Gehirn einstoßen, daß man einander so wenig sein kann. Ach die Liebe, Freude, Wärme und Wonne, die ich nicht hinzubringe, wird mir der andere nicht geben, und mit einem ganzen Herzen voll Seligkeit werde ich den andern nicht beglücken, der kalt und kraftlos vor mir steht.

Am 27. Oktober abends

Ich habe so viel, und die Empfindung an ihr verschlingt alles; ich habe so viel, und ohne sie wird mir alles zu Nichts.

Am 30. Oktober

Wenn ich nicht schon hundertmal auf dem Punkte gestanden bin, ihr um den Hals zu fallen! Weiß der große Gott, wie einem das tut, so viele Liebenswürdigkeit vor einem herumkreuzen zu sehen und nicht zugreifen zu dürfen; und das Zugreifen ist doch der natürlichste Trieb der Menschheit. Greifen die Kinder nicht nach allem, was ihnen in den Sinn fällt? — Und ich?

Am 3. November

Weiß Gott! Ich lege mich so oft zu Bette mit dem Wunsche, ja manchmal mit der Hoffnung, nicht wieder zu erwachen: und morgens schlage ich die Augen auf, sehe die Sonne wieder, und bin elend. O daß ich launisch sein könnte, könnte die Schuld aufs Wetter, auf einen Dritten, auf eine fehlgeschlagene Unternehmung schieben, so würde die unerträgliche Last des Unwillens doch nur halb auf mir ruhen. Wehe mir! Ich fühle zu wahr, daß an mir alle Schuld liegt — nicht Schuld! Genug, daß in mir die Quelle alles Elendes verborben ist, wie ehemals die Quelle aller Seligkeiten. Bin ich nicht noch ebenderselbe, der ehemals in aller Fülle der Empfindung herumschwebte, dem auf jedem Tritte ein Paradies folgte, der ein Herz hatte, eine ganze Welt liebevoll zu umfassen? Und dies Herz ist jetzt tot, aus ihm fließen keine Entzückungen mehr, meine Augen sind trocken, und meine Sinne, die nicht mehr von erquickenden Tränen gelabt werden, ziehen ängstlich meine Stirn zusammen. Ich leide viel, denn ich habe verloren, was meines Lebens einzige Wonne war, die heilige, belebende Kraft, mit der ich Welten um mich schuf; sie ist dahin! — Wenn ich zu meinem Fenster hinaus an den fernen Hügel sehe, wie die Morgensonne über ihn her den Nebel durchbricht und den stillen Wiesengrund bescheint, und der sanfte Fluß zwischen seinen entblätterten Weiden zu mir herschlängelt, — o! wenn da diese herrliche Natur so starr vor mir steht wie ein lackiertes Bildchen, und alle die Wonne keinen Tropfen Seligkeit aus meinem Herzen herauf in das Gehirn pumpen kann, und der ganze Kerl vor Gottes Angesicht steht wie ein versiegter Brunnen, wie ein verlechter Eimer. Ich habe mich oft auf den Boden geworfen und Gott um Tränen gebeten, wie ein Ackersmann um Regen, wenn der Himmel ehern über ihm ist und um ihn die Erde verdürstet.

Aber, ach, ich fühle es, Gott gibt Regen und Sonnenschein nicht unserm ungestümen Bitten, und jene Zeiten, deren Andenken mich quält, warum waren sie so selig, als weil ich mit Geduld seinen Geist erwartete und die Wonne, die er über mich ausgoß, mit ganzem, innig dankbarem Herzen aufnahm!

Am 8. November

Sie hat mir meine Exzesse vorgeworfen! Ach, mit so viel Liebenswürdigkeit! Meine Exzesse, daß ich mich manchmal von einem Glase Wein verleiten lasse, eine Bouteille zu trinken. — "Tun Sie es nicht!", sagte sie, "denken Sie an Lotten!" — "Denken!", sagte ich, "brauchen Sie mir das zu heißen? Ich denke! — Ich denke nicht! Sie sind immer vor meiner Seele. Heute saß ich an dem Flecke, wo Sie neulich aus der Kutsche stiegen." — Sie redete was anders, um mich nicht tiefer in den Text kommen zu lassen. Bester, ich bin dahin! Sie kann mit mir machen, was sie will.

Am 15. November

Ich danke dir, Wilhelm, für deinen herzlichen Anteil, für deinen wohlmeinenden Rat und bitte dich, ruhig zu sein. Laß mich ausdulden, ich habe bei aller meiner Müdseligkeit noch Kraft genug durchzusetzen. Ich ehre die Religion, das weißt du, ich fühle, daß sie manchem Ermatteten Stab, manchem Verschmachtenden Erquickung ist. Nur — kann sie denn, muß sie denn das einem jeden sein? Wenn du die große Welt ansiehst, so siehst du Tausende, denen sie es nicht war, Tausende, denen sie es nicht sein wird, gepredigt oder ungepredigt, und muß sie mir es denn sein? Sagt nicht selbst der Sohn Gottes, daß die um ihn sein würden, die ihm der Vater gegeben hat? Wenn ich ihm nun nicht gegeben bin? Wenn mich nun der Vater für sich behalten will, wie mir mein Herz sagt? — Ich bitte dich, lege das nicht falsch aus; sieh nicht etwa Spott in diesen unschuldigen Worten; es ist meine ganze Seele, die ich dir vorlege; sonst wollte ich lieber, ich hätte geschwiegen: wie ich denn über alles das, wovon jedermann so wenig weiß als ich, nicht gern ein Wort verliere. Was ist es anders als Menschenschicksal, sein Maß auszuleiden, seinen Becher auszutrinken? — Und ward der Kelch dem Gott vom Himmel auf seiner Menschenlippe zu bitter, warum soll ich großtun und mich stellen, als schmeckte er mir süß? Und warum sollte ich mich schämen, in dem schrecklichen Augenblick, da mein ganzes Wesen zwischen Sein und Nichtsein zittert, da die Vergangenheit wie ein Blitz über dem finstern Abgrunde der Zukunft leuchtet und alles um mich her versinkt und mit mir die Welt untergeht? Ist es da nicht die Stimme der ganz in sich gedrängten, sich selbst ermangelnden und unaufhaltsam hinabstürzenden Kreatur, in den innern Tiefen ihrer vergebens aufarbeitenden Kräfte zu knirschen: "mein Gott! Mein Gott! Warum hast du mich verlassen?" und sollt' ich mich des Ausdruckes schämen, sollte mir es vor dem Augenblicke bange sein, da ihm der nicht entging, der die Himmel zusammenrollt wie ein Tuch?

Am 21. November

Sie sieht nicht, sie fühlt nicht, daß sie ein Gift bereitet, das mich und sie zugrunde richten wird; und ich mit voller Wollust schlürfe den Becher aus, den sie mir zu meinem Verderben reicht. Was soll der gütige Blick, mit dem sie mich oft — oft? — nein, nicht oft, aber doch manchmal ansieht, die Gefälligkeit, womit sie einen unwillkürlichen Ausdruck meines Gefühls aufnimmt, das Mitleiden mit meiner Duldung, das sich auf ihrer Stirne zeichnet?

Gestern, als ich wegging, reichte sie mir die Hand und sagte:

"Adieu, lieber Werther!" — Lieber Werther! Es war das erstemal, daß sie mich Lieber hieß, und es ging mir durch Mark und Bein. Ich habe es mir hundertmal wiederholt, und gestern nacht, da ich zu Bette gehen wollte und mit mir selbst allerlei schwatzte, sagte ich so auf einmal: "gute Nacht, lieber Werther!" und mußte hernach selbst über mich lachen.

Am 22. November

Ich kann nicht beten: "Laß mir sie!" und doch kommt sie mir oft als die Meine vor. Ich kann nicht beten: "Gib mir sie!" Denn sie ist eines andern. Ich witzle mich mit meinen Schmerzen herum; wenn ich mir's nachließe, es gäbe eine ganze Litanei von Antithesen.

Am 24. November

Sie fühlt, was ich dulde. Heute ist mir ihr Blick tief durchs Herz gedrungen. Ich fand sie allein; ich sagte nichts, und sie sah mich an. Und ich sah nicht mehr in ihr die liebliche Schönheit, nicht mehr das Leuchten des trefflichen Geistes, das war alles vor meinen Augen verschwunden. Ein weit herrlicherer

Blick wirkte auf mich, voll Ausdruck des innigsten Anteils, des süßesten Mitleidens. Warum durft' ich mich nicht ihr zu Füßen werfen? Warum durft' ich nicht an ihrem Halse mit tausend Küssen antworten? Sie nahm ihre Zuflucht zum Klavier und hauchte mit süßer, leiser Stimme harmonische Laute zu ihrem Spiele. Nie habe ich ihre Lippen so reizend gesehn; es war, als wenn sie sich lechzend öffneten, jene süßen Töne in sich zu schlürfen, die aus dem Instrument hervorquollen, und nur der heimliche Widerschall aus dem reinen Munde zurückklänge — ja wenn ich dir das so sagen könnte! — Ich widerstand nicht länger, neigte mich und schwur: nie will ich es wagen, einen Kuß euch aufzudrücken, Lippen, auf denen die Geister des Himmels schweben. — Und doch — ich will — ha! Siehst du, das steht wie eine Scheidewand vor meiner Seele — diese Seligkeit — und dann untergegangen, diese Sünde abzubüßen — Sünde?

Am 26. November

Manchmal sag' ich mir: dein Schicksal ist einzig; preise die übrigen glücklich — so ist noch keiner gequält worden. — Dann lese ich einen Dichter der Vorzeit, und es ist mir, als säh' ich in mein eignes Herz. Ich habe so viel auszustehen! Ach, sind denn Menschen vor mir schon so elend gewesen?

Am 30. November

Ich soll, ich soll nicht zu mir selbst kommen! Wo ich hintrete, begegnet mir eine Erscheinung, die mich aus aller Fassung bringt. Heute! O Schicksal! O Menschheit!

Ich gehe an dem Wasser hin in der Mittagsstunde, ich hatte keine Lust zu essen. Alles war öde, ein naßkalter Abendwind blies vom Berge, und die grauen Regenwolken zogen das Tal hinein. Von fern seh' ich einen Menschen in einem grünen, schlechten Rocke, der zwischen den Felsen herumkrabbelte und Kräuter zu suchen schien. Als ich näher zu ihm kam und er sich auf das Geräusch, das ich machte, herumdrehte, sah ich eine gar interessante Physiognomie, darin eine stille Trauer den Hauptzug machte, die aber sonst nichts als einen geraden guten Sinn ausdrückte; seine schwarzen Haare waren mit Nadeln in zwei Rollen gesteckt, und die übrigen in einen starken Zopf geflochten, der ihm den Rücken herunter hing. Da mir seine Kleidung einen Menschen von geringem Stande zu bezeichnen schien, glaubte ich, er würde es nicht übelnehmen, wenn ich auf seine Beschäftigung aufmerksam wäre, und daher fragte ich ihn, was er suchte? — "Ich suche", antwortete er mit einem tiefen Seufzer, "Blumen — und finde keine." — "Das ist auch die Jahrszeit nicht." sagte ich lächelnd. — "Es gibt so viele Blumen", sagte er, indem er zu mir herunterkam. "In meinem Garten sind Rosen und Jelängerjelieber zweierlei Sorten, eine hat mir mein Vater gegeben, sie wachsen wie Unkraut; ich suche schon zwei Tage darnach und kann sie nicht finden. Da haußen sind auch immer Blumen, gelbe und blaue und rote, und das Tausendgüldenkraut hat ein schönes Blümchen. Keines kann ich finden." — Ich merkte was Unheimliches, und drum fragte ich durch einen Umweg: "was will er denn mit den Blumen?" — Ein wunderbares, zuckendes Lächeln verzog sein Gesichte. "Wenn er mich nicht verraten will", sagte er, indem er den Finger auf den Mund drückte, "ich habe meinem Schatz einen Strauß versprochen." — "Das ist brav", sagte ich. — "O!" sagte er, "sie hat viel andere Sachen, sie ist reich." — "Und doch hat sie seinen Strauß lieb", versetzte ich. — "O!" fuhr er fort, "sie hat Juwelen und eine Krone." — "Wie heißt sie denn?" — "Wenn mich die Generalstaaten bezahlen wollten", versetzte er, "ich wär' ein anderer Mensch! Ja, es war einmal eine Zeit, da mir es so wohl war! Jetzt ist es aus mit mir. Ich bin nun." Ein nasser Blick zum Himmel drückte alles aus. — "Er war also glücklich?" fragte ich. — "Ach ich wollte, ich wäre wieder so!" sagte er "Da war mir es so wohl, so lustig, so leicht wie einem Fisch im Wasser!" — "Heinrich!" rief eine alte Frau, die den Weg herkam, "Heinrich, wo steckst du? Wir haben dich überall gesucht, komm zum Essen." — "Ist das euer Sohn?", fragt' ich, zu ihr tretend. — "Wohl, mein armer Sohn!", versetzte sie. "Gott hat mir ein schweres Kreuz aufgelegt." — "Wie lange ist er so?", fragte ich. — "So stille", sagte sie, "ist er nun ein halbes Jahr. Gott sei Dank, daß er nur so weit ist, vorher war er ein ganzes Jahr rasend, da hat er an Ketten im Tollhause gelegen. Jetzt tut er niemand nichts, nur hat er immer mit Königen und Kaisern zu schaffen. Er war ein so guter, stiller Mensch, der mich ernähren half, seine schöne Hand schrieb, und auf einmal wird er tiefsinnig, fällt in ein hinziges Fieber, daraus in Raserei, und nun ist er, wie Sie ihn sehen. Wenn ich Ihnen erzählen sollte, Herr." — Ich unterbrach den Strom ihrer Worte mit der Frage: "was war denn das für eine Zeit, von der er rühmt, daß er so glücklich, so wohl darin gewesen sei?" — "Der törichte Mensch!", rief sie mit mitleidigem Lächeln, "da meint er die Zeit, da er von sich war, das rühmt er immer; das ist die Zeit, da er im Tollhause war, wo er nichts von sich wußte." — Das fiel mir auf wie ein Donnerschlag, ich drückte ihr ein Stück Geld in die Hand und verließ sie eilend. Da du glücklich warst! Rief ich aus, schnell vor mich hin nach der Stadt zu gehend, da dir es wohl war wie einem Fisch im Wasser! — Gott im Himmel! Hast du das zum Schicksale der Menschen gemacht, daß sie nicht glücklich sind, als ehe sie zu ihrem Verstande kommen und wenn sie ihn wieder verlieren!

— Elender! Und auch wie beneide ich deinen Trübsinn, die Verwirrung deiner Sinne, in der du verschmachtest! Du gehst hoffnungsvoll aus, deiner Königin Blumen zu pflücken — im Winter — und trauerst, da du keine findest, und begreifst nicht, warum du keine finden kannst. Und ich — und ich gehe ohne Hoffnung, ohne Zweck heraus und kehre wieder heim, wie ich gekommen bin. — Du wähnst, welcher Mensch du sein würdest, wenn die Generalstaaten dich bezahlten. Seliges Geschöpf, das den Mangel seiner Glückseligkeit einer irdischen Hindernis zuschreiben kann! Du fühlst nicht, du fühlst nicht, daß in deinem zerstörten Herzen, in deinem zerrütteten Gehirne dein Elend liegt, wovon alle Könige der Erde dir nicht helfen können. Müsse der trostlos umkommen, der eines Kranken spottet, der nach der entferntesten Quelle reist, die seine Krankheit vermehren, sein Ausleben schmerzhafter machen wird! Der sich über das bedrängte Herz erhebt, das, um seine Gewissensbisse loszuwerden und die Leiden seiner Seele abzutun, eine Pilgrimschaft nach dem heiligen Grabe tut. Jeder Fußtritt, der seine Sohlen auf ungebahntem Wege durchschneidet, ist ein Linderungstropfen der geängsteten Seele, und mit jeder ausgedauerten Tagereise legt sich das Herz um viele Bedrängnisse leichter nieder. — Und dürft ihr das Wahn nennen, ihr Wortkrämer auf euren Polstern? — Wahn! — o Gott! Du siehst meine Tränen! Mußtest du, der du den Menschen arm genug erschufst, ihm auch Brüder zugeben, die ihm das bißchen Armut, das bißchen Vertrauen noch raubten, das er auf dich hat, auf dich, du Allliebender! Denn das Vertrauen zu einer heilenden Wurzel, zu den Tränen des Weinstockes, was ist es als Vertrauen zu dir, daß du in alles, was uns umgibt, Heil — und Linderungskraft gelegt hast, der wir so stündlich bedürfen? Vater, den ich nicht kenne! Vater, der sonst meine ganze Seele füllte und nun sein Angesicht von mir gewendet hat, rufe mich zu dir! Schweige nicht länger! Dein Schweigen wird diese dürstende Seele nicht aufhalten — und würde ein Mensch, ein Vater, zürnen können, dem sein unvermutet rückkehrender Sohn um den Hals fiele und riefe: "ich bin wieder da, mein Vater! Zürne nicht, daß ich die Wanderschaft abbreche, die ich nach deinem Willen länger aushalten sollte. Die Welt ist überall einerlei, auf Mühe und Arbeit Lohn und Freude; aber was soll mir das? Mir ist nur wohl, wo du bist, und vor deinem Angesichte will ich leiden und genießen." — Und du, lieber himmlischer Vater, solltest ihn von dir weisen?

Am 1. Dezember

Wilhelm! Der Mensch, von dem ich dir schrieb, der glückliche Unglückliche, war Schreiber bei Lottens Vater, und eine Leidenschaft zu ihr, die er nährte, verbarg, entdeckte und worüber er aus dem Dienst geschickt wurde, hat ihn rasend gemacht. Fühle bei diesen trocknen Worten, mit welchem Unsinn mich die Geschichte ergriffen hat, da mir sie Albert ebenso gelassen erzählte, als du sie vielleicht liesest.

Am 4. Dezember

Ich bitte dich — siehst du, mit mir ist's aus, ich trag' es nicht länger! Heute saß ich bei ihr — saß, sie spielte auf ihrem Klavier, mannigfaltige Melodien, und all den Ausdruck! All! — All! — Was willst du? — Ihr Schwesterchen putzte ihre Puppe auf meinem Knie. Mir kamen die Tränen in die Augen. Ich neigte mich, und ihr Trauring fiel mir ins Gesicht — meine Tränen flossen — und auf einmal fiel sie in die alte, himmelsüße Melodie ein, so auf einmal, und mir durch die Seele gehn ein Trostgefühl und eine Erinnerung des Vergangenen, der Zeiten, da ich das Lied gehört, der düstern Zwischenräume des Verdrusses, der fehlgeschlagenen Hoffnungen, und dann — ich ging in der Stube auf und nieder, mein Herz erstickte unter dem Zudringen. — "Um Gottes willen", sagte ich, mit einem heftigen Ausbruch hin gegen sie fahrend, "um Gottes willen, hören Sie auf!" — Sie hielt und sah mich starr an. "Werther", sagte sie mit einem Lächeln, das mir durch die Seele ging, "Werther, Sie sind sehr krank, Ihre Lieblingsgerichte widerstehen Ihnen. Gehen Sie! Ich bitte Sie, beruhigen Sie sich." — Ich riß mich von ihr weg und — Gott! Du siehst mein Elend und wirst es enden.

Am 6. Dezember

Wie mich die Gestalt verfolgt! Wachend und träumend füllt sie meine ganze Seele! Hier, wenn ich die Augen schließe, hier in meiner Stirne, wo die innere Sehkraft sich vereinigt, stehen ihre schwarzen Augen. Hier! Ich kann dir es nicht ausdrücken. Mache ich meine Augen zu, so sind sie da; wie ein Meer, wie ein Abgrund ruhen sie vor mir, in mir, füllen die Sinne meiner Stirn.

Was ist der Mensch, der gepriesene Halbgott! Ermangeln ihm nicht eben da die Kräfte, wo er sie am nötigsten braucht? Und wenn er in Freude sich aufschwingt oder im Leiden versinkt, wird er nicht in beiden eben da aufgehalten, eben da zu dem stumpfen, kalten Bewußtsein wieder zurückgebracht, da er sich in der Fülle des Unendlichen zu verlieren sehnte?

Der Herausgeber an den Leser

Wie sehr wünscht' ich, daß uns von den letzten merkwürdigen Tagen unsers Freundes so viel eigenhändige Zeugnisse übrig geblieben wären, daß ich nicht nötig hätte, die Folge seiner hinterlaßnen Briefe durch Erzählung zu unterbrechen.

Ich habe mir angelegen sein lassen, genaue Nachrichten aus dem Munde derer zu sammeln, die von seiner Geschichte wohl unterrichtet sein konnten; sie ist einfach, und es kommen alle Erzählungen davon bis auf wenige Kleinigkeiten miteinander überein; nur über die Sinnesarten der handelnden Personen sind die Meinungen verschieden und die Urteile geteilt.

Was bleibt uns übrig, als dasjenige, was wir mit wiederholter Mühe erfahren können, gewissenhaft zu erzählen, die von dem Abscheidenden hinterlaßnen Briefe einzuschalten und das kleinste aufgefundene Blättchen nicht gering zu achten; zumal da es so schwer ist, die eigensten, wahren Triebfedern auch nur einer einzelnen Handlung zu entdecken, wenn sie unter Menschen vorgeht, die nicht gemeiner Art sind.

Unmut und Unlust hatten in Werthers Seele immer tiefer Wurzel geschlagen, sich fester untereinander verschlungen und sein ganzes Wesen nach und nach eingenommen. Die Harmonie seines Geistes war völlig zerstört, eine innerliche Hitze und Heftigkeit, die alle Kräfte seiner Natur durcheinanderarbeitete, brachte die widrigsten Wirkungen hervor und ließ ihm zuletzt nur eine Ermattung übrig, aus der er noch ängstlicher empor strebte, als er mit allen Übeln bisher gekämpft hatte. Die Beängstigung seines Herzens zehrte die übrigen Kräfte seines Geistes, seine Lebhaftigkeit, seinen Scharfsinn auf, er ward ein trauriger Gesellschafter, immer unglücklicher, und immer ungerechter, je unglücklicher er ward. Wenigstens sagen dies Alberts Freunde; sie behaupten, daß Werther einen reinen, ruhigen Mann, der nun eines lang gewünschten Glückes teilhaftig geworden, und sein Betragen, sich dieses Glück auch auf die Zukunft zu erhalten, nicht habe beurteilen können, er, der gleichsam mit jedem Tage sein ganzes Vermögen verzehrte, um an dem Abend zu leiden und zu darben. Albert, sagen sie, hatte sich in so kurzer Zeit nicht verändert, er war noch immer derselbige, den Werther so vom Anfang her kannte, so sehr schätzte und ehrte. Er liebte Lotten über alles, er war stolz auf sie und wünschte sie auch von jedermann als das herrlichste Geschöpf anerkannt zu wissen. War es ihm daher zu verdenken, wenn er auch jeden Schein des Verdachtes abzuwenden wünschte, wenn er in dem Augenblicke mit niemand diesen köstlichen Besitz auch auf die unschuldigste Weise zu teilen Lust hatte? Sie gestehen ein, daß Albert oft das Zimmer seiner Frau verlassen, wenn Werther bei ihr war, aber nicht aus Haß noch Abneigung gegen seinen Freund, sondern nur weil er gefühlt habe, daß dieser von seiner Gegenwart gedrückt sei.

Lottens Vater war von einem Übel befallen worden, das ihn in der Stube hielt, er schickte ihr seinen Wagen, und sie fuhr hinaus. Es war ein schöner Wintertag, der erste Schnee war stark gefallen und deckte die ganze Gegend.

Werther ging ihr den andern Morgen nach, um, wenn Albert sie nicht abzuholen käme, sie hereinzubegleiten.

Das klare Wetter konnte wenig auf sein trübes Gemüt wirken, ein dumpfer Druck auf seiner Seele, die traurigen Bilder hatten sich bei ihm festgesetzt, und sein Gemüt kannte keine Bewegung als von einem schmerzlichen Gedanken zum andern.

Wie er mit sich in ewigem Unfrieden lebte, schien ihm auch der Zustand andrer nur bedenklicher und verworrner, er glaubte, das schöne Verhältnis zwischen Albert und seiner Gattin gestört zu haben, er machte sich Vorwürfe darüber, in die sich ein heimlicher

Unwille gegen den Gatten mischte.

Seine Gedanken fielen auch unterwegs auf diesen Gegenstand. "Ja, ja", sagte er zu sich selbst, mit heimlichem Zähneknirschen, "das ist der vertraute, freundliche, zärtliche, an allem teilnehmende Umgang, die ruhige, dauernde Treue! Sattigkeit ist's und Gleichgültigkeit! Zieht ihn nicht jedes elende Geschäft mehr an als die teure, köstliche Frau? Weiß er sein Glück zu schätzen? Weiß er sie zu achten, wie sie es verdient? Er hat sie, nun gut, er hat sie — ich weiß das, wie ich was anders auch weiß, ich glaube an den Gedanken gewöhnt zu sein, er wird mich noch rasend machen, er wird mich noch umbringen — und hat denn die Freundschaft zu mir Stich gehalten? Sieht er nicht in meiner Anhänglichkeit an Lotten schon einen Eingriff in seine Rechte, in meiner Aufmerksamkeit für sie einen Stillen Vorwurf? Ich weiß es wohl, ich fühl' es, er sieht mich ungern, er wünscht meine Entfernung, meine Gegenwart ist ihm beschwerlich."

Oft hielt er seinen raschen Schritt an, oft stand er stille und schien umkehren zu wollen; allein er richtete seinen Gang immer wieder vorwärts und war mit diesen Gedanken und Selbstgesprächen endlich gleichsam wider Willen bei dem Jagdhause angekommen.

Er trat in die Tür, fragte nach dem Alten und nach Lotten, er fand das Haus in einiger Bewegung. Der älteste Knabe sagte ihm, es sei drüben in Wahlheim ein Unglück geschehn, es sei ein Bauer erschlagen worden! — Es machte das weiter keinen Eindruck auf ihn. — Er trat in die Stube und fand Lotten beschäftigt, dem Alten zuzureden, der ungeachtet seiner Krankheit hinüber wollte, um an Ort und Stelle die Tat zu untersuchen. Der Täter war noch unbekannt, man hatte den Erschlagenen des Morgens vor der Haustür gefunden, man hatte Mutmaßungen: der Entleibte war Knecht einer Witwe, die vorher einen andern im Dienste gehabt, der mit Unfrieden aus dem Hause gekommen war.

Da Werther dieses hörte, fuhr er mit Heftigkeit auf. — "Ist's möglich!" rief er aus, "ich muß hinüber, ich kann nicht einen Augenblick ruhn." — Er eilte nach Wahlheim zu, jede Erinnerung ward ihm lebendig, und er zweifelte nicht einen Augenblick, daß jener Mensch die Tat begangen, den er so manchmal gesprochen, der ihm so wert geworden war.

Da er durch die Linden mußte, um nach der Schenke zu kommen, wo sie den Körper hingelegt hatten, entsetzt' er sich vor dem sonst so geliebten Platze. Jene Schwelle, worauf die Nachbarskinder so oft gespielt hatten, war mit Blut besudelt. Liebe und Treue, die schönsten menschlichen Empfindungen, hatten sich in Gewalt und Mord verwandelt. Die starken Bäume standen ohne Laub und bereift, die schönen Hecken, die sich über die niedrige Kirchhofmauer wölbten, waren entblättert, und die Grabsteine sahen mit Schnee bedeckt durch die Lücken hervor.

Als er sich der Schenke näherte, vor welcher das ganze Dorf

versammelt war, entstand auf einmal ein Geschrei. Man erblickte von fern einen Trupp bewaffneter Männer, und ein jeder rief, daß man den Täter herbeiführe. Werther sah hin und blieb nicht lange zweifelhaft. Ja, es war der Knecht, der jene Witwe so sehr liebte, den er vor einiger Zeit mit dem stillen Grimme, mit der heimlichen Verzweiflung umhergehend angetroffen hatte.

"Was hast du begangen, Unglücklicher!" rief Werther aus, indem er auf den Gefangenen losging. — Dieser sah ihn still an, schwieg und versetzte endlich ganz gelassen: "keiner wird sie haben, sie wird keinen haben." — Man brachte den Gefangnen in die Schenke, und Werther eilte fort.

Durch die entsetzliche, gewaltige Berührung war alles, was in seinem Wesen lag, durcheinandergeschüttelt worden. Aus seiner Trauer, seinem Mißmut, seiner gleichgültigen Hingegebenheit wurde er auf einen Augenblick herausgerissen; unüberwindlich bemächtigte sich die Teilnehmung seiner, und es ergriff ihn eine unsägliche Begierde, den Menschen zu retten. Er fühlte ihn so unglücklich, er fand ihn als Verbrecher selbst so schuldlos, er setzte sich so tief in seine Lage, daß er gewiß glaubte, auch andere davon zu überzeugen. Schon wünschte er für ihn sprechen zu können, schon drängte sich der lebhafteste Vortrag nach seinen Lippen, er eilte nach dem Jagdhause und konnte sich unterwegs nicht enthalten, alles das, was er dem Amtmann vorstellen wollte, schon halblaut auszusprechen.

Als er in die Stube trat, fand er Alberten gegenwärtig, dies verstimmte ihn einen Augenblick; doch faßte er sich bald wieder und trug dem Amtmann feurig seine Gesinnungen vor. Dieser schüttelte einigemal den Kopf, und obgleich Werther mit der größten Lebhaftigkeit, Leidenschaft und Wahrheit alles vorbrachte, was ein Mensch zur Entschuldigung eines Menschen sagen kann, so war doch, wie sich's leicht denken läßt, der Amtmann dadurch nicht gerührt. Er ließ vielmehr unsern Freund nicht ausreden, widersprach ihm eifrig und tadelte ihn, daß er einen Meuchelmörder in Schutz nehme; er zeigte ihm, daß auf diese Weise jedes Gesetz aufgehoben, alle Sicherheit des Staats zugrund gerichtet werde; auch setzte er hinzu, daß er in einer solchen Sache nichts tun könne, ohne sich die größte Verantwortung aufzuladen, es müsse alles in der Ordnung, in dem vorgeschriebenen Gang gehen.

Werther ergab sich noch nicht, sondern bat nur, der Amtmann möchte durch die Finger sehn, wenn man dem Menschen zur Flucht behülflich wäre! Auch damit wies ihn der Amtmann ab. Albert, der sich endlich ins Gespräch mischte, trat auch auf des Alten Seite. Werther wurde überstimmt, und mit einem entsetzlichen Leiden machte er sich auf den Weg, nachdem ihm der Amtmann einigemal gesagt hatte: "nein, er ist nicht zu retten!"

Wie sehr ihm diese Worte aufgefallen sein müssen, sehn wir aus einem Zettelchen, das sich unter seinen Papieren fand und das gewiß an dem nämlichen Tage geschrieben worden:

"Du bist nicht zu retten, Unglücklicher! Ich sehe wohl, daß wir nicht zu retten sind."

Was Albert zuletzt über die Sache des Gefangenen in Gegenwart des Amtmanns gesprochen, war Werthern höchst zuwider gewesen: er glaubte einige Empfindlichkeit gegen sich darin bemerkt zu haben, und wenn gleich bei mehrerem Nachdenken seinem Scharfsinne nicht entging, daß beide Männer recht haben möchten, so war es ihm doch, als ob er seinem innersten Dasein entsagen müßte, wenn er es gestehen, wenn er es zugeben sollte.

Ein Blättchen, das sich darauf bezieht, das vielleicht sein ganzes Verhältnis zu Albert ausdrückt, finden wir unter seinen Papieren:

"Was hilft es, daß ich mir's sage und wieder sage, er ist brav und gut, aber es zerreißt mir mein inneres Eingeweide; ich kann nicht gerecht sein."

Weil es ein gelinder Abend war und das Wetter anfing, sich zum Tauen zu neigen, ging Lotte mit Alberten zu Fuße zurück. Unterwegs sah sie sich hier und da um, eben als wenn sie Werthers Begleitung vermißte. Albert fing von ihm an zu reden, er tadelte ihn, indem er ihm Gerechtigkeit widerfahren ließ. Er berührte seine unglückliche Leidenschaft und wünschte, daß es möglich sein möchte, ihn zu entfernen. — "Ich wünsch' es auch um unsertwillen", sagt' er, "und ich bitte dich, "fuhr er fort", siehe zu, seinem Betragen gegen dich eine andere Richtung zu geben, seine öftern Besuche zu vermindern. Die Leute werden aufmerksam, und ich weiß, daß man hier und da drüber gesprochen hat." — Lotte schwieg, und Albert schien ihr Schweigen empfunden zu haben, wenigstens seit der Zeit erwähnte er Werthers nicht mehr gegen sie, und wenn sie seiner erwähnte, ließ er das Gespräch fallen oder lenkte es woanders hin.

Der vergebliche Versuch, den Werther zur Rettung des Unglücklichen gemacht hatte, war das letzte Auflodern der Flamme eines verlöschenden Lichtes; er versank nur desto tiefer in Schmerz und Untätigkeit; besonders kam er fast außer sich, als er hörte, daß man ihn vielleicht gar zum Zeugen gegen den Menschen, der sich nun aufs Leugnen legte, auffordern könnte.

Alles was ihm Unangenehmes jeweils in seinem wirksamen Leben begegnet war, der Verdruß bei der Gesandtschaft, alles was ihm sonst mißlungen war, was ihn je gekränkt hatte, ging in seiner Seele auf und nieder. Er fand sich durch alles dieses wie zur Untätigkeit berechtigt, er fand sich abgeschnitten von aller Aussicht, unfähig, irgendeine Handhabe zu ergreifen, mit denen man die Geschäfte des gemeinen Lebens anfaßt; und so rückte er endlich, ganz seiner wunderbaren Empfindung, Denkart und einer endlosen Leidenschaft hingegeben, in dem ewigen Einerlei eines traurigen Umgangs mit dem liebenswürdigen und geliebten Geschöpfe, dessen Ruhe er störte, in seine Kräfte stürmend, sie ohne Zweck und Aussicht abarbeitend, immer einem traurigen Ende näher.

Von seiner Verworrenheit, Leidenschaft, von seinem rastlosen Treiben und Streben, von seiner Lebensmüde sind einige hinterlaßne Briefe die stärksten Zeugnisse, die wir hier einrücken wollen.

Am 12. Dezember

"Lieber Wilhelm, ich bin in einem Zustande, in dem jene Unglücklichen gewesen sein müssen, von denen man glaubte, sie würden von einem bösen Geiste umhergetrieben. Manchmal ergreift mich's; es ist nicht Angst, nicht Begier — es ist ein inneres, unbekanntes Toben, das meine Brust zu zerreißen droht, das mir die Gurgel zupreßt! Wehe! Wehe! Und dann schweife ich umher in den furchtbaren nächtlichen Szenen dieser menschenfeindlichen Jahrszeit.

Gestern abend mußte ich hinaus. Es war plötzlich Tauwetter eingefallen, ich hatte gehört, der Fluß sei übergetreten, alle Bäche geschwollen und von Wahlheim herunter mein liebes

Tal überschwemmt! Nachts nach eilfe rannte ich hinaus. Ein fürchterliches Schauspiel, vom Fels herunter die wühlenden Fluten in dem Mondlichte wirbeln zu sehen, über Äcker und Wiesen und Hecken und alles, und das weite Tal hinauf und hinab eine stürmende See im Sausen des Windes! Und wenn dann der Mond wieder hervortrat und über der schwarzen Wolke ruhte, und vor mir hinaus die Flut in fürchterlich herrlichem Widerschein rollte und klang: da überfiel mich ein Schauer, und wieder ein Sehnen! Ach, mit offenen Armen stand ich gegen den Abgrund und atmete hinab! Hinab! Und verlor mich in der Wonne, meine Qualen, meine Leiden da hinabzustürmen! Dahinzubrausen wie die Wellen! O! — Und den Fuß vom Boden zu heben vermochtest du nicht, und alle Qualen zu enden! —Meine Uhr ist noch nicht ausgelaufen, ich fühle es! O Wilhelm! Wie gern hätte ich mein Menschsein drum gegeben, mit jenem Sturmwinde sie Wolken zu zerreißen, die Fluten zu fassen! Ha! Und wird nicht vielleicht dem Eingekerkerten einmal diese Wonne zuteil?

— Und wie ich wehmütig hinabsah auf ein Plätzchen, wo ich mit Lotten unter einer Weide geruht, auf einem heißen Spaziergange, — das war auch überschwemmt, und kaum daß ich die Weide erkannte! Wilhelm! Und ihre Wiesen, dachte ich, die Gegend um ihr Jagdhaus! Wie verstört jetzt vom reißenden Strome unsere Laube! Dacht' ich. Und der Vergangenheit

Sonnenstrahl blickte herein, wie einem Gefangenen ein Traum von Herden, Wiesen und Ehrenämtern. Ich stand! — Ich schelte mich nicht, denn ich habe Mut zu sterben. — Ich hätte — nun sitze ich hier wie ein altes Weib, das ihr Holz von Zäunen stoppelt und ihr Brot an den Türen, um ihr hinsterbendes, freudeloses Dasein noch einen Augenblick zu verlängern und zu erleichtern."

Am 14. Dezember

"Was ist das, mein Lieber? Ich erschrecke vor mir selbst! Ist nicht meine Liebe zu ihr die heiligste, reinste, brüderlichste Liebe? Habe ich jemals einen strafbaren Wunsch in meiner Seele gefühlt? — Ich will nicht beteuern — und nun, Träume! O wie wahr fühlten die Menschen, die so widersprechende Wirkungen fremden Mächten zuschrieben! Diese Nacht! Ich zittere, es zu sagen, hielt ich sie in meinen Armen, fest an meinen Busen gedrückt, und deckte ihren liebelispelnden Mund mit unendlichen Küssen; mein Auge schwamm in der Trunkenheit des ihrigen! Gott! Bin ich strafbar, daß ich auch jetzt noch eine Seligkeit fühle, mir diese glühenden Freuden mit voller Innigkeit zurückzurufen? Lotte! Lotte! — Und mit mir ist es aus! Meine Sinne verwirren sich, schon acht Tage habe ich keine Besinnungskraft mehr, meine Augen sind voll Tränen. Ich bin nirgend wohl, und überall wohl. Ich wünsche nichts, verlange nichts. Mir wäre besser, ich ginge."

Der Entschluß, die Welt zu verlassen, hatte in dieser Zeit, unter solchen Umständen in Werthers Seele immer mehr Kraft gewonnen. Seit der Rückkehr zu Lotten war es immer seine letzte Aussicht und Hoffnung gewesen; doch hatte er sich gesagt, es solle keine übereilte, keine rasche Tat sein, er wolle mit der besten Überzeugung, mit der möglichst ruhigen Entschlossenheit diesen Schritt tun.

Seine Zweifel, sein Streit mit sich selbst blicken aus einem Zettelchen hervor, das wahrscheinlich ein angefangener Brief an Wilhelm ist und ohne Datum unter seinen Papieren gefunden worden:

"Ihre Gegenwart, ihr Schicksal, ihre Teilnehmung an dem meinigen preßt noch die letzten Tränen aus meinem versengten Gehirne. Den Vorhang aufzuheben und dahinter zu treten! Das ist alles! Und warum das Zaudern und Zagen? Weil man nicht weiß, wie es dahinten aussieht? Und man nicht wiederkehrt? Und daß das nun die Eigenschaft unseres Geistes ist, da Verwirrung und Finsternis zu ahnen, wovon wir nichts Bestimmtes wissen."

Endlich ward er mit dem traurigen Gedanken immer mehr verwandt und befreundet und sein Vorsatz fest und unwiderruflich, wovon folgender zweideutige Brief, den er an seinen Freund schrieb, ein Zeugnis abgibt.

Am 20. Dezember

"Ich danke deiner Liebe, Wilhelm, daß du das Wort so aufgefangen hast. Ja, du hast recht: mir wäre besser, ich ginge. Der Vorschlag, den du zu einer Rückkehr zu euch tust, gefällt mir nicht ganz; wenigstens möchte ich noch gern einen Umweg machen, besonders da wir anhaltenden Frost und gute Wege zu hoffen haben. Auch ist mir es sehr lieb, daß du kommen willst, mich abzuholen; verziehe nur noch vierzehn Tage, und erwarte noch einen Brief von mir mit dem Weiteren. Es ist nötig, daß nichts gepflückt werde, ehe es reif ist. Und vierzehn Tage auf oder ab tun viel. Meiner Mutter sollst du sagen: daß sie für ihren Sohn beten soll, und daß ich sie um Vergebung bitte wegen alles Verdrusses, den ich ihr gemacht habe. Das war nun mein Schicksal, die zu betrüben, denen ich Freude schuldig war. Leb' wohl, mein Teuerster! Allen Segen des Himmels über dich! Leb' wohl!"

Was in dieser Zeit in Lottens Seele vorging, wie ihre

Gesinnungen gegen ihren Mann, gegen ihren unglücklichen Freund gewesen, getrauen wir uns kaum mit Worten auszudrücken, ob wir uns gleich davon, nach der Kenntnis ihres Charakters, wohl einen stillen Begriff machen können, und eine schöne weibliche Seele sich in die ihrige denken und mit ihr empfinden kann.

So viel ist gewiß, sie war fest bei sich entschlossen, alles zu tun, um Werthern zu entfernen, und wenn sie zauderte, so war es eine herzliche, freundschaftliche Schonung, weil sie wußte, wie viel es ihm kosten, ja daß es ihm beinahe unmöglich sein würde. Doch ward sie in dieser Zeit mehr gedrängt, Ernst zu machen; es schwieg ihr Mann ganz über dies Verhältnis, wie sie auch immer darüber geschwiegen hatte, und um so mehr war ihr angelegen, ihm durch die Tat zu beweisen, wie ihre Gesinnungen der seinigen wert seien.

An demselben Tage, als Werther den zuletzt eingeschalteten Brief an seinen Freund geschrieben, es war der Sonntag vor Weihnachten, kam er abends zu Lotten und fand sie allein. Sie beschäftigte sich, einige Spielwerke in Ordnung zu bringen, die sie ihren kleinen Geschwistern zum Christgeschenke zurecht gemacht hatte. Er redete von dem Vergnügen, das die Kleinen haben würden, und von den Zeiten, da einen die unerwartete Öffnung der Tür und die Erscheinung eines aufgeputzten Baumes mit Wachslichtern, Zuckerwerk und Äpfeln in paradiesische

Entzückung setzte. — "Sie sollen", sagte Lotte, indem sie ihre Verlegenheit unter ein liebes Lächeln verbarg, "Sie sollen auch beschert kriegen, wenn Sie recht geschickt sind; ein Wachsstöckchen und noch was." — "Und was heißen Sie geschickt sein?" rief er aus; "wie soll ich sein? Wie kann ich sein? Beste Lotte!" — "Donnerstag abend", sagte sie, "ist Weihnachtsabend, da kommen die Kinder, mein Vater auch, da kriegt jedes das Seinige, da kommen Sie auch — aber nicht eher." — Werther stutzte. — "Ich bitte Sie", fuhr sie fort, "es ist nun einmal so, ich bitte um meiner Ruhe willen, es kann nicht, es kann nicht so bleiben." — Er wendete seine Augen von ihr und ging in der Stube auf und ab und murmelte das "es kann nicht so bleiben!" zwischen den Zähnen. — Lotte, die den schrecklichen Zustand fühlte, worein ihn diese Worte versetzt hatten, suchte durch allerlei Fragen seine Gedanken abzulenken, aber vergebens. — "Nein, Lotte", rief er aus, "ich werde Sie nicht wiedersehen!" —"Warum das?" versetzte sie, "Werther, Sie können, Sie müssen uns wiedersehen, nur mäßigen Sie sich. O warum mußten Sie mit dieser Heftigkeit, dieser unbezwinglich haftenden Leidenschaft für alles, was Sie einmal anfassen, geboren werden! Ich bitte Sie", fuhr sie fort, indem sie ihn bei der Hand nahm, "mäßigen Sie sich! Ihr Geist, Ihre Wissenschaften, Ihre Talente, was bieten die Ihnen für mannigfaltige Ergetzungen dar! Sein Sie ein Mann, wenden Sie diese traurige Anhänglichkeit von einem Geschöpf, das nichts tun kann als Sie bedauern." — Er knirrte mit den Zähnen und sah sie düster an. — Sie hielt seine Hand. "Nur einen Augenblick ruhigen Sinn, Werther!" sagte sie "Fühlen Sie nicht, daß Sie sich betriegen, sich mit Willen zugrunde richten! Warum denn mich, Werther? Just mich, das Eigentum eines andern? Just das? Ich fürchte, ich fürchte, es ist nur die Unmöglichkeit, mich zu besitzen, die Ihnen diesen Wunsch so reizend macht." — Er zog seine Hand aus der ihrigen, indem er sie mit einem starren, unwilligen Blick ansah. "Weise!" rief er, "sehr weise! Hat vielleicht Albert diese Anmerkung gemacht? Politisch! Sehr politisch!" — "Es kann sie jeder machen", versetzte sie drauf, "und sollte denn in der weiten Welt kein Mädchen sein, das die Wünsche Ihres Herzens erfüllte? Gewinnen Sie's über sich, suchen Sie darnach, und ich schwöre Ihnen, Sie werden sie finden; denn schon lange ängstigt mich, für Sie und uns, die Einschränkung, in die Sie sich diese Zeit her selbst gebannt haben. Gewinnen Sie über sich, eine Reise wird Sie, muß Sie zerstreuen! Suchen Sie, finden Sie einen werten Gegenstand Ihrer Liebe, und kehren Sie zurück, und lassen Sie uns zusammen die Seligkeit einer wahren Freundschaft genießen." "Das könnte man", sagte er mit einem kalten Lachen, "drucken lassen und allen Hofmeistern empfehlen. Liebe Lotte! Lassen Sie mir noch ein klein wenig Ruh, es wird alles werden!" — "Nur das, Werther, daß Sie nicht eher kommen als Weihnachtsabend!" — Er wollte antworten, und Albert trat in die Stube. Man bot sich einen frostigen Guten

Abend und ging verlegen im Zimmer neben einander auf und nieder. Werther fing einen unbedeutenden Diskurs an, der bald aus war, Albert desgleichen, der sodann seine Frau nach gewissen Aufträgen fragte und, als er hörte, sie seien noch nicht ausgerichtet, ihr einige Worte sagte, die Werthern kalt, ja gar hart vorkamen. Er wollte gehen, er konnte nicht und zauderte bis acht, da sich denn sein Unmut und Unwillen immer vermehrte, bis der Tisch gedeckt wurde, und er Hut und Stock nahm. Albert lud ihn zu bleiben, er aber, der nur ein unbedeutendes Kompliment zu hören glaubte, dankte kalt dagegen und ging weg.

Er kam nach Hause, nahm seinem Burschen, der ihm leuchten wollte, das Licht aus der Hand und ging allein in sein Zimmer, weinte laut, redete aufgebracht mit sich selbst, ging heftig die Stube auf und ab und warf sich endlich in seinen Kleidern aufs Bette, wo ihn der Bediente fand, der es gegen eilfe wagte hineinzugehn, um zu fragen, ob er dem Herrn die Stiefeln ausziehen sollte, das er denn zuließ und dem Bedienten verbot, den andern Morgen ins Zimmer zu kommen, bis er ihm rufen würde.

Montags früh, den einundzwanzigsten Dezember, schrieb er folgenden Brief an Lotten, den man nach seinem Tode versiegelt auf seinem Schreibtische gefunden und ihr überbracht hat, und den ich absatzweise hier einrücken will, so wie aus den Umständen erhellet, daß er ihn geschrieben habe.

"Es ist beschlossen, Lotte, ich will sterben, und das schreibe ich dir ohne romantische Überspannung, gelassen, an dem Morgen des Tages, an dem ich dich zum letzten Male sehen werde. Wenn du dieses liesest, meine Beste, deckt schon das kühle Grab die erstarrten Reste des Unruhigen, Unglücklichen, der für die letzten Augenblicke seines Lebens keine größere Süßigkeit weiß, als sich mit dir zu unterhalten. Ich habe eine schreckliche Nacht gehabt und, ach, eine wohltätige Nacht. Sie ist es, die meinen Entschluß befestiget, bestimmt hat: ich will sterben! Wie ich mich gestern von dir riß, in der fürchterlichen Empörung meiner Sinne, wie sich alles das nach meinem Herzen drängte und mein hoffnungsloses, freudeloses Dasein neben dir in gräßlicher Kälte mich anpackte — ich erreichte kaum mein Zimmer, ich warf mich außer mir auf meine Knie, und o Gott! Du gewährtest mir das letzte Labsal der bittersten Tränen! Tausend Anschläge, tausend Aussichten wüteten durch meine Seele, und zuletzt stand er da, fest, ganz, der letzte, einzige Gedanke: ich will sterben! — Ich legte mich nieder, und morgens, in der Ruhe des Erwachens, steht er noch fest, noch ganz stark in meinem Herzen: ich will sterben! — Es ist nicht Verzweiflung, es ist Gewißheit, daß ich ausgetragen habe, und daß ich mich opfere für dich. Ja, Lotte! Warum sollte ich es verschweigen? Eins von uns dreien muß hinweg, und das will ich sein! O meine Beste! In diesem zerrissenen Herzen ist es wütend herumgeschlichen, oft — deinen Mann zu ermorden! — Dich!

— Mich! — So sei es denn! — Wenn du hinaufsteigst auf den Berg, an einem schönen Sommerabende, dann erinnere dich meiner, wie ich so oft das Tal heraufkam, und dann blicke nach dem Kirchhofe hinüber nach meinem Grabe, wie der Wind das hohe Gras im Scheine der sinkenden Sonne hin und her wiegt. — Ich war ruhig, da ich anfing, nun, nun weine ich wie ein Kind, da alles das so lebhaft um mich wird." —

Gegen zehn Uhr rief Werther seinem Bedienten, und unter dem Anziehen sagte er ihm, wie er in einigen Tagen verreisen würde, er solle daher die Kleider auskehren und alles zum Einpacken zurecht machen; auch gab er ihm Befehl, überall Kontos zu fordern, einige ausgeliehene Bücher abzuholen und einigen Armen, denen er wöchentlich etwas zu geben gewohnt war, ihr Zugeteiltes auf zwei Monate voraus zu bezahlen.

Er ließ sich das Essen auf die Stube bringen, und nach Tische ritt er hinaus zum Amtmanne, den er nicht zu Hause antraf. Er ging tiefsinnig im Garten auf und ab und schien noch zuletzt alle Schwermut der Erinnerung auf sich häufen zu wollen.

Die Kleinen ließen ihn nicht lange in Ruhe, sie verfolgten ihn, sprangen an ihm hinauf, erzählen ihm, daß, wenn morgen, und wieder morgen, und noch ein Tag wäre, sie die Christgeschenke bei Lotten holen, und erzählten ihm Wunder, die sich ihre kleine Einbildungskraft versprach. — "Morgen!" rief er aus, "und wieder morgen! Und noch ein Tag!" — Und küßte sie alle herzlich und wollte sie verlassen, als ihm der Kleine noch etwas in das Ohr sagen wollte. Der verriet ihm, die großen Brüder hätten schöne Neujahrswünsche geschrieben, so groß! Und einen für den Papa, für Albert und Lotten einen und auch einen für Herrn Werther; die wollten sie am Neujahrstage früh überreichen. das übermannte ihn, er schenkte jedem etwas, setzte sich zu Pferde, ließ den Alten grüßen und ritt mit Tränen in den Augen davon.

Gegen fünf kam er nach Hause, befahl der Magd, nach dem Feuer zu sehen und es bis in die Nacht zu unterhalten. Den Bedienten hieß er Bücher und Wäsche unten in den Koffer packen und die Kleider einnähen. Darauf schrieb er wahrscheinlich folgenden Absatz seines letzten Briefes an Lotten.

"Du erwartest mich nicht! Du glaubst, ich würde gehorchen und erst Weihnachtsabend dich wieder sehn. O Lotte! Heut oder nie mehr. Weihnachtsabend hältst du dieses Papier in deiner Hand, zitterst und benetzest es mit deinen lieben Tränen. Ich will, ich muß! O wie wohl ist es mir, daß ich entschlossen bin."

Lotte war indes in einen sonderbaren Zustand geraten. Nach der letzten Unterredung mit Werthern hatte sie empfunden, wie schwer es ihr fallen werde, sich von ihm zu trennen, was er leiden würde, wenn er sich von ihr entfernen sollte.

Es war wie im Vorübergehn in Alberts Gegenwart gesagt worden, daß Werther vor Weihnachtsabend nicht wieder kommen werde, und Albert war zu einem Beamten in der Nachbarschaft geritten, mit dem er Geschäfte abzutun hatte, und wo er über Nacht ausbleiben mußte.

Sie saß nun allein, keins von ihren Geschwistern war um sie, sie überließ sich ihren Gedanken, die stille über ihren Verhältnissen herumschweiften. Sie sah sich nun mit dem Mann auf ewig verbunden, dessen Liebe und Treue sie kannte, dem sie von Herzen zugetan war, dessen Ruhe, dessen Zuverlässigkeit recht vom Himmel dazu bestimmt zu sein schien, daß eine wackere Frau das Glück ihres Lebens darauf gründen sollte; sie fühlte, was er ihr und ihren Kindern auf immer sein würde. Auf der andern Seite war ihr Werther so teuer geworden, gleich von dem ersten Augenblick ihrer Bekanntschaft an hatte sich die Übereinstimmung ihrer Gemüter so schön gezeigt, der lange dauernde Umgang mit ihm, so manche durchlebte Situationen hatten einen unauslöschlichen Eindruck auf ihr Herz gemacht. Alles, was sie Interessantes fühlte und dachte, war sie gewohnt mit ihm zu teilen, und seine Entfernung drohete in ihr ganzes Wesen eine Lücke zu reißen, die nicht wieder ausgefüllt werden konnte. O, hätte sie ihn in dem Augenblick zum Bruder umwandeln können, wie glücklich wäre sie gewesen! Hätte sie ihn einer ihrer Freundinnen verheiraten dürfen, hätte sie hoffen können, auch sein Verhältnis gegen Albert ganz wieder herzustellen!

Sie hatte ihre Freundinnen der Reihe nach durchgedacht und fand bei einer jeglichen etwas auszusetzen, fand keine, der sie ihn gegönnt hätte.

Über allen diesen Betrachtungen fühlte sie erst tief, ohne sich es deutlich zu machen, daß ihr herzliches, heimliches Verlangen sei, ihn für sich zu behalten, und sagte sich daneben, daß sie ihn nicht behalten könne, behalten dürfe; ihr reines, schönes, sonst so leichtes und leicht sich helfendes Gemüt empfand den Druck einer Schwermut, dem die Aussicht zum Glück verschlossen ist. Ihr Herz war gepreßt, und eine trübe Wolke lag über ihrem Auge.

So war es halb sieben geworden, als sie Werthern die Treppe heraufkommen hörte und seinen Tritt, seine Stimme, die nach ihr fragte, bald erkannte. Wie schlug ihr Herz, und wir dürfen fast sagen zum erstenmal, bei seiner Ankunft. Sie hätte sich gern vor ihm verleugnen lassen, und als er hereintrat, rief sie ihm mit einer Art von leidenschaftlicher Verwirrung entgegen: "Sie haben nicht Wort gehalten." — "Ich habe nichts versprochen", war seine Antwort. — "So hätten Sie wenigstens meiner Bitte stattgeben sollen", versetzte sie, "ich bat Sie um unser beider Ruhe."

Sie wußte nicht recht, was sie sagte, ebensowenig was sie tat, als sie nach einigen Freundinnen schickte, um nicht mit Werthern allein zu sein. Er legte einige Bücher hin, die er gebracht hatte, fragte nach andern, und sie wünschte, bald daß ihre Freundinnen kommen, bald daß sie wegbleiben möchten. Das Mädchen kam zurück und brachte die Nachricht, daß sich beide entschuldigen ließen.

Sie wollte das Mädchen mit ihrer Arbeit in das Nebenzimmer sitzen lassen; dann besann sie sich wieder anders. Werther ging in der Stube auf und ab, sie trat ans Klavier und fing eine Menuett an, sie wollte nicht fließen. Sie nahm sich zusammen und setzte sich gelassen zu Werthern, der seinen gewöhnlichen Platz auf dem Kanapee eingenommen hatte.

"Haben Sie nichts zu lesen?", sagte sie. — Er hatte nichts. — "Da drin in meiner Schublade", fing sie an, "liegt Ihre Übersetzung einiger Gesänge Ossians; ich habe sie noch nicht gelesen, denn ich hoffte immer, sie von Ihnen zu hören; aber zeither hat sich's nicht finden, nicht machen wollen." — Er lächelte, holte die Lieder, ein Schauer überfiel ihn, als er sie in die Hände nahm, und die Augen standen ihm voll Tränen, als er hineinsah. Er setzte sich nieder und las.

"Stern der dämmernden Nacht, schön funkelst du in Westen, habst dein strahlend Haupt aus deiner Wolke, wandelst stattlich deinen Hügel hin. Wornach blickst du auf die Heide? Die stürmenden Winde haben sich gelegt; von ferne kommt des Gießbachs Murmeln; rauschende Wellen spielen am Felsen ferne; das Gesumme der Abendfliegen schwärmet übers Feld.

Wornach siehst du, schönes Licht? Aber du lächelst und gehst, freudig umgeben dich die Wellen und baden dein liebliches Haar. Lebe wohl, ruhiger Strahl. Erscheine, du herrliches Licht von Ossians Seele!

Und es erscheint in seiner Kraft. Ich sehe meine geschiedenen Freunde, sie sammeln sich auf Lora, wie in den Tagen, die vorüber sind. — Fingal kommt wie eine feuchte Nebelsäule; um ihn sind seine Helden, und, siehe! Die Barden des Gesanges: grauer Ullin! Stattlicher Ryno! Alpin, lieblicher Sänger! Und du, sanft klagende Minona! — Wie verändert seid ihr, meine Freunde, seit den festlichen Tagen auf Selma, da wir buhlten um die Ehre des Gesanges, wie Frühlingslüfte den Hügel hin wechselnd beugen das schwach lispelnde Gras.

Da trat Minona hervor in ihrer Schönheit, mit niedergeschlagenem Blick und tränenvollem Auge, schwer floß ihr Haar im unsteten Winde, der von dem Hügel herstieß. — Düster ward's in der Seele der Helden, als sie die liebliche Stimme erhob; denn oft hatten sie das Grab Salgars gesehen, oft die finstere Wohnung der weißen Colma. Colma, verlassen auf dem Hügel, mit der harmonischen Stimme; Salgar versprach zu kommen; aber ringsum zog sich die Nacht. Höret Colmas Stimme, da sie auf dem Hügel allein saß.

Colma

Es ist Nacht! — Ich bin allein, verloren auf dem stürmischen Hügel. Der Wind saust im Gebirge. Der Strom heult den Felsen hinab. Keine Hütte schützt mich vor Regen, mich Verlaßne auf dem stürmischen Hügel.

Tritt, o Mond, aus deinen Wolken, erscheinet, Sterne der Nacht! Leite mich irgend ein Strahl zu dem Orte, wo meine Liebe ruht von den Beschwerden der Jagd, sein Bogen neben ihm abgespannt, seine Hunde schnobend um ihn! Aber hier muß ich sitzen allein auf dem Felsen des verwachsenen Stroms. Der Strom und der Sturm saust, ich höre nicht die Stimme meines Geliebten.

Warum zaudert mein Salgar? Hat er sein Wort vergessen? — Da ist der Fels und der Baum und hier der rauschende Strom! Mit einbrechender Nacht versprachst du hier zu sein; ach! Wohin hat sich mein Salgar verirrt? Mit dir wollt' ich fliehen, verlassen Vater und Bruder, die stolzen! Lange sind unsere Geschlechter Feinde, aber wir sind keine Feinde, o Salgar!

Schweig eine Weile, o Wind! Still eine kleine Weile, o Strom, daß meine Stimme klinge durchs Tal, daß mein Wanderer mich höre. Salgar! Ich bin's, die ruft! Hier ist der Baum und der Fels! Salgar! Mein Lieber! Hier bin ich; warum zauderst du zu kommen?

Sieh, der Mond erscheint, die Flut glänzt im Tale, die Felsen stehen grau den Hügel hinauf; aber ich seh' ihn nicht auf der Höhe, seine Hunde vor ihm her verkündigen nicht seine Ankunft. Hier muß ich sitzen allein.

Aber wer sind, die dort unten liegen auf der Heide? — Mein Geliebter? Mein Bruder? — Redet, o meine Freunde! Sie antworten nicht. Wie geängstet ist meine Seele! — Ach sie sind tot! Ihre Schwester rot vom Gefechte! O mein Bruder, mein Bruder, warum hast du meinen Salgar erschlagen? O mein Salgar, warum hast du meinen Bruder erschlagen? Ihr wart mir beide so lieb! O du warst schön an dem Hügel unter Tausenden! Es war schrecklich in der Schlacht. Antwortet mir! Hört meine Stimme, meine Geliebten! Aber ach, sie sind stumm, stumm auf ewig! Kalt wie die Erde ist ihr Busen!

O von dem Felsen des Hügels, von dem Gipfel des stürmenden Berges, redet, Geister der Toten! Redet! Mir soll es nicht grausen! — Wohin seid ihr zur Ruhe gegangen? In welcher Gruft des Gebirges soll ich euch finden? — Keine schwache Stimme vernehme ich im Winde, keine wehende Antwort im Sturme des Hügels. Ich sitze in meinem Jammer, ich harre auf den Morgen in meinen Tränen. Wühlet das Grab, ihr Freunde der Toten, aber schließt es nicht, bis ich komme. Mein Leben schwindet wie ein Traum; wie sollt' ich zurückbleiben! Hier will ich wohnen mit meinen Freunden an dem Strom des klingenden Felsens — wenn's Nacht wird auf dem Hügel, und Wind kommt über die Heide, soll mein Geist im Winde stehn und trauern den Tod meiner Freunde. Der Jäger hört mich aus seiner Laube, fürchtet meine Stimme und liebt sie; denn süß soll meine Stimme sein um meine Freunde, sie waren mir beide so lieb!

Das war dein Gesang, o Minona, Tormans sanft errötende Tochter. Unsere Tränen flossen um Colma, und unsere Seele ward düster.

Ullin trat auf mit der Harfe und gab uns Alpins Gesang — Alpins Stimme war freundlich, Rynos Seele ein Feuerstrahl. Aber schon ruhten sie im engen Hause, und ihre Stimme war verhallet in Selma. Einst kehrte Ullin zurück von der Jagd, ehe die Helden noch fielen. Er hörte ihren Wettegesang auf dem Hügel. Ihr Lied war sanft, aber traurig. Sie klagten Morars Fall, des ersten der Helden. Seine Seele war wie Fingals Seele, sein Schwert wie das Schwert Oskars — aber er fiel, und sein Vater jammerte, und seiner Schwester Augen waren voll Tränen, Minonas Augen waren voll Tränen, der Schwester des herrlichen Morars. Sie trat zurück vor Ullins Gesang, wie der Mond in Westen, der den Sturmregen voraussieht und sein schönes Haupt in eine Wolke verbirgt. — Ich schlug die Harfe mit Ullin zum Gesange des Jammers.

Ryno

Vorbei sind Wind und Regen, der Mittag ist so heiter, die Wolken teilen sich. Fliehend bescheint den Hügel die unbeständige Sonne. Rötlich fließt der Strom des Bergs im Tale hin. Süß ist dein Murmeln, Strom; doch süßer die Stimme, die ich höre. Es ist Alpins Stimme, er bejammert den Toten. Sein Haupt ist vor Alter gebeugt und rot sein tränendes Auge. Alpin, trefflicher Sänger, warum allein auf dem schweigenden Hügel? Warum jammerst du wie ein Windstoß im Walde, wie eine Welle am fernen Gestade?

Alpin

Meine Tränen, Ryno, sind für den Toten, meine Stimme für die Bewohner des Grabs. Schlank bist du auf dem Hügel, schön unter den Söhnen der Heide. Aber du wirst fallen wie Morar, und auf deinem Grabe wird der Trauernde sitzen. Die Hügel werden dich vergessen, dein Bogen in der Halle liegen ungespannt.

Du warst schnell, o Morar, wie ein Reh auf dem Hügel, schrecklich wie die Nachtfeuer am Himmel. Dein Grimm war ein Sturm, dein Schwert in der Schlacht wie Wetterleuchten über der Heide. Deine Stimme glich dem Waldstrome nach dem Regen, dem Donner auf fernen Hügeln. Manche fielen von deinem Arm, die Flamme deines Grimmes verzehrte sie. Aber wenn du wiederkehrtest vom Kriege, wie friedlich war deine Stirne! Dein Angesicht war gleich der Sonne nach dem Gewitter, gleich dem Monde in der schweigenden Nacht, ruhig deine Brust wie der See, wenn sich des Windes Brausen gelegt hat.

Eng ist nun deine Wohnung, finster deine Stätte! Mit drei Schritten mess' ich dein Grab, o du, der du ehe so groß warst! Vier Steine mit moosigen Häupten sind dein einziges Gedächtnis; ein entblätterter Baum, langes Gras, das im Winde wispelt, deutet dem Auge des Jägers das Grab des mächtigen Morars. Keine Mutter hast du, dich zu beweinen, kein Mädchen mit Tränen der Liebe. Tot ist, die dich gebar, gefallen die Tochter von Morglan.

Wer auf seinem Stabe ist das? Wer ist es, dessen Haupt weiß ist vor Alter, dessen Augen rot sind von Tränen? Es ist dein Vater, o Morar, der Vater keines Sohnes außer dir. Er hörte von deinem Ruf in der Schlacht, er hörte von zerstobenen Feinden; er hörte Morars Ruhm! Ach! Nichts von seiner Wunde? Weine, Vater Morars, weine! Aber dein Sohn hört dich nicht. Tief ist der Schlaf der Toten, niedrig ihr Kissen von Staube. Nimmer achtet er auf die Stimme, nie erwacht er auf deinen Ruf. O wann wird es Morgen im Grabe, zu bieten dem Schlummerer: erwache!

Lebe wohl, edelster der Menschen, du Eroberer im Felde! Aber nimmer wird dich das Feld sehen, nimmer der düstere Wald leuchten vom Glanze deines Stahls. Du hinterließest keinen Sohn, aber der Gesang soll deinen Namen erhalten, künftige Zeiten sollen von dir hören, hören von dem gefallenen Morar.

Laut war die Trauer der Helden, am lautesten Armins berstender Seufzer. Ihn erinnerte es an den Tod seines Sohnes, er fiel in den Tagen der Jugend. Carmor saß nah bei dem Helden, der Fürst des hallenden Galmal. 'Warum schluchzet der Seufzer Armins?' sprach er, 'was ist hier zu weinen? Klingt nicht ein Lied und ein Gesang, die Seele zu schmelzen und zu ergetzen? Sie sind wie sanfter Nebel, der steigend vom See aufs Tal sprüht, und die blühenden Blumen füllet das Naß; aber die Sonne kommt wieder in ihrer Kraft, und der Nebel ist gegangen. Warum bist du so jammervoll, Armin, Herrscher des seeumflossenen Gorma?'

'Jammervoll! Wohl das bin ich, und nicht gering die Ursache meines Wehs. — Carmor, du verlorst keinen Sohn, verlorst keine blühende Tochter; Colgar, der Tapfere, lebt, und Annira, die schönste der Mädchen. Die Zweige deines Hauses blühen, o Carmor; aber Armin ist der Letzte seines Stammes. Finster ist dein Bett, o Daura! Dumpf ist dein Schlaf in dem Grabe — wann erwachst du mit deinen Gesängen, mit deiner melodischen Stimme? Auf, ihr Winde des Herbstes! Auf, stürmt über die finstere Heide! Waldströme, braust! Heult, Ströme, im Gipfel der Eichen! Wandle durch gebrochene Wolken, o Mond, zeige wechselnd dein bleiches Gesicht! Erinnre mich der schrecklichen Nacht, da meine Kinder umkamen, da Arindal, der Mächtige, fiel, Daura, die Liebe, verging.

Daura, meine Tochter, du warst schön, schön wie der Mond auf den Hügeln von Fura, weiß wie der gefallene Schnee, süß wie die atmende Luft! Arindal, dein Bogen war stark, dein Speer schnell auf dem Felde, dein Blick wie Nebel auf der Welle, dein Schild eine Feuerwolke im Sturme!'

Armar, berühmt im Kriege, kam und warb um Dauras Liebe; sie widerstand nicht lange. Schön waren die Hoffnungen ihrer Freunde.

Erath, der Sohn Odgals, grollte, denn sein Bruder lag erschlagen von Armar. Er kam, in einen Schiffer verkleidet. Schön war sein Nachen auf der Welle, weiß seine Locken vor Alter, ruhig sein ernstes Gesicht. 'Schönste Mädchen', sagte er, 'liebliche Tochter von Armin, dort am Felsen, nicht fern in der See, wo die rote Frucht vom Baume herblinkt, dort wartet Armar auf Daura: ich komme, seine Liebe zu führen über die rollende See.'

Sie folgt' ihm und rief nach Armar; nichts antwortete als die Stimme des Felsens. 'Armar! Mein Lieber! Mein Lieber! Warum ängstest du mich so? Höre, Sohn Arnarths! Höre! Daura ist's, die dich ruft!'

Erath, der Verräter, floh lachend zum Lande. Sie erhob ihre

Stimme, rief nach ihrem Vater und Bruder: 'Arindal! Armin! Ist keiner, seine Daura zu retten?'

Ihre Stimme kam über die See. Arindal, mein Sohn, stieg vom Hügel herab, rauh in der Beute der Jagd, seine Pfeile rasselten an seiner Seite, seinen Bogen trug er in der Hand, fünf schwarzgraue Doggen waren um ihn. Er sah den kühnen Erath am Ufer, faßt' und band ihn an die Eiche, fest umflocht er seine Hüften, der Gefesselte füllte mit Ächzen die Winde.

Arindal betritt die Wellen in seinem Boote, Daura herüber zu bringen. Armar kam in seinem Grimme, drückt' ab den grau befiederten Pfeil, er klang, er sank in dein Herz, o Arindal, mein Sohn! Statt Eraths, des Verräters, kamst du um, das Boot erreichte den Felsen, er sank dran nieder und starb. Zu deinen Füßen floß deines Bruders Blut, welch war dein Jammer, o Daura! Die Wellen zerschmettern das Boot. Armar stürzt sich in die See, seine Daura zu retten oder zu sterben. Schnell stürmte ein Stoß vom Hügel in die Wellen, er sank und hob sich nicht wieder.

Allein auf den seebespülten Felsen hört' ich die Klagen meiner Tochter. Viel und laut war ihr Schreien, doch konnt' sie ihr Vater nicht retten. Die ganze Nacht stand ich am Ufer, ich sah sie im schwachen Strahle des Mondes, die ganze Nacht hört' ich ihr Schreien, laut war der Wind, und der Regen schlug scharf nach der Seite des Berges. Ihre Stimme ward schwach, ehe der Morgen erschien, sie starb weg wie die Abendluft zwischen dem Grase der Felsen. Beladen mit Jammer starb sie und ließ Armin allein! Dahin ist meine Stärke im Kriege, gefallen mein Stolz unter den Mädchen.

Wenn die Stürme des Berges kommen,
wenn der Nord die Wellen hochhebt,
sitz' ich am schallenden Ufer,
schaue nach dem schrecklichen Felsen.

Oft im sinkenden Monde
seh' ich die Geister meiner Kinder,
halb dämmernd wandeln sie
zusammen in traurigen Eintracht.

Ein Strom von Tränen, der aus Lottens Augen brach und ihrem gepreßten Herzen Luft machte, hemmte Werthers Gesang. Er warf das Papier hin, faßte ihre Hand und weinte die bittersten Tränen. Lotte ruhte auf der andern und verbarg ihre Augen ins Schnupftuch. Die Bewegung beider war fürchterlich. Sie fühlten ihr eigenes Elend in dem Schicksale der Edlen, fühlten es zusammen, und ihre Tränen vereinigten sich. Die Lippen und Augen Werthers glühten an Lottens Arme; ein Schauer überfiel sie; sie wollte sich entfernen, und Schmerz und Anteil lagen betäubend wie Blei auf ihr. Sie atmete, sich zu erholen, und bat ihn schluchzend fortzufahren, bat mit der ganzen Stimme des Himmels! Werther zitterte, sein Herz wollte bersten, er hob das Blatt auf und las halb gebrochen:

"Warum weckst du mich, Frühlingsluft? Du buhlst und sprichst: ich betaue mit Tropfen des Himmels! Aber die Zeit meines Welkens ist nahe, nahe der Sturm, der meine Blätter herabstört! Morgen wird der Wanderer kommen, kommen der mich sah in meiner Schönheit, ringsum wird sein Auge im Felde mich suchen und wird mich nicht finden." —

Die ganze Gewalt dieser Worte fiel über den Unglücklichen. Er warf sich vor Lotten nieder in der vollen Verzweifelung, faßte ihre Hände, drückte sie in seine Augen, wider seine Stirn, und ihr schien eine Ahnung seines schrecklichen Vorhabens durch die Seele zu fliegen. Ihre Sinne verwirrten sich, sie drückte seine Hände, drückte sie wider ihre Brust, neigte sich mit einer wehmütigen Bewegung zu ihm, und ihre glühenden Wangen berührten sich. Die Welt verging ihnen. Er schlang seine Arme um sie her, preßte sie an seine Brust und deckte ihre zitternden, stammelnden Lippen mit wütenden Küssen. — "Werther!", rief sie mit erstickter Stimme, sich abwendend, "Werther!", und drückte mit schwacher Hand seine Brust von der ihrigen; "Werther!" rief sie mit dem gefaßten Tone des edelsten Gefühles. — Er widerstand nicht, ließ sie sich aus seinen Armen und warf sich unsinnig vor sie hin. — Sie riß sich auf, und in ängstlicher Verwirrung, bebend zwischen Liebe und Zorn, sagte sie: "Das ist das letzte Mal! Werther! Sie sehn mich nicht wieder." Und mit dem vollsten Blick der Liebe auf den Elenden eilte sie ins Nebenzimmer und schloß hinter sich zu. — Werther streckte ihr die Arme nach, getraute sich nicht, sie zu halten. Er lag an der Erde, den Kopf auf dem Kanapee, und in dieser Stellung blieb er über eine halbe Stunde, bis ihn ein Geräusch zu sich selbst rief. Es war das Mädchen, das den Tisch decken wollte. Er ging im Zimmer auf und ab, und da er sich wieder allein sah, ging er zur Türe des Kabinetts und rief mit leiser Stimme: "Lotte! Lotte! Nur noch ein Wort! Ein Lebewohl!" — sie schwieg. — Er harrte und bat und harrte; dann riß er sich weg und rief: "lebe wohl, Lotte! Auf ewig lebe wohl!"

Er kam ans Stadttor. Die Wächter, die ihn schon gewohnt waren, ließen ihn stillschweigend hinaus. Es stiebte zwischen Regen und Schnee, und erst gegen eilfe klopfte er wieder. Sein Diener bemerkte, als Werther nach Hause kam, daß seinem Herrn der Hut fehlte. Er getraute sich nicht, etwas zu sagen, entkleidete ihn, alles war naß. Man hat nachher den Hut auf einem Felsen, der an dem Abhange des Hügels ins Tal sieht, gefunden, und es ist unbegreiflich, wie er ihn in einer finstern, feuchten Nacht, ohne zu stürzen, erstiegen hat.

Er legte sich zu Bette und schlief lange. Der Bediente fand ihn schreibend, als er ihm den andern Morgen auf sein Rufen den Kaffee brachte. Er schrieb folgendes am Briefe an Lotten:

"Zum letztenmale denn, zum letztenmale schlage ich diese Augen auf. Sie sollen, ach, die Sonne nicht mehr sehn, ein trüber, neblichter Tag hält sie bedeckt. So traure denn, Natur! Dein Sohn, dein Freund, dein Geliebter naht sich seinem Ende. Lotte, das ist ein Gefühl ohnegleichen, und doch kommt es dem dämmernden Traum am nächsten, zu sich zu sagen: das ist der letzte Morgen. Der letzte! Lotte, ich habe keinen Sinn für das Wort: der letzte! Stehe ich nicht da in meiner ganzen Kraft, und morgen liege ich ausgestreckt und schlaff am Boden. Sterben! Was heißt das? Siehe, wir träumen, wenn wir vom Tode reden. Ich habe manchen sterben sehen; aber so eingeschränkt ist die Menschheit, daß sie für ihres Daseins Anfang und Ende keinen Sinn hat. Jetzt noch mein, dein! Dein, o Geliebte! Und einen Augenblick — getrennt, geschieden — vielleicht auf ewig? — Nein, Lotte, nein — wie kann Ich vergehen? Wie kannst du vergehen? Wir sind ja! — vergehen! — Was heißt das? Das ist wieder ein Wort, ein leerer Schall, ohne Gefühl für mein Herz. — Tot, Lotte! Eingescharrt der kalten Erde, so eng! So finster! — Ich hatte eine Freundin, die mein alles war meiner hülflosen Jugend; sie starb, und ich folgte ihrer Leiche und stand an dem

Grabe, wie sie den Sarg hinunterließen und die Seile schnurrend unter ihm weg und wieder herauf schnellten, dann die erste Schaufel hinunterschollerte, und die ängstliche Lade einen dumpfen Ton wiedergab, und dumpfer und immer dumpfer, und endlich bedeckt war! — Ich stürzte neben das Grab hin — ergriffen, erschüttert, geängstet, zerrissen mein Innerstes, aber ich wußte nicht, wie mir geschah — wie mir geschehen wird — Sterben! Grab! Ich verstehe die Worte nicht!

O vergib mir! Vergib mir! Gestern! Es hätte der letzte Augenblick meines Lebens sein sollen. O du Engel! Zum ersten Male, zum ersten Male ganz ohne Zweifel durch mein innig Innerstes durchglühte mich das Wonnegefühl: sie liebt mich! Sie liebt mich! Es brennt noch auf meinen Lippen das heilige Feuer, das von den deinigen strömte, neue, warme Wonne ist in meinem Herzen. Vergib mir! Vergib mir!

Ach, ich wußte, daß du mich liebtest, wußte es an den ersten seelenvollen Blicken, an dem ersten Händedruck, und doch, wenn ich wieder weg war, wenn ich Alberten an deiner Seite sah, verzagte ich wieder in fieberhaften Zweifeln.

Erinnerst du dich der Blumen, die du mir schicktest, als du in jener fatalen Gesellschaft mir kein Wort sagen, keine Hand reichen konntest? O, ich habe die halbe Nacht davor gekniet, und sie versiegelten mir deine Liebe. Aber ach! Diese Eindrücke gingen vorüber, wie das Gefühl der Gnade seines Gottes allmählich wieder aus der Seele des Gläubigen weicht, die ihm mit ganzer Himmelsfülle in heiligen, sichtbaren Zeichen gereicht ward.

Alles das ist vergänglich, aber keine Ewigkeit soll das glühende Leben auslöschen, das ich gestern auf deinen Lippen genoß, das ich in mir fühle! Sie liebt mich! Dieser Arm hat sie umfaßt, diese Lippen haben auf ihren Lippen gezittert, dieser Mund hat an dem ihrigen gestammelt. Sie ist mein! Du bist mein! Ja, Lotte, auf ewig.

Und was ist das, daß Albert dein Mann ist? Mann! Das wäre denn für diese Welt — und für diese Welt Sünde, daß ich dich liebe, daß ich dich aus seinen Armen in die meinigen reißen möchte? Sünde? Gut, und ich strafe mich dafür; ich habe sie in ihrer ganzen Himmelswonne geschmeckt, diese Sünde, habe Lebensbalsam und Kraft in mein Herz gesaugt. Du bist von diesem Augenblicke mein! Mein, o Lotte! Ich gehe voran! Gehe zu meinem Vater, zu deinem Vater. Dem will ich's klagen, und er wird mich trösten, bis du kommst, und ich fliege dir entgegen und fasse dich und bleibe bei dir vor dem Angesichte des Unendlichen in ewigen Umarmungen.

Ich träume nicht, ich wähne nicht! Nahe am Grabe wird mir es heller. Wir werden sein! Wir werden uns wieder sehen! Deine Mutter sehen! Ich werde sie sehen, werde sie finden, ach, und vor ihr mein ganzes Herz ausschütten! Deine Mutter, dein

Ebenbild."

Gegen eilfe fragte Werther seinen Bedienten, ob wohl Albert zurückgekommen sei? Der Bediente sagte: ja, er habe dessen Pferd dahinführen sehen. Darauf gibt ihm der Herr ein offenes Zettelchen des Inhalts:

"Wollten Sie mir wohl zu einer vorhabenden Reise Ihre Pistolen leihen? Leben Sie recht wohl!"

Die liebe Frau hatte die letzte Nacht wenig geschlafen; was sie gefürchtet hatte, war entschieden, auf eine Weise entschieden, die sie weder ahnen noch fürchten konnte. Ihr sonst so rein und leicht fließendes Blut war in einer fieberhaften Empörung, tausenderlei Empfindungen zerrütteten das schöne Herz. War es das Feuer von Werthers Umarmungen, das sie in ihrem Busen fühlte? War es Unwille über seine Verwegenheit? War es eine unmutige Vergleichung ihres gegenwärtigen Zustandes mit jenen Tagen ganz unbefangener, freier Unschuld und sorglosen Zutrauens an sich selbst? Wie sollte sie ihrem Manne entgegengehen, wie ihm eine Szene bekennen, die sie so gut gestehen durfte, und die sie sich doch zu gestehen nicht getraute? Sie hatten so lange gegen einander geschwiegen, und sollte sie die erste sein, die das Stillschweigen bräche und eben zur unrechten Zeit ihrem

Gatten eine so unerwartete Entdeckung machte? Schon fürchtete sie, die bloße Nachricht von Werthers Besuch werde ihm einen unangenehmen Eindruck machen, und nun gar diese unerwartete Katastrophe! Konnte sie wohl hoffen, daß ihr Mann sie ganz im rechten Lichte sehen, ganz ohne Vorurteil aufnehmen würde? Und konnte sie wünschen, daß er in ihrer Seele lesen möchte? Und doch wieder, konnte sie sich verstellen gegen den Mann, vor dem sie immer wie ein kristallhelles Glas offen und frei gestanden und dem sie keine ihrer Empfindungen jemals verheimlicht noch verheimlichen können? Eins und das andre machte ihr Sorgen und setzte sie in Verlegenheit; und immer kehrten ihre Gedanken wieder zu Werthern, der für sie verloren war, den sie nicht lassen konnte, den sie — leider! — sich selbst überlassen mußte, und dem, wenn er sie verloren hatte, nichts mehr übrig blieb.

Wie schwer lag jetzt, was sie sich in dem Augenblick nicht deutlich machen konnte, die Stockung auf ihr, die sich unter ihnen festgesetzt hatte! So verständige, so gute Menschen fingen wegen gewisser heimlicher Verschiedenheiten unter einander zu schweigen an, jedes dachte seinem Recht und dem Unrechte des andern nach, und die Verhältnisse verwickelten und verhetzten sich dergestalt, daß es unmöglich ward, den Knoten eben in dem kritischen Momente, von dem alles abhing, zu lösen. Hätte eine glückliche Vertraulichkeit sie früher wieder einander näher gebracht, wäre Liebe und Nachsicht wechselsweise unter ihnen lebendig worden und hätte ihre Herzen aufgeschlossen, vielleicht wäre unser Freund noch zu retten gewesen.

Noch ein sonderbarer Umstand kam dazu. Werther hatte, wie wir aus seinen Briefen wissen, nie ein Geheimnis daraus gemacht, daß er sich diese Welt zu verlassen sehnte. Albert hatte ihn oft bestritten, auch war zwischen Lotten und ihrem Mann manchmal die Rede davon gewesen. Dieser, wie er einen entschiedenen Widerwillen gegen die Tat empfand, hatte auch gar oft mit einer Art von Empfindlichkeit, die sonst ganz außer seinem Charakter lag, zu erkennen gegeben, daß er an dem Ernst eines solchen Vorsatzes sehr zu zweifeln Ursach' finde, er hatte sich sogar darüber einigen Scherz erlaubt und seinen Unglauben Lotten mitgeteilt. Dies beruhigte sie zwar von einer Seite, wenn ihre Gedanken ihr das traurige Bild vorführten, von der andern aber fühlte sie sich auch dadurch gehindert, ihrem Manne die Besorgnisse mitzuteilen, die sie in dem Augenblicke quälten.

Albert kam zurück, und Lotte ging ihm mit einer verlegenen Hastigkeit entgegen, er war nicht heiter, sein Geschäft war nicht vollbracht, er hatte an dem benachbarten Amtmanne einen unbiegsamen, kleinsinnigen Menschen gefunden. Der üble Weg auch hatte ihn verdrießlich gemacht.

Er fragte, ob nichts vorgefallen sei, und sie antwortete mit Übereilung: Werther sei gestern abends dagewesen. Er fragte, ob Briefe gekommen, und er erhielt zur Antwort, daß ein Brief und

Pakete auf seiner Stube lägen. Er ging hinüber, und Lotte blieb allein. Die Gegenwart des Mannes, den sie liebte und ehrte, hatte einen neuen Eindruck in ihr Herz gemacht. Das Andenken seines Edelmuts, seiner Liebe und Güte hatte ihr Gemüt mehr beruhigt, sie fühlte einen heimlichen Zug, ihm zu folgen, sie nahm ihre Arbeit und ging auf sein Zimmer, wie sie mehr zu tun pflegte. Sie fand ihn beschäftigt, die Pakete zu erbrechen und zu lesen. Einige schienen nicht das Angenehmste zu enthalten. Sie tat einige Fragen an ihn, die er kurz beantwortete, und sich an den Pult stellte, zu schreiben.

Sie waren auf diese Weise eine Stunde nebeneinander gewesen, und es ward immer dunkler in Lottens Gemüt. Sie fühlte, wie schwer es ihr werden würde, ihrem Mann, auch wenn er bei dem besten Humor wäre, das zu entdecken, was ihr auf dem Herzen lag; sie verfiel in eine Wehmut, die ihr um desto ängstlicher ward, als sie solche zu verbergen und ihre Tränen zu verschlucken suchte.

Die Erscheinung von Werthers Knaben setzte sie in die größte Verlegenheit; er überreichte Alberten das Zettelchen, der sich gelassen nach seiner Frau wendete und sagte: "gib ihm die Pistolen." — "Ich lasse ihm glückliche Reise wünschen", sagte er zum Jungen. — Das fiel auf sie wie ein Donnerschlag, sie schwankte aufzustehen, sie wußte nicht, wie ihr geschah. Langsam ging sie nach der Wand, zitternd nahm sie das Gewehr herunter, putzte den Staub ab und zauderte, und hätte noch lange gezögert, wenn nicht Albert durch einen fragenden Blick sie gedrängt hätte. Sie gab das unglückliche Werkzeug dem Knaben, ohne ein Wort vorbringen zu können, und als der zum Hause hinaus war, machte sie ihre Arbeit zusammen, ging in ihr Zimmer, in dem Zustande der unaussprechlichsten Ungewißheit. Ihr Herz weissagte ihr alle Schrecknisse. Bald war sie im Begriffe, sich zu den Füßen ihres Mannes zu werfen, ihm alles zu entdecken, die Geschichte des gestrigen Abends, ihre Schuld und ihre Ahnungen. Dann sah sie wieder keinen Ausgang des Unternehmens, am wenigsten konnte sie hoffen, ihren Mann zu einem Gange nach Werthern zu bereden. Der Tisch ward gedeckt, und eine gute Freundin, die nur etwas zu fragen kam, gleich gehen wollte — und blieb, machte die Unterhaltung bei Tische erträglich; man zwang sich, man redete, man erzählte, man vergaß sich.

Der Knabe kam mit den Pistolen zu Werthern, der sie ihm mit Entzücken abnahm, als er hörte, Lotte habe sie ihm gegeben. Er ließ sich Brot und Wein bringen, hieß den Knaben zu Tische gehen und setzte sich nieder, zu schreiben.

"Sie sind durch deine Hände gegangen, du hast den Staub davon geputzt, ich küsse sie tausendmal, du hast sie berührt! Und du, Geist des Himmels, begünstigst meinen Entschluß, und du, Lotte, reichst mir das Werkzeug, du, von deren Händen ich den Tod zu empfangen wünschte, und ach! Nun empfange.

O ich habe meinen Jungen ausgefragt. Du zittertest, als du sie ihm reichtest, du sagtest kein Lebewohl! — Wehe! Wehe! Kein Lebewohl! — Solltest du dein Herz für mich verschlossen haben, um des Augenblicks willen, der mich ewig an dich befestigte? Lotte, kein Jahrtausend vermag den Eindruck auszulöschen! Und ich fühle es, du kannst den nicht hassen, der so für dich glüht."

Nach Tische hieß er den Knaben alles vollends einpacken, zerriß viele Papiere, ging aus und brachte noch kleine Schulden in Ordnung. Er kam wieder nach Hause, ging wieder aus vors Tor, ungeachtet des Regens, in den gräflichen Garten, schweifte weiter in der Gegend umher und kam mit anbrechender Nacht zurück und schrieb.

"Wilhelm, ich habe zum letzten Male Feld und Wald und den Himmel gesehen. Leb wohl auch du! Liebe Mutter, verzeiht mir! Tröste sie, Wilhelm! Gott segne euch! Meine Sachen sind alle in Ordnung. Lebt wohl! Wir sehen uns wieder und freudiger."

"Ich habe dir übel gelohnt, Albert, und du vergibst mir. Ich habe den Frieden deines Hauses gestört, ich habe Mißtrauen zwischen euch gebracht. Lebe wohl! Ich will es enden. O daß ihr glücklich wäret durch meinen Tod! Albert! Albert! Mache den Engel glücklich! Und so wohne Gottes Segen über dir!"

Er kannte den Abend noch viel in seinen Papieren, zerriß vieles und warf es in den Ofen, versiegelte einige Päcke mit den Adressen an Wilhelm. Sie enthielten kleine Aufsätze, abgerissene Gedanken, deren ich verschiedene gesehen habe; und nachdem er um zehn Uhr Feuer hatte nachlegen und sich eine Flasche Wein geben lassen, schickte er den Bedienten, dessen Kammer wie auch die Schlafzimmer der Hausleute weit hinten hinaus waren, zu Bette, der sich dann in seinen Kleidern niederlegte, um frühe bei der Hand zu sein; denn sein Herr hatte gesagt, die Postpferde würden vor sechse vors Haus kommen.

Nach Eilfe

"Alles ist so still um mich her, und so ruhig meine Seele. Ich danke dir, Gott, der du diesen letzten Augenblicken diese Wärme, diese Kraft schenkest.

Ich trete an das Fenster, meine Beste, und sehe, und sehe noch durch die stürmenden, vorüberfliehenden Wolken einzelne Sterne des ewigen Himmels! Nein, ihr werdet nicht fallen! Der Ewige trägt euch an seinem Herzen, und mich. Ich sehe die Deichselsterne des Wagens, des liebsten unter allen Gestirnen. Wenn ich nachts von dir ging, wie ich aus deinem Tore trat, stand er gegen mir über. Mit welcher Trunkenheit habe ich ihn oft angesehen, oft mit aufgehabenen Händen ihn zum Zeichen, zum heiligen Merksteine meiner gegenwärtigen Seligkeit gemacht! Und noch — o Lotte, was erinnert mich nicht an dich! Umgibst du mich nicht! Und habe ich nicht, gleich einem Kinde, ungenügsam allerlei Kleinigkeiten zu mir gerissen, die du Heilige berührt hattest!

Liebes Schattenbild! Ich vermache dir es zurück, Lotte, und bitte dich, es zu ehren. Tausend, tausend Küsse habe ich darauf gedrückt, tausend Grüße ihm zugewinkt, wenn ich ausging oder nach Hause kam. Ich habe deinen Vater in einem Zettelchen gebeten, meine Leiche zu schützen. Auf dem Kirchhofe sind zwei Lindenbäume, hinten in der Ecke nach dem Felde zu; dort wünsche ich zu ruhen. Er kann, er wird das für seinen Freund tun. Bitte ihn auch. Ich will frommen Christen nicht zumuten, ihren Körper neben einen armen Unglücklichen zu legen. Ach, ich wollte, ihr begrübt mich am Wege, oder im einsamen Tale, daß Priester und Levit vor dem bezeichneten Steine sich segnend vorübergingen und der Samariter eine Träne weinte.

Hier, Lotte! Ich schaudre nicht, den kalten, schrecklichen Kelch zu fassen, aus dem ich den Taumel des Todes trinken soll! Du reichtest mir ihn, und zage nicht. All! All! So sind alle die Wünsche und Hoffnungen meines Lebens erfüllt! So kalt, so starr an der ehernen Pforte des Todes anzuklopfen.

Daß ich des Glückes hätte teilhaftig werden können, für dich zu sterben! Lotte, für dich mich hinzugeben! Ich wollte mutig, ich wollte freudig sterben, wenn ich dir die Ruhe, die Wonne deines Lebens wiederschaffen könnte. Aber ach! Das ward nur wenigen Edeln gegeben, ihr Blut für die Ihrigen zu vergießen und durch ihren Tod ein neues, hundertfältiges Leben ihren Freunden anzufachen.

In diesen Kleidern, Lotte, will ich begraben sein, du hast sie berührt, geheiligt; ich habe auch deinen Vater darum gebeten. Meine Seele schwebt über dem Sarge. Man soll meine Taschen nicht aussuchen. Diese blaßrote Schleife, die du am Busen hattest, als ich dich zum ersten Male unter deinen Kindern fand — o küsse sie tausendmal und erzähle ihnen das Schicksal ihres unglücklichen Freundes. Die Lieben! Sie wimmeln um mich. Ach wie ich mich an dich schloß! Seit dem ersten Augenblicke dich nicht lassen konnte! — Diese Schleife soll mit mir begraben werden. An meinem Geburtstage schenktest du sie mir! Wie ich das alles verschlang! — Ach, ich dachte nicht, daß mich der Weg hierher führen sollte! — Sei ruhig! Ich bitte dich, sei ruhig!

— Sie sind geladen — es schlägt zwölfe! So sei es denn! — Lotte! Lotte, lebe wohl! Lebe wohl!"

Ein Nachbar sah den Blick vom Pulver und hörte den Schuß fallen; da aber alles stille blieb, achtete er nicht weiter drauf.

Morgens um sechse tritt der Bediente herein mit dem Lichte. Er findet seinen Herrn an der Erde, die Pistole und Blut. Er ruft, er faßt ihn an; keine Antwort, er röchelt nur noch. Er läuft nach den Ärzten, nach Alberten. Lotte hört die Schelle ziehen, ein Zittern ergreift alle ihre Glieder. Sie weckt ihren Mann, sie stehen auf, der Bediente bringt heulend und stotternd die Nachricht, Lotte sinkt ohnmächtig vor Alberten nieder.

Als der Medikus zu dem Unglücklichen kam, fand er ihn an der Erde ohne Rettung, der Puls schlug, die Glieder waren alle gelähmt. Über dem rechten Auge hatte er sich durch den Kopf geschossen, das Gehirn war herausgetrieben. Man ließ ihm zum Überfluß eine Ader am Arme, das Blut lief, er holte noch immer Atem.

Aus dem Blut auf der Lehne des Sessels konnte man schließen, er habe sitzend vor dem Schreibtische die Tat vollbracht, dann ist er heruntergesunken, hat sich konvulsivisch um den Stuhl herumgewälzt. Er lag gegen das Fenster entkräftet auf dem Rücken, war in völliger Kleidung, gestiefelt, im blauen Frack mit gelber Weste.

Das Haus, die Nachbarschaft, die Stadt kam in Aufruhr. Albert trat herein. Werthern hatte man auf das Bett gelegt, die Stirn verbunden, sein Gesicht schon wie eines Toten, er rührte kein Glied. Die Lunge röchelte noch fürchterlich, bald schwach, bald stärker; man erwartete sein Ende.

Von dem Weine hatte er nur ein Glas getrunken. "Emilia Galotti" lag auf dem Pulte aufgeschlagen.

Von Alberts Bestürzung, von Lottens Jammer laßt mich nichts sagen.

Der alte Amtmann kam auf die Nachricht hereingesprengt, er küßte den Sterbenden unter den heißesten Tränen. Seine ältesten Söhne kamen bald nach ihm zu Fuße, sie fielen neben dem Bette nieder im Ausdrucke des unbändigsten Schmerzens, küßten ihm die Hände und den Mund, und der älteste, den er immer am meisten geliebt, hing an seinen Lippen, bis er verschieden war und man den Knaben mit Gewalt wegriß. Um zwölfe mittags starb er. Die Gegenwart des Amtmannes und seine Anstalten tuschten einen Auflauf. Nachts gegen eilfe ließ er ihn an die Stätte begraben, die er sich erwählt hatte. Der Alte folgte der Leiche und die Söhne, Albert vermocht's nicht. Man fürchtete für Lottens Leben. Handwerker trugen ihn. Kein Geistlicher hat ihn begleitet.

현실에서의 체험을 문학으로 가공한 소설

홍성광

요한 볼프강 폰 괴테는 1772년 5월부터 9월까지 베츨라 소재 제국 고등법원에서 실무 수습을 했다. 베츨라는 프랑크푸르트에서 북쪽으로 60여 킬로미터 떨어진 소도시로, 4천여 명의 주민 중 거의 4분의 1이 법원에서 근무했다. 1772년 6월 9일 당시 스물세 살이었던 괴테는 근처 도시인 볼페르츠하우젠(Volpertshausen)에서 열린 무도회에 참석했다가 열아홉 살의 여성 샤를로테 부프를 알게 된다. 그는 무도회로 가는 마차에서 샤를로테를 만나 그녀에게 완전히 마음을 빼앗겼던 것이다. 영지 주무관의 딸로 열한 명의 자녀 가운데 둘째였던 그녀는 공사관의 서기관인 케스트너와 이미 약혼한 사이였다. 샤를로테는 열다섯 살 때 케스트너를 처음 만났고 1771년 그녀의 어머니가 세상을 떠난 후 그녀가 케스트너의 마음을 받아들이자 주변 사람들은 둘의 약혼을 기정사실로 인정했다. 그래서 샤를로테, 케스트너 그리고 괴테, 그들 사이에는 묘한 우정의 관계가 성립이 되었다.

케스트너는 처음 베츨라에 온 괴테를 호메로스나 핀다로스 등을 좋아하는 문학청년으로 보았고 괴테도 케스트너를 부지런하고 분별 있는 사람으로 생각했다. 케스트너는 친구에게 보낸 편지에서 괴테를 재능과 상상력이 뛰어난 진정한 천재이자 인격자라고 묘사하기도 했다. 그가 괴테에게 상당한 호감을 갖고 있었다고는 하지만 괴테가 샤를로테와 함께 즐거워하는 모습을 보는 것을 달가워하지는 않았다. 그래도 세 사람의 우정에 별다른 마찰은 없었고, 괴테와 샤를로테도 절도를 지켰으므로 두 사람의 우정은 순수했다고 볼 수 있다. 괴테는 샤를로테가 둘 사이에 우정 이상의 것은 기대하지 말라고 했기에 상심을 하기도 했지만, 자신의 고통과 좌절을 어쩔 수 없는 행복의 일부로 받아들였다. 1772년 9월 10일 저녁 세 사람은 함께 만남을 가졌고, 샤를로테는 저세상에 대한 것을 주제로 이야기를 이끌었다. 다음 날 아침 괴테는 한마디 말 없이 돌연 베츨라를 떠났고 세 사람의 애매한 관계는 끝나게 되었다.

그런데 여기에 또 다른 사건이 일어났다. 괴테는 베츨라를 떠난 직후 코블렌츠로 가서 문필가 조피 폰 라 로쉬의 집을 방문했고 거기서 조피의 맏딸 막시밀리아네를 알게 되었다. 그리하여 옛 열정이 채 사라지기도 전에 괴테는 그곳에서 새로운 열정이 불타올랐고 막시밀리아네와 다시 사랑에 빠져들었다. 그러나 이 년 후인 1774년 1월 9일 막시밀리아네는 자기보다 스무 살 많은 상인 페터 브렌타노와 결혼했고, 괴테는 또다시 실연의 아픔을 맛보았다. 막시밀리아네는 프랑크푸르트에서 결혼 생활을 했고, 그래서 괴테와 막시밀리아네, 질투심이 강한 남편 브렌타노가 자주 만나게 되었다. 그러자 베츨라에서와 같은 상황이 재연되었고 괴테는 곤혹스러운 상황에 처해져 막시밀리아네의 집을 드나들 수 없게 되었다.

그런데 괴테가 베츨라를 떠나고 한 달 반쯤 지난 1772년 10

월 29일과 30일 사이에 공사관 서기관 예루잘렘 청년이 권총으로 자살하는 사건이 발생했다. 신학자의 아들로 인문학적 소양을 갖춘 예루잘렘은 괴테와 같은 시기에 라이프치히 대학에서 법학을 전공했고 1770년 괴팅겐에서 학위를 받았으며, 1771년 9월부터 베츨라에서 일하고 있었다. 소도시에서 커다란 주목을 끈 이 자살의 동기는 어느 공사관 서기관의 부인인 엘리자베트 헤르트에 대한 그의 짝사랑 때문이었다. 괴테는 자기보다 두 살 많은 그 금발 청년과 가끔 어울리곤 했고, 그 당시 그를 안 지 칠 년쯤 되었을 때였다. 예루잘렘은 영국식 복장을 모방해 파란 연미복과 노란색 조끼, 승마바지에 갈색 줄이 달린 부츠를 신고 다녔다. 괴테는 하필이면 자신의 연적이었던 샤를로테의 남편 케스트너의 총을 빌려 자살한 그의 슬픈 운명에 큰 충격을 받았다.

괴테는 1772년 11월 6일부터 11일까지 베츨라에 머무는 동안 케스트너로부터 예루잘렘의 자살에 관한 상세한 설명을 듣게 된다. 짝사랑 헤르트의 집에 드나들지 못하게 된 예루잘렘은 케스트너에게 편지를 보내 권총을 빌려달라고 했고 아무 영문도 모르고 케스트너는 그의 요청을 들어주었다. 예루잘렘은 서류를 정리하고 소소한 빚을 갚은 뒤 산책하면서 오후 시간을 보내고, 하인에게는 난로에 불을 지피고 포도주를 한 잔 가져오라고 시켰다고 한다. 이 이야기를 듣는 순간 괴테에게는 《젊은 베르터의 고뇌》에 대한 구상이 떠올랐다. 그의 자서전 《시와 진실》에 따르면 정확한 사실을 입수한 순간 소설의 전체 구조가 온전히 그의 머리에 떠올랐다고 한다. 그러던 차에 막시밀리아네의 결혼 소식으로 괴테는 몽유병자와 같은 무의식적인 확신을 가지고 순식간에 소설을 써 내려갔다고 밝힌다. 그리고 1774년 2월과 3월 철저히 고립된 상황에서 《젊은 베르터의 고뇌》 집필에 착수하여 4주 만에 완성하게 되었다.

그 때문에 소설의 인물에는 샤를로테 부프, 케스트너, 예루잘렘의 특징뿐만 아니라 막시밀리아네와 브렌타노의 특징도 들어가 있다. 그리고 로테의 모습 역시 샤를로테 부프보다 오히려 막시밀리아네를 더 많이 닮아 있다.

1774년 《젊은 베르터의 고뇌》가 라이프치히의 바이간트 출판사에서 출간되자 청년 괴테는 독일을 넘어 프랑스, 영국, 이탈리아 등 유럽 전역에서 명성을 떨치기 시작했다. 그러나 정작 괴테 자신은 베르터 열풍이 부는 동안 자신의 작품을 다시 되돌아보지 않았으며, 베르터의 세계에서 점점 멀어져간다. 베르터적인 기질은 파멸을 맞이하든가 제정신을 차리든가 해야 하는 양자택일의 소재였기 때문이다. 누구나 베르터처럼 사랑하고 누구나 로테처럼 사랑받고 싶어 하겠지만, 베르터의 뒤를 따라가는 것이 작가의 의도는 아니었던 것이다.

1780년 괴테는 다시 소설을 읽으면서 베르터적 인물에 대한 비판적 자세를 보이며 내용을 약간 수정하여 1787년 제2판을 발간했다. 그리하여 제1판의 질풍노도적인 성격이 다소 완화되어, 독자로 하여금 베르터에게 감정이입을 하지 않고 그를 객관적으로 바라보게 했다. 이 책도 현재 정본으로 인정받고 있는 제2판을 판본으로 하고 있다. 제2판에는 편집자의 비판적 역할이 강화되고, '머슴의 일화'가 새로 삽입되어 있다. 또

한 문체를 매끄럽게 하고 상스러운 표현을 줄인다. 그리고 제1
판에서 다소 소시민적 성격으로 등장했던 알베르트가 제2판에
서는 건실하고 관용적인 인물로 등장함으로써 호의적으로 그
려진다. 특히 후반부에 가서 편집자가 등장하는 부분에서 많은
변화가 생긴다. 괴테는 편집자를 통해 베르터의 비참한 사고
현장을 냉정하게 보고하도록 하여 객관적인 관찰자의 입장을
견지한다. 요컨대 베르터 자신에게는 이 죽음이 절대적인 사랑
을 위한 숭고한 희생처럼 보이지만, 괴테에게는 이러한 죽음이
끔찍한 종말에 불과하다는 것이다.

소설은 1771년 5월 4일에 시작하여 1772년 12월 23일에 끝
난다. 소설의 제1부는 5월 4일에서 9월 10일까지 이어지고, 제
2부는 10월 20일부터 시작하여 이듬해 12월 23일까지 계속된
다. 1771년 5월 31일부터 6월 15일까지는 편지가 없는데, 이
는 베르터가 로테한테 빠져서 사랑의 편지를 쓸 겨를이 없었
기 때문으로 보인다. 제1부에서는 마음이 안정되어 있던 베르
터가 로테를 만나 사랑에 빠지면서 마음의 동요를 겪는 과정
이 다루어진다. 제2부에서는 베르터가 결국 발하임을 떠나 타
지를 떠돈 뒤 다시 베츨라를 찾아가 로테 옆에서 행복과 절망
을 겪는 과정이 그려진다. 이때 호메로스에서 클롭슈토크, 골
드스미스를 거쳐 오시안에 이르는 베르터의 독서 목록이 그의
내면을 충실하게 반영한다. 마지막에는 베르터의 책상에 레싱
의 《에밀리아 갈로티》가 펼쳐져 있다. 1772년 12월 6일 이후
에는 편집자가 등장하여 베르터의 편지와 편집자의 보충 설명
이 뒤따른다. 결국 크리스마스이브 전날에 베르터는 심부름 소

년이 로테의 집에서 빌려 온 알베르트의 권총으로 자살함으로써 이 세상에서의 삶을 하직한다.

《젊은 베르터의 고뇌》의 제1부는 괴테가 베츨라에서 여름날에 보낸 사건을 중심으로 벌어진다. 민감한 젊은이인 베르터는 몇 가지 유산 문제를 정리하기 위해 소도시 발하임으로 온다. 그는 어느 날 무도회에서 영지 주무관의 딸인 로테를 만나 사랑에 빠진다. 로테의 약혼자 알베르트가 여행에서 돌아오자 베르터는 도시를 떠나기로 결심한다. 베르터는 행복감뿐만 아니라 격정 때문에 로테의 약혼자 모습을 보는 것을 더 이상 견딜 수 없었기 때문이다. 그렇지만 괴테와는 달리 베르터는 곧 다시 로테 곁으로 돌아온다. 독자들은 베츨라에서 일어난 일과 소설에서 벌어진 일의 유사성에 관심을 가졌지만, 괴테는 그들이 소설과 자전적 사실에 이처럼 관심을 보이는 것에 곤혹스러워했다.

그런데 우리는 베르터가 곧 괴테라고 지레짐작해서는 안 된다. 소설의 제1부에서는 괴테의 경험이 소재가 되었다면, 제2부에서는 괴테가 아닌 예루잘렘의 운명이 다루어진다. 허구적 소설에서 현실을 문학으로 재창조했기 때문에 괴테의 체험은 가공되어 문학으로 녹아들어 갔다. 그러나 괴테가 현실을 문학으로 바꿔놓은 것을 불만스럽게 생각하는 고지식한 독자들도 있었다. 1776년 봄에는 실제로 사람들이 횃불을 들고 예루잘렘의 무덤까지 행진을 했다. 그리고 전 유럽에서 순례자들이 그의 무덤을 찾아오기도 했다. 그 이후 자살 사건이 잇따랐다.

그렇지만 그들이 괴테의 소설 때문에 자살했다고 볼 수 있는 명확한 증거가 있는 것은 아니며 작가 빌란트는 소설의 상상력이 자살을 옹호하는 것과는 거리가 멀다고 밝혔다. 괴테 자신은 오토 황제처럼 정신의 위대성과 자유를 보여주지 못하는 사람은 마음대로 세상을 떠나선 안 된다는 입장이었다. 그런데 당시 사람들은 불쾌감과 권태감에 사로잡혀 힘든 삶을 영위하면서 더 이상 삶을 견딜 수 없게 되면 마음대로 목숨을 버릴 수도 있다는 생각이 만연했다. 그런 탓에 《젊은 베르터의 고뇌》가 당시 젊은이들에게 큰 영향력을 미칠 수 있었던 것이다.

그렇지만 이러한 이야기는 소설의 외적 차원을 구성하는 것이고, 은밀한 내적 차원에서는 여동생 코르넬리아가 결혼한 것에 대한 괴테의 트라우마가 담겨 있다고도 볼 수 있다. 1773년 11월 1일 코르넬리아는 괴테의 친구 슐로서와 결혼했는데 괴테는 그를 달가워하지 않았다. 그리고 후에 괴테가 릴리 쇠네만과 결혼하려 할 때는 코르넬리아 역시도 양쪽 집안 분위기가 서로 맞지 않다며 극력 반대해 결혼은 성사되지 않았다. 심층 심리학적으로 본다면 로테의 배후에는 괴테의 여동생이 숨어 있고, 그렇다면 괴테의 실제 연적은 케스트너나 브렌타노가 아니라 슐로서가 될지도 모른다. 그러므로 《젊은 베르터의 고뇌》의 집필은 괴테에게 임박한 파국의 저지와 여동생과의 내밀한 관계의 가공뿐만 아니라 자기 치유의 목적에 도움이 되었을지도 모른다.

괴테는 현실을 문학으로 변화시킴으로써 마음이 홀가분해졌지만 그의 친구들은 그 작품을 읽고 혼란을 일으켰다. 그들은 문학을 현실로 변화시켜 급기야는 권총 자살이라도 해야 한다고 생각하게 되었다. 그리하여 처음에 몇 사람이 자살했고 그다음 일반 대중들 사이에서도 그런 일이 일어났다. 그 바람에 괴테 자신에게는 유익했던 작품이 대중에게는 유해한 책이 되고 말았다. 따라서 라이프치히 신학대학 교수들이 종교를 조롱하고 자살과 간통이라는 악덕을 미화했다는 이유로 《젊은 베르터의 고뇌》에 대한 판매 금지를 신청하자 시의회는 이틀 만에 판매 금지 명령을 내렸다. 덴마크에서도 역시 번역본이 판매 금지를 당했다. 사실 《젊은 베르터의 고뇌》는 쓰인 직후에 바로 파기될 위기를 겪었다.

괴테가 메르크라는 친구에게 사랑의 편지를 낭독해주었는데 그는 시큰둥한 반응을 보였다. 괴테는 소설의 주제나 음조, 문체 면에서 무슨 문제가 있는 게 아닌가 싶어 만약 옆에 난로가 있었다면 집어넣고 싶은 충동을 느꼈다고 한다. 그러나 메르크는 자기 아내가 다른 남자의 아이를 임신하고 있었기 때문에 괴테의 말이 귀에 들어오지 않았던 것이다. 그 당시 니콜라이라는 작가는 자살을 옹호하는 그 작품에 거부감을 보여 《젊은 베르터의 기쁨》이라는 소설을 썼다. 극작가 렌츠는 괴테의 작품을 그런 식으로 해석하는 것은 호메로스의 《일리아드》가 분노와 불화, 적의를 유발한다고 보는 것과 같다고 말했다.

우리는 《젊은 베르터의 고뇌》에서 괴테가 전하고자 하는 것에 주목할 필요가 있다. 베르터는 직업 활동을 하면서 시민계급의 제한된 환경에 갑갑해한다. 그래서 공사와 불화를 겪은 것에 대해 공사관에서 직업 활동을 한 탓으로 돌리기도 한다. 그는 자아와 자연의 상태를 동일시함으로써 모든 규칙을 거부하는 질풍노도 시기 천재들의 태도를 취한다. 그리고 이성과 합리성을 기반으로 한 계몽주의적 세계관을 무시하고 감정이나 마음, 열정을 중시하는 감상주의적 인간의 입장에서 사회적 활동보다 고독으로 빠져드는 것을 좋아한다. 그에게는 지식의 축적보다 마음이 더 중요하다. 즉 "내가 아는 것은 누구나 알 수 있지만, 내 마음은 오직 나만의 것이다"라는 게 그의 생각이다.

당시 독일에서는 삼십년 전쟁 이래로 고급 관료 자리를 독점한 귀족에 밀려 시민계급은 하급 관직이나 맡을 수 있었고, 그것도 귀족에게 굽실거리고 잘 보여야 기껏 공사나 추밀 참사관 자리까지 올라갈 수 있었다. 이런 점에서 베르터는 고립된 개인이 아닌 당시 시민계층의 청년이 처한 암울한 시대 상황의 대변자 역할을 맡고 있다고 볼 수 있다. 그러므로 이 소설은 어느 감상적인 청년의 사랑과 죽음 이야기로 국한되는 것이 아니라 청년 괴테가 속했던 당대 시민계급의 한계와 결부되어 있다. 베르터는 상관인 공사에 대해 정신적 우월감을 느낀다. 이런 우월감은 직업 세계와 주변 사회에 제대로 편입되지 못하는 좌절감에 대한 보상으로 작용한다. 그러나 베르터는 귀족 모임에서 쫓겨나는 수모를 겪으면서 자신이 시민계급의 테두리를 벗어나 자유롭게 활동할 수 없다는 사실을 분명히 확인한다.

베르터의 호메로스 수용도 괴테에 비해 일면적이고 주관적인 성격을 띤다. 괴테가 호메로스에게서 표현력뿐만 아니라 행동력도 배웠던 반면, 베르터는 그의 문학에서 사회에서 벗어나 편히 쉴 수 있는 도피처만을 찾고 있다. 결국 두터운 신분의 벽

앞에 좌절한 베르터는 돌파구를 찾지 못하고 독일 시민계급 특유의 내면화의 길로 들어선다. 그리하여 귀족 모임에서 쫓겨난 후 베르터의 편지는 굴욕적인 관료 사회로의 편입을 거부하고 무기력에 빠져드는 과정으로 진행된다. 그는 답답한 가슴에 숨통을 틔우려고 수없이 칼을 집어 들기도 한다. 그러나 그는 결국 시민적 한계에 부딪히면서 로테와의 이룰 수 없는 사랑 때문에 좌절하는 것 말고도 이미 사회로부터 병적으로 고립되면서 죽음에 이르는 병을 앓게 된다.

1790년대 영국의 보수주의자들은 현재의 일반적인 관점과는 달리 괴테를 급진주의자로 보기도 했다. 하이네 역시 베르터의 비극적 사랑 이야기나 자살의 문제에만 초점을 맞추는 것을 못마땅해했다. 그는 이 소설이 1770년대가 아니라 1820년대에 쓰였더라면 베르터가 귀족 사회에서 추방되는 사건을 소설의 핵심 부분으로 인식했을 거라고 말했다. 그러나 괴테의 동시대인은 계급 문제에 그다지 관심이 없었고, 베르터의 주변 사람들도 귀족 사회에 적대감을 표하기보다는 베르터가 상류 사회의 모임에 갔다가 험한 꼴을 당했다고 비아냥거리는 정도였다. 사실 베르터 자신도 그 사건이 있기 전에 계급의 차이는 인정하고 있다. 그리고 소설 속에 귀족 사회와 평범한 시민 간의 깊은 골이 첨예하게 계속 상존하고 있는 것은 틀림없는 사실이다. 괴테의 동시대인들이 간과했던 이런 점을 언급했다는 점에서는 하이네의 지적이 옳다. 괴테의 경우에도 개인과 사회 간의 갈등이 소설 속이나 자신의 마음속에서 끝까지 완전히 해소되지는 않았다고 볼 수 있다.